Fluchträume
Elke Bergsma

AF192254

Elke Bergsma

Fluchträume

Impressum
Copyright: © 2015 Elke Bergsma, www.elke-bergsma.de
Am alten Handelshafen 1, 26789 Leer
Lektorat: Michael Mogel
Satz: Corinna Rindlisbacher, www.ebokks.de
Cover: Susanne Elsen, www.mohnrot.com
unter Verwendung eines Fotos von © kallejipp/photocase.de
Verlag: BoD · Books on Demand GmbH, Überseering 33,
22297 Hamburg, bod@bod.de
Druck: Libri Plureos GmbH, Friedensallee 273,
22763 Hamburg

ISBN: 978-3-7693-5334-1

Für
Susanne Elsen
Schön, dass es Dich gibt!

1

Sie hasste ihr Leben. Und sie hasste ihren Mann. Seit Langem. Genau genommen schon immer.

Mareeke Theelen parkte ihren Wagen direkt am Zaun vor der Gaststätte Siebrands, genau so, wie Peter es ihr am Telefon gesagt hatte. Den Motor ließ sie laufen, denn Peter konnte es nicht leiden, in ein ausgekühltes Fahrzeug steigen zu müssen. Ein einziges Mal hatte Mareeke sich erdreistet, ihn darauf hinzuweisen, dass es ökologisch gesehen … doch noch ehe sie den Satz hatte beenden können, war ihr Kopf unter seinem Schlag so heftig zur Seite geschleudert, dass sie die Halswirbel lautstark hatte knacksen hören. Noch Wochen später war ihr ein stechender Schmerz vom Hals bis in die Hand gefahren, sobald sie ihren Kopf auch nur wenige Millimeter nach rechts bewegte. Erst eine langwierige Behandlung beim Osteopathen hatte ihr schließlich Linderung verschafft.

Mit vor Nervosität eiskalten Fingern nestelte Mareeke ein Feuerzeug aus ihrer Jackentasche und zündete sich eine Zigarette an. Dann fuhr sie die Scheibe ein wenig nach unten, obwohl der Regen nun in wahren Sturzbächen vom Himmel fiel. Sogleich spürte sie ein paar kalte Tropfen auf ihrer Hand, die ihren Weg sogar durch den nur wenige Millimeter breiten Spalt ins Innere des Wagens fanden.

In dieser nasskalten Frühlingsnacht fühlte man sich unweigerlich in den Winter zurückversetzt, dachte sie, obwohl doch ein jeder so sehr gehofft hatte, dass dieser nach ein paar milden Tagen Anfang März nun endlich vorbei sein möge. Zu sehr waren den Menschen die scheinbar nicht enden wollenden Monate der kalten Jahreszeit aufs Gemüt geschlagen. Mit jedem Tag, den die Sonne nichts gegen die schweren, tief über der Erde hängenden Wolken hatte ausrichten können, waren auch ihre Gesichter mürrischer oder depressiver geworden.

Mareeke schauderte, doch sie vermochte nicht zu sagen, ob vor Kälte oder in der Erinnerung an die letzten Wochen, in der ihr Mann sie und auch andere seine Übellaunigkeit noch öfter als sonst hatte spüren lassen. Peter war seit jeher ein aufbrausender Mensch, bei dem bereits geringste Kleinigkeiten zu heftigen Ausschlägen seines Stimmungsbarometers führen konnten. Doch so, wie er sich in der letzten Zeit aufgeführt hatte, hatte selbst sie, die ihn bereits seit Kindertagen kannte, nur höchst selten erlebt.

Mareeke zog ein paar Mal hastig an ihrer Zigarette und blies den Rauch gegen die Windschutzscheibe, an der die Scheibenwischer in ruhigem Takt ihre Arbeit verrichteten. Sie lächelte verstohlen. Nur noch dieses eine Mal, dachte sie bei sich. Nur noch dieses eine verdammte Mal würde sie das tun, was Peter von ihr verlangte. Ganz brav würde sie hier mit laufendem Motor vor der Kneipe stehen, aus der ihr Mann in den nächsten Minuten herausgetorkelt käme. Nur noch dieses eine Mal würde sie ihn nach Hause fahren, sich neben ihm ins Bett legen und seinen keuchenden, nach Alkohol stinkenden Atem ertragen, wenn er sie mit seinen groben Händen betatschte.

Und ein allerletztes Mal nach zwölf Jahren Ehe würde sie am kommenden Morgen aufstehen, um ihm sein Frühstück zu machen, bevor er zur Arbeit ging.

Eine freudige Erregung machte sich in Mareeke breit, wenn sie daran dachte, dass sie in weniger als vierundzwanzig Stunden mit Johannes am Strand von Thailand liegen und sich von ihm und den warmen Strahlen der Sonne liebkosen lassen würde.

Lange Wochen hatte ihr heimlicher Geliebter gebraucht, um sie davon zu überzeugen, mit ihm in Südostasien ein neues Leben zu beginnen. Nach unendlichen Diskussionen und vielen Tränen hatte sie schließlich zugestimmt, doch war ihre Angst vor Peters Rache in den darauffolgenden, quälend langen Nächten ins Unermessliche gestiegen. Was, wenn er sie in Thailand finden würde?

Ganz sicher würde er nicht zögern, sie für ihre Untreue hart zu bestrafen. Und auch Johannes würde nicht ungeschoren davonkommen. Nur zu gut kannte Mareeke die jähzornigen Ausbrüche ihres Mannes; sie hatte sie in den Jahren ihrer Ehe häufig genug zu spüren bekommen. Peter war in seinen Launen unberechenbar, und Mareeke war sich sicher, dass er auch vor einem Mord nicht haltmachen würde, um das zu bekommen, was ihm seiner Ansicht nach zustand.

Andererseits war auch Johannes alles andere als wehrlos. Und das war auch gut so. Voller Entsetzen hatte er erst vor wenigen Tagen, als sie sich zu einem geheimen Schäferstündchen im Hotel trafen, auf die handtellergroßen Hämatome gestarrt, die auf Mareekes Oberkörper prangten. Spätestens in diesem Moment war ihm klargeworden, warum Mareeke ihm ständig einschärfte, dass niemand – *Hörst du! Absolut niemand!* – von ihrem Verhältnis wissen durfte.

„Ich prügel dieses Schwein zu Brei!", hatte Johannes immer wieder gesagt und war mit seinen Fingern so fest über ihre Haut gefahren, dass sie von einer nie gekannten Erregung erfasst worden war. „Ich schwöre dir, dass er sich wünschen wird, nie geboren worden zu sein, wenn ich ihn in die Finger kriege!"

Mareeke hatte keinen Zweifel daran, dass Johannes diese Drohung, die er nach dem Stelldichein noch häufig wiederholte, ernst meinte. Gott sei Dank aber hatte er sie nie in die Tat umgesetzt. Denn obwohl sie sich nach anfänglichen Zweifeln ganz sicher war, dass Peter aus einer Prügelei als Verlierer hervorgehen und seine Knochen einzeln von der Straße lesen könnte, wenn Johannes mit ihm fertig war, so konnte sie auf eine handgreifliche Auseinandersetzung unter den Männern doch ganz gut verzichten. Gewalt hatte sie in den letzten Jahren wahrlich genug erlebt. Jetzt wollte sie einfach nur noch ihre Ruhe.

Das konnte Johannes zwar verstehen, fand es aber dennoch sichtlich schade. Denn auch, wenn man es ihm nicht auf den ersten Blick ansah, so steckten in ihm doch die Kraft und die Geschicklichkeit eines Leistungssportlers, der sich nicht nur in diversen Kampfsportarten hatte ausbilden lassen, sondern darüber hinaus über lange Jahre in einer Spezialeinheit der Bundespolizei seinen Dienst verrichtet hatte. Mareeke hätte zu gerne gewusst, was genau dort seine Aufgabe gewesen war, aber wenn sie ihn danach fragte, legte er ihr nur die Finger auf den Mund und lächelte sie aus seinen tiefblauen Augen kopfschüttelnd an.

Nun, dachte sie, wie dem auch sei, sie war jedenfalls froh, dass Johannes offensichtlich nicht mehr vorhatte, seinem Kontrahenten all das heimzuzahlen, was er Mareeke in den letzten Jahren angetan hatte. Es stand zu befürchten, dass dann aus ihrem gemeinsamen Leben nichts mehr werden würde. Nein, es war definitiv besser, wenn Peter nicht einmal den Hauch einer Ahnung davon hatte, dass es im Leben seiner Frau einen anderen Mann gab. Nur so würden sie und Johannes in absehbarer Zeit in Frieden leben können. Hoffentlich.

„Hey, du Ökoschlampe, stell gefälligst den Motor aus, wenn du hier rumgammelst! Es reicht schon, wenn du mit deinen Scheißkippen die Luft verpestest!" Erschrocken fuhr Mareeke aus ihren Gedanken hoch. Neben ihrem Wagen standen drei junge Leute, zwei Männer und eine Frau, im Alter von vielleicht achtzehn Jahren und starrten sie böse an.

„Ich – Entschuldigung – mein Mann …", stammelte sie ertappt und warf einen gehetzten Blick zur Kneipentür. Wo blieb Peter denn nur? Er hatte doch gesagt, sie solle um halb eins hier sein, und nun war es bereits zehn vor. Das passte gar nicht zu ihm.

„Mach jetzt endlich die Karre aus, ey!" Einer der völlig durchnässten Jugendlichen trat nun näher ans Auto heran und machte Anstalten, die Tür zu öffnen. Schnell drückte Mareeke auf den Knopf der Zentralverriegelung.

„Ey, Alter, du glaubst gar nicht, was es für Opfer gibt!",

schüttelte der junge Mann den Kopf und schlug mit der flachen Hand aufs Autodach. „Lässt ständig den Motor laufen, damit sie es schön warm hat. Die glaubt wohl, die kriegt von so 'nem bisschen Frühlingsregen gleich 'nen Lungenkatarrh. Dabei holt sie sich den von ihren Kippen schon von ganz allein." Mit einem letzten Schlag aufs Auto, der in Mareekes Ohren dröhnte wie Donnergrollen, drehte sich der Mann um und verschwand mit seinen Begleitern in der Kneipe. Mareeke sah noch, wie er eine Nummer ins Handy tippte und es dann an sein Ohr hielt. Er würde doch jetzt nicht die Polizei rufen? Doch nicht wegen solch einer Lappalie? Peter würde rasen vor Wut. Und das konnte sie nun wirklich nicht gebrauchen. *Denk an Thailand*, beschwor sie sich selbst, *denk an Thailand! Alles wird gut! Morgen! Nur noch einmal schlafen! Alles wird gut!*

Aus dem Augenwinkel bemerkte sie, wie sich die Kneipentür öffnete. Na endlich! Aber als sie genauer hinsah, erkannte sie, dass es auch diesmal nicht ihr Mann war, der das Lokal verließ, sondern ein eng umschlungenes Pärchen, das sich angesichts des Platzregens jedoch rasch wieder ins Haus zurückzog und dabei albern kicherte.

Mareeke überlegte, ob sie vielleicht etwas falsch verstanden hatte. Aber das konnte kaum sein, denn schließlich ließ sich Peter immer um dieselbe Zeit hier abholen. Ob sie mal hineinging und nach ihm sah? Aber würde er dann nicht sauer werden?

Verzweifelt schlug sie mit der Hand aufs Lenkrad. Ganz egal, was sie jetzt machte, es konnte nur verkehrt sein. Warum nur war das alles hier nicht einfach schon vorbei?

Sie spürte, wie sich ihre Augen mit Tränen füllten und wischte diese mit einer unwilligen Geste weg.

Nur noch einmal! Nur noch dieses eine Mal!

Bemüht, ihre plötzlich aufwallenden Emotionen in den Griff zu bekommen, verfolgte sie in den nächsten Minuten mit starrem Blick das monotone Auf und Ab der Scheibenwischer, die den jetzt nachlassenden Regen einfingen und von der Scheibe schoben.

Nach einem weiteren Blick auf die Uhr tat Mareeke einen tiefen Seufzer und schaltete den Motor aus. Aufmunternd schlug sie sich auf die Oberschenkel und beschloss, dass es jetzt an der Zeit war, Peter auf die bereits fortgeschrittene Stunde aufmerksam zu machen, auch wenn er ihr eine solche *Einmischung in seine Angelegenheiten*, wie er es nannte, nicht erst einmal untersagt hatte. Doch gerade, als ihre Hand zum Türöffner ging, zerriss plötzlich ein kurzer Schrei das Plätschern des Regens, gefolgt von einem dumpfen Geräusch, das sich anhörte, als würde jemand mit einem scharfen Messer in den noch rohen Sonntagsbraten stechen.

Irritiert sah Mareeke in den Rückspiegel, weil sie meinte, dieses seltsame Geräusch irgendwo hinter sich einordnen zu können. Doch da war nichts. Lediglich das zuckende Licht einer offensichtlich defekten Leuchtreklame durchbrach in kurzen Abständen die Dunkelheit. Als sie ihren Blick nur Sekunden später wieder nach vorne richtete, setzte ihr Herzschlag für einen Moment aus.

Etwas Rotes hatte sich in die an ihrer Frontscheibe hinablaufenden Wasserfäden gemischt.

Es sah aus wie Blut.

2

„Was ist denn?", knurrte Fiona schläfrig und zog sich die Bettdecke über den Kopf zum Zeichen, dass sie nicht gestört werden wollte.

„Paul ist immer noch weg", zischte ihr ihre Freundin Anna ins Ohr. „Nico sagt, er war die ganze Nacht nicht da. Sein Bett ist unberührt."

„Wo soll er schon sein", erwiderte Fiona mit einem herzhaften Gähnen, richtete sich jetzt aber in ihrem Bett auf. „Bestimmt haben die Kerle gestern noch in ihrem Zimmer Party gemacht und kommen gleich zum Frühstück. Auf ihr Essen verzichten die doch nicht freiwillig." Sie blinzelte mit kleinen Augen zum Fenster hinüber. Durch einen Spalt zwischen den Vorhängen stahlen sich ein paar Sonnenstrahlen herein. Anscheinend hatten sich die heftigen Regenschauer der letzten Nacht verzogen und einem ruhigen Frühlingsmorgen Platz gemacht.

„Alle anderen sind aber da. Nur Paul fehlt. Sie sagen, sie haben ihn seit gestern Mittag nicht mehr gesehen", erwiderte Anna lahm und ließ sich auf ihr Bett fallen.

„Weiß die Steiner schon davon?" Fiona wollte gar nicht wissen, wie ihre Lehrerin auf eine solche Nachricht reagieren würde. Vermutlich würde sie gackernd und krakeelend über die Flure springen und alle verrückt machen. Fiona fragte sich schon seit Langem, wie ein so nervöses Huhn überhaupt diesen Beruf hatte ergreifen können. Schon wenn morgens der Unterricht begann, war Frau Steiner mit den Nerven am Ende. Spätestens am Nachmittag aber sah sie regelmäßig aus wie ein abgenutzter Putzlappen.

„Die Steiner?", rief ihre Zimmergenossin lauter als gewollt aus. „Natürlich nicht! Die kriegt doch 'nen Herzinfarkt! Wir haben ihr doch gestern extra gesagt, dass Paul sich nicht wohl fühlt und sich hingelegt hat, als er zum Abendessen nicht kam." Sie sah ihre Freundin mit gerunzelter Stirn an. „Ich dachte, er war gestern noch mit euch in der Kneipe, wie sonst auch."

„Nee, gestern nicht. Wir haben auf ihn gewartet, aber er kam nicht." Fiona bückte sich nach einem heruntergefallenen Socken und legte ihn aufs Bett. „Ihr könntet ihn ja mal auf seinem Handy anrufen", schlug sie dann vor.

„Hältst du uns für blöd? Das haben wir natürlich schon versucht", entgegnete Anna mit finsterer Miene. „Da meldet sich nicht mal die Mailbox."

„Wie spät ist es denn eigentlich?", wollte Fiona wissen.

„Sieben Uhr. Zeit, den Schweinestall auszumisten", grinste Anna schief.

„Sehr witzig!" Fiona verzog angewidert das Gesicht und ließ sich mit einem Aufstöhnen in die Kissen zurückfallen. „Ich bin heute Gott sei Dank nur fürs Tische abräumen und Hühner füttern zuständig. Das kostet wenigstens keine Fingernägel." Grimmig betrachtete sie ihre Hände, die nach ein paar Tagen Arbeit auf dem Bauernhof alles andere als ansehnlich aussahen. Wenn sie wieder zurück in Hamburg war, würde sie als erstes ein Nagelstudio aufsuchen, so viel stand mal fest.

„Ich geh dann mal die anderen fragen", verkündete Anna und drehte sich der Tür zu. „Irgendjemand muss doch schließlich wissen, was Paul gestern vorhatte."

Fiona nickte abwesend. Was interessierte sie ein angeblich verschwundener Paul, wenn sie nicht wusste, was sie an diesem Tag anziehen sollte? Sie schwang ihre langen Beine aus dem Bett, streckte und dehnte sich ausgiebig, zog die Vorhänge beiseite – und legte dann rasch die Hand über die Augen, als sie von den Strahlen der Sonne geblendet wurde. Schnell riss sie das Fenster auf, um zu testen, ob es draußen so warm war, wie es der Wetterbericht versprochen hatte. Na ja. Noch war es recht frisch, aber das würde sich im Laufe des Vormittags sicherlich ändern. Fionas Laune besserte sich schlagartig. So bekam sie wenigstens noch die Gelegenheit, ihren Mitschülern ihre neueste Errungenschaft vorzuführen: Einen totschicken Minirock, den sie im Karibik-Urlaub von ihrem Vater geschenkt bekommen hatte. Leider hatte es bisher keine Gelegenheit gegeben, ihn auszuführen, denn bislang hatte sich das Frühlingswetter eher von seiner kühlen Seite gezeigt. Heute aber würde das Thermometer laut Wettervorhersage auf bis zu zwanzig Grad klettern.

„It's showtime, baby!", grinste Fiona sich selbst im Spiegel an, in dem sie zu ihrem Bedauern nur die obere Hälfte ihres Körpers sehen konnte. Aber das machte nichts. Auch ohne Spiegel wusste sie, dass sie ihre Beine nicht zu verstecken brauchte. Ganz im Gegenteil hatte sie die Erfahrung gemacht, dass die Männer sie geradezu mit

Blicken verschlangen, wenn sie möglichst viel Bein zeigte. Das gefiel ihr. Vor allem, wenn es Nico war, der sie anerkennend ansah. Noch zierte er sich ja ein wenig, wenn sie ihm Avancen machte. Aber es dürfte nicht mehr lange dauern, bis er anbiss. Denn hatte er nicht erst gestern auffallend häufig zu ihr hinübergesehen und sie angelächelt?

„Mist! Der ist wirklich weg!", wurde Fiona erneut von ihrer Zimmergenossin Anna, die soeben zur Tür hineingestürmt kam, aus ihren Gedanken gerissen. „Einfach verschwunden. Keine Sau weiß, wo er ist."

„Fo fer if?", fragte Fiona, während sie ihre Zähne mit Zahnseide bearbeitete.

„Na! Paul natürlich! Schon vergessen?"

„Ach so."

„Schöne Scheiße! Die Steiner hat's nun natürlich auch mitgekriegt und zickt total rum, weil wir sie gestern angelogen haben! Schwafelt was von Polizei einschalten und so."

„Jetzt chill mal! Bestimmt ist er bloß zurück nach Hamburg." Fiona zuckte unaufgeregt die Schultern und fuhr sich ein paar Mal mit der Bürste durch ihr langes, kastanienbraunes Haar. „Der hatte doch sowieso keinen Bock auf das alles hier. Flasht ja auch nicht gerade, sich hier um die Viecher zu kümmern."

„Aber dann hätte er doch jemandem Bescheid gesagt", gab Anna zu bedenken.

„Quatsch! Paul doch nicht. Der macht doch sowieso, was er will."

„Die Steiner hat schon bei seinen Eltern angerufen. Da ist er nicht."

„Mann, ey, die soll sich mal locker machen." Fiona schob ihr Gesicht näher an den Spiegel heran, weil sie meinte, einen Pickel auf der Stirn entdeckt zu haben.

„Also, ich find's komisch", meinte Anna. Als Fiona nicht reagierte, musterte sie ihre Freundin mit kritischem Blick von oben bis unten. „Was hast denn du vor? Du stylst dich ja wie zur Modenschau. Hallo!? Fiona? Wir sind auf einem Bauernhof, falls es dir entfallen sein sollte, nicht auf dem Catwalk!"

Anna selbst trug Jeans und ein schlichtes T-Shirt, darüber eine ausgeleierte Strickjacke. Selbst zu Hause in Hamburg legte sie keinen allzu großen Wert auf ihr Äußeres und modische Klamotten. Im Gegensatz zu Fiona, deren Haare fast bis zur Hüfte reichten, trug Anna einen praktischen Kurzhaarschnitt, der keinen großen Pflegeaufwand erforderte.

Alle, die Fiona und Anna kannten, wunderten sich stets darüber, wie zwei so unterschiedliche Mädchen eine so enge Freundschaft verbinden konnte. Im Grunde verstanden die beiden es selbst nicht. Aber sie konnten sich auch nicht daran erinnern, dass es jemals anders gewesen war. Sie hatten sich im Alter von gerade einmal zwei Jahren in der Kita kennengelernt und waren seither unzertrennlich.

„Heute ist meine letzte Chance. Morgen fahren wir nach Hause, und dann haben wir zwei Wochen lang Osterferien", erwiderte Fiona, während sie zerstreut nach einer zur Halskette passenden Haarspange suchte.

„Ja. Und?" Anna verstand nicht, worauf ihre Freundin hinauswollte.

„Nico", erklärte Fiona knapp. „Wenn es heute nicht

klappt, dann sehe ich ihn womöglich zwei lange Wochen nicht. Wie blöd ist das denn!"

„Na, dann viel Spaß beim Anbaggern", verzog Anna spöttisch das Gesicht. „Aber ich glaub kaum, dass Nico drauf abfährt. Er ist ziemlich fertig wegen Paul."

„Echt?" Auf Fionas Stirn bildete sich eine steile Falte, die sie sich jedoch sogleich wieder glatt strich, als sie sie im Spiegel bemerkte. „Was macht ihr denn alle für ein Gedöns! Wirst sehen, der kommt hier bald wieder angelatscht."

Anna seufzte. „Los, komm, wir gehen jetzt erstmal frühstücken. Vielleicht ist Paul ja auch schon zurück."

Im von der hellen Frühlingssonne durchfluteten Frühstücksraum herrschte eine bedrückende Stille. Vereinzelt war das Klappern von Geschirr und Besteck zu hören, doch kaum einer sagte ein Wort. Von Paul fehlte nach wie vor jede Spur. Zu Fionas Leidwesen schien sich keiner für ihr neues Outfit zu interessieren. Frustriert registrierte sie, dass Nico nicht einmal den Kopf hob, als sie den Raum betrat, sondern nur gedankenverloren in seinem Müsli herumstocherte.

„Was ist denn hier los?", flüsterte sie Anna zu, bevor sie sich auf ihren Platz sinken ließ.

„Ich sag doch …", setzte Anna zu einer Antwort an, wurde jedoch von ihrer Lehrerin, Claudia Steiner, unterbrochen.

„Wie ihr alle sicherlich mitbekommen habt, ist Paul seit gestern Mittag verschwunden", sagte die Lehrerin, und das Zittern in ihrer Stimme war nicht zu überhören. Anscheinend musste sie sich zusammenreißen, um nicht vor der versammelten Mannschaft in Tränen auszubrechen. „Ich habe soeben mit seinen Eltern telefoniert, sie haben sich bereits hierher auf den Weg gemacht." Sie zögerte kurz und warf ihrem Kollegen Bernd Palme einen verunsicherten Blick zu, der ihr jedoch aufmunternd zunickte. Also fuhr sie fort: „Falls also doch einer von euch weiß, wo Paul sich aufhält, dann sagt er es uns besser jetzt."

„Oder schweige für immerdar", ließ sich eine Stimme vernehmen, woraufhin im Raum verhaltenes Gelächter zu hören war.

„Ich glaube, du verkennst die Situation, Fiona", sagte Claudia Steiner spitz. „Einer deiner Mitschüler ist verschwunden, und ich glaube nicht, dass dies der richtige Zeitpunkt ist, Witze zu machen."

„Ich war von Anfang an dagegen, dass wir auf diesen beknackten Bauernhof fahren. Was haben wir Großstädter schließlich mit dem Gummistiefelgeschwader hier zu tun", maulte Fiona und sah sich Beifall heischend um. Doch alle, die sie ansah, neigten nur betreten ihre Köpfe und widmeten sich scheinbar geschäftig ihrem Frühstück.

„Halt doch einfach mal die Klappe, Fiona!" Zu aller Überraschung war der sonst so sanfte Nico von seinem Platz aufgesprungen und funkelte sie wütend an. „Paul ist verschwunden, da kannst du uns ja wohl mal für ein paar Stunden mit deiner gequirlten Scheiße verschonen!"

Das saß! Fionas Augen weiteten sich auf Tellergröße, und sie sah ihren Schwarm fassungslos an. Ihr Mund klappte wie bei einem Fisch auf dem Trockenen ein paar Mal auf und zu. Es sah so aus, als wollte sie etwas sagen, doch brachte sie keinen Ton heraus.

„Autsch!", war alles, was Anna dazu zu sagen hatte. Auch

sie hätte niemals gedacht, dass Nico zu solch einem Ausbruch fähig sein könnte.

„Gut. Da das jetzt geklärt ist, werden wir nun gemeinsam überlegen, wie wir weiter vorgehen", meldete sich Lehrer Bernd Palme zu Wort. „Ich schlage vor, dass wir den Tag zunächst genauso gestalten, wie wir es geplant hatten. Das heißt, dass jeder auf dem Hof die Aufgaben erledigt, für die er eingeteilt ist. Das hilft sicherlich auch beim Nachdenken. Und falls dann einem von euch doch noch etwas zu Pauls Verschwinden einfällt, dann kommt er oder sie bitte sofort zu mir oder Frau Steiner." Der Lehrer stand auf, stützte sich mit beiden Händen auf dem Tisch ab und sagte nach einem Blick auf Fiona mit deutlich gesenkter Stimme: „Sollte irgendwer das hier immer noch für einen Spaß halten, dann muss ich ihm sagen, dass er damit falsch liegt. Wenn also irgendjemand irgendetwas weiß, dann sagt er es uns besser gleich. Denn ab jetzt wird alles, was uns in dieser Sache verschwiegen wurde, ernste Konsequenzen nach sich ziehen. Gut möglich, dass wir denjenigen dann wegen offensichtlich mangelnder Reife und Verantwortungslosigkeit nicht zum Abitur zulassen."

Als sich auf diese Worte hin lautes Gemurmel im Raum breit machte, hob Bernd Palme die Hand und fügte – ohne dass er tatsächlich wusste, ob das, was er jetzt sagte, überhaupt haltbar war – hinzu: „Ihr könnt sicher sein, dass ich nicht bluffe. Ich weiß die Schulleitung auf meiner Seite. Also überlegt euch gut, ob ihr euch wegen eines dummen Scherzes die Zukunft versauen wollt."

Die Schülerinnen und Schüler sahen sich betreten an. Sie alle würden im nächsten Schuljahr ihr Abitur machen.

Diese Klassenfahrt nach Ostfriesland war so etwas wie eine vorgezogene Abschlussfahrt. In endlos langen Diskussionen war zu Beginn des Schuljahres zwischen Lehrern, Schülern und Eltern über das Ziel der Reise verhandelt worden. Paris, London und Rom hatten vor allem bei den Schülern hoch im Kurs gestanden. Doch irgendwie war es Frau Steiner schließlich gelungen, eine Mehrheit der Stimmen auf ihren Vorschlag zu vereinen: Eine Woche Aufenthalt und Mitarbeit auf einem ostfriesischen Öko- und Ferien-Bauernhof. „Damit auch ihr Großstädter endlich mal wisst, dass Kühe keine Tiefkühlpizza produzieren", hatte die Lehrerin, die bekanntermaßen Landwirtstochter war, mit einem verschmitzten Lächeln gesagt.

„Ey, Alter, das ist so blöd, dass es schon wieder gut ist", hatte Paul damals in die hitzige Debatte hinein gesagt, und dieser damit die entscheidende Wendung beschert. Plötzlich hatten es immer mehr Schüler wahlweise *krass*, *crazy* oder *obercool* gefunden, in der ostfriesischen Provinz bis zu den Ellbogen im Pferde- oder Schweinemist zu stecken. Sich in einer Großstadt die Hacken auf der Suche nach dem neuesten Fummel abzulaufen, fand hingegen deutlich weniger Befürworter.

Bernd Palme, seines Zeichens Biologielehrer und Umweltaktivist, hatte diese *gleichwohl unerwartete wie wundersame Entscheidung* in einem öffentlichen Statement zum Anlass genommen, der *Jugend von heute* eine *gewisse Zukunftstauglichkeit* zu bescheinigen.

„Moin. Ist ja so ruhig hier, heute Morgen." Bauer Lübbert Boom trat mit ernstem Gesicht in den Frühstücksraum. Als sein Blick dem der Lehrer begegnete, schüttelte er in einer knappen Bewegung den Kopf.

Claudia Steiner atmete einmal tief durch und sagte dann an die Schüler gewandt: „Ich hatte Herrn Boom gebeten, mit seinen Leuten die Stallungen und Schuppen abzusuchen in der Hoffnung, dass Paul es sich womöglich auf dem Heuboden oder so gemütlich gemacht hat. Aber …" Sie biss sich auf die Lippen, ohne den Satz zu beenden.

„Nun, dann bleibt uns nichts anderes übrig, als die Polizei zu verständigen", erklärte Bernd Palme mit deutlichem Unbehagen. „Ich will mir nicht vorwerfen lassen, dass wir nichts unternommen haben, wenn Pauls Eltern nachher hier eintreffen."

Lübbert Boom räusperte sich vernehmlich, bevor er sagte: „Also, ich will ja nix sagen, aber heute Nacht, da …" Der Bauer, der in eine verdreckte Jeans und ein kariertes Flanellhemd gekleidet war, drehte nervös seine Mütze in den Händen, ließ seinen Satz aber zunächst unvollendet und sah mit unergründlichem Blick in die Runde.

„Ja?", fragten die beiden Lehrer alarmiert.

„Also, in Pewsum, also direkt hier um die Ecke, da ist 'n Unfall passiert. Ist jemand aus 'm Fenster von 'ner Kneipe gestürzt."

Claudia Steiner schluckte, bevor sie mit belegter Stimme sagte: „Ein Unfall? War es Paul?"

Der Landwirt hob die Hände. „Nee. Hab ich gefracht. Aber man sacht von nicht. War wohl Peter Theelen. Is einer von hier. Hatte zu viel im Tee. Is mit besoffenem Kopp – und dann …"

„Und dann?" Bernd Palme fragte sich, worauf der Bauer hinauswollte.

„Is nicht schön. Peter ist auf'm Zaun gelandet. Der hatte so Spitzen. Also, der Zaun. So wie so Pfeilspitzen eben."

Schüler wie Lehrer schnappten entsetzt nach Luft. „Er ist tot?"

Lübbert Boom nickte. „Hoch war's ja nicht. Aber die Spitzen – direkt durch Hals und Bauch und so sind die durch. Das überlebt kein Schwein."

Aus den Reihen der Schüler waren erstickte Schreie zu hören, einige schlugen sich entsetzt die Hand vor den Mund.

„Und – was genau hat das mit uns zu tun?", fragte Bernd Palme heiser.

„Es werden Zeugen gesucht. Drei junge Personen. Zwei Männer und eine Frau, die kurz vor dem Unfall, also gegen ein Uhr, in die Kneipe reingegangen sind. Man sacht, sie waren hier vom Hof." Der Bauer starrte nun auf seine Füße. Es war offensichtlich, dass er den Augenkontakt zu den Schülern vermied – im Gegensatz zu den Lehrern, die ihren Blick nun prüfend durch den Raum schweifen ließen. „Wer von euch war gestern spät noch unterwegs?", fragte Bernd Palme scharf. Sein Tonfall verriet, dass er fest davon ausging, die Nachtschwärmer in seiner Gruppe zu finden.

Wie auf ein geheimes Kommando hin senkten sich nun zwanzig Köpfe über die Frühstückstische, im Raum war außer dem Brummen der Kaffeemaschine, an der sich Claudia Steiner mit verkniffenem Gesichtsausdruck zu schaffen machte, kein Laut zu hören. Nur ganz langsam traute sich der eine oder andere Schüler, seinen Blick wieder zu heben, wohl um zu erforschen, ob sich aus der Dreiergruppe jemand melden würde. Natürlich wussten alle, wer spät in der Nacht noch beschlossen hatte, einen Absacker in der Pewsumer Gaststätte zu nehmen. Nur stand es außer Frage, dass man seine Mitschüler nicht verpetzte. Das mussten die Betroffenen schon selber tun.

„Es geht hier nicht um eine Lappalie", sagte Bernd Palme schließlich in die Stille hinein. Er hatte keineswegs laut gesprochen, doch waren die Nerven einiger Schüler anscheinend zum Reißen gespannt, denn sie zuckten bei seinen Worten sichtlich zusammen. „Ein Mann ist auf tragische Weise ums Leben gekommen. Da können sowohl die Angehörigen als auch die Polizei ja wohl erwarten, dass man ihnen sagt, ob und was man gesehen hat."

Als immer noch keiner der Schüler etwas sagte, bekam seine Stimme einen beschwörenden Unterton. „Außerdem ist ein Mitschüler von euch verschwunden. Ich denke doch, dass das schon Grund genug sein müsste, hier jetzt endlich mal die Wahrheit zu sagen."

„Glauben Sie denn, dass die beiden Sachen etwas miteinander zu tun haben?", fragte Anna leise.

„Ach wat!" Plötzlich erwachte Bauer Boom wieder zum Leben und machte eine wegwerfende Handbewegung. „Wat soll der Junge wohl mit dem Suffkopp Peter Theelen zu tun haben. Es geht doch nur drum, dass ihr der Polizei sacht, ob ihr was gesehen habt." Er zwinkerte den Schülern zu, bevor er fortfuhr: „Oder glaubt ihr vielleicht, ihr müsst fürs Um-den-Block-ziehen in den Knast? Dann hätt ich da mein ganzes Leben verbracht." Er brach über seinen

25

eigenen Scherz in ein so herzliches Gelächter aus, dass die Stimmung im Raum plötzlich schon viel entspannter war. Einzelne Schüler schoben ihre Köpfe zwischen den Schultern hervor und zeigten zumindest ein Grinsen, auch wenn ihnen das Lachen immer noch vergangen war.

„Also?" Bernd Palme musterte seine Schüler einen nach dem anderen. Sein Blick blieb schließlich an Fiona hängen, die wie versteinert dasaß und auf ihren leeren Teller stierte. „Fiona, hattest du nicht immer große Töne gespuckt, dass du das Kuhkaff hier schon aufmischen und den Bauern mal zeigen würdest, was man unter Leben versteht?"

Fiona schrak zusammen. Ganz langsam hob sie den Kopf; selbst unter der dick aufgetragenen Schminke war zu erkennen, dass ihr Gesicht einen tiefen Rotton angenommen hatte. „Wir haben nichts gesehen", sagte sie dann schnell und wedelte nun aus unerfindlichen Gründen mit den Händen in der Luft herum. „Wir wollten nur was trinken und Billard spielen und sind in die Kneipe rein. Sonst nichts. Gar nichts. Oder?" Sie warf ihren Mitschülern, den Zwillingen Murad und Mehmet, einen provokativen Blick zu. Anscheinend hatte sie beschlossen, sich nicht alleine dem Verhör zu stellen.

„Das stimmt", sagte Murad nach kurzem Zögern. „Wir sind nur rein und haben nichts gesehen. Als wir rauskamen da … puh!" Er fuhr sich mit den Fingern durch sein halblanges, lockiges Haar.

„Was war da?", fragte Claudia Steiner und sah ihn über ihre Kaffeetasse hinweg mit schmalen Augen an.

„Es gab Geschrei", meldete sich Mehmet zu Wort. „Und dann hing da – steckte da – nee, hing da dieser Kerl über den Zaun." Er schüttelte sich. „Es war so …" Er klatschte in die Hände und sagte dann mit einem gequälten Lachen: „Ach, Quatsch! Blöder Scherz! Wir haben nichts gesehen. Waren am Billard spielen, als plötzlich alle Stress gemacht haben. Aber wir haben uns nicht drum gekümmert. Als wir dann Blaulicht durchs Fenster gesehen haben, sind wir durch den Hinterausgang raus. Sollte ja keiner wissen, dass wir mitten in der Nacht unterwegs sind. Hätte doch nur Theater gegeben."

„Außerdem haben wir ja wirklich nichts gesehen", bekräftigte Murad, und Fiona nickte.

„Nun, genauso könnt ihr das ja dann der Polizei erzählen", bemerkte Bernd Palme.

„Hä?" Die drei Nachtschwärmer sahen ihren Lehrer entgeistert an. „Aber wieso das denn?", rief Murad aus, „wir haben nun doch schon gesagt, dass wir nichts gesehen haben."

„Das weiß aber die Polizei noch nicht", entgegnete Claudia Steiner und verzog spöttisch den Mund. „Oder glaubt ihr vielleicht, ihr könnt euch vor der Aussage drücken? Wer sich verbotenerweise mitten in der Nacht in Kneipen herumtreibt, der wird ja wohl auch vor einer polizeilichen Befragung nicht die Flatter kriegen."

„Ich geh dann mal wieder", sagte Bauer Boom. „Gibt ja noch zu tun. Wäre schön, wenn nun auch die Schüler …" Er sah die Lehrer fragend an.

„Natürlich." Claudia Steiner nickte in die Runde. „Bis auf Murad, Mehmet und Fiona können alle gehen."

„Und warum nicht wir?", fragte Fiona spitz.

„Sagte ich doch. Ihr geht zur Polizei. Ich selber werde

euch hinfahren." Die Lehrerin nahm einen letzten Schluck ihres Kaffees und stand dann so entschlossen auf, dass ihr Stuhl ins Schwanken geriet.

„Die Polizei ist noch anner Kneipe, glaub ich." Der Bauer deutete in eine unbestimmte Richtung. „Wär gut, Sie fahren gleich hin. Dann treffen Sie sie bestimmt noch an."

3

„Wenn der Tag gelaufen ist …" Sebastian Hasenkrug verzog fast schmerzhaft das Gesicht, als ihm ein Kollege ein Foto des Opfers unter die Nase hielt – aufgespießt auf den pfeilähnlichen Spitzen eines verrosteten Gartenzauns. „Ich frage mich bloß, was solch ein Zaun für einen Sinn haben soll", brummte er mit gerunzelter Stirn. „Es gibt doch auch, sagen wir mal, deutlich menschenfreundlichere Varianten."

Hasenkrugs Chef, Hauptkommissar David Büttner, ließ seinen Blick die Straße hinunterwandern und erwiderte dann: „Und ich frage mich, warum man überhaupt so viele Zäune braucht." Er deutete mit der Hand auf die der Kneipe gegenüberliegende Häuserreihe. „Ganz egal, auf welchen dieser Zäune der Kerl gefallen wäre, mit ein wenig Pech wäre ihm ein Genickbruch allemal sicher gewesen. Wenn die Leute sich unbedingt verschanzen wollen, sollen sie doch Hecken pflanzen. Dann haben wir wenigstens nicht solch eine Sauerei, wenn einer drauffällt. Und wahrscheinlich noch nicht mal 'ne Leiche. Sprich, ich könnte in Ruhe mein Frühstück beenden, ohne vom Anruf eines aufdringlichen Kollegen zu nachtschlafender Zeit an einen vermeintlichen Tatort beordert zu werden."

„Vermeintlich? Sie glauben an einen Unfall?", fragte Hasenkrug.

„Keine Ahnung. Aber wenn die Kollegen meinen, dass wir uns das hier mal ansehen sollen, dann kann ich ja wohl kaum meinem Frühstückei den Vorzug geben, selbst wenn ich es gerne täte." Büttner warf einen Blick zum blassblauen Himmel hinauf, bevor er hinzufügte: „Glücklicherweise scheint es ja zur Abwechslung wenigstens mal nicht zu regnen, wenn wir einen neuen Fall auf den Tisch bekommen."

„Nun, zunächst einmal liegt der Fall ja wohl auf meinem Tisch", erklang direkt neben Büttner die Stimme der Gerichtsmedizinerin Dr. Anja Wilkens.

„Was machen Sie denn noch hier?", fragte Büttner mit gerunzelter Stirn. „Ich dachte, Sie sezieren gerade eifrig Ihre neue Kundschaft."

„Das macht heute mal mein Kollege. Ich selbst war gerade in der Gegend unterwegs, um ein paar Erledigungen zu machen und dachte, ich schau mal hier vorbei, ob Sie noch da sind. Wie Sie wissen, deuteten die ersten Untersuchungsergebnisse ja darauf hin, dass das Opfer womöglich gestoßen worden ist, bevor es das Fenster durchbrach und zu Tode stürzte."

„Deswegen sind wir hier, ja", nickte Büttner und sah an der Fassade der Gaststätte hinauf, in der das zerbrochene Fenster nach der Sicherung der Spuren notdürftig mit Pappe abgedichtet worden war. „Mein Kollege rief an, nachdem man die Leiche abtransportiert hatte und meinte, Ihrer Ansicht nach sei dies womöglich ein Fall für die Mordkommission."

„Genau. Inzwischen haben sich die Hinweise verdichtet. Am Körper des Opfers gibt es Hämatome, die darauf hindeuten, dass es unmittelbar vor seinem Tod mit grober Gewalt an den Oberarmen gepackt und dann wahrscheinlich gestoßen wurde. Dabei war sein Gegenüber nicht zimperlich. Muss ziemlich kräftig sein, der Kerl."

„Sie glauben, dass es ein Mann war?", hakte Büttner nach.

„Oder eine gut trainierte Frau. Soll es ja auch geben."

„Das heißt also, wir müssen weiter ermitteln."

„So ähnlich wird es Ihnen der Staatsanwalt wohl in die To do-Liste schreiben, ja." Dr. Wilkens warf einen Blick auf ihre Armbanduhr, hob kurz zum Gruß die Hand und ging dann wieder ihrer Wege.

„Und das sagt sie mir einfach so ins Gesicht", schüttelte Büttner den Kopf. „Die traut sich ja was. Eine Leiche nur wenige Tage vor meinem Spanien-Urlaub. Weiß gar nicht, wie ich das meiner Frau beibringen soll."

„Also, wenn Sie mich fragen, Chef ...", setzte Hasenkrug zu einer Erwiderung an, wurde jedoch im nächsten Moment von einer recht energischen Stimme unterbrochen.

„Sind Sie die Herren von der Polizei?" Vor den Polizisten baute sich eine nicht ganz schlanke, aber dennoch recht attraktive Frau auf, die Büttner auf Mitte Vierzig schätzte und die ihn mit gestrengem Blick musterte.

„Sie sind Lehrerin, oder?", stellte Büttner ohne zu überlegen die Gegenfrage.

„Wieso?" Die Frau zog erstaunt die Augenbrauen in die Höhe. „Sieht man mir das an?"

„Man hört es vor allem", nickte Büttner. Als er ihren verunsicherten Blick bemerkte, beeilte er sich hinzuzufügen: „Meine Frau ist Lehrerin, wissen Sie. Und Sie haben mich eben aus irgendeinem Grund an sie erinnert."

„Ach was." Die Selbstsicherheit der Frau schien Risse zu bekommen, als nun hinter ihr drei Jugendliche anfingen zu glucksen.

„Was führt Sie zu uns, Frau …?" Hasenkrug wollte ihr aus der Verlegenheit helfen und sah nun erst sie und dann ihre jungen Begleiter lächelnd an.

„Mein Name ist Claudia Steiner", antwortete sie immer noch etwas irritiert. Sie deutete in die Richtung, aus der sie gekommen waren. „Ich bin zurzeit mit meiner Klasse auf dem Bio-Bauernhof ein Stück außerhalb von Pewsum." Sie sprach den Ortsnamen mit einem kurzen und kehligen anstatt mit einem langen E aus, was Büttner für einen kurzen Moment irritierte, obwohl er es von Nicht-Ostfriesen eigentlich nicht anders gewöhnt war.

„Und das heißt?", fragte er.

„Bauer Boom, also der Eigentümer des Hofes, sagte uns, dass Sie nach drei Zeugen suchen, die unmittelbar vor dem – ähm – Unglück die Kneipe betreten haben."

„Das ist richtig, ja", sagte Hasenkrug schnell und schaute zu den sie begleitenden Personen hinüber. Die beiden jungen, südländisch aussehenden Männer hatten die Hände in ihrer Jeans vergraben und sahen ihn abwartend an. Die in einen auffallend kurzen Minirock gekleidete junge Frau hingegen schien an alldem hier kein Interesse zu haben, sondern daddelte mit schnellen Fingern auf ihrem Smartphone herum. „Sind das die drei?"

„Ja. Leider. Sie hätten den Hof zu so später Stunde eigentlich gar nicht verlassen dürfen. Aber das soll nicht Ihr Problem sein", bemerkte die Lehrerin und drehte sich zu ihren Schützlingen um. „Murad, Mehmet und Fiona, kommt doch bitte mal her!"

„Wir haben nichts gesehen", sagte Mehmet, noch bevor ihn irgendjemand danach gefragt hatte. „Wir wissen echt nicht, was das hier soll."

„Und was haben Sie nicht gesehen?", erwiderte Büttner unbeeindruckt.

„Na … na den Unfall doch."

„Unfall?" Büttner zog die Brauen hoch. „Woher wollen Sie denn wissen, dass es ein Unfall war?"

„Was soll es denn sonst gewesen sein?", mischte sich nun Murad ein, während Fiona nach wie vor nicht ein einziges Mal von ihrem Smartphone aufgeblickt hatte.

Büttner hielt den jungen Leuten seine Polizeimarke unter die Nase. „Mein Name ist Büttner, mein Assistent hier heißt Hasenkrug. Wir sind von der Kriminalpolizei."

„Kriminalpolizei?" Claudia Steiner starrte ihn mit offenem Mund an. „Heißt das, es war gar kein Unfall, sondern ein Verbrechen?"

„Momentan deutet zumindest vieles darauf hin, dass sich der Mann nicht freiwillig von schmiedeeisernen Pfeilen hat durchbohren lassen", grunzte Büttner. „Aber jetzt würde ich trotzdem gerne wissen, was Sie in der letzten Nacht gesehen haben. Jedes Detail ist wichtig." Ohne Vorwarnung nahm er Fiona das Smartphone aus der Hand. „Und Sie widmen uns jetzt auch mal ein paar Minuten Ihrer kostbaren Zeit, junge Frau."

„Hey! Das dürfen Sie nicht!" Fiona stemmte ihre Arme in die Hüften und blitzte ihn aus dunklen Augen an. „Geben Sie es mir sofort zurück, sonst werde ich mich über Sie beschweren!"

„So", sagte Büttner ruhig und ließ das Smartphone in seine Manteltasche gleiten, „werden Sie das. Na, da bin ich ja mal gespannt."

„Mein Vater ist Anwalt!" Fionas Stimme überschlug sich jetzt fast vor lauter Empörung.

Büttner verzog den Mund. „Und meiner war Elektriker. Schön, dass wir jetzt so viel voneinander wissen. Also, wo genau waren Sie, als der Mann aus dem Fenster fiel?"

„Hey! Ich will sofort …!"

„Halt die Klappe, Fiona, sonst kommen wir hier nie wieder weg!", fauchte Murad sie an.

„Sagen wir mal, dann kommen Sie mit aufs Kommissariat", erwiderte Büttner nüchtern.

Nach einem warnenden Blick auf seine schmollende Klassenkameradin sagte Murad an Hasenkrug gewandt: „Wir haben Billard gespielt. Der Raum ist am anderen Ende der Kneipe, also nicht zur Straßenseite hin. Kurz, nachdem wir angekommen waren, haben wir gehört, dass ein paar Leute plötzlich ganz aufgeregt wurden. Als dann jemand einen anderen anschrie, dass er die Polizei und einen Krankenwagen rufen soll, haben wir uns lieber aus dem Staub gemacht. Durch die Hintertür." Mit einem Seitenblick auf seine Lehrerin fügte er hinzu: „Hatten keine Lust auf Theater, wissen Sie."

„Haben Sie denn irgendetwas gehört?", wollte Büttner wissen. „Einen Schrei oder so?"

„Nee. In der Kneipe lief laute Musik. Irgendwas Spießiges."

„Roland Kaiser oder Howard Carpendale oder so was", nickte Mehmet. „Außerdem war der Fernseher an. Ging alles durcheinander."

„Aha. Und wie viele Leute waren zu diesem Zeitpunkt noch anwesend?"

Mehmet zuckte die Schultern. „Außer uns vielleicht noch vier oder so. Hab nicht so drauf geachtet. Viele waren es auf jeden Fall nicht mehr."

„Nur so 'n paar Alkis, die Mühe hatten, sich auf dem Barhocker zu halten", ergänzte Murad. „Die sahen aus, als würden die ihr ganzes Leben nichts anderes machen, als da abzuchillen."

„Und 'ne Frau war noch da", meldete sich Fiona erstmals wieder zu Wort.

„'Ne Frau?" Mehmet und Murad sahen sich verdutzt an.

„Klar", nickte Fiona. „So 'ne abgewrackte Alte, mit Falten so tief wie der Marianengraben."

„Ach die. Stimmt." Jetzt schien sich auch Murad an sie zu erinnern.

„Wie alt war denn diese Frau?", fragte Büttner.

„Keine Ahnung. Kurz vor Altenheim. Vierzig oder so. Sah total nuttig aus mit ihrem Minirock und so."

Büttner warf einen Blick auf Fionas nur notdürftig bedeckten Hintern, verkniff sich aber eine bissige Bemerkung. „Ich nehme an, dass Sie keinen von ihnen kannten", stellte er stattdessen fest.

„Nee. Woher denn." Fiona überlegte kurz, dann sagte sie: „Einer von den Kerlen hat die Frau Cinderella genannt."

„Cinderella." Büttner sah das Mädchen ungläubig an.

„Ja."

„Ich dachte, die Musik sei so laut gewesen, dass man nichts verstehen konnte", meinte Hasenkrug.

„Die machen ja auch mal Pause beim Singen", konterte Mehmet.

„Gut." Büttner beschloss, das einfach mal so stehen zu lassen. „Haben Sie denn vielleicht beobachtet, ob einer von denen den Kneipenraum verlassen hat? Zum Beispiel in Richtung der Toiletten im ersten Stock. Die sind nicht weit von besagtem Fenster entfernt." Er deutete mit dem Kopf auf die Kneipe.

„Nee", antworteten die Jungen.

„Die Faltentussi. Cinderella", sagte hingegen Fiona. „Die ist raus, kurz bevor da der Punk abging. Hab auch nicht gesehen, dass sie zurückgekommen ist."

„Ist Ihnen denn irgendwas aufgefallen, als Sie durch die Hintertür gegangen sind?", wollte Büttner wissen. „Hat sich im Hof oder auf der Straße jemand auffällig verhalten?"

Die drei schüttelten den Kopf.

„Und als Sie gekommen sind?"

„Nee. Doch!" Murad korrigierte sich schnell. „Da stand so 'ne Tusse vor der Kneipe, direkt am Zaun. Sie saß in ihrem Wagen bei laufendem Motor. Hab ihr noch gesagt, dass sie die Karre ausmachen soll. Sie wissen schon, Klimawandel und so. Aber die war total Panne im Hirn."

„Ja, ganz zurechnungsfähig war die bestimmt nicht", stimmte Mehmet ihm zu.

„Was meinen Sie damit?", hakte Büttner nach.

„Keine Ahnung. Die war total nervös. Hat ihr Auto vollgequarzt wie so 'ne Bekloppte. Total das Opfer. Dachte, die fängt gleich an zu heulen, als ich ihr das mit dem Motor gesagt hab."

„Hatten Sie den Eindruck, dass sie auf jemanden wartet?", fragte Hasenkrug.

„Kann sein. Was weiß ich." Mehmet zuckte mit den Achseln.

„Als Sie aus der Kneipe herauskamen, stand sie da aber nicht mehr?"

„Weiß nicht. Wir sind doch zur Hintertür raus und dann in die andere Richtung."

„Okay. Dann danke ich Ihnen erstmal, dass Sie gekommen sind. Falls wir noch Fragen haben, kommen wir noch mal auf Sie zu. Sie wohnen auf einem Bauernhof, sagten Sie?"

„Ja. Wir kommen aus Hamburg. Wir sind hier nur auf Klassenfahrt. Morgen reisen wir wieder ab", gab Claudia Steiner zu bedenken.

„Und was ist mit Paul?", entfuhr es Fiona.

„Wer ist Paul?" Büttner sah die junge Frau interessiert an.

„Ach … ähm … nichts."

„Was ist das für ein Paul?", wandte sich Büttner an die Lehrerin, als Fiona nun nervös mit ihren kniehohen Stiefeln auf dem Asphalt herumkratzte.

„Paul von Hartenberg. Ein Schüler von uns", antwortete Claudia Steiner und warf Fiona einen tadelnden Blick zu. „Aber wir wollen Sie gar nicht damit behelligen, Herr Kommissar. Ist ja gar nicht Ihre Zuständigkeit, nehme ich an."

„Und was ist mit Paul?", ließ sich Büttner nicht abwimmeln.

„Er ist – ähm – verschwunden."

„Verschwunden?" Büttner horchte alarmiert auf. „Seit wann?"

„Seit gestern Mittag." Die Lehrerin presste die Lippen aufeinander. „Ich – hab's aber erst heute Morgen erfahren."

„Und Sie haben nicht die Polizei verständigt?", fragte Hasenkrug.

„Doch. Doch doch!", beeilte sich Claudia Steiner zu sagen. „Mein Kollege hat sich nach dem Frühstück gleich darum gekümmert. Bestimmt waren Ihre Kollegen inzwischen auf dem Hof. Oder er hat eine Vermisstenanzeige aufgegeben. Oder was auch immer."

„Gut. Da werde ich mich gleich mal schlaumachen. Also, Frau Steiner, dann nochmals vielen Dank für Ihre Unterstützung." Büttner drückte ihr und den drei Schülern jeweils eine Visitenkarte und Fiona ihr Smartphone in die Hand. „Falls Ihnen noch etwas einfällt, können Sie mich jederzeit anrufen. Doch zunächst einmal wünsche ich Ihnen, dass Sie Paul wohlbehalten wiederfinden. Bestimmt ist es nur jugendlicher Leichtsinn. Eine Mutprobe oder Ähnliches. Meistens tauchen die jungen Ausreißer ziemlich schnell wieder auf."

„Ihr Wort in Gottes Ohr", murmelte die Lehrerin und bedeutete ihren Schülern, ihr zum Auto, das sie sich von Bauer Boom geliehen hatte, zu folgen.

„Das mit der Frau vor der Tür wussten wir schon", bemerkte Hasenkrug, als die vier außer Hörweite waren.

„Welche Frau vor der Tür?" Büttner sah seinen Assistenten fragend an.

„Die, die im Auto saß." Er blätterte in seinen Notizen. „Laut unserem Kollegen, der zuerst hier eingetroffen war, heißt sie Mareeke Theelen. Sie ist die Frau des Opfers und wollte ihn aus der Kneipe abholen. Doch noch bevor sie ausgestiegen ist, spritzte sein Blut auch schon auf ihre Windschutzscheibe. War wohl nicht ihr Tag."

„Klingt so", nickte Büttner. „Haben Sie ihre Adresse?"

„Ja. Sie wohnt hier in Pewsum. Am anderen Ende des Ortes, Richtung Groothusen."

„Gut. Dann fahren wir jetzt erstmal zu ihr, bevor wir die Zeugen aus der Kneipe befragen."

„Der Kollege meinte, wir sollten am besten heute Abend wieder hierherkommen, da würden wir die Zeugen mit Sicherheit alle antreffen. Anscheinend lassen sie sieben Abende in der Woche ihr Geld beim Wirt."

„Umso besser. Dann können wir uns so manchen Weg sparen – und jetzt erstmal das längst überfällige Frühstück zu uns nehmen."

Als Büttner wenig später zu seinem Assistenten ins Auto stieg, warf er ihm einen langen Blick zu und sagte dann: „Nur ein paar Tage, Hasenkrug. Wir sollten uns beeilen. Meine Frau ist völlig humorlos, wenn es um ihren Urlaub geht."

„Lehrer sind nicht nur humorlos, wenn es um ihren Urlaub geht. Ich spreche da aus Erfahrung als ehemaliger Schüler", stellte Hasenkrug nüchtern fest.

„Da haben Sie auch wieder recht", nickte Büttner wissend und wischte mit dem Ärmel seines Mantels über die beschlagene Seitenscheibe. „Oh ja, da haben Sie so recht, Hasenkrug!"

4

Gernot von Hartenberg war es nicht gewohnt, übersehen zu werden. Wenn der fast zwei Meter große und breitschultrige Mann mit den ergrauten Schläfen einen Raum betrat, dann füllte er ihn aus und zog unweigerlich die Aufmerksamkeit aller Anwesenden auf sich. Das kannte er nicht anders. Und das wollte er nicht anders. So behaupteten es zumindest die, die sich in seinem näheren Umfeld bewegten. Und die mussten es ja schließlich wissen.

Umso irritierter war der erfolgreiche Unternehmer nun, als er in seinem Luxus-Sportwagen vor einem Rotklinker-Gebäude des Bauernhofes hielt, an dem ein hölzernes Schild mit der Aufschrift *Moin!* hing, und niemand ihn und seine Frau zu beachten schien. Zwar liefen überall irgendwelche, meist jüngere Personen herum, die aber würdigten ihn keines Blickes. Auch nicht, als er aus dem Wagen stieg. Für einen kurzen Moment überlegte er, ob der Anruf am Morgen womöglich ein schlechter Scherz gewesen sei. Oder hatte ihn sein Navigationsgerät vielleicht an einen ganz falschen Ort geführt? Gerade wollte er etwas Diesbezügliches zu seiner Frau Monika sagen, die mit starrem Blick in ihrem Sitz saß, als eine Frau aus dem Haus gestürzt kam und mit ernster Miene direkt auf ihn zuhielt.

„Herr von Hartenberg, nehme ich an? Mein Name ist

Steiner, ich bin Pauls Lehrerin", begrüßte sie ihn und hielt ihm die Hand hin, die er jedoch ignorierte.

„Wie, in Gottes Namen, kann es denn passieren, dass unser Sohn einfach so verschwindet?", bellte er sie ohne einen Gruß erregt an. „Und wieso erfahren wir erst heute Morgen davon, wenn er bereits seit dem gestrigen Mittag nicht mehr gesehen wurde? Sie tragen für dieses Debakel die alleinige Verantwortung, das ist Ihnen ja sicherlich klar! Wenn Paul irgendetwas zugestoßen ist, dann Gnade Ihnen Gott! "

Claudia Steiner zuckte unter seiner donnernden Stimme wie unter Peitschenhieben zusammen und zog den Kopf ein. Man hatte ihr bereits gesagt, dass Pauls Vater keineswegs der Kuschelfraktion angehörte, aber mit solch einer groben Verbalattacke hatte sie dann doch nicht gerechnet.

„Ich versichere Ihnen, Herr von Hartenberg, dass wir alles Erdenkliche …", hob Claudia Steiner beschwichtigend die Hände, ihr Gegenüber aber schnitt ihr mit einer barschen Geste sofort das Wort ab.

„Sie machen hier verdammt noch mal überhaupt nichts mehr!", blaffte er sie an. „Das ist eine Sache, um die ich mich ab jetzt ganz alleine kümmern werde. Und wenn sich herausstellt, dass …"

„Gernot, ich bitte dich, nun schrei hier doch nicht so rum." Von Hartenbergs Frau war neben ihn getreten und legte ihm beschwichtigend die Hand auf den Arm. „Es hilft doch keinem, hier irgendwelche Schuldzuweisungen in den Raum zu stellen. Lass uns bitte in Ruhe miteinander reden und überlegen, was wir tun können."

Hatte Claudia Steiner angenommen, dass Gernot von

Hartenberg seine Frau nun ebenso barsch zurückweisen würde, wie er es mit ihr getan hatte, so sah sie sich getäuscht. Ganz im Gegenteil holte der stattliche Mann im grauen Anzug nun einmal tief Luft, murmelte dann ein kaum hörbares *Entschuldigen Sie!* und entspannte sichtlich seine Körperhaltung. „Also", sagte er dann deutlich gefasster, „wo können wir in Ruhe miteinander sprechen?"

„Folgen Sie mir, bitte", erwiderte Claudia Steiner und warf Pauls Mutter einen dankbaren Blick zu, den diese mit einem kurzen Nicken erwiderte. Sie kannte Monika von Hartenberg von diversen Elternabenden und sonstigen schulischen Veranstaltungen als eine recht dominante, jedoch auch äußerst attraktive Person. Trotz des Verschwindens ihres Sohnes wirkte sie erstaunlich gefasst. Nichts in ihrem Gesichtsausdruck deutete darauf hin, dass sie sich Sorgen machte oder gar geweint hätte.

Dennoch verspürte die Lehrerin bei ihrem Anblick prompt wieder diesen Stich im Herzen, der sie seit der Nachricht, dass Paul verschwunden sei, immer mal wieder heimsuchte. Ja, sagte sie sich, Gernot von Hartenberg hatte gar nicht so unrecht mit seinen Vorwürfen. Natürlich hätte sie besser auf den Jungen aufpassen müssen. Und sie hätte gegenüber seinen Mitschülern nicht so leichtgläubig sein dürfen, als die ihr mitteilten, Paul habe sich früh ins Bett gelegt, weil ihm nicht gut gewesen sei. Nur durch ihre Unachtsamkeit – oder sollte sie sagen Naivität? – hatte es überhaupt zu diesem Drama kommen können. Denn womöglich hätte man Paul längst gefunden, wenn sie sofort reagiert hätte, als er nicht zum Abendessen erschien. Vielleicht war ihm etwas zugestoßen, und nun lag er alleine und hilflos irgendwo in einem Straßengraben und … Sie schüttelte sich innerlich und verbot sich solche Gedanken. Ihre Aufgabe war es nun, die Sache nüchtern und sachlich anzugehen, auch wenn es ihr unendlich schwer fiel und sie sich viel lieber in ihr Zimmer geflüchtet und die Bettdecke über den Kopf gezogen hätte.

„Frau Boom, dies sind die Eltern des verschwundenen Jungen", sagte sie mit bebender Stimme zu der Bauersfrau, die ihnen im Hausflur entgegenkam. „Haben Sie einen Raum für uns, in dem wir uns ungestört unterhalten können?"

„Soll wohl", antwortete Aaltjen Boom und nickte dem Ehepaar freundlich zu. In den letzten Tagen hatte Claudia Steiner gelernt, dass die dralle Bauersfrau mit den wirr am Kopf aufgesteckten grauen Haaren und der Kittelschürze so schnell nichts aus der Ruhe bringen konnte. So auch jetzt. Ein warmes Lächeln glitt über ihr rotwangiges Gesicht, als sie Monika von Hartenberg prüfend ansah.

„Kommen Sie mit, Kindchen", sagte sie und tätschelte der Frau zu deren Erstaunen die Wange. „Am besten setzen Sie sich in den Frühstücksraum, da ist um diese Zeit keiner. Und wenn sich doch einer reintraut, dann kriegt er es mit mir zu tun." Sie lachte ein gurrendes Lachen und ging auf ihren stämmigen Beinen der kleinen Gruppe voraus. Inzwischen hatte sich auch Bernd Palme zu ihnen gesellt und kurz ein paar Takte zur Begrüßung gemurmelt, ansonsten aber schwieg er.

„So, rein in die gute Stube!", rief Aaltjen Boom und hielt den anderen die Tür auf. Der Raum mit den hellen Eichenmöbeln und den rot-weiß gemusterten Tischdecken machte einen sauberen und freundlichen Eindruck. Warm schickte die Frühlingssonne ihre Strahlen durch die Fenster hinein und ließ alles in einem anheimelnden Licht erscheinen, so, als wüsste sie, dass gerade an diesem Ort eine wohlige Stimmung nicht schaden konnte.

„Ich mach dann mal Tee", verkündete die Bauersfrau, nachdem sich alle an einen Tisch gesetzt hatten, „der hilft gegen alles."

„Wenn ich bitte einen Kaffee haben dürfte", wagte Gernot von Hartenberg einen Einwand, den ihm die Bäuerin allerdings nicht durchgehen ließ.

Mit einem Blick auf die Kuckucksuhr an der Wand bemerkte sie mit einer Stimme, die keinen Widerspruch duldete: „Jetzt ist Teetied. Kaffee könnt ihr später haben. Sonst bringt ihr hier doch alles durcheinander." Sie lächelte und verschwand zur Tür hinaus.

„Ah ja", war alles, was Pauls Vater zu dem forschen Auftreten der Bäuerin zu sagen hatte, um dann gleich zur Sache zu kommen. „Ich nehme an, die Polizei ist inzwischen informiert", wandte er sich an Claudia Steiner. Es war mehr eine Feststellung als eine Frage.

„Ja", antwortete an ihrer Stelle Bernd Palme. „Ich hab gleich nach dem Frühstück eine Vermisstenanzeige aufgegeben." Er fuhr sich fahrig mit der Hand durchs Haar, bevor er fortfuhr: „Allerdings schien man von der Angelegenheit nicht sonderlich beeindruckt."

„Die Polizisten haben Sie nicht ernst genommen?" Zwischen den Augen von Pauls Vater bildete sich eine steile Falte.

Bernd Palme blies die Wangen auf und stieß dann hörbar die Luft aus. „Sie meinten, dass die jungen Leute erfahrungsgemäß innerhalb der nächsten achtundvierzig Stunden wieder auftauchten. Solange würden sie noch nichts unternehmen."

„So ähnlich sagten es die beiden Kommissare auch", nickte Claudia Steiner und hätte sich vor Schreck am liebsten sofort den Mund zugetackert. Wie konnte sie nur etwas so Unachtsames sagen!

„Welche Kommissare?", ließ die Reaktion von Pauls Vater erwartungsgemäß nicht lange auf sich warten, und er sah die Lehrerin aus schmalen Augen prüfend an.

Die machte eine abwehrende Handbewegung. „Ich hab sie zufällig in Pewsum getroffen", log sie, um nicht zugeben zu müssen, dass sich auch drei weitere Schüler ihrer Aufsichtspflicht hatten entziehen können. „Da hat es in der vergangenen Nacht ein furchtbares Unglück gegeben. Ein Mann ist aus dem Fenster einer Kneipe gestürzt. Er hat es nicht überlebt." Sie strich sich eine Haarsträhne aus der Stirn und hoffte, dass keiner bemerkte, wie ihr das Blut ins Gesicht schoss.

„Aber Paul könnte etwas zugestoßen sein", ging Monika von Hartenberg nicht auf die Lehrerin ein. „Wenn unser Sohn nun irgendwo hilflos …" Sie brach den Satz ab und schüttelte verständnislos den Kopf.

„So hilflos ist Paul nun auch wieder nicht", knurrte ihr Mann.

„Immer hast du was an dem Jungen auszusetzen!", entgegnete sie und ihre Augen verdunkelten sich.

„Er gibt mir auch ständig Anlass dazu."

Die Lehrer sahen sich peinlich berührt an. Dies hier würde doch wohl nicht in einem Ehestreit ausarten?

„Wir sollten überlegen, was wir jetzt tun können", sagte Bernd Palme und versuchte, seiner Stimme einen gelassenen Klang zu geben, was ihm jedoch nicht so ganz gelang. Auch er machte sich schreckliche Sorgen um Paul, versuchte aber, es sich nicht anmerken zu lassen. Natürlich war der Schüler ein nicht ganz einfacher und auch zu Teilen egozentrischer Junge, der die typischen Einzelkind-Allüren zeigte. Aber Bernd Palme konnte sich nicht vorstellen, dass er einfach so abhaute. Warum auch?

Nachdem Paul sich anfangs ein wenig schwer damit getan hatte, sich nach dem Wegzug aus der Schweiz in seiner neuen Heimat Hamburg einzuleben, hatte er doch recht schnell Freunde gefunden, mit denen er auch außerhalb der Schule viel unternahm. Außerdem war er mit seinen dunklen Locken, den markanten Gesichtszügen und der athletischen Figur der Schwarm aller Mädchen. Paul war ein guter Schüler, seine private Leidenschaft gehörte dem Klavierspiel. Auch hieß es, er bastele heimlich an einer ersten Buchveröffentlichung, aber noch hatte er sich damit nicht an die Öffentlichkeit getraut.

Zu Hause fehlte Paul nichts, soweit der Lehrer das beurteilen konnte. Sein Vater, ein Schweizer Unternehmer, schwamm im Geld und ermöglichte dem Jungen ein materiell sorgenfreies Leben. Welchen Grund sollte es also für ihn geben, das alles einfach so aufzugeben und sich in ein ungewisses Abenteuer zu stürzen?

Noch bevor einer der Anwesenden etwas auf Palmes Bemerkung erwidern konnte, kam die Bäuerin mit einem Tablett in den Händen hereinmarschiert. „So", verkündete sie strahlend, „nun hab ich es Ihnen mal so richtig schön gemacht." Sie stellte ein messingfarbenes Stövchen auf den Tisch und platzierte eine Porzellankanne mit original ostfriesischem Rosenmuster darauf. Dann schob sie ein paar Tassen hin und her und tat jeweils einen Kluntje hinein. Nur wenige Augenblicke später war das mehrfache Knistern der kleinen Zuckerklumpen zu hören, als sie den heißen Tee darüber goss. „Nun noch ein büschen Sahne und fertich ist der Ostfriesentee", strahlte sie über beide Wangen. „Treckpott up Tafel und Kluntjes detegen, een Kumke mit Room und 'n Leepel mit Schwan*", trällerte sie vor sich hin. „Hat schon der selige Hannes Flesner gesungen. Gibt es hier bei mir umsonst als Zugabe." Sie lachte vergnügt, bevor sie sagte: „Hab noch für jeden ein Stück Apfelkuchen. Frisch aus 'm Ofen. Haben die Schüler unter meiner Anleitung gebacken." Gut gelaunt hantierte sie jetzt mit Tellern und Tortenheber herum und verteilte großzügig Schlagsahne auf die Kuchenstücke.

Bevor sie den Frühstücksraum wieder verließ, strich sie Monika von Hartenberg über den Arm und sagte liebevoll: „Ich hab auch drei Kinner und kann verstehen, wie Ihnen zumute ist. Immer lassen die sich was einfallen, so schnell kannste gar nicht gucken. Und immer ist man als Mutter in Sorge. Kleine Kinder, kleine Sorgen, große Kinder, große Sorgen, heißt es ja so schön. Und, was soll ich sagen, es stimmt! Kannst gar nicht so viel Tee gegen trinken, wie die wieder was aushecken. Gerade erst hat unsere Große – ach, ist ja auch egal. Wollt nur sagen, Ihr Paul ist bestimmt

* Teekanne auf dem Tisch und Kluntjes daneben, ein Schälchen mit Sahne und ein Löffel mit Schwan

bald wieder da. Da machen Se sich mal keinen Kopp." Sie kratzte sich kurz an der Stirn, bevor sie sagte: „Was mir grad noch einfiel: Hammse denn schon mal bei dem noor Wicht* von Fietje Hayenga nachgefracht?"

„Bei wem? Was für ein Wicht?", fragte Gernot von Hartenberg, der von dem Redeschwall der Bäuerin gerade etwas überfordert schien.

„Na, de Lütje van Fietje", sagte sie und presste einen Zeigefinger an die Schläfe zum Zeichen, dass sie nachdachte. „Tomke? Nee. Antje? Nee."

„Annika", brummte es von der Tür her. Nur kurz sah man den Bauern mit einem Korb Kartoffeln in den Händen an der Tür vorbeilaufen.

„Richtig! Annika!", nickte die Bäuerin. „So was Modernes war das. Mein Mann hat die beiden zusammen gesehen, ist ihm grad wieder eingefallen, sacht er."

„Wann?", fragte Claudia Steiner verdutzt.

„Vorgestern ja wohl. Ja. Ist 'n bildhübsches Ding, dat Wicht. Lange blonde Haare und so. Büschen dünn vielleicht. Und dumm wie hundert Meter Feldweg. Aber das stört die Jungs ja nich. Schließlich wollen sie ja nicht mit ihr reden, sacht mein Mann immer." Wieder ließ die Bäuerin ihr gurrendes Lachen hören.

„Können Sie uns denn sagen, wo das Mädchen wohnt?", fragte Bernd Palme.

„In Pewsum. Mitten im Dorf. Nicht weit von der Kneipe wech, wo jetzt doch Peter Theelen mit sien duun Kopp aus 'm Fenster gefallen ist. Was 'n Elend. Aber das musste ja

* Plattdeutsch für Mädchen

48

mal passieren, wennse mich fragen. Na ja. Zwei Häuser links daneben, da wohnt Annika."

Die Bäuerin schnappte sich ihr Tablett und rauschte zum Flur hinaus. „Was stehst denn du hier rum und lauschst!", hörte man sie noch schimpfen, bevor sie die Tür hinter sich zu zog.

„Dann sollten wir zunächst mal bei dieser Annika nach-fragen, bevor wir weitere Schritte einleiten", sagte Gernot von Hartenberg mit finsterer Miene.

Die anderen nickten beklommen. Natürlich käme es ihnen entgegen, wenn sich die Sache als so einfach heraus-stellen würde. Aber so recht wollte keiner von ihnen an diese Möglichkeit glauben. Denn eigentlich war Paul keiner, der wegen eines hübschen Mädchens so schnell den Kopf verlor. Dennoch war es einen Versuch wert.

5

Das Haus der Theelens zeugte weder von Wohlstand noch von Armut. Es war einfach ein durchschnittliches, rot-geklinkertes Einfamilienhaus mit Terrasse und Garten, wie es sie in Ostfriesland zu Zigtausenden gab. Über dem Klingelknopf hing ein offensichtlich selbstgetöpfertes Schild mit der Aufschrift: *Hier sind gemeinsam glücklich Mareeke und Peter Theelen.*

„Wer einen solchen Spruch schon an seinen Hauseingang hängen muss, wird's wohl nötig haben", brummte Büttner. Er war nach seinem verspäteten Frühstück nicht sonderlich gut gelaunt, obwohl ihm seine Frau Susanne, die an diesem Tag erst gegen Mittag zur Schule musste, deftiges Rührei mit Speck gemacht hatte. Auf seine spätere Bemerkung hin, dass er soeben eine neue Leiche reinbekommen habe, hatte sie ihm nur wortlos die Flugtickets nach Spanien auf den Tisch und dann die Tür geknallt. „Ich fliege, David, ganz egal, ob dir irgendwelche Leichen dazwischen kommen oder nicht. Und, um es mal freundlich auszudrücken, ich würde es sehr begrüßen, wenn du im Flugzeug neben mir säßest", hatte sie ihm noch durch die geschlossene Tür zugebrüllt.

Nach dieser klaren Ansage hatte das Rührei irgendwie fad geschmeckt.

„Bin mal gespannt, wie es Frau Theelen jetzt geht",

meinte Hasenkrug. „Die Psychologin ist schon wieder gegangen. Sie rief mich an. Frau Theelen hat sich geweigert, mit ihr zu sprechen."

„Dann hoffe ich mal, dass wir jetzt mehr Glück haben", erwiderte Büttner und drückte entschieden auf den Klingelknopf, woraufhin aus dem Inneren des Hauses ein sattes Ding-Dong erklang. Kurz darauf waren hinter der Tür schleppende Schritte zu hören, dann das Drehen eines Schlüssels im Schloss.

„Ja?" Durch den Türspalt war zunächst nur ein schmales, völlig verheultes Gesicht zu sehen. Eine Frau von vielleicht Mitte dreißig sah die beiden Polizisten aus verquollenen Augen an.

„Mein Name ist Büttner", stellte sich der Hauptkommissar vor und zeigte ihr seine Marke. „Mein Kollege hier heißt Hasenkrug. Wir sind von der Kriminalpolizei und würden gerne mal mit Ihnen sprechen." Er deutete auf das Klingelschild. „Sie sind doch Mareeke Theelen?"

Die Frau nickte und zog die Tür ganz auf. Ohne ein weiteres Wort zu sagen, lief sie durch den Flur in Richtung Wohnzimmer. Auch hier sah alles sehr durchschnittlich aus, stellte Büttner fest. Ein ganz normaler Mittelstandshaushalt. Das Einzige, was an dem Zimmer auffallend war, waren die deckenhohen Regale, die zwei der Zimmerwände komplett einnahmen und in denen sich eine kaum zählbare Anzahl von Büchern tummelte.

„Wow!", entfuhr es Sebastian Hasenkrug, „und ich dachte immer, dass ich viele Bücher zu Hause habe. Aber dies hier …" Anstatt den Satz zu beenden, machte er eine raumgreifende Bewegung mit den Armen.

Ein kaum wahrnehmbares Lächeln umspielte nun Mareeke Theelens Mund. „Das ist nur ein kleiner Teil", sagte sie mit dünner Stimme. „Oben haben wir noch eine Bibliothek. Mein Mann ist – er war Redakteur."

„Redakteur? Bei einer Zeitung?", hakte Büttner nach und ließ seine Hand eine Buchreihe entlang gleiten. Anscheinend folgte die Aufstellung der Bücher einem System, denn in diesem Regalfach begannen alle Autoren mit dem Buchstaben C. Er las Namen wie Paulo Coelho, Elias Canetti oder Agatha Christie.

„Online. Er betreibt verschiedene Internet-Portale, auf denen er Bücher bespricht und rezensiert."

„Und davon kann man leben?", wunderte sich Hasenkrug.

„Er hat es versucht. Es lief von Monat zu Monat ein bisschen besser. Zum Anfang dieses Jahres hat er seine Stunden in der Buchhandlung reduziert, in der er seit seiner Ausbildung beschäftigt war."

Mareeke Theelen ließ sich schwer aufs Sofa fallen, bot den Polizisten aber keinen Platz an. „Er hatte noch so viel vor", schluchzte sie in ein Papiertaschentuch.

„Und Sie? Was machen Sie beruflich?"

Büttner meinte eine kurze Verunsicherung in ihren Augen zu erkennen, bevor sie antwortete: „Ich habe meinen Job schon vor etlichen Jahren aufgegeben. Ich bin ausgebildete Kinderkrankenschwester. Aber das – es war einfach nicht mehr mein Ding. Zu viel Stress, zu wenig Geld. Und dann all das Leid."

„Dann hatten Sie ja viel Zeit, das alles hier zu lesen", lächelte Büttner, insgeheim aber fragte er sich, was mit der Frau nicht stimmte. Irgendetwas machte ihn an der

Art, wie sie sich gab, stutzig. Er konnte nur noch nicht benennen, was genau es war. Er nahm an, dass sie recht gut aussah, wenn sie gerade kein so verquollenes Gesicht hatte. Auf einer Anrichte standen drei gerahmte Fotos, auf denen sie neben einem Mann stand und zwar lachend, aber auch ein wenig wehmütig in die Kamera schaute. Ihre blonden Haare, die sie an diesem Vormittag nachlässig zu einem Pferdeschwanz zusammengebunden hatte, fielen ihr auf den Bildern in weichen Wellen auf die Schultern. Ihr etwas rundliches Gesicht mit den blauen Augen, der Stupsnase und den vollen Lippen würde man vielleicht nicht als schön bezeichnen, aber attraktiv war es allemal.

„Ist das Ihr Mann?", fragte Büttner und deutete auf die Fotos.

„Ja. Das ist Peter", nickte sie und wischte sich mit dem Taschentuch über die Augen. Sie stutzte kurz und sah die Polizisten an, als sehe sie sie zum ersten Mal. Dann meinte sie: „Sie sagten, Sie sind von der Kriminalpolizei. Peters Sturz war doch ein Unfall. Warum sind Sie dann hier?"

Büttner räusperte sich, bevor er sagte: „Nun, nach den Untersuchungen unserer Gerichtsmedizin müssen wir leider davon ausgehen, dass Ihr Mann nicht aus dem Fenster gefallen ist, sondern gestoßen wurde. Tut mir leid."

„Gestoßen?" Mareeke Theelen sah ihn aus schreckensweiten Augen an. „Aber wer sollte denn so etwas tun?" Noch während sie das sagte, kauerte sie sich tiefer in die Sofakissen hinein und schlang die Arme um ihren Körper, als würde sie plötzlich frieren.

„Das wollten wir eigentlich von Ihnen wissen", antwortete Hasenkrug. „Man sagte uns, dass Sie am Tatort waren, als

Ihr Mann aus dem Fenster stürzte. Wir dachten, Sie hätten vielleicht etwas beobachtet."

Mareeke Theelens Körper durchfuhr ein Schaudern und sie schlug die Hände vors Gesicht. „Aber ich saß doch noch im Auto", schluchzte sie. „Und plötzlich – da war so ein Geräusch, so ein …" Sie schüttelte den Kopf. „Es muss wohl gewesen sein, als Peter auf den Zaun fiel – überall war plötzlich Blut. Auf meiner Frontscheibe. Es lief einfach so an der Scheibe runter. Peters Blut! Auf meiner Scheibe!" Die letzten Worte hatte sie beinahe geschrien. Sie würgte kurz, als müsste sie sich übergeben, fing sich dann aber gleich wieder.

„Was haben Sie dann gemacht?", fragte Büttner mit leiser Stimme. Es war ihm bewusst, dass es für die Frau die Hölle sein musste, das Erlebte noch mal zu schildern. Aber leider ging es nicht anders.

„Ich bin ausgestiegen, obwohl ich furchtbare Angst hatte." Die Frau sah Büttner mit einem seltsamen, wie weggetretenen Ausdruck in den Augen an, ihr Gesicht war aschfahl. „Zuerst hab ich ihn gar nicht gesehen, mein Auto stand ja direkt vor dem Zaun. Dann aber kamen ein paar Leute aus der Kneipe gestürzt und riefen irgendwas. Ich weiß nicht mehr was. Und dann …" Mareeke Theelen senkte den Blick. „Peter. Er lag – er steckte da und röchelte. Er war voller Blut. Überall. Ein – die Spitzen, sie ragten aus seinem Hals, aus seinem Bauch und – tiefer auch. Ich glaube, er versuchte zu schreien, aber man hörte nur so ein komisches Gluckern. Sein Kopf hing schief und er guckte mich an. Er wollte etwas sagen, öffnete so komisch den Mund. Aber da kam nur Blut raus, ein ganzer Schwall.

Und plötzlich war da auch kein Gluckern mehr. Es war einfach nur still. So still …"

Sebastian Hasenkrugs Gesicht war während dieser Schilderungen wachsweiß geworden. Ein bisschen weniger plastisch hätte auch gereicht, dachte er. Sein Magen rumorte. Bevor die Frau in ihren anschaulichen Ausführungen womöglich fortfuhr, sagte er schnell: „Ich geh mich dann mal in der Bibliothek umsehen, wenn Sie nichts dagegen haben, Frau Theelen."

„Ja", sagte sie mit belegter Stimme, „Treppe hoch und dann zweite rechts. Die Bibliothek war auch gleichzeitig Peters Arbeitszimmer. Aber wonach suchen Sie denn?"

„Nach nichts Bestimmtem. Aber vielleicht gibt es Hinweise."

„Was für Hinweise?"

„Ich – das sehen wir ja dann." Mit einem kurzen Blick auf seinen Chef rannte er ein wenig zu schnell zur Tür hinaus.

„Und Sie können sich gar nicht vorstellen, mit wem Ihr Mann vielleicht in Streit geraten ist?", setzte Büttner seine Befragung fort, nachdem sein Assistent verschwunden war.

„Nein. Peter hat doch niemandem etwas getan", sagte sie und ließ ihren Blick mit einem schiefen Lächeln zu den Regalen wandern. „Er lebte für seine Bücher. Wer sollte denn was dagegen haben."

„Und was führte ihn an diesem Abend zu so später Stunde in die Kneipe?" Büttner ließ sich nun auch ohne Aufforderung auf einen Stuhl sinken, das lange Stehen fand er auf Dauer zu anstrengend.

„Er ist ab und zu noch auf ein Bier weg, um mal unter Leute zu kommen und sich ein bisschen auszutauschen."

„Aber wenn er in einer Buchhandlung arbeitete, dann war er doch ständig unter Leuten", merkte Büttner an.

Mareeke Theelen zuckte die Achseln. „Er meinte immer, er brauche nach all dem intellektuellen Gebrabbel in der Buchhandlung auch mal ein bisschen Stammtischpalaver, wie er es nannte."

„Aha. Er war also ein geselliger Typ?", mutmaßte Büttner.

„Oh ja. Peter liebte Gesellschaft. Wir hatten auch oft Gäste. Ich war ständig nur dabei, irgendwelche Buffets und mehrgängige Abendessen zu organisieren und vorzubereiten", lachte die Frau etwas zu schrill.

„Kinder haben Sie keine?"

„Nein. Leider nicht." Mareeke Theelen sackte wieder in sich zusammen und schaute traurig aus dem Fenster. „Wir haben uns immer welche gewünscht, aber es hat nicht geklappt."

„Und Ihre Schwiegereltern? Leben sie noch? Oder hatte Ihr Mann vielleicht Geschwister?"

„Ja. Sie leben alle hier in der Nachbarschaft, nur ein paar Straßen weiter. Peters Eltern und sein Bruder Karlheinz."

„Gab es irgendwelche Familienstreitigkeiten?"

„Peter und Karlheinz konnten noch nie so gut miteinander. Sie sind zu unterschiedlich. Karlheinz ist hier der Metzger am Ort. Er hat die Fleischerei vor zwei Jahren von seinem Vater übernommen. Und Peter war ja nur mit seinen Büchern zugange. Das passte irgendwie nicht zusammen. Aber sie gingen sich aus dem Weg. Ich kann mir nicht vorstellen, dass Karlheinz irgendeinen Grund gehabt hätte, seinem Bruder so etwas Furchtbares anzutun."

„Sie wissen aber nicht zufällig, ob Ihr Schwager in der

letzten Nacht auch in der Kneipe war?" Büttner musterte die Frau aufmerksam, konnte jedoch nichts Auffälliges an ihrem Verhalten entdecken. Nur, dass er immer noch ein seltsames Bauchgefühl hatte.

„Ich hab ihn zumindest nicht gesehen. Aber Karlheinz war einem Bier nach Feierabend auch nicht abgeneigt. Gut möglich also, dass er da war."

„Es war spät in der Nacht", gab Büttner zu bedenken, „kurz vorm Zapfenstreich. Noch dazu an einem ganz normalen Wochentag. Da liegt man als arbeitender Teil der Bevölkerung doch eigentlich schon im Bett."

„Wie gesagt, ich weiß nicht, ob Karlheinz gestern Abend in der Kneipe war." Mareeke nahm ein paar ungeschälte Erdnüsse aus einer Schale vom Tisch und warf sie von einer Hand in die andere und wieder zurück. Büttner hatte fast den Eindruck, dass sie es unbewusst tat, denn sie machte plötzlich einen völlig abwesenden Eindruck. Gerade wollte er eine weitere Frage stellen, als es an der Haustür läutete.

„Sie erwarten Besuch?", fragte er mit gehobenen Brauen.

„Nein. Eigentlich nicht." Mareeke rutschte nun nervös auf dem Sofa hin und her. „Ich will auch niemanden sehen. Niemanden." Ihr Gesicht nahm einen entschlossenen Ausdruck an, der so gar nicht zu ihrem bisherigen Verhalten passen wollte.

„Sie wollen die Tür nicht öffnen?", fragte Büttner, als das satte Ding-Dong erneut ertönte.

„Nein." Mareeke Theelen presste die Lippen zusammen und schwieg.

Doch schien ihre Weigerung, den ungebetenen Besucher ins Haus zu lassen, umsonst gewesen zu sein, denn nun erschien an der Terrassentür die Gestalt eines Mannes. Nachdem er beide Hände an die Scheibe und sein Gesicht zwischen die Hände gelegt hatte, entdeckte er Büttner und wich deutlich verunsichert zurück. Fast sah es so aus, als wollte er das Weite suchen, denn er drehte sich ruckartig um und machte ein paar Schritte in den Garten hinein.

Nachdem Büttner in Mareeke Theelens Augen ein nervöses Aufflackern wahrgenommen hatte, schob er die Terrassentür auf und rief dem Mann zu: „Kommen Sie ruhig herein, lassen Sie sich durch mich nicht stören. Ich wollte sowieso gerade gehen."

Der Mann zögerte kurz, kam dann aber auf ihn zu und stand wenig später im Wohnzimmer. „Ich wollte nicht stören", sagte er und sah Mareeke Theelen entschuldigend an. „Ich hab nur von diesem schrecklichen Unglück gehört und wollte dir mein Beileid sagen. Ähm – auch von Katja, soll ich ausrichten."

„Das ist lieb von dir, Johannes. Aber ich möchte jetzt lieber alleine sein. Ich – es tut mir leid."

„Nein. Nein, nein", hob der Mann namens Johannes entschuldigend die Hand. „Es ist völlig in Ordnung. Katja meinte nur …"

„Darf ich fragen, wer Sie sind?", meldete sich Büttner zu Wort, als der athletisch gebaute Mann mitten im Satz abbrach.

„Warum wollen Sie das wissen?" Johannes sah ihn skeptisch an.

„Das ist Kommissar Büttner von der Kriminalpolizei", beeilte sich Mareeke zu sagen.

„Kriminalpolizei? Ich denke, es war ein Unfall." Johannes schaute perplex von einem zum anderen.

„Davon können wir derzeit leider nicht mehr ausgehen", erwiderte Büttner.

„Oh. Na dann. Also, mein Name ist Johannes Uphoff. Ich – wir sind Nachbarn. Also meine Frau Katja und ich. Wir wohnen drei Häuser weiter auf der anderen Straßenseite."

„Gut, Herr Uphoff. Kümmern Sie sich ruhig um Ihre Nachbarin. Ich war hier sowieso gerade fertig." Büttner hörte nun auch Hasenkrug wieder die Treppe hinunterkommen. „Wir danken Ihnen, Frau Theelen, dass Sie sich die Zeit genommen haben. Falls wir noch Fragen haben, kommen wir wieder auf Sie zu. Ich nehme ja an, dass Sie nicht vorhaben, in nächster Zeit zu verreisen."

Büttner sah, wie sich Mareeke und Johannes einen schnellen Blick zuwarfen, doch dann schüttelte die Frau den Kopf. „Nein. Natürlich nicht", sagte sie mit fester Stimme. „Wie sollte ich jetzt wohl verreisen wollen. Das geht doch gar nicht."

„Ich wäre dann oben auch fertig", meldete sich Hasenkrug zu Wort und in seiner Stimme schwang Begeisterung mit. „Ich gratuliere Ihnen zu dieser fantastischen Bibliothek, Frau Theelen", strahlte er. „Niemals hätte ich eine solche Fundgrube auch an antiken Werken in einem Privathaushalt vermutet!"

„Ich sagte ja, dass Bücher Peters ganze Leidenschaft waren", seufzte Mareeke Theelen. „Sie können gerne noch mal in den Regalen stöbern, wenn Sie wollen, Herr Hasenkrug. Aber nun wäre ich wirklich gerne allein."

„Natürlich." Büttner hob seine Hand zum Gruß und verschwand mit Hasenkrug zur Tür hinaus. Er bedeutete seinem Assistenten, ihm ein Stück die Straße hinab zu folgen, blieb aber an der nächsten Ecke stehen und versteckte sich hinter einer Hecke. Hier warteten sie für ein paar Minuten schweigend und beobachteten das Haus der Theelens.

„Das hab ich mir gedacht", bemerkte Büttner schließlich. „Dieser Johannes Uphoff hat das Haus nicht verlassen, obwohl die trauernde Witwe ausdrücklich betont hat, dass sie alleine sein will."

„Sie glauben, dieser Johannes ist mehr als ein sich sorgender Nachbar?", schlussfolgerte Hasenkrug messerscharf.

„Worauf Sie sich verlassen können", nickte Büttner. „Und jetzt hören wir uns mal ein bisschen um, was die Nachbarn zu unserem Mordopfer und dessen Frau zu sagen haben. Meistens findet sich ja unter ihnen eine Plaudertasche, die zwar nie etwas gesehen haben will, aber dennoch über alles Bescheid weiß."

6

„Ich bleibe hier."

Nach dieser kurzen Feststellung von Anna, die auf einer aus Baumstämmen zusammengezimmerten Bank vorm Hühnerstall saß und noch einen Karton frisch gesammelter Eier in der Hand hielt, musste sich auch Claudia Steiner erstmal setzen. Sie ließ sich neben Anna auf der Bank nieder und presste Mittel- und Zeigefinger auf ihre Schläfen. Schon seit dem Frühstück verspürte sie starke Kopfschmerzen, und es war nur eine Frage der Zeit, bis sie sich zu einer Migräne-Attacke auswuchsen. Vor ihren Augen hatte bereits ein widerliches Flimmern eingesetzt. Angesichts des Stresses der letzten Stunden verwunderte sie diese Reaktion ihres Körpers überhaupt nicht. Prophylaktisch hatte sie schon mal ein paar Tabletten genommen und hoffte, den Anfall dadurch zumindest abmildern zu können. Schließlich musste sie jetzt funktionieren und konnte sich nicht einfach in einem abgedunkelten Zimmer die Bettdecke über den Kopf ziehen, wie sie es zu Hause immer tat.

Die Lehrerin hatte keine Ahnung, was sie jetzt machen sollte. Denn auch Nico hatte zwischenzeitlich verkündet, dass er auf gar keinen Fall nach Hamburg zurückkehren würde, ohne dass sein Freund Paul wieder aufgetaucht sei.

Und so wie Annas hatte auch sein Gesichtsausdruck keinen Zweifel daran gelassen, dass er es ernst meinte.

„Wenn Sie mich zwingen, mit Ihnen nach Hamburg zurückzufahren, dann nehme ich sowieso den nächsten Zug zurück nach Emden", bekräftigte Anna ihre Entschlossenheit.

„Aber, Anna, ich …"

„Ich meine es ernst." Anna warf einen Blick auf Nico, der in einiger Entfernung gerade dabei war, ein paar Strohballen in den Pferdestall zu schaffen und ihr jetzt freundlich zuwinkte. „Es kann doch nicht schwierig sein, die Schulleitung davon zu überzeugen, dass eine Rückfahrt völliger Quatsch wäre, wenn wir sowieso drei Stunden später wieder hier wären."

Claudia Steiner seufzte. „Der Schulleitung ist es erst dann egal, wenn ihr eine schriftliche Einverständniserklärung eurer Eltern vorlegt. Dann wäre es auch versicherungstechnisch kein Problem mehr. Solange wir aber die Aufsichtspflicht …"

„Kein Problem", fuhr Anna ihr in die Parade und sprang hektisch auf, woraufhin eine schläfrig vor sich hindämmernde Katze fauchend auffuhr und sich auf eine nahegelegene Linde flüchtete. „Ich ruf meine Eltern sofort an und erkläre ihnen die Situation. Die müssen doch Verständnis dafür haben, dass wir unseren Freund nicht einfach so im Stich lassen können, wie es anscheinend alle anderen hier vorhaben." Mit entschlossener Miene drückte sie ihrer Lehrerin den Eierkarton in die Hand, kramte ihr Smartphone aus der Tasche und schlenderte über den mit Kopfstein gepflasterten Hof in Nicos Richtung, um auch ihm zu sagen, dass er mit seinen Eltern telefonieren solle.

„Gibt es irgendetwas Neues?", hörte Claudia Steiner im nächsten Moment die tiefe Stimme Gernot von Hartenbergs neben sich. Sie schaute auf und sah den gutaussehenden Mann aus dem Schatten einer mächtigen Eiche heraus mit schnellen Schritten auf sie zulaufen. Nachdem er und seine Frau bei besagter Annika gewesen waren und diese ihnen glaubhaft versichert hatte, dass sie keinerlei Ahnung habe, wo ihr Sohn sich aufhielt, waren sie direkt zur Polizei gefahren und hatten darauf bestanden, dass die Vermisstenanzeige, die Lehrer Palme am Morgen aufgegeben habe, gefälligst weiter verfolgt werden solle. Mit wenig Erfolg. Trotz der Aufzählung aller einflussreichen Leute, die von Hartenberg vorgab zu kennen, hatte der Beamte nur den Kopf geschüttelt und gemeint, dass sie frühestens achtundvierzig Stunden nach Verschwinden tätig werden würden. Und auch dann hänge Art und Umfang des Tätigwerdens noch von den Umständen ab.

Auf die Frage, was der Polizist denn mit *Umständen* meine, hatte der nur mit den Schultern gezuckt und gesagt: „Das sehen wir ja dann."

„Leider nicht", antwortete Claudia Steiner auf Hartenbergs Frage, ob es etwas Neues gebe. Ihr Kopf war inzwischen ein einziger dumpfer Schmerz. Sie hatte keine Ahnung, wie sie diesen Tag überstehen sollte. Mit einer lahmen Handbewegung deutete sie auf Nico und Anna, die sich auf einen Strohballen gesetzt hatten und sich angeregt unterhielten. „Ein paar Schüler, enge Freunde von Paul, bestehen darauf hierzubleiben. Sie wollen Paul nicht im Stich lassen, sagen sie."

„Eine nette Geste. Aber was soll das bringen?" Gernot

von Hartenberg schaute mit kritischer Miene zu den beiden jungen Leuten hinüber. Dann sagte er plötzlich: „Warum eigentlich nicht. Sie haben doch Ferien. Und wenn sie dadurch das Gefühl haben, Paul helfen zu können …"

„Sie sind noch nicht volljährig", gab die Lehrerin zu bedenken. „Ich brauche zumindest das Einverständnis der Eltern. Außerdem muss ihren Aufenthalt hier irgendwer bezahlen. Die Kids stellen sich das alles immer so einfach vor."

Sie bemerkte, dass sich inzwischen auch Murad, Mehmet und Fiona zu Nico und Anna gesellt hatten. Vier von ihnen hielten ihr Smartphone ans Ohr.

„Ich werde es ihnen bezahlen", sagte Gernot von Hartenberg wie aus heiterem Himmel, nachdem sie die Schüler für ein paar Minuten schweigend beobachtet hatten. „Ich werde sofort mit der Bäuerin sprechen, ob es möglich ist, dass sie hierbleiben. Und wenn es nötig ist, werde ich auch mit den Eltern der Kinder telefonieren."

Noch ehe die Lehrerin etwas erwidern konnte, war Pauls Vater bereits aufgesprungen und auf dem Weg ins Wohnhaus, wo Aaltjen Boom unter der Mithilfe von ein paar Schülern damit beschäftigt war, das Mittagessen für die gesamte Mannschaft zuzubereiten.

Es dauerte nur wenige Minuten, bis Gernot von Hartenberg wieder auf den Hof hinaustrat und schnellen Schrittes auf die Gruppe Jugendlicher zulief, die nach ihren Telefonaten in eine angeregte Diskussion vertieft waren. Auch Claudia Steiner stand nun auf und lief in Richtung Pferdestall, um zu hören, was Pauls Vater ihren Schülern mitteilen würde. Sie konnten solch eine wichtige

Angelegenheit schließlich nicht über ihren Kopf hinweg entscheiden, trug sie doch für alles, was hier passierte, die Verantwortung.

„Das können wir doch nicht annehmen", hörte die Lehrerin ihre Schülerin Anna sagen, als sie sich zu der Gruppe gesellte. Allerdings klang dieser Einwand eher nach einer Floskel, denn nach ernsthaften Skrupeln.

„Ach was", winkte Pauls Vater ab, „das alles hier kostet doch nicht die Welt. Ich freue mich, dass euch Pauls Schicksal und das Leid seiner Eltern nicht egal ist."

Täuschte sich Claudia Steiner, oder hatten sich Nico und Anna bei diesem Satz wirklich einen verstohlenen Blick zugeworfen? Auch hatte Annas Gesicht nun einen intensiven Rot-Ton angenommen, was ganz gewiss nicht an der schon recht intensiv scheinenden Frühlingssonne lag, da sich das Mädchen an diesem Vormittag fast ausschließlich im Schatten aufgehalten hatte.

„Auch wir werden selbstverständlich hier bleiben und weiterhin darauf einwirken, dass die Polizei endlich mal was unternimmt", fuhr Gernot von Hartenberg fort. „Die Situation ist einfach unerträglich. Meine Frau musste sich mit einer Migräne-Attacke ins Bett legen."

„Das kann ich gut verstehen", murmelte Claudia Steiner so leise, dass keiner es mitbekam. Laut sagte sie an Anna und Nico gewandt: „Was sagen denn eure Eltern dazu?"

„Die haben nur Gedöns ums Geld gemacht", antwortete Fiona an ihrer Stelle. „Also meine zumindest. Ansonsten war es ihnen egal, ob ich noch ein paar Tage länger weg bin. Sie sind ja sowieso nie zu Hause."

„Ich dachte, nur Anna und Nico wollen bleiben!?", bemerkte die Lehrerin verdutzt und schaute von einem zum anderen.

„Wenn Anna bleibt, dann bleibe ich natürlich auch", bemerkte Fiona Kaugummi kauend, auch wenn es ehrlicher gewesen wäre, Nicos Namen statt den ihrer Freundin zu nennen.

„Ist doch Ehrensache, dass wir die Babys hier nicht alleine lassen. Wer weiß, was die sich sonst einfallen lassen", grinste Murad und schlug nun seine Handfläche auf die seines Zwillingsbruders Mehmet, der ebenfalls ein breites Grinsen auf dem Gesicht trug. „Und was unsere Alten dazu zu sagen haben, geht Mehmet und mir sonstwo vorbei. Schließlich sind wir volljährig. Und außerdem haben wir den Trip hierher doch sowieso selbst bezahlt. Oder glauben Sie vielleicht, unser Alter hätte dafür auch nur einen Cent locker gemacht!?"

Nein, das hatte Claudia Steiner ganz gewiss nicht angenommen, denn sie wusste von den schwierigen Verhältnissen, unter denen Murad und Mehmet aufwuchsen. Sie gehörten zu den so genannten Kindern aus *bildungsfernen Schichten*. Für die Lehrerin war dies nur einer von vielen zynischen Begriffen, die erfahrungsgemäß nichts anderes ausdrückten, als dass die Eltern sich eine gute Bildung für ihre Kinder schlichtweg nicht leisten konnten. Woran – laut gängigem gesellschaftlichen Vorurteil – natürlich niemand anderes schuld war, als diese Familien selbst, in denen ja nach Volkes Meinung schließlich ein jeder arbeitsfaul war und sich am liebsten auf Kosten anderer in der sozialen Hängematte ausruhte.

Entsprechend hatten Murad und Mehmet es nie leicht

gehabt, sich aus ihrem vermeintlich perspektivlosen Umfeld freizukämpfen. Hatte man im Kindergarten ihr Potenzial noch erkannt, so waren sie praktisch bereits an ihrem ersten Schultag von ihren Lehrern automatisch als hoffnungslose Fälle eingestuft worden. Denn waren nicht auch die Eltern und die älteren Geschwister der Jungen schon Schulversager gewesen? Da war es doch wohl von vornherein klar, dass es bei diesen beiden Kindern genauso sein würde.

Nur mit unendlich viel Ehrgeiz und Mühe und der Unterstützung einer älteren Dame aus der Nachbarschaft, die es sich zur Aufgabe gemacht hatte, sozial benachteiligten Kindern Hausaufgabenhilfe angedeihen zu lassen, war es Murad und Mehmet gelungen, ihr Potenzial auszuschöpfen und sich fürs Gymnasium zu qualifizieren. Hier gehörten sie zwar nicht zu den ausgezeichneten Schülern, bewegten sich mit ihren Leistungen jedoch beständig im Mittelfeld. Was mehr war, als so manches Kind aus so genanntem guten Hause, das maximal das Potenzial für die Realschule mit sich brachte, aber von seinen Eltern aufs Gymnasium gezwungen worden war, von sich behaupten konnte.

„Ja, aber ihr könnt doch Herrn von Hartenberg nicht zumuten, euch allen den weiteren Aufenthalt …", setzte Claudia Steiner zum Protest an, wurde von ihm jedoch sofort unterbrochen.

„Das ist gar kein Problem für mich. Ein Zimmer für die Mädchen und eines für die Jungen. Dazu noch die Mahlzeiten. Keine große Sache. Ich mache es gerne und hab es mit der Bäuerin schon so besprochen."

„Und die Einwilligung von euren Eltern?", wagte die Lehrerin einen letzten Einwand.

„Schon unterwegs", sagten Anna, Nico und Fiona wie aus einem Munde. „Meine Mutter wird alle direkt an die Schule und hierher faxen", ergänzte Nico.

Claudia Steiner wusste nicht so recht, was sie von der Entwicklung halten sollte, doch sie beschloss, es einfach mal so hinzunehmen. Es war schon schwierig genug sich einzugestehen, dass für sie der ganze Ärger nun erst anfing. Gleich für den nächsten Tag war sie schon von der Schulleitung einbestellt worden, um für ihre angeblichen Versäumnisse in Sachen Aufsichtspflicht eine Erklärung abzugeben. Wenn sie Pech hatte, drohte ihr ein Disziplinarverfahren. Zu ihrer Erleichterung hatten sich wenigstens Pauls Eltern wieder beruhigt und machten ihr keine Vorwürfe mehr. Nach Gesprächen mit anderen Schülern war auch ihnen deutlich geworden, dass Paul ganz einfach eigenmächtig gehandelt und damit die Regeln grob missachtet hatte, indem er sich am letzten Mittag ohne ein Wort vom Hof entfernt hatte.

Oder entfernt worden war?

Dies war ein Gedanke, den Claudia Steiner mit aller Macht aus ihrem Kopf zu verdrängen suchte. Jedoch schlich er sich ständig wieder ein. Was, wenn Paul das Opfer einer Entführung geworden war? Ganz von der Hand zu weisen war solch ein Gedanke nicht. Schließlich schwamm die Familie nur so in Geld. Gernot von Hartenberg hatte das mittelständische Familienunternehmen für Orthopädiebedarf nach der Staffelübergabe durch seinen Vater zu einem multinationalen Konzern ausgebaut und beschäftigte weltweit mehrere tausend, wenn nicht gar zigtausend Mitarbeiter. So genau wusste es die Lehrerin nicht. Auf jeden Fall war es ein allgemein angesehenes Unternehmen, das nur in den letzten Wochen Schlagzeilen dadurch machte, dass es wegen des eingebrochenen Geschäftes mit Russland eine Vielzahl von Mitarbeitern hatte entlassen müssen.

Ob sich einer von diesen armen Menschen nun für den Verlust seines Arbeitsplatzes damit rächte, dass er den Sohn des Hauses entführte und für dessen Freilassung Geld erpresste?

Bei dieser Vorstellung drehte sich Claudia Steiner der Magen um, und sie betete zu Gott, dass Pauls Verschwinden eine ganz banale Ursache haben und er schon sehr bald unbeschadet wieder auftauchen möge.

„Ich geh dann noch schnell die Schweine füttern, bevor es gleich Mittagessen gibt", hörte die Lehrerin Murad in ihre Gedanken hinein sagen. Zu jedem anderen Zeitpunkt hätte sie sich gefreut, dass ihre Schüler die ihnen zugeteilten Aufgaben auf dem Bauernhof so gewissenhaft und ohne zu Murren erledigten. In diesem Moment aber konnte sie gar nichts glücklich stimmen. Sie war einfach zu sehr damit beschäftigt, ihre Tränen im Zaum und sich trotz der immer heftiger werdenden Migräne auf den Beinen zu halten.

„Werden Sie auch hier auf dem Hof wohnen, Herr von Hartenberg?", fragte Nico, als Murad sich gemeinsam mit Mehmet auf den Weg zum Schweinestall gemacht hatte.

„Nein. Meine Frau und ich haben uns in einem Gasthaus einquartiert. Sie ist nach unserem Besuch bei der Polizei gleich dort geblieben." Gernot von Hartenberg fuhr sich fahrig durchs dichte, dunkle Haar, das an den Schläfen bereits ergraut war. „Es ist einfach eine unerträgliche Situation. Diese Sorge um Paul. Diese Ungewissheit. Aber am schlimmsten ist es, einfach nur machtlos zu sein und nicht wirklich etwas tun zu können." Seine Schultern sackten nach unten, als hätte ihm jemand eine zentnerschwere Last aufgeladen, und plötzlich wirkte der sonst so stattliche Mann, der um die Fünfzig sein mochte, um Jahre gealtert.

„Gucken Sie mal, was wir gerade gemacht haben", meinte Fiona und hielt Pauls Vater ihr Smartphone unter die Nase. Er setzte sich seine Lesebrille auf und schaute interessiert aufs Display. „*Seit gestern Mittag vermisst*", las er. „*Unser Freund Paul ist während seines Aufenthaltes auf einem Ferienbauernhof im ostfriesischen Pewsum spurlos verschwunden. Bitte Augen offen halten. Wenn ihr ihn irgendwo seht, sofort PN an mich. Ansonsten bitte teilen, so oft es nur geht. Danke!*" Unter diesem Text prangte ein aktuelles Foto von Paul, auf dem er gut gelaunt in die Kamera lachte.

„Und was ist das jetzt?", wollte Gernot von Hartenberg wissen.

„Facebook", antwortete Fiona knapp und ließ vor ihrem Mund eine Kaugummiblase platzen.

„Aha. Und was ist eine PN?"

„Privatnachricht. Kann dann nur ich lesen." Fiona lächelte zufrieden. „Alle anderen hier haben das auch gepostet. Und all unsere Freunde in Hamburg und sonstwo. Außerdem kommt das noch auf viele andere Portale. Ist cool, oder?"

„Ihr seid ja … ich danke euch. Ihr seid wirklich echte

Freunde." Gernot von Hartenberg nickte Fiona dankbar zu und machte sich dann wieder auf den Weg, um nach seiner Frau zu sehen.

Ein Lächeln glitt über Claudia Steiners Gesicht. Ja, dachte sie, manchmal machte das ständige Rumgedaddel der Kinder auf ihren Smartphones durchaus Sinn. „Da sage noch mal einer, die jungen Leute von heute seien alles kleine Egoisten und hätten keinen Gemeinschaftssinn mehr", murmelte sie vor sich hin, während sie zum Wohnhaus lief, um sich vor dem Mittagessen noch für ein paar Minuten hinzulegen.

7

Der Straßenzug in der Pewsumer Siedlung, in der die Theelens zu Hause waren, hob sich in nichts von anderen Straßenzügen in der Krummhörn ab. Gesäumt von Einfamilienhäusern aus den sechziger und siebziger Jahren, zeichnete ihn an diesem sonnigen Frühlingstag vor allem eines aus: Ruhe. Trotz des schönen Wetters hielt sich bis auf eine alte Frau mit Rollator kein Mensch auf der Straße auf. Vermutlich, so dachte Hauptkommissar David Büttner, machten die Daheimgebliebenen einen Mittagsschlaf oder starrten ungeduldig auf die Uhr, weil sie vorhatten, um Punkt fünfzehn Uhr den Rasenmäher anzuschmeißen. Oder aber die nicht berufstätigen Frauen waren im Getränkemarkt, weil sie wussten, dass ihr Mann um sechzehn Uhr dreißig von der Arbeit kommen und den Rasen mähen würde, um sich anschließend zur Belohnung ein kühles Bier zu gönnen. Welches dann natürlich im Kühlschrank zu stehen hatte.

Büttner winkte seine Kollegen zu sich, die gerade unterschiedlichen Fahrzeugen entstiegen waren. „Wir werden jetzt mal den ganzen Straßenzug abklappern", erklärte er, nachdem sich alle um ihn und Sebastian Hasenkrug versammelt hatten. „Je mehr Informationen wir über die Theelens bekommen, desto besser. Erfahrungsgemäß dürfte es nicht allzu schwer sein, die Anwohner nach solch einem Ereignis zum Reden zu animieren. Es sei denn, sie haben allesamt etwas zu verbergen."

„Gut möglich, dass sie dann erst recht über ihre Nachbarn herziehen", gab ein uniformierter Kollege zu bedenken. „Ist doch eine gute Gelegenheit, von sich selber abzulenken."

„Da haben Sie auch wieder recht", nickte Hasenkrug amüsiert, und auch die anderen Polizisten konnten sich ein Grinsen nicht verkneifen. Sie alle kannten ihre Pappenheimer. Einige von diesen hatten bereits die Gardinen beiseite geschoben und linsten neugierig in ihre Richtung. Bei zwei Häusern hatten es die Hausherren plötzlich sehr eilig, ihre Mülltonnen an die Straße zu stellen. Umständlich ruckelten sie an ihnen herum, als suchten sie eine für sie optimale Position auf dem Bürgersteig. Vermutlich galt es aber nur Zeit zu gewinnen, um die Polizisten dann bei passender Gelegenheit anzusprechen. Bei dieser Aktion übersehen zu werden, während der Nachbar lustig aus dem Nähkästchen plauderte, wollte sich schließlich keiner nachsagen lassen.

„Also", gab Büttner das Zeichen zum Aufbruch. „Zwei Zweierteams beginnen links, die anderen rechts und arbeiten sich dann Haus für Haus vor. Haltet euch nicht zu lange bei dem einzelnen Bewohner auf und lasst euch nicht zum Tee einladen. Heute geht es lediglich darum, einen Eindruck zu gewinnen, was die Theelens für Menschen sind und welchen Umgang sie pflegen. Sollte sich herausstellen, dass einem Hinweis intensiver nachgegangen werden muss, dann können wir das immer noch tun."

„Wir fangen gleich mal hier vorne an. Die scheinen Geschmack zu haben", sagte Büttner frotzelnd zu Hasenkrug, nachdem die Kollegen ausgeschwärmt waren. Er deutete auf ein kleines, eher ärmlich aussehendes Haus, das lediglich durch einen mit zahlreichen Nippes übersäten Vorgarten auffiel. Gartenzwerge, Windmühlen und Leuchttürme standen Seit an Seit mit tönernen Nachbildungen heimischer Tiere wie Reh, Eule oder Fuchs.

„Moin." Ein Mann von vielleicht sechzig Jahren öffnete die Haustür, noch bevor die Polizisten geklingelt hatten. „Ist sicher wegen Peter Theelen, dass Sie kommen."

„Moin, Herr …" Büttner warf einen Blick auf den an der Hauswand angebrachten Briefkasten. „Moin, Herr Konrads." Er sah den Mann, der eine viel zu weite Jeans, einen ausgeleierten Pullover sowie abgetragene Hausschlappen trug, abschätzend an. „Ja", sagte er dann. „Wir wüssten gerne, ob Sie die Theelens kennen und ob Ihnen in den letzten Tagen vielleicht etwas Ungewöhnliches aufgefallen ist."

Der Mann rieb sich für eine ganze Weile das unrasierte Kinn, bevor er sagte: „Tja. Das haben Menna, was meine Frau ist, und ich uns auch schon gefracht. Hier in der Straße passiert ja so Einiges. Bei manchem mach man ja gar nicht so genau hingucken."

„So." Büttner warf einen Blick über den Jägerzaun in den Nachbargarten, in dem ein jüngerer Mann dabei war, seinen Rasenmäher mit Benzin zu befüllen. „Ja", sagte er dann, „sieht mir hier alles nach einem ereignisreichen Alltag aus."

Noch bevor der heftig nickende Mann etwas erwidern könnte, war aus dem Hausflur hinter ihm zunächst Gepolter und dann eine resolute weibliche Stimme zu hören.

„Wer ist denn da, Onno?" Eine recht füllige Frau in Bluse und Wollrock schob den Mann beiseite und schaute die Polizisten interessiert an. „Sie kommen sicher wegen unserem toten Nachbarn. Was für eine schlimme Sache, hab ich beim Mittagessen noch zu Onno, was mein Mann ist, gesagt. Wenn man so jung auf so schreckliche Weise sterben muss, ist das ja nicht schön. Hm." Sie strich ein paar Mal über ihren Rock, bevor sie hinzufügte: „Gut möglich, dass das sein Bruder war."

„Das was sein Bruder war?", horchte Hasenkrug auf und machte sich eine Notiz.

„Mögen Sie vielleicht eine Tasse Tee?"

„Nein, Frau Konrads, vielen Dank", lehnte Büttner freundlich aber bestimmt ab. „Wie kommen Sie auf die Idee, dass sein Bruder ihn gestoßen haben könnte?"

„Wen?"

„Peter Theelen."

„Watt?"

„Sie sagten gerade, es sei gut möglich, dass Peter Theelen von seinem Bruder gestoßen wurde."

„Ach so. Ja, das hab ich gesacht." Sie drehte sich zu ihrem Mann um, der im Hausflur beruhigend auf einen nun laut kläffenden Rauhaardackel einredete. Anscheinend war auch der Hund nicht so schnell von Begriff, denn er hatte bereits die ganze Zeit über im Hintergrund auf einem abgewetzten Teppich gelegen und die Polizisten desinteressiert gemustert. Bis jetzt. „Stimmt doch, Onno", schrie Menna Konrads gegen das Bellen an, „das hab ich gesacht! Heute beim Mittagessen hab ich das zu dir gesacht!"

„Jo", brüllte er zurück. „Is ja auch so."

„Und welchen Grund sollte der Bruder – wie heißt er noch gleich?"

„Wer?"

„Der Bruder von Peter Theelen."

„Karlheinz doch. Wieso?"

„Richtig. Aus welchem Grund sollte Karlheinz Theelen seinen Bruder aus dem Fenster gestoßen haben?"

„Sie meinen also auch, dass Karlheinz Peter gestoßen hat?" Die Frau sah ihn aus großen Augen neugierig an.

„Nein, aber Sie haben gerade selbst diese Vermutung geäußert, Frau Konrads", sagte Büttner gequält, während Hasenkrug den Block vor sein Gesicht schob, damit sein Chef sein breites Grinsen nicht bemerkte.

„Die konnten sich doch schon als Kinder nicht leiden", rief nun Onno Konrads aus dem Hausflur heraus.

„Aber deswegen bringt man sich ja noch nicht gleich um", gab Büttner zu bedenken.

„Nee. Gleich ja nicht. Sind ja aber nun auch keine Kinder mehr", antwortete der Mann in bestechender Logik.

„Gab es denn in letzter Zeit irgendeinen Streit zwischen den Brüdern?", startete Büttner einen weiteren Versuch.

„Bestimmt. Die konnten sich doch schon als Kinder nicht leiden."

„Gehört oder gesehen haben Sie aber nichts?"

„Nee. Was denn auch? Die reden doch schon seit Jahren nicht mehr miteinander."

„Ach so." Büttner sah ein, dass dieses Gespräch sie nicht in ihren Ermittlungen weiterbringen würde. „Ich danke Ihnen", sagte er dennoch und bemühte sich, nicht allzu genervt zu klingen, „Sie haben uns sehr geholfen."

„Nur vorhin, da hab ich gesehen, wie Karlheinz zu Mareeke gegangen ist. Keine Ahnung, was der da wollte", meinte Onno Konrads wie nebenbei und kam wieder zur Tür, nachdem sich der Hund beruhigt hatte.

Büttner horchte auf. „Der Bruder des Opfers hat dessen Frau besucht? Sind Sie sich da ganz sicher?"

„Ich kenn doch Karlheinz. Natürlich war der das. Hab mich noch gewundert, weil, der war bestimmt seit Jahren nicht mehr da. Haben sich ja schon als Kinder nicht verstanden, Peter und Karlheinz."

„Gut. Dann gehen wir jetzt mal wieder. Vielen Dank nochmals für Ihre Hilfe."

„Da nicht für", strahlte Menna Konrads, „wir helfen doch gerne. Möchten Sie denn jetzt wohl eine Tasse Tee? Sind auch noch ein paar Weihnachtsplätzchen da."

„Sehr aufmerksam, aber wir müssen weiter." Büttner nickte den Konrads zu und beeilte sich dann, das Grundstück wieder zu verlassen. „Weihnachtsplätzchen", knurrte er und verzog das Gesicht, „die dürften Mitte März gut durch sein." Er blickte die asphaltierte Straße hinab und stellte fest, dass seine Kollegen die Zeugenbefragung am anderen Ende der Häuserreihe, unweit des Mühlenmuseums, begonnen hatten. „Gut", verkündete er, „dann nehmen wir uns jetzt den Nachbarn der Konrads zur Brust. Allerdings sollten wir uns beeilen, bevor – oh. Zu spät." Ein lautes Dröhnen verriet, dass der Nachbar seinen Rasenmäher bereits in Gang gesetzt hatte. Büttner warf einen Blick auf die Uhr. Es war zwei Minuten nach drei. Und wie auf ein geheimes Kommando hin erklang nun auch von mehreren anderen Grundstücken her das wohlbekannte Geräusch lärmender Motoren.

Zwei Grundstücke weiter fuhr ein Auto an den Straßenrand und hielt dort an. Ihm entstieg eine gepflegt aussehende Frau von vielleicht Mitte dreißig, öffnete den Kofferraum und entnahm ihm einen gut gefüllten Einkaufskorb.

„Laut meinen Informationen müsste das die Frau von Johannes Uphoff sein. Katja heißt sie ja wohl", stellte Sebastian Hasenkrug nach einem Blick in seine Notizen fest.

„Und wer ist noch gleich Johannes Uphoff?", wollte Büttner wissen.

„Der potenzielle Liebhaber von Mareeke Theelen. Wir haben ihn heute Morgen bei ihr angetroffen."

„Ach ja. Richtig. Na, da lassen wir den Rasenmäher zunächst mal Rasenmäher sein und befragen die Frau. Natürlich sind wir völlig ahnungslos. Mal sehen, was sie uns zu sagen hat."

„Worum geht's denn?", fragte die schlanke Frau, als die beiden Polizisten nur Sekunden später neben ihr standen und sie um ein Gespräch baten. „Mit Versicherungen sind wir ausreichend eingedeckt und den *Wachtturm* gedenken wir nicht zu abonnieren." Sie lächelte verschmitzt und war Büttner in ihrer natürlichen Art sofort sympathisch. Ihr schmales Gesicht, das sie kaum wahrnehmbar geschminkt hatte, wurde dominiert von einem Paar großer blauer Augen, ihre dunklen lockigen Haare fielen ihr ungebändigt den Rücken hinab bis auf die Hüfte. Am Aussehen konnte es jedenfalls nicht liegen, dass ihr Mann sie womöglich mit der Nachbarin betrog, schoss es Büttner durch den Kopf.

Er hielt ihr seine Marke hin und stellte sich und seinen Assistenten vor. „Wir kommen in der Sache Peter Theelen."

„Ja. Peter", sagte die Frau nur und schüttelte den Kopf, während sie die Klappe des Kofferraums zufallen ließ. „Ich kann es immer noch nicht fassen. Es kam so – plötzlich."

„Sie waren mit ihm befreundet?"

„Eher mit seiner Frau. Aber Johannes – also mein Mann – und Peter verstanden sich ganz gut. Ab und zu haben wir uns auch zu viert auf ein Glas Wein oder zum Grillen getroffen. In der letzten Zeit haben wir uns aber nicht mehr sehr häufig gesehen. Peter schien nicht so gut drauf zu sein. Keine Ahnung, warum."

Während sie nun über einen schmalen Weg an dem mit unzähligen Krokussen und Schneeglöckchen bewachsenen Vorgarten vorbeigingen, warf Büttner seinem Assistenten einen bedeutungsvollen Blick zu. So wie es aussah, hatte die Frau keine Ahnung vom Verhältnis ihres Mannes mit der Nachbarin. Oder sie war eine gute Schauspielerin.

Oder er hatte sich in seiner Einschätzung geirrt.

„Was führten denn die Theelens für eine Ehe?", fragte Büttner, als sie wenig später in der Küche standen und Katja Uphoff begann, ihre Einkäufe in den Schränken zu verstauen.

Sie zögerte einen kurzen Augenblick und zuckte dann die Schultern. „Eine ganz normale, würde ich sagen. Mit Höhen und Tiefen. Wie es eben so ist."

„Ist Ihnen in der letzten Zeit irgendetwas Besonderes aufgefallen? Wirkte Peter Theelen womöglich nervöser oder gereizter als sonst?", wollte Hasenkrug wissen.

„Gereizter? Nein. Peter war immer etwas aufbrausend. Typ Choleriker. Wie ich schon sagte, war er in der letzten Zeit nicht so gut drauf. Aber ich könnte jetzt nicht sagen, dass er sehr viel anders war als sonst. Mein Typ war er nicht, viel zu ehrgeizig. Und vielleicht auch zu – frustriert."

„Frustriert?" Büttner horchte auf. „Inwiefern?"

Katja Uphoff verstaute einen Kopf Blumenkohl im Gemüsefach des Kühlschranks und sah den Kommissar aus schmalen Augen an. „Er vermittelte immer den Eindruck, als sei er mit seinem Leben nicht zufrieden. Ich glaube, er hielt sich für ein verkanntes Genie oder so. Mareeke erwähnte mal, dass er davon träume, mit seinem Geschreibsel mal ganz groß rauszukommen."

„Herr Theelen schrieb auch selbst?", wunderte sich Büttner. „Ich meine, außer den Rezensionen, die er auf seinen Online-Portalen verfasste?"

Katja Uphoff lachte glucksend auf. „Er brachte mal ein paar Texte mit und wollte wissen, was Johannes und ich davon hielten."

„Was für Texte?"

„Kurzgeschichten." Sie strich sich eine Haarsträhne hinters Ohr.

„Haben sie Ihnen gefallen?", fragte Hasenkrug.

„Ganz ehrlich? Sie waren grauenhaft. Völlig verworrene Gedankengänge. Wir haben es ihm allerdings etwas schonender beigebracht."

„Wie hat er reagiert?"

„Er ist rausgerannt und hat die Türen geknallt. Wir haben dann nie wieder was von seinen schriftstellerischen Bemühungen gehört. Geschweige denn gelesen."

„Wir würden auch gerne mit Ihrem Mann sprechen", wechselte Büttner das Thema. „Er ist nicht zufällig da?"

Katja Uphoff warf einen Blick auf die in den Elektroherd

eingelassene Uhr und zog die Stirn in Falten. „Komisch. Eigentlich wollte er heute früher nach Hause kommen, weil wir noch gemeinsam in die Sauna wollten. Irgendwas muss wohl dazwischen gekommen sein. Dabei haben wir unsere Kinder extra bei Freunden einquartiert, damit wir mal ein wenig Zeit für uns haben."

„Wie viele Kinder haben Sie, Frau Uphoff?", fragte Büttner und sah sich in der Küche um, in der einige Spielsachen verstreut auf dem Boden lagen und Kinderzeichnungen an der Wand hingen.

„Zwei. Tomke und Noah. Sie gehen beide in die Grundschule."

„Wären Sie so freundlich, Ihrem Mann auszurichten, dass er sich bitte zeitnah bei uns melden soll?" Hasenkrug drückte ihr eine Visitenkarte in die Hand.

„Ja. Natürlich." Sie zwinkerte Hasenkrug zu. „Aber Sie verdächtigen ihn doch nicht etwa, etwas mit Peters Tod zu tun zu haben?"

„Reine Routine", winkte der mit einer Handbewegung ab. „Wir klopfen sein ganzes Umfeld ab. Man weiß ja nie."

„Aber Sie gehen jetzt nicht mehr von einem Unfall aus, wie ich hörte."

„Von wem haben Sie das gehört?", stellte Büttner die Gegenfrage.

„Von Johannes. Er war doch am frühen Vormittag bei Mareeke, als Sie auch gerade da waren. Ich hatte ihn darum gebeten, mal nach ihr zu sehen, weil ich selbst noch einen wichtigen Termin hatte, den ich nicht aufschieben konnte. Von selbst kommen Männer ja nicht auf so was."

„Ach ja, richtig. Ihr Mann erwähnte es." Büttner sah

seine Theorie vom Liebespaar Theelen/Uphoff Stück für Stück in sich zusammenfallen. Schade, dachte er. Ihm gefielen Tötungsdelikte aus Eifersucht eigentlich ganz gut, denn sie waren in der Regel sehr schnell zu durchschauen.

„Gut, Frau Uphoff", sagte er und deutete auf Hasenkrugs Visitenkarte, die sie auf den Tisch gelegt hatte, „wenn Ihnen noch etwas einfällt, dann können Sie uns jederzeit anrufen."

„Mache ich gerne", nickte sie und begleitete die beiden Männer zur Tür.

„Ach, eine Frage hätte ich noch", meldete sich Büttner erneut zu Wort. „Darf ich fragen, was Ihr Mann beruflich macht?"

„Inzwischen arbeitet er als Programmierer. Früher war er bei der Bundespolizei."

„Und Sie? Sind Sie auch berufstätig?"

„Ja. Ich habe eine kleine Boutique in Emden. Das meiste organisiere ich aber von zu Hause aus, wegen der Kinder. Zwei Angestellte kümmern sich um den Verkauf vor Ort."

„Die Eifersuchtstheorie können wir wohl knicken", stellte Hasenkrug zerknirscht fest, als sie wieder auf der Straße standen. „Wäre ja auch zu einfach gewesen."

„Ostfriesen morden nie einfach, Hasenkrug", bemerkte Büttner. „Das sollten Sie aus unseren früheren Fällen eigentlich gelernt haben."

„Ich frage mich bloß, was der Bruder des Opfers bei Mareeke Theelen zu suchen hatte", überlegte Hasenkrug.

„Find ich jetzt nicht ungewöhnlich, dass der Schwager zu diesem Zeitpunkt bei der Witwe vorbeischaut", meinte Büttner. „Auch wenn sich die beiden Brüder nicht leiden konnten, so gibt es nach einem Todesfall doch immer so einiges zu klären und zu erledigen." Er dachte kurz nach und erklärte dann: „Dennoch fahren wir jetzt mal zur Metzgerei und hören uns an, was Karlheinz Theelen zum Tod seines Bruders zu sagen hat. Und Sie teilen bitte den Kollegen mit, dass sie die Befragungen hier alleine abschließen sollen." Mit düsterem Blick sah er zu dem Nachbarn der Konrads hinüber, der mit seinem Rasenmäher im Vorgarten angekommen war. „Und wenn möglich, sollen sie bei dieser Gelegenheit auch alle Rasenmäher konfiszieren. Dieser Unsitte, einen Rasen zu schneiden, der sich vom letzten Frost noch gar nicht richtig erholt hat, gehört endlich mal der Garaus gemacht", feixte er.

8

Mit einem Handgriff ließ Mareeke Theelen die Lamellen des Sonnenschutzes zuklappen, so dass sie nun eine glatte weiße Fläche bildeten. Minutenlang hatte sie am Fenster gestanden und mit klopfendem Herzen die Polizisten beobachtet, die von Haustür zu Haustür gingen und anscheinend die Nachbarn befragten. Worum es dabei ging, konnte sie sich ja denken. Und was dabei herauskam, auch. Schließlich war es hier in Pewsum nicht anders als in jedem anderen Ort, auch wenn das Zentrum der Krummhörn um einiges größer war als die umliegenden Dörfer der Gemeinde. Keiner wurde hier von Klatsch und Tratsch verschont, erst recht nicht, wenn er sich von dem Rest der Einwohner dadurch abhob, dass er sich aus eben diesem Klatsch und Tratsch heraushielt.

Und genau das hatte sie stets getan. Ihr Leben in der Dorfgemeinschaft war hierdurch nicht einfacher geworden, und immer wieder hatte Mareeke versucht, ihren Mann davon zu überzeugen, in die Stadt zu ziehen. Ob Emden, Aurich, Leer oder Norden wäre ihr egal gewesen. Hauptsache raus. Hauptsache Ruhe. Und Hauptsache Anonymität.

Aber aus irgendeinem Grund, den er nie konkret benannt hatte, hatte Peter seinen Heimatort nicht verlassen wollen. Mareeke verstand es bis heute nicht, denn schließlich schien er die ständige Beobachtung durch die Nachbarn ähnlich schlimm zu finden wie sie selbst.

Ein zaghaftes Lächeln umspielte ihren Mund. Ihr einziger Lichtblick in den sich träge und auch leidvoll dahinziehenden Jahren war der Zuzug von Johannes und Katja gewesen, die sich hier vor rund drei Jahren ein Haus gekauft und liebevoll renoviert hatten. Anfangs hatte es ihr, Mareeke, immer schmerzhaft das Herz zusammengezogen, wenn sie die kleine Familie gesehen hatte. Vater, Mutter und zwei Kinder. Genauso hatte sie es sich immer gewünscht. Wie glücklich sie ausgesehen hatten, wenn sie gemeinsam etwas unternahmen! So, als könnte nichts und niemand ihre heile Welt erschüttern.

Vor allem bei Johannes hatte sie immer den Eindruck gehabt, dass er mit seinem Leben rundum zufrieden sei. Niemals, wenn sie sich zufällig auf der Straße oder auch mal bei einem Tässchen Tee im Garten trafen, hatte er den Anschein erweckt, als fehle ihm irgendetwas.

Bis er eines Tages völlig überraschend bei Mareeke vor der Tür gestanden und ihr gebeichtet hatte, er habe sich über beide Ohren in sie verliebt und er könne und wolle nicht mehr ohne sie sein. Natürlich hatte sie gerade in den Wochen zuvor bemerkt, dass Johannes immer häufiger ihre Nähe suchte. Doch hatte sie sich verboten, zu viel hineinzuinterpretieren. Denn warum sollte er ausgerechnet sie attraktiv finden, wenn er doch mit einer wahren Schönheit verheiratet war? Und warum sollte ausgerechnet sie mal das Glück haben, von einem Mann wirklich begehrt zu werden? Im Ort hörte man allenthalben, dass Johannes ein wahrer Frauenheld sei und schon die eine oder andere vernascht habe. Das aber hielt Mareeke nur für eines dieser Gerüchte, die ständig und überall die Runde machten.

Und sie selbst? Vom ersten Tag an hatte sie gewusst, dass mit Johannes ihr Traummann in ihr Leben getreten war, auch wenn sie sich für diesen ungeheuerlichen Gedanken mehr als einmal selbst gescholten hatte. Sein Lachen hatte sie bis in ihre Träume verfolgt. Doch niemals wäre es ihr in den Sinn gekommen, dass er ihr gegenüber ähnliche Gefühle hegen könne.

Und dann war da ja auch noch Peter, ihr jähzorniger und unberechenbarer Gatte. Sie waren als Jugendliche ein Paar geworden und hatten schließlich geheiratet. Weniger, weil sie sich so abgöttisch liebten, sondern weil ihr soziales Umfeld, sprich ihre Familien und Freunde, es so erwarteten. Mareeke hatte diesen Schritt sehr schnell bereut und ihren Mann schließlich zu hassen begonnen. Nicht, weil er sie regelmäßig anschrie und ihm auch ab und zu die Hand ausrutschte. Nein. Das alles hatte sie stoisch ertragen, weil es nicht allzu häufig vorkam – und weil sie sich schämte, dass ausgerechnet sie auf solch einen Typen hereingefallen war.

Der eigentliche Grund für ihren Hass war die Tatsache gewesen, dass sie nicht schwanger wurde. Nichts hatte sie sich bei ihrer Hochzeit sehnlicher gewünscht als zwei oder drei eigene Kinder. Dafür hatte sie selbst den Sex mit ihrem Mann in Kauf genommen, dem sie noch nie viel hatte abgewinnen können, den sie aber spätestens dann, als man ihr nach einer Untersuchung sagte, dass Peter zeugungsunfähig sei, nur noch als widerlich empfunden hatte.

Und dann war da plötzlich Johannes gewesen. Ohne viele

Worte waren sie sich an jenem Tag in die Arme gesunken und hatten sich leidenschaftlich geliebt. Danach war alles anders geworden, auch wenn sie ihre Liebe geheim halten mussten, bis sich eine Lösung auftat. Mehr als ein halbes Jahr lang hatten sie diese Situation ertragen, bis Johannes vor fünf Wochen, drei Tagen und fünf Stunden freudestrahlend in der Tür gestanden und ihr mitgeteilt hatte, dass er aus beruflichen Gründen nach Thailand umsiedeln würde. Ohne auch nur einen Menschen davon zu informieren, hatte er sich in Südostasien um einen Job beworben und ihn auch bekommen. Jetzt müssten sie nur noch alles stehen und liegen lassen und einfach verschwinden, hatte er gesagt. Katja werde er einen Brief hinterlassen und ihr mitteilen, dass er nicht zurückkäme und sie möglichst schnell die Scheidung einreichen solle. Dasselbe solle sie, Mareeke, mit Peter tun. Keiner würde je erfahren, wo sie sich aufhielten und wenn doch, dann sei vermutlich längst Gras über die Angelegenheit gewachsen und niemanden würde es noch jucken.

Mareeke hatte sich über so viel Naivität gewundert und auch immer wieder ihre Bedenken gegen den Plan vorgebracht. Vor allem wollte sie nicht daran schuld sein, wenn zwei Kinder ihren Vater verloren. Doch hatte Johannes all ihr Wenn und Aber in Küssen erstickt und sie schließlich überzeugen können, dass es nur auf diese Weise möglich sein würde, ihr Leben gemeinsam zu gestalten, ohne dass sich irgendwer aus ihrer Vergangenheit einmischte. Sein alles erschlagendes Argument aber waren die Kinder gewesen, die er mit ihr haben wolle. Er träume davon, mit einer neuen, mindestens vierköpfigen Familie noch mal ganz von vorne anzufangen, hatte er gesagt. Natürlich schmerze es ihn, Tomke und Noah zurückzulassen zu müssen, aber alles habe eben seinen Preis.

Trotz ihres immer wieder aufkeimenden schlechten Gewissens war Mareeke noch niemals in ihrem ganzen Leben so glücklich gewesen.

Nachdem die Entscheidung zum gemeinsamen Neuanfang gefallen war, hatte sie die darauf folgenden Wochen wie in einem Rausch erlebt. Ganz egal, was ihr auch widerfuhr, sie klammerte sich an dem Gedanken fest, dass sie eine neue Chance bekam. Eine Chance, von der sie noch vor sechs Monaten nicht einmal zu träumen gewagt hätte.

Und nun das.

Mareeke stöhnte gequält auf und ließ sich schwer in ihr Sofa fallen. Nur allzu gerne hätte sie die Augen geschlossen und wäre nie wieder aufgewacht. Schon als ihr Schwager Karlheinz an diesem Mittag völlig unerwartet in ihrer Küche gestanden hatte, weil sie anscheinend vergessen hatte, den Durchgang zur Garage abzuschließen, war da plötzlich dieses seltsame Gefühl gewesen. Ein Gefühl des Verlassenseins, das sie seit ihrer Beziehung zu Johannes nicht mehr gekannt hatte und für das sie zunächst keine Erklärung fand.

„Ich hab ihn gesehen!", hatte Karlheinz ihr entgegengeschleudert, noch bevor sie wusste, wie ihr geschah. „Ich hab ihn gesehen, wie er meinen Bruder aus dem Fenster gestoßen hat!"

Auf ihre bange Frage, wen er damit meine, hatte sich ein schmieriges Grinsen auf sein Gesicht geschlichen und er hatte gezischt: „Das weißt du doch, Mareeke. Deinen Johannes hab ich gesehen, wen denn wohl sonst."

„Mei- meinen Johannes?", hatte sie gestammelt und einen dicken Kloß in der Kehle verspürt. „Aber – aber Johannes war doch letzte Nacht gar nicht in der Kneipe."

„Ach nein? Dann frag doch mal seine Frau, ob er zuhause war. Ich kam zufällig vorbei, gerade als Peter aus dem Fenster fiel. War kein schöner Anblick, das kann ich dir wohl sagen. Dich hab ich auch gesehen, wie du mit dem Auto vor der Kneipe gestanden und eine gepafft hast. Kurz vorher waren drei Halbwüchsige reingegangen, nachdem sie dich angeschnauzt hatten, dass du den Motor abstellen sollst. Tja, und da guckt doch plötzlich dein Johannes ganz erschrocken oben aus dem Fenster und gibt dann Fersengeld."

„Aber wie – was – woher weißt du denn …?" Ihre Stimme hatte versagt, und sie war in Tränen ausgebrochen. Wie war denn das möglich? Das hieße ja, dass Johannes seine Drohung, Peter alles heimzuzahlen, tatsächlich wahr gemacht hatte! Aber warum? Warum so kurz vor ihrem gemeinsamen Start ins neue Leben? Was nur war zwischen den beiden vorgefallen, dass Johannes dermaßen ausrastete?

Alles, was sie sich so sehr erträumt, worauf sie sich so sehr gefreut hatte, war in diesem Moment wie eine große Seifenblase zerplatzt und ließ sie in tiefster Verzweiflung zurück.

Doch trotz ihres Kummers hatte Karlheinz keine Ruhe gegeben. „Du glaubst wohl, ich hätte keine Ahnung, dass Ihr zwei es miteinander treibt", hatte er ihr mit sichtlichem Genuss ins Gesicht geschleudert. „Nicht, dass mich das interessiert. Schließlich wusste ich schon immer, dass mein Bruder ein Arschloch ist, der dich gar nicht verdient hat. Darum hab ich ihm auch nix davon erzählt. Hatte meinen Spaß an dem Gedanken, dass du ihm Hörner aufsetzt und er es nicht mal ahnt, obwohl er doch immer sooooo schlau getan hat."

„Aber woher – ich meine, wir haben doch …"

„Die Kleine gefällt mir", hatte Karlheinz mit einer unbestimmten Handbewegung gesagt. „Ich guck Katja gerne mal zu, wenn sie … sie macht selten die Vorhänge zu, weißt du. Na ja, und dabei ist mir aufgefallen, dass dieser Johannes sich ziemlich oft aus dem Haus geschlichen hat. Und jetzt rate mal, was ich herausgefunden hab, als ich der Sache nachgegangen bin."

„Aber warum erzählst du mir das alles?", hatte sie kraftlos gefragt. „Wenn's dich doch nicht interessiert, was Johannes und ich machen …"

„Ich bin ein guter Kerl." Karlheinz' Gesicht war ein einziges Grinsen gewesen. „Ich dachte, ich sag dir mal, dass dein feiner Johannes sich aus dem Staub gemacht hat. So schnell konnste gar nicht gucken, wie der weg war."

„Weg? Was heißt, er ist weg?"

„Ich sag doch. Er hat deinen Alten aus dem Fenster gestoßen. Nun hat er wohl Panik gekriegt und ist abgehauen. Was weiß ich wohin …"

„Woher willst du das wissen?", hatte sie fassungslos gefragt. Bei dem Gedanken, Johannes könne womöglich alleine nach Thailand gereist sein, schnürte sich ihr die Kehle zu.

„Ich sag doch, ich weiß alles", hatte er abgewinkt. „Ich

dachte nur, ich sag es dir, damit du jetzt nicht auf ihn wartest. Musst jetzt weiterhin die traurige Witwe spielen. Und wenn du hier auch in Zukunft deine Ruhe haben willst …"

„Was meinst du damit?"

Karlheinz hatte die Lippen geschürzt und gesagt: „Ich muss Johannes nicht bei den Bullen verpfeifen. Und auch niemandem sagen, was ich von euch weiß."

„Aber?" Sie hatte keine Ahnung gehabt, worauf ihr Schwager hinauswollte.

„Na ja. Von seinem Arbeitszimmer aus, das Peter ja nun nicht mehr braucht, hat man einen guten Blick auf Katjas Schlafzimmer."

In ihrem Kopf hatte nach all diesen furchtbaren Offenbarungen das reinste Tohuwabohu geherrscht, so dass sie erst mit einer gewissen Zeitverzögerung begriffen hatte, was ihr Schwager ihr sagen wollte. Dann aber war ihr alle Farbe aus dem Gesicht gewichen und sie hatte ihn mit ungläubigen Augen angestarrt. „Das ist nicht dein Ernst", hatte sie entsetzt gekeucht, „das kannst du nicht wirklich wollen!"

„Ist doch nichts dabei", hatte Karlheinz mit den Schultern gezuckt. „Keiner wird jemals davon erfahren, wenn du die Klappe hältst."

„Und wenn nicht?"

„Dann kann ich ja den Bullen mal erzählen, wer meinen Bruder auf dem Gewissen hat." Beim nächsten Satz hatte sich ein diabolisches Grinsen auf seinem Gesicht breitgemacht. „Außerdem kann ich behaupten, dass du von allem gewusst hast. Dass du der Anstifter warst. Dass du keinen Bock mehr auf deinen Alten hattest."

„Und warum bin ich dann nicht mit Johannes gemeinsam abgehauen?"

„Was weiß ich. Vermutlich, weil du erst noch die Lebensversicherung abkassieren wolltest."

„Welche Lebensversicherung?"

Karlheinz grinste wissend, ging aber nicht auf ihre Frage ein. „Auf jeden Fall würde das alles sehr, sehr unangenehm für dich, meinst du nicht?"

Nachdem sie darauf nichts erwidert hatte, war Karlheinz die Stufen zum Arbeitszimmer hochgesprungen und hatte wenig später gerufen: „Ich hab's doch gewusst! Von hier aus seh' ich alles!" Nur wenig später hatte er das Haus wieder verlassen und sie in einer Schockstarre zurückgelassen.

Und nun saß Mareeke da und hatte keine Ahnung, was sie jetzt tun sollte. Hatte ihr Schwager die Wahrheit gesagt oder bluffte er nur? Sollte sie es riskieren und ihm sagen, dass er sich seinen Plan mit der Bibliothek in die Haare schmieren konnte?

Bei dem Gedanken, dass Karlheinz dort oben saß und sich an Katja aufgeilte, verursachte ihr einen Brechreiz. Vielleicht sollte sie einfach zu ihrer Nachbarin gehen und ihr sagen, dass es einen Spanner gab, der sie heimlich beobachtete? Aber wie sollte sie ihr erklären, woher sie davon wusste? Und vor allem: Wie würde ihr Schwager darauf reagieren, wenn Katja sich plötzlich nicht mehr so freizügig vorm Fenster zeigte wie sonst?

Wie Mareeke es auch drehte und wendete, es blieb eine aussichtslose Situation. Sie begriff, dass sie gar nichts tun konnte, bevor sie nicht ganz genau wusste, was mit Johannes war. Karlheinz konnte ihr ja schließlich allerlei erzählen! Nein, zunächst einmal musste sie herausfinden, ob Johannes sich tatsächlich aus dem Staub gemacht hatte. Und dann würde sie weitersehen.

In tiefes Selbstmitleid versunken ließ sie ihren Tränen freien Lauf. Warum nur musste immer sie so viel Pech haben?

9

„Boah, ey, wie aso ist das denn!" Jette funkelte ihren Vater über den Rand ihres iPads mit blitzenden Augen an, während sie ihrem Hund Heinrich, der unter dem Küchentisch saß und bettelte, eine Scheibe Salami in den Mund schob.

„Du sollst den Hund nicht am Tisch füttern", knurrte David Büttner, ohne auf ihren Kommentar einzugehen und köpfte sein Frühstücksei. Dann wandte er sich wieder der Tageszeitung zu.

„Findet ihr es vielleicht richtig, einen Menschen einfach seinem Schicksal zu überlassen?", ließ Jette nicht locker. „Würdest du das etwa auch machen, wenn ich mal verschwinde?"

Büttner sah von seiner Zeitung auf. „Ich liebe es, schon beim Frühstück von einem Mitglied meiner Familie angepflaumt zu werden", brummte er ungehalten. „Kannst du dich mal ein wenig deutlicher ausdrücken, wenn du mit mir sprichst?"

„In Pewsum ist ein Junge verschwunden, stimmt's?", fragte Jette.

Büttner stutzte kurz, dann fiel ihm aber wieder ein, dass die Lehrerin am Vortag irgendetwas von einem verschwundenen Schüler gesagt hatte. Im Eifer des Gefechtes hatte er gar nicht mehr daran gedacht. Erst dieser blöde Fall mit dem Fenstersturz, und dann waren Hasenkrug und er am gestrigen Nachmittag auch noch zu einem weiteren potenziellen Mordfall gerufen worden, der sich jedoch im Laufe des späteren Abends als Selbstmord herausgestellt hatte. Nur hatte dieser Einsatz seinen ganzen Ermittlungsplan durcheinandergewirbelt. Und daher waren sie weder dazu gekommen, den Bruder des Opfers zu befragen, noch hatten sie am Abend in die Gaststätte Siebrands gehen können, um sich unter den Gästen mal ein wenig umzuhören.

Büttner konnte es überhaupt nicht leiden, wenn er nicht in seinem Plan bleiben konnte. Das Schlimmste an der Sache aber war, dass seine Frau Susanne Wind von dieser Verzögerung bekommen und sich entsprechend missgelaunt verhalten hatte.

Er seufzte. Es war einfach nur unfair, wenn seine Frau ihn mit stillen und nicht so stillen Vorwürfen geradezu überhäufte. Schließlich machte er auch nur seinen Job und hatte nicht alle naselang mehrere Wochen Ferien wie sie als Lehrerin. Und was, so fragte er sich, konnte denn er dafür, wenn die Ostfriesen sich bevorzugt ungünstige Zeiten dafür aussuchten, ihre Mitmenschen ins Jenseits zu befördern? Sollte er vielleicht zu ihnen gehen und sie bitten, ihre geplanten Tötungsdelikte auf deutlich außerhalb der Schulferien zu legen, weil seine Frau für ihr Vorgehen ansonsten nur wenig Verständnis aufbringen würde?

„Krieg ich heute noch 'ne Antwort?", riss ihn Jette aus seinen Gedanken.

Büttner zog die Stirn in Falten. „Der verschwundene Junge. Ja, ich hab davon gehört. Hieß er nicht Rudolf?"

„Nee. Paul", verdrehte Jette die Augen.

„Richtig. Paul. Und was ist mit ihm?" Büttner schenkte sich noch mal Kaffee nach. Irgendwie hatte er das Gefühl, gerade literweise davon zu brauchen.

„Ihr sucht ihn nicht", antwortete Jette knapp.

„Wer sagt das?"

„Steht hier auf Facebook." Jette hielt ihm ihr iPad unter die Nase.

„Ist er das?", fragte Büttner und deutete auf ein Foto, von dem ihm ein sportlich aussehender Junge entgegenlachte.

„Ja. Und du wüsstest es, wenn ihr nach ihm suchen würdet", meinte Jette schnippisch.

„Die zuständigen Kollegen werden schon wissen, was sie tun", entgegnete Büttner.

„Würdest du das auch sagen, wenn ich verschwunden bin? *Och, guckt einfach mal Jungs, wann es in euren Terminkalender passt, meine Tochter zu suchen.*" Der Sarkasmus in Jettes Stimme war nicht zu überhören.

„Ich versteh gerade nicht ganz, was ich damit zu tun habe", seufzte ihr Vater.

„Genau. Das steht hier auch", erwiderte Jette. „Dass die Polizei nicht weiß, was sie damit zu tun hat, wenn ein Junge so einfach verschwindet."

„Versteh doch, Jette. Die meisten der verschwundenen Jugendlichen tauchen …"

„ … innerhalb von achtundvierzig Stunden wieder auf. Ja, ja, blabla. Das ist doch alles Bullshit, Papa!"

„So ist es nun mal. Ich hab die Regeln nicht gemacht." Büttner machte eine Kopfbewegung zum iPad rüber. „Aber wie mir scheint, wird ja jetzt trotzdem schon weltweit nach ihm gefahndet. Besser könnten wir es auch nicht."

„Sehr witzig!", schnaubte seine Tochter. „Wir kümmern uns wenigstens. Heute Mittag treffen wir uns alle auf dem Hof in Pewsum und gucken, was wir für Paul tun können, während ihr noch Däumchen dreht."

„Wer ist denn wir?", überhörte Büttner die Spitze.

„Na, alle, die das hier lesen oder so."

„Alle?" Büttner schob die Unterlippe vor. „Wie viele Reisebusse und Sonderzüge wurden denn schon gechartert?"

„Mensch Papa ey, ich finde echt, dass du …"

Was seine Tochter fand, sollte Büttner nicht mehr erfahren, weil in diesem Moment sein Handy klingelte. „Ja, Hasenkrug", bellte er lauter als gewollt hinein, während Jette genervt die Augen rollte. „Was!? Entführt?", rief er wenig später. „Und was haben wir – ja, ja, verstehe – da freue ich mich aber ganz mächtig. Und meine Frau wird Pirouetten tanzen vor Begeisterung." Ohne ein weiteres Wort ließ Büttner sein Handy zurück in die Tasche gleiten. „So, wie es aussieht, wird aus eurem Rudolf nun wohl doch noch ein Fall", seufzte er.

„Paul", korrigierte ihn Jette und sah ihn aus großen Augen an. „Nun sag nicht, er ist entführt worden!"

„Zumindest gibt es einen Verdacht."

„Wow!" Jette tippte wie angestochen auf ihrem iPad herum.

„Was machst du da?" Büttner beobachtete sie misstrauisch.

„Ey, Mann, das müssen die anderen doch auch wissen! Schließlich muss das doch in unserer Planung berücksichtigt werden."

„Welche Planung?"

„Im Gegensatz zu euch suchen wir Paul ja schon."

„Haltet euch da bitte raus, Jette. Wenn er wirklich entführt wurde, ist es kein Spiel mehr, sondern kann sogar gefährlich werden."

„Cool wäre es, wenn du mich in Sachen Ermittlungen auf dem Laufenden halten könntest", verkündete Jette unbeeindruckt. „Dann wüssten wir immer …"

„Ich glaube, das habe ich jetzt nicht gehört", schüttelte Büttner den Kopf und erhob sich von seinem Platz. „Sag Mama bitte, dass es später werden kann."

„Spaßbremse", hörte er seine Tochter noch sagen, als er die Tür hinter sich ins Schloss zog.

500.000 Euro oder der Kapitalisten-Sohn stirbt. Näheres später per Festnetznummer Bauer Boom.

„Das ist alles?", fragte David Büttner und gab Nico das Smartphone zurück.

„Das Foto kam auch noch", antwortete Nico mit dünner Stimme und tippte mit schnellen Fingern, bevor er Büttner das Smartphone noch einmal reichte.

Der Hauptkommissar sah sich das Bild mit gerunzelter Stirn an. Nachdem er ein Foto des Jungen auf Facebook gesehen hatte, erkannte er ihn sofort wieder. „Ist es sicher, dass dies ein aktuelles Foto von Paul ist?"

Nico zuckte mit den Schultern, und auch alle anderen schienen es nicht sicher zu wissen. Also sagte Büttner: „Wenn das Foto aktuell ist, dann sieht es zumindest nicht so aus, als hätte man ihn geschlagen oder sonstwie misshandelt. Das lässt hoffen, dass wir es nicht mit allzu brutalen Menschen zu tun haben." Er reichte das Smartphone an Sebastian Hasenkrug weiter, der das Bild nun ebenfalls interessiert musterte.

„Was sind denn das für Bestien? Wer tut denn so was?" Monika von Hartenbergs Tonfall nach zu urteilen, schien sie eher wütend als besorgt zu sein. Sie warf einen gehetzten Blick auf die Uhr und schüttelte den Kopf, als hielte sie die ganze Angelegenheit für eine lästige Unterbrechung ihres eng getakteten Zeitplans.

„Sind Sie der Einzige, der diese Mitteilung bekommen hat?", wollte Büttner von Nico wissen, der ihn mit sichtlich verstörtem Gesichtsausdruck ansah.

„Nein. Herr von Hartenberg und Murad auch", sagte er.

„Wer ist Murad?" Büttner schaute in die Runde, als ein junger Mann, den er bereits vor der Gaststätte gesehen hatte, die Hand hob.

„Sonst niemand?"

Alle Anwesenden schüttelten den Kopf. Neben Murad, Mehmet, Nico, Anna und Fiona, die gerade erst dem Bus ihrer Mitschüler nachgewunken hatten, hatten sich Pauls Eltern sowie das Landwirtsehepaar Boom in dem Frühstücksraum des Bauernhofes eingefunden, während draußen und in den Schlafräumen bereits die Spurensicherung am Werk war.

„Weiß man, von welchem Handy oder Rechner aus die Nachricht gesendet wurde?", wandte sich Büttner an Hasenkrug.

„Prepaid. Keine Chance, da einen Absender zu ermitteln."

„Ich frage mich, warum ausgerechnet Sie drei die Nachricht bekommen haben", wunderte sich Büttner und sah Nico, Murad und Gernot von Hartenberg abschätzend an. „Ich würde mal behaupten, dass es eher außergewöhnlich ist, dass gleich drei Personen ein Erpresserschreiben erhalten."

„Das legt die Vermutung nahe, dass sich der Entführer aus dem Kontakt-Verzeichnis von Pauls Handy bedient hat", meinte Hasenkrug. „Anscheinend weiß er auch, dass Nico und Murad noch hier vor Ort sind." Er kratzte sich kurz am Kopf, bevor er hinzufügte: „Ich meine, wenn irgendjemand anderes, der gerade nicht in diesem Raum ist, auch solch eine Nachricht bekommen hätte, wüssten wir es sicherlich schon. Dieser Jemand hätte sich doch an die Polizei gewendet."

„Es sei denn, er hielte sie für einen schlechten Scherz und hat sie gelöscht", gab Büttner zu bedenken.

„Das könnte natürlich auch sein", nickte Hasenkrug betreten. In Zeiten der Kommunikationstechnologie konnte tatsächlich alles passieren, dachte er. Selbst bei solch schmierigen Erpresserbriefen wusste man nicht mehr, bei wem oder auf welchen Portalen sie überall landeten. Womöglich kursierte er sogar schon auf Facebook. Nachdem sein Chef ihm vom Auftritt seiner Tochter Jette am Frühstückstisch erzählt hatte, würde ihn auch das nicht mehr wundern.

Er fand es frustrierend, weil es die Sache nicht mehr überschaubar machte. Am liebsten hätte er sich jetzt wieder auf den Mordfall Peter Theelen konzentriert, denn zum einen waren Büttner und er für Entführungsfälle ja gar nicht zuständig. Und zum anderen war ein Tötungsdelikt meist eine saubere Sache, die man Schritt für Schritt abarbeiten konnte. Wie es die Logik vorgab, gab es dabei eine Person, die sowieso schon tot war. Bei einem Entführungsopfer aber musste man jede Minute befürchten, dass es noch zum Mordfall wurde, den es zu verhindern galt. Und das war purer Stress.

Schön wäre es also, so die Meinung von Hasenkrug, wenn sich jemand anderes dieser Belastung aussetzte. Leider aber war es derzeit so, dass in einzelnen Abteilungen der Polizei akuter Personalmangel herrschte, weil ein Magen-Darm-Virus unter den Mitarbeitern sein Unwesen trieb. Und so hatte man die Mordkommission mit den Worten *Da ihr ja sowieso in Pewsum seid* angewiesen, sich dieser Entführungsgeschichte anzunehmen. Es gab einfach Tage, dachte Hasenkrug, an denen man besser gar nicht aufgestanden wäre.

„Na, dann werden wir uns mal um eine Fangschaltung kümmern, wenn das nächste Lebenszeichen des Entführers wie angekündigt über das Festnetz kommen soll", meinte Büttner und bedeutete seinem Assistenten mit einer Kopfbewegung, diese zu veranlassen.

„Ich frage mich ja, wieso überhaupt das Festnetz", meldete sich erstmals Mehmet zu Wort. „Ich meine, der Typ könnte doch einfach weiter Nachrichten an die Handys schicken."

„Wir werden's sehen", seufzte Büttner. „Bei so Irren weiß man sowieso nie, was ihnen als Nächstes einfällt. In der Regel stehen Entführer unter einem sehr starken emotionalen Druck, was selten zu rationalen Handlungen führt."

„Können wir denn gar nichts tun?", rief Monika von Hartenberg in den Raum. „Diese Warterei macht einen ja ganz wahnsinnig!"

„Die Kollegen tun, was sie können", antwortete Büttner ruhig. „Aber so lange wir nicht wissen oder keinen Hinweis haben, wo Ihr Sohn sich aufhält, sind auch unsere Möglichkeiten leider begrenzt. Apropos aufhält", wandte sich der Hauptkommissar an seinen Assistenten, „wurde schon überprüft, aus welcher Funkzelle die Nachricht des Entführers abgesetzt wurde?"

„Die Kollegen sind dran. Ich warte auf ihren Anruf", antwortete Hasenkrug.

„Wie sieht es mit den fünfhunderttausend Euro aus, Herr von Hartenberg?", wollte Büttner dann von Pauls Vater wissen. „Könnten Sie diese Summe kurzfristig bereitstellen?"

Pauls Vater fuhr sich müde mit der Hand über das Gesicht. „Ich müsste das mit meiner Bank klären. Aber ich denke, dass ich das hinbekomme."

„Eine halbe Million! Der helle Wahnsinn!" Murad hatte es kaum hörbar gesagt und warf seinem Bruder Mehmet nun einen undefinierbaren Blick zu. Der aber kniff nur die Lippen zusammen und rutschte nervös auf seinem Stuhl hin und her.

„Alles okay?", fragte Büttner die beiden. Irgendetwas an der Reaktion der zwei Jungen kam ihm seltsam vor. Er wusste nur nicht zu sagen, was genau es war.

„Ja – ähm – sicher. Alles easy." Murad senkte wie ertappt den Blick, als ihn nun auch Gernot von Hartenberg aus schmalen Augen musterte.

„Gut." Büttner ließ seinen Blick über die Anwesenden schweifen und sagte dann: „Wir machen uns mal wieder auf den Weg. Sie verstehen sicherlich, dass wir uns auch um den gestrigen Mordfall kümmern müssen. Die Kollegen, die hier vor Ort bleiben, kümmern sich um alles und werden uns ständig auf dem Laufenden halten. Natürlich können Sie uns jederzeit anrufen, falls irgendetwas Besonderes passiert und Sie der Ansicht sind, wir sollten es wissen. Und, Herr von Hartenberg, sorgen Sie doch bitte dafür, dass wir Pauls Computer oder Laptop oder was auch immer er hat, zur Auswertung bekommen. Vielleicht finden sich ja Hinweise auf die Tat. Oder hatte er ihn dabei?"

„Nein. Die Kinder hatten nur die Erlaubnis, ihre Handys mit auf die Fahrt zu nehmen."

„Okay. Dann bringen Sie ihn uns bitte vorbei. Sie kommen ja sicher in den nächsten Tagen mal nach Hamburg und können ihn mitbringen?"

„Ja. Sicher. Die Geschäfte müssen ja auch weitergehen."

„Ich mach dann mal für alle Tee", hörte Büttner die Bäuerin sagen, bevor die Tür hinter ihm ins Schloss fiel.

„Die beiden Jungen, Murad und Mehmet, schienen ziemlich beeindruckt, als von der halben Million Euro die Rede war", bemerkte Hasenkrug, als sie wieder im Wagen saßen und in Richtung Pewsumer Ortsmitte fuhren.

„Um nicht zu sagen, sie wurden auf einmal recht nervös", brummte Büttner. „Ich weiß sowieso nicht, was ich von dieser ominösen Entführung halten soll. Das alles macht für mich keinen rechten Sinn."

„Ja, die ganze Geschichte hat tatsächlich etwas Ominöses", stimmte Hasenkrug seinem Chef zu. „Bei mir hat sich ja der Gedanke festgesetzt, dass es sich bei dem vermeintlichen Entführer um einen Trittbrettfahrer handelt, der Pauls Verschwinden dazu nutzen will, seine Haushaltskasse ein wenig aufzubessern. Schließlich weiß ja inzwischen dank der Kids die ganze Welt von der Geschichte. Und irgendein Bekloppter steht ja bekanntlich jeden Tag auf."

Gerade wollte Büttner darauf etwas antworten, als sein Handy klingelte. „Ja?", brüllte er in die Freisprechanlage, denn just in diesem Moment fuhren Sie an einem LKW vorbei, der dabei war, Altglas-Container zu leeren und dabei naturgemäß einen ohrenbetäubenden Lärm machte.

„Eine Frau Katja Uphoff hat sich im Kommissariat gemeldet", verkündete Büttners Sekretärin Frau Weniger am anderen Ende. „Sie macht sich Sorgen, weil ihr Mann gestern nicht nach Hause gekommen ist."

„Johannes Uphoff ist nicht nach Hause gekommen?" Büttner sah Hasenkrug verblüfft an. „Und hat sie eine Ahnung, wo er stecken könnte?"

„Nein. Sie ist völlig aufgelöst."

„Okay. Danke. Wir fahren bei ihr vorbei." Er warf einen Blick auf die Uhr. „Wir sind auf dem Weg zum Bruder des Opfers. In ungefähr einer Stunde können wir bei ihr sein. Wenn Sie ihr das bitte ausrichten?"

„Wird gemacht."

„Wenn uns die Leute weiter so abhanden kommen, dann kann ich meinen Spanien-Urlaub ja wohl knicken", maulte Büttner, nachdem er das Gespräch beendet hatte. „Als Polizist sollte man nie heiraten, denn die Menschen, mit denen man beruflich zu tun hat, sind so unberechenbar. Von jetzt auf gleich, ohne Vorwarnung, sind sie tot oder verschwunden. Und wir können es dann auf dem Rücken unserer Familien ausbaden. Das hat nichts Schönes, Hasenkrug, überhaupt nichts Schönes."

Mit diesen Worten bog der Hauptkommissar in die Straße ein, in der Karlheinz Theelen seine Metzgerei betrieb. Kurz hinter der Kreuzung, unweit der Manninga-

Burg, bemerkte er einen Blumenladen. Den würde er nachher gleich mal aufsuchen, beschloss er. Schließlich wusste man ja nie, was einen erwartete, wenn man mit einem weiteren Verschollenen nach Hause kam.

10

„Moin", sagte David Büttner, als sie wenig später die Fleischerei betraten.

„Moin", klang es vielstimmig, wenn auch eher gelangweilt zurück. Fünf Augenpaare musterten ihn und seinen Assistenten mit einem Blick, als hätten die beiden Polizisten eine grüne Haut und eine Antenne auf dem Kopf.

„Ich kenn Sie doch", meldete sich nach einigen Momenten des kollektiven Schweigens eine ältere Frau zu Wort, die gemeinsam mit den anderen Kunden geduldig in der Schlange vorm Verkaufstresen wartete, bis sie an der Reihe war. „Sie sind doch von der Polizei. Ich hab Sie nämlich gestern bei Siebrands vor der Kneipe gesehen." Mit hocherhobenem Kopf und wissendem Blick schaute sie in die Runde, und die erhoffte Bewunderung blieb nicht aus, denn sie erntete teils anerkennende, teils neidische Blicke. Anscheinend war man hier wer, wenn man die ermittelnden Beamten schon mal persönlich gesehen hatte und den anderen in Sachen Mordfall damit einen Schritt voraus war.

„Das ist richtig, ja", bestätigte Büttner, hob seine Marke in die Höhe und stellte sich und seinen Assistenten vor.

„Das ist ja wie im Tatort", hörte er einen Mann einem anderen hinter vorgehaltener Hand zuraunen.

„Gab ja auch 'ne echte Leiche", nickte der und schaute ehrfürchtig auf die Dienstmarke, die Büttner gerade in seine Manteltasche zurückschob.

„Sie sind sicher wegen Karlheinz hier", stellte einer der Männer dann treffend fest, woraufhin sich alle Blicke auf den großen, breitschultrigen Metzger richteten, der gemeinsam mit einer jungen, attraktiven Frau hinter dem Verkaufstresen stand und die Ankömmlinge aus stechenden Augen musterte. Er schien nicht gerade begeistert zu sein, die Polizisten zu sehen. „Wir können nach hinten gehen", knurrte er und deutete auf eine Tür in seinem Rücken. „Vanessa, du machst hier mal alleine weiter", wies er seine Mitarbeiterin an. „Soll ja wohl nicht so lange dauern."

„Sieh mal zu, dass du im Gefängnis nicht nur an Vegetarier gerätst!", rief einer der Männer hinter ihnen her, als sie den Nebenraum betraten, und sorgte damit im Ladenraum für große Erheiterung.

„Ich sach nur Tofu-Schnitzel statt Grünkohl mit fetter Mettwurst!", blökte ein anderer noch, bevor sich die Tür hinter den Polizisten schloss.

„Gut gelaunte Kundschaft haben Sie", stellte Büttner fest und zog eine Fratze, als er bemerkte, in welchem Raum sie gelandet waren. Auf großen Tischen lagen Fleischstücke unterschiedlichster Größe herum, sowie Beile, Messer und Fleischklopfer. Am Ende des Raums hingen mehrere Schweinehälften an Haken von der Decke, während irgendein Kessel, dessen Zweck Büttner gar nicht kennen wollte, surrende Geräusche von sich gab. Im Raum war es kühl und es roch streng nach Blut und Fett. Büttner spürte eine gewisse Beklemmung in sich aufsteigen, als er sich klar machte, dass all die zerlegten Tiere, die hier nun vor ihm lagen, am Tag zuvor vermutlich noch ein mehr oder weniger glückliches Leben geführt hatten.

Zwar aß auch er gerne und viel Fleisch, jedoch ging es ihm wie den meisten seiner sich nicht vegetarisch oder vegan ernährenden Mitmenschen: Er zog es vor, nicht zu wissen, woher das Rumpsteak oder das Schnitzel kamen, die auf seinem Teller neben Gemüse und Kartoffeln so appetitlich anzusehen waren. Und schon gar nicht wollte er sie mit den Kälbchen und Ferkeln in Verbindung bringen, die vor nicht einmal einer Stunde auf dem Hof der Familie Boom munter umhergelaufen waren.

„Ich nehme an, Sie sind wegen meinem Bruder hier", ging Karlheinz Theelen nicht auf Büttners Bemerkung bezüglich der gut gelaunten Kunden ein. Er drückte auf einen Seifenspender und wusch sich die breiten Hände unter fließendem Wasser und wischte sie dann an seiner blutverschmierten Schürze trocken. „Kann ich nix zu sagen."

„Wozu können Sie nichts sagen?", hakte Sebastian Hasenkrug nach und kramte seinen Notizblock und einen Stift aus der Tasche.

„Na, zum Mord eben. War ja nicht dabei."

„Aber Sie wissen, dass es ein Mord war", stellte Büttner ruhig fest, während er den stämmigen Mann mit dem feisten Gesicht interessiert musterte.

„Spricht doch jeder drüber. Und mich sprechen alle drauf an. Aber was hab ich wohl damit zu tun, sag ich dann", bemerkte Karlheinz Theelen störrisch.

„Immerhin war das Opfer Ihr Bruder", gab Hasenkrug zu bedenken.

„Vor allem war er ein Besserwisser", entgegnete der Metzger und stellte den surrenden Kessel ab, der plötzlich ein durchdringendes Fiepen von sich gab. Er hob den Deckel an, woraufhin dem Kessel ein kaum zu ertragender Gestank entwich. „Er war ja ach so schlau mit seinen ganzen Büchern und dem Internet und so. Keine Ahnung, wo meine Eltern den herhaben. Passt gar nicht in unsere Familie."

„Red nicht so über deinen Bruder!", meldete sich eine dunkle Stimme von der Tür her, durch die jetzt ein älterer Mann den bis zur Decke gefliesten Raum betrat. Optisch war er praktisch eine Kopie des Metzgers, wenn auch rund drei Jahrzehnte älter. „Moin", sagte er nun dröhnend, ließ dabei jedoch die Hände in den Hosentaschen vergraben. „Günther Theelen. Ich bin der Vadder. Draußen sachte man mir, dass die Polizei da ist, und da dachte ich mir, ich guck mal rein."

„War einer von Ihnen vorgestern Nacht auch in der Gaststätte Siebrands, als der – ähm – das Unglück geschah?", setzte Hasenkrug die Befragung fort.

„Ich hab nix gesehen. Sagte ich ja schon", knurrte Karlheinz Theelen, während sein Vater nur den Kopf schüttelte.

„Und haben Sie irgendeinen Verdacht, wer Ihren Bruder beziehungsweise Ihren Sohn aus dem Fenster gestoßen haben könnte?"

„Nee. Peter war zwar ein arrogantes Ar …"

„Red nicht so von deinem Bruder, hab ich gesacht!", donnerte Günther Theelen die Faust auf den Tisch, noch bevor sein Sohn den Satz hatte beenden können.

„Nee. Wie gesagt, fällt mir niemand zu ein", sagte Karlheinz daraufhin düster.

„Mir auch nicht", knurrte sein Vater.

„Aha." Büttner überlegte kurz, ob es Sinn machte, noch weitere Fragen zu stellen, entschloss sich jedoch dagegen. Aus diesen beiden Herren war sowieso nichts herauszukriegen, sagte ihm seine Menschenkenntnis. Alle weiteren Bemühungen, von den zwei Männern etwas über die Hintergründe des Mordes zu erfahren, wären also für die Katz.

„Nun gut", sagte er und drückte dem Metzger seine Visitenkarte in die Hand, die der in seiner Schürze verschwinden ließ, ohne auch nur einen Blick darauf zu werfen. „Falls Ihnen noch etwas einfällt, rufen Sie mich bitte an." Er wandte sich der Tür zu, doch gerade, als er sie öffnen wollte, fiel ihm sein zweiter Fall ein.

„Ach, Hasenkrug", sagte er, „suchen Sie für die beiden doch bitte mal das Foto raus, das Nico Ihnen geschickt hat."

„Haben Sie diesen Jungen schon mal gesehen?", fragte er wenig später und zeigte Vater und Sohn ein Bild des verschwundenen Paul.

„Wer soll das sein?", brummte Günther Theelen nach einem nur kurzen Blick aufs Foto hörbar desinteressiert, während sein Sohn kurz durch die Zähne pfiff und dann sagte: „Jo. Den hab ich vorgestern gesehen. So gegen Mittag muss das gewesen sein, glaub ich."

„Ach." Büttner konnte sein Erstaunen nicht verbergen, und auch Hasenkrugs Körper straffte sich. „Und darf ich fragen, wo genau Sie ihn gesehen haben?"

„Drüben, auf dem Parkplatz vor der Manninga-Burg. Der stand da mit einem Mann. Ich dacht noch, was bölken die sich denn so laut an. Streiten können die doch auch zu Hause."

„Und worüber haben sie gestritten?"

„Weiß ich doch nicht. Müssen Sie sie schon selbst fragen."

„Können Sie den Mann beschreiben, der da bei dem Jungen stand?"

Karlheinz Theelen rieb sich über das unrasierte Doppelkinn, dann sagte er: „Groß war der. So wie so 'n Schrank. So 'n feiner Pinkel in Anzug und Krawatte und so. So einer, wo man gleich kein Vertrauen zu hat. Sind doch alles Verbrecher, die mit Anzug am helllichten Tag durch die Gegend laufen. Dunkle Haare, glaub ich. Nicht mehr ganz frisch. Fünfzig vielleicht."

Konnte das sein? Büttner schürzte die Lippen und sagte dann zu Hasenkrug: „Können Sie irgendwo ein Foto vom Vater des Jungen auftun?"

„Ich kann mal googeln", nickte der und nahm sein Smartphone zur Hand. „Könnte es dieser Mann gewesen sein?", fragte er Sekunden später und hielt dem Metzger erneut ein Bild unter die Nase.

„Jo. Der war das", nickte der sofort.

„Sind Sie sicher?", vergewisserte sich Büttner.

„Jo. Der war das. Was ist denn mit ihm?"

„Und Sie sind sich auch sicher, dass Sie ihn vorgestern gesehen haben?"

„Jo. Weiß noch, dass ich gerade aus Greetsiel kam. Hatte frischen Granat im Auto. Sollte Krabbensuppe geben, als Vorspeise zum Mittagstisch. Hier kommen mittags immer Leute vorbei, die was Warmes essen wollen, wissen Sie."

„Jo. Dann war das vorgestern", bestätigte sein Vater.

„Deine Mutter meinte, hat gut geschmeckt, die Krabben-suppe. Gestern gab's dann ja Kohlrouladen. Waren auch gut."

„Vielen Dank. Sie haben uns sehr geholfen", meinte Büttner, auch wenn ihn die Information zu diesem Zeit-punkt noch mehr verwirrte als Klarheit zu schaffen.

„Da nicht für." Karlheinz Theelen hielt den Polizisten die Tür zum Verkaufsraum auf. Diesmal war keine Kundschaft da, wie Büttner zufrieden zur Kenntnis nahm. „Noch ein Mettbrötchen auf die Hand?", fragte er, als Büttner im Vorbeigehen einen Blick auf die Auslage warf. „Sie sehen ja schon ganz ausgehungert aus, Herr Kommissar."

Büttner zögerte. Hatte er nicht erst vor wenigen Minuten ein schlechtes Gewissen gegenüber den armen Tieren ge-habt? Aber, dachte er dann, zum Vegetarier konnte er auch noch an einem anderen Tag werden. Und außerdem: Wer konnte schon sagen, wann er das nächste Mal Gelegenheit zum Essen haben würde!? „Gerne", sagte er deshalb und zog sein Portemonnaie aus der Tasche.

Wenige Minuten später stand er mit seinem Assistenten vor dem Blumenladen und biss herzhaft in sein großzügig bestrichenes Brötchen.

„Und was machen wir jetzt mit Gernot von Hartenberg?", schmatzte Hasenkrug, der ein Frikadellenbrötchen er-standen hatte.

„Ich muss erstmal verdauen, was ich soeben gehört habe", grunzte sein Chef. „Ich würde sagen, wir kümmern uns jetzt um den vermissten Johannes Uphoff und dann sehen wir weiter. Als Allererstes aber kaufe ich einen riesigen Blumenstrauß für meine Frau. Der wird sie hoffentlich daran hindern, mir gleich an die Kehle zu springen, wenn ich mit noch einem Verlorengegangenen nach Hause komme."

11

Es war ein Frühlingstag, wie er schöner nicht sein konnte. Im Garten blühten Krokusse, Schneeglöckchen und Narzissen um die Wette, und auch die ersten Tulpen streckten ihre Knospen in die laue, leicht nach Meer duftende Luft. Die warmen Strahlen der Sonne und der fröhliche Gesang der Vögel waren nach einem langen und strengen Winter zweifelsohne dazu angetan, bei den Menschen gute Laune zu verbreiten.

Und doch hatte Mareeke noch nie eine solch verzehrende Kälte verspürt wie an diesem Tag. Es war, als würde sich eine minütlich wachsende Anzahl von Eiskristallen auf ihre Seele legen und ihr Innerstes in eine frostige Hölle verwandeln.

Johannes hatte sich aus dem Staub gemacht. Nach dem Besuch von Karlheinz am Tag zuvor hatte Mareeke sich eingeredet, dass ihr Schwager nur bluffte. Nie im Leben hätte Johannes sich nach Thailand oder sonstwohin abgesetzt, ohne sie, seine große Liebe, mitzunehmen. Schließlich war er noch am Morgen nach dem Unglück bei ihr gewesen und hatte ihr Mut zugesprochen und ihr gesagt, sie würden diese Krise gemeinsam durchstehen und dann, gleich nach Peters Beerdigung, in ihr neues Leben starten.

Auf ihre Frage, ob es denn für seinen thailändischen

Arbeitgeber in Ordnung sei, wenn er ein paar Tage später käme, hatte Johannes nur gelacht und gesagt, das sei überhaupt kein Problem, da es bei diesem Job auf einen Tag früher oder später nicht ankäme.

Mareeke hatte diese Aussage klaglos akzeptiert, auch wenn Johannes ihr nicht hatte erzählen wollen, um was für eine Art Job es sich denn eigentlich handele. *Sei nicht so neugierig*, hatte er ihr zärtlich ins Ohr geflüstert, *du wirst es noch früh genug erfahren.*

Und jetzt? Mareeke schlug fröstelnd die Arme um ihren Körper und sah ihre Nachbarin Katja, die ihr in Tränen aufgelöst gegenüber saß, aus stumpfen Augen an. Was war das hier? Absurdes Theater für Arme? Mareeke war schon ein paar Mal kurz davor gewesen, hysterisch aufzulachen, so unendlich widersinnig erschien ihr diese Situation in manchen Momenten. Ausgerechnet Katja! Überall hätte sie sich Trost suchen können. Warum also bei ihr?

Wie gut musste Johannes ihr Geheimnis gewahrt haben, dachte Mareeke, wenn selbst eine so intelligente und lebenstüchtige Frau wie Katja nicht das Geringste von der Affäre ihres Mannes geahnt hatte!?

„Was ist denn hier nur los?", schluchzte Katja wohl zum hundertsten Mal an diesem Morgen. Seit einer halben Stunde saß sie bei Mareeke im Wohnzimmer und ließ ihren Tränen freien Lauf.

„Ich wusste nicht, wohin ich gehen soll", hatte sie an der Haustür gesagt, als sie Mareekes überraschten Blick bemerkte, „und da dachte ich, dass du mich wahrscheinlich am ehesten verstehen und auch ertragen würdest, weil doch auch du gerade um deinen Mann trauerst."

„Noch ist Johannes ja nicht tot", hatte Mareeke mit trockener Kehle erwidert. Der Drang, ihrer Nachbarin einfach die Tür vor der Nase zuzuknallen, war noch nie so groß gewesen wie in diesem Moment. Doch hatten draußen auf dem Bürgersteig zwei ältere Frauen gestanden und sie neugierig beobachtet. Hätte Mareeke ihrem Drang also nachgegeben, wären sie und Katja sofort *das* Gesprächsthema in der ganzen Nachbarschaft gewesen. Doch war noch mehr an Aufmerksamkeit genau das, was sie zurzeit überhaupt nicht gebrauchen konnte. Schon dieses ganze Buhei um Peters Tod war ihr zu viel. Schließlich war sie seit Monaten darin geübt, sich allem und jedem gegenüber möglichst unauffällig und angepasst zu geben, damit niemand etwas von ihren außerehelichen Vergnügungen mitbekam. Und genau so sollte es nach Möglichkeit auch bleiben.

Schon als Kind hatte sich Mareeke oft gewünscht, eine Prinzessin zu sein, die über die besondere Gabe verfügte, sich unsichtbar machen zu können. Dann hätte sie tun und lassen können, was sie wollte, ohne der ständigen Kontrolle ihrer Eltern und ihres sozialen Umfeldes ausgesetzt zu sein. Häufig hatte sie sich mit Hilfe ihrer geliebten Bücher in andere Welten hineingeträumt, um ihrer eigenen zu entfliehen. Vermutlich, so hatte sie schon oft gedacht, war Peters literarisches Universum der eigentliche Grund gewesen, warum sie ihn geheiratet hatte. Denn was, bitte schön, konnte schöner sein, als ein Haus voller fremder Welten, wenn man in seinem eigenen kleinen Kosmos keinen Platz für sich fand?

„Meinst du, das Verschwinden von Johannes hat irgendwas mit Peters Tod zu tun?", jammerte Katja jetzt. „Ich meine, ist es vielleicht gar kein Zufall, dass er ausgerechnet jetzt verschwindet?"

Mareeke schluckte schwer. Genau diesen Gedanken versuchte sie schon die ganze Zeit zu verdrängen. War es möglich, dass Karlheinz recht hatte? War Johannes tatsächlich der Mörder ihres Mannes? Hatte ihn seine Wut auf Peter plötzlich doch noch übermannt? War irgendetwas Spezifisches zwischen den beiden vorgefallen, von dem sie nichts wusste? Gut möglich. Denn aus welchem anderen Grund hätte sich Johannes mitten in der Nacht in der Gaststätte Siebrands herumtreiben sollen, von der er wusste, dass Peter sich hier oft noch einen Absacker gönnte?

„Ich hab wirklich keine Ahnung, Katja", erwiderte Mareeke lahm. „Hältst du es für möglich, dass er dich einfach verlassen hat?" Sie konnte sich diese Spitze nicht verkneifen.

„Wie meinst du das?", fragte Katja und wischte sich mit einem Papiertaschentuch über das tränennasse Gesicht.

„Was ist daran denn schwer zu verstehen?", erwiderte Mareeke ein wenig zu schroff. „Kann doch sein, er wollte einfach mal etwas anderes erleben. Oder es gab eine andere Frau, in die er sich verliebt hat", fuhr sie schonungslos fort und erschrak selbst darüber, wie viel Spaß es ihr machte, die völlig verstörte Frau noch zusätzlich zu piesacken.

„Das hätte ich doch gemerkt", entgegnete Katja unaufgeregt und machte eine wegwerfende Geste. „Außerdem ist Johannes ganz bestimmt kein Mann, der seine Kinder einfach so im Stich lässt. Und seine schwangere Frau", fügte sie fast flüsternd hinzu und rieb sich über den Unterleib.

„Sagtest du – schwanger?", fragte Mareeke heiser. Das Zimmer begann sich plötzlich um sie zu drehen, und sie krallte ihre Hand haltsuchend in die Lehne des Sessels. Sie musste sich verhört haben! Das konnte nicht sein! Johannes hatte doch gesagt, dass er und Katja schon seit Monaten keinen Sex mehr hatten! Was erzählte sie da also?

„Ja", hauchte Katja, und ein schwaches Lächeln umspielte ihren Mund. „Ich bin in der siebten Woche. Johannes wollte unbedingt noch ein drittes Kind. Schon lange hat er mir damit in den Ohren gelegen. Er hat sich so gefreut, als ich ihm sagte, dass es geklappt hat. Seitdem war er noch viel zärtlicher zu mir."

Mareeke versuchte es zu verhindern, aber gegen die plötzliche Revolte ihres Magens kam sie nicht an. Mit einem heftigen Würgen sprang sie auf und taumelte, die Hand vor den Mund gepresst, ins Bad, wo sie sich in die Toilettenschüssel erbrach. Ihr Körper war von kaltem Schweiß benetzt, als sie sich nur wenig später kraftlos auf den Boden sinken ließ. In ihr war nur noch Leere. Wie sehr hatte sie sich von Johannes ein Kind gewünscht! Wieder und wieder hatte sie zu ihm gesagt, dass sie am liebsten die Pille absetzen und sofort schwanger werden würde! Und genauso oft hatte er ihr dann zärtlich über den Kopf gestrichen und gesagt: „Lass uns nichts überstürzen. Denk dran, mein Schatz, dass dieses Kind dann offiziell Peters wäre. Den Gedanken könnte ich nicht ertragen. Wir bekommen ein Kind unserer Liebe, sobald wir beide frei sind. Dann kann und wird es uns auch keiner mehr wegnehmen."

Bei dem Gedanken daran, dass er trotz dieser fast salbungsvollen Worte in der Zwischenzeit eine andere Frau geschwängert hatte, löste von neuem einen heftigen Brechreiz in Mareeke aus, und nur mit Mühe schaffte sie es, sich erneut an der Kloschüssel hochzuziehen. Die Einsicht, dass Johannes ihr in all den wundervollen Stunden, die sie miteinander teilten, nur etwas vorgemacht hatte, überkam sie wie ein Wirbelsturm, dem sie nichts entgegenzusetzen hatte. Er entriss sie ihrem so mühsam behüteten Traum und machte sie von einer Sekunde auf die andere heimatlos.

Sie wollte nur noch sterben.

„Mareeke? Ist alles in Ordnung?", hörte sie in den Strudel ihrer Gedanken hinein Katjas weinerliche Stimme.

Du hast mir mein Kind genommen!, wollte Mareeke ihr in ihrer Verzweiflung entgegenkreischen, doch ihrer Kehle entwich nur ein Krächzen.

„Ist alles in Ordnung?", fragte Katja erneut. Sie stand in der Badezimmertür und glotzte ihre Nachbarin, die zusammengekauert am Boden saß, mit großen Augen an. „Oh mein Gott, Mareeke", wisperte sie, „komm, ich helfe dir auf! Soll ich einen Arzt rufen?"

Am liebsten hätte Mareeke ihre Rivalin grob zurückgestoßen, als diese sie am Arm fasste und auf die Füße zog. Aber aus ihrem Körper war alle Kraft gewichen und ihre Gliedmaßen schlenkerten wie unkontrolliert herum.

„Keinen Arzt", keuchte Mareeke, als ihre Nachbarin sie kurz darauf in einen Sessel sinken ließ und zum Handy griff. „Bloß keinen Arzt."

„Aber, Mareeke, du kannst doch nicht ...", setzte Katja zu einer Entgegnung an, doch erklang in diesem Moment das Läuten der Klingel. „Erwartest du noch Besuch?", fragte sie irritiert.

119

Als Mareeke nicht antwortete, sondern nur mit glasigen Augen vor sich auf den Boden stierte, ging Katja zur Haustür, um sie zu öffnen. „Ach, Sie sind es!", entfuhr es ihr, als sie sah, wer vor ihr stand. „Sie hatte ich ja völlig vergessen!"

„Nun, wenigstens hatten Sie uns ja einen Zettel an die Tür gehängt, dass wir Sie hier finden", brummte Hauptkommissar David Büttner und schnippte mit den Fingern auf ein Stück Papier, das er in der Hand hielt.

„Ich – wollte nicht alleine sein", sagte Katja entschuldigend.

„Kein Problem. Das verstehen wir voll und ganz. Dürfen wir reinkommen, oder sollen wir das Gespräch lieber in Ihrem Haus fortsetzen?"

„Nein. Ich meine, ich – Mareeke – also Frau Theelen – geht es gerade nicht so gut." Katja machte eine fahrige Handbewegung zum Wohnzimmer hin. „Sie hatte einen Schwächeanfall. Ich würde sie jetzt nur ungern alleine lassen."

„Einen Schwächeanfall?" Sebastian Hasenkrug schob die Frau beiseite und eilte in die angegebene Richtung. Hatte er nach einem Blick auf Katja Uphoff angenommen, dass man erbärmlicher kaum aussehen konnte, so sah er sich jetzt getäuscht. Wie ein Häuflein Elend hing Mareeke Theelen mehr in ihrem Sessel, als dass sie saß. Ihr Gesicht war aschfahl, die Augen stierten fiebrig glänzend in eine unbestimmte Richtung, die Haare klebten strähnig am Kopf. Zudem zitterte sie am ganzen Leib, und es war unverkennbar, dass sie unter einem Anfall von Schüttelfrost litt.

Ohne lange zu überlegen, griff Hasenkrug nach seinem Handy und orderte einen Notarzt.

„Wie lange sitzt sie denn schon so da?", wollte Büttner wissen, ging in die Hocke und fühlte Mareeke den Puls.

„Gerade erst", erwiderte Katja angespannt. „Mareeke rannte plötzlich zur Toilette und hat sich übergeben. Dann ist sie zusammengebrochen und ich hab sie hierher gebracht. Als ich einen Arzt rufen wollte, hat sie gesagt, dass sie es nicht wolle. Ja. Und dann haben Sie auch schon an der Tür geklingelt."

„Ist zwischen Ihnen beiden irgendwas vorgefallen?", fragte Büttner lauernd.

„Zwischen uns?", entgegnete Katja verdutzt. „Nein. Ich – Mareeke war nicht sonderlich gesprächig. Aber das ist ja auch ganz normal, nach allem, was in den letzten Tagen passiert ist. Vermutlich ist das alles einfach nur zu viel für sie." Sie blickte ihre Nachbarin betrübt an und fügte dann hinzu: „Vielleicht hätte ich sie nicht auch noch mit meinen Problemen belasten sollen. Aber ich nahm an, dass wir uns gegenseitig Halt geben können, weil wir doch nun beide …" Sie räusperte sich. „War wohl keine so gute Idee."

Hasenkrug reichte seinem Chef, der immer noch neben Mareeke kniete, ein Glas Wasser. Büttner versuchte, der Frau ein wenig davon einzuflößen, die aber öffnete nicht einmal den Mund. Es hatte den Anschein, als wäre sie völlig weggetreten, doch plötzlich murmelte sie irgendetwas Unverständliches vor sich hin.

Büttner beugte sich ein wenig vor und schob sein Ohr dicht an ihren Mund, um sie besser verstehen zu können. Sie wiederholte ständig die gleichen Worte, aber es brauchte einen Moment, bis Büttner ihren Sinn erfasst hatte. „Von welchem Kind spricht sie denn?", sagte er dann mehr zu sich selbst.

„Kind? Was genau hat sie denn gesagt?", fragte Hasenkrug.

„Wenn ich es richtig verstehe, sagt sie dauernd: *Aber das ist doch mein Kind. Aber das ist doch mein Kind.*"

Katja stieß einen kurzen, schrillen Schrei aus und schlug sich entsetzt die Hände vor den Mund. „Oh mein Gott", krächzte sie, „das wollte ich doch nicht!"

„Was wollten Sie nicht?" Büttner runzelte die Stirn und machte Hasenkrug ein Zeichen, die Haustür zu öffnen, weil sich unüberhörbar ein Rettungswagen näherte.

„Die Arme. Ich hab ihr von meiner Schwangerschaft erzählt. Dabei wusste ich doch, dass sie sich so sehr Kinder wünschte. Und nun ist ihr Mann tot und sie wird womöglich nie …" Katja spürte Tränen über ihre Wangen laufen, aber sie machte keine Anstalten, sie wegzuwischen. Zu sehr machte ihr wohl der Gedanke, dass ihre unbedachte Äußerung für den erbärmlichen Zustand ihrer Nachbarin verantwortlich sein könnte, zu schaffen.

„Die Patientin sitzt im Sessel." Hasenkrug ließ den Notarzt herein, der sich sofort mit einem Blutdruckmessgerät an Mareekes Arm zu schaffen machte. „Wir nehmen sie mit in die Klinik. Ihr Kreislauf muss stabilisiert werden", sagte der Arzt kurz darauf und gab seinen Kollegen, die in der Tür standen und warteten, die Anweisung, eine Trage aus dem Rettungswagen zu holen. Dann setzte er seiner Patientin eine Spritze. „Irgendwas murmelt sie ständig von einem Kind", stellte er fest und sah Büttner fragend an. „Hat sie vielleicht vor Kurzem irgendein Trauma erlitten?"

„Ihr Mann kam ums Leben", antwortete der Hauptkommissar. „Der Sturz aus dem Fenster der Gaststätte Siebrands. Sie werden davon gehört haben. Kinder hat sie allerdings keine."

In den nächsten Minuten herrschte in der Wohnung geschäftiges Treiben, während sich auf der Straße eine Schar Schaulustiger um den Rettungswagen versammelt hatte.

David Büttner lief ohne ein Wort an ihnen vorbei und winkte Katja Uphoff, ihm zu folgen, nachdem Hasenkrug von ihm die Anweisung bekommen hatte, sich um das Verschließen des Hauses zu kümmern, sobald der Einsatz des Notarztes beendet war.

„Oh mein Gott, Katja wird doch nicht der armen Mareeke was angetan haben!", schallte eine entsetzte Frauenstimme über die Straße. „Erst macht sie unseren Peter kalt und dann auch noch seine arme Frau. Aber ich hab ja schon immer gesacht, dass man sich vor der Uphoff in acht nehmen muss, weil die nicht mehr alle Lichter am Baum hat!"

Büttner grunzte ungehalten und drehte sich dann zu der Menschenansammlung um, die das Geschehen neugierig beobachtete. Die besagte Frau setzte gerade zum Weitersprechen an, als er dazwischenfuhr: „Noch ein Wort, gnädige Frau, und ich werde Sie auf dem Kommissariat lehren, was der Ausdruck üble Nachrede bedeutet und welche strafrechtlichen Konsequenzen dieser Tatbestand nach sich ziehen kann." Augenblicklich erbleichte die Frau, zupfte verlegen an ihrer Dauerwelle herum und verdrückte sich dann nervös kichernd in die entgegengesetzte Richtung.

12

„Also, ein bisschen komme ich mir ja vor wie bei TKKG oder den drei Fragezeichen", bemerkte Fiona und sah sich mit skeptischem Blick um, als Murad anmerkte, das hier sei nun so etwas wie ihre Einsatzzentrale. „Sondereinsatzkommando Paul", sagte er mit einem breiten Grinsen.

Durch Zufall hatte er am Morgen eine Katze beobachtet, die in den Geräteschuppen des Bauernhofes lief und kurz darauf aus einem Loch in der Giebelwand hervorlugte. Vom Entdeckergeist gepackt, was sich da oben wohl befand, war er ihr gefolgt und hatte diesen lauschigen, anscheinend längst vergessenen Platz aufgetan.

„Ist doch cool, dass wir nun einen festen Platz haben, an dem wir uns treffen können, ohne dass die Erwachsenen etwas davon wissen", meinte Mehmet. „Die Alten nerven doch so kolossal, dass es kaum zum Aushalten ist. Wir müssen nur drauf achten, dass uns keiner hierher folgt."

Murad nickte zustimmend. „Vor allem der Alte von Paul will ständig ganz genau wissen, was bei uns so abgeht. Ich wünschte, der würde sich wieder abmachen nach Hamburg. Total unerträglich, der Typ."

„Immerhin bezahlt er uns hier alles", gab Anna zu bedenken. „Ohne ihn würden wir jetzt in Hamburg versauern und nichts unternehmen können. Geht ihm einfach aus dem Weg, dann ist es doch – Wow!", unterbrach sie sich im nächsten Moment selbst. „Habt ihr dieses krasse Schaukelpferd gesehen. Der Hammer!"

„Was für ein cooler Treffpunkt!", erklang es nun auch vom Treppenaufgang her. Nico hatte sich ein wenig verspätet, weil er noch in Pewsum gewesen war, um einem Hinweis nachzugehen, den er via Facebook bekommen hatte. Nun sah er sich auf dem Dachboden um, der so ziemlich jedes Klischee bediente, das man jemals über die Dachböden alter Bauernhöfe gehört hatte. In einem mit einer dicken Staubschicht eingedeckten Tohuwabohu stapelten sich Koffer und Kartons. Unter den massiven Holzbalken der Dachschräge stand ein Überseekoffer, der aussah wie die überdimensionierte Ausgabe einer Schatzkiste.

„Bestimmt haben hier früher Piraten gehaust", stellte Mehmet fest, als er dem faszinierten Blick seines Freundes folgte. „Vielleicht war es sogar ein Unterschlupf von Klaus Störtebeker und seinen Männern. Hm. Ich möchte zu gerne wissen, was in der Kiste drin ist."

„Bei *Arsen und Spitzenhäubchen* wurden da immer die Leichen zwischengelagert", bemerkte Anna trocken, während sie sich mit glänzenden Augen an dem Schaukelpferd zu schaffen machte.

„Was ist denn *Arsen und Spitzenhäubchen*?", fragte Murad.

„Och, so 'n oller Film mit Cary Grant", zuckte Anna die Schultern. „Hab ich mal mit meiner Uroma geguckt. Ich glaube, ich frage die Bäuerin mal, ob ich das Schaukelpferd mit nach Hause nehmen kann", sagte sie dann mehr zu sich selbst. „Wird hier ja anscheinend sowieso nicht mehr gebraucht." Sie zog ein Taschentuch aus der Tasche und begann, ihre vermeintliche Errungenschaft vom Staub zu befreien.

„Ist das nicht einfach geil hier!?", meinte Fiona und schaute verträumt zu dem vielleicht einen mal zwei Meter großen Loch in der Giebelwand, durch das die Strahlen der Sonne hineinschienen. Diese tauchten den Dachboden in ein vergilbt wirkendes Licht und ließen die Staubkörner wie eine aufgeregte Kolonie winziger Insekten durch die nach modrigem Holz riechende Luft tanzen. „Irgendwie fühlt man sich hier oben wie Cinderella. Fehlt nur noch der Prinz, der mit mir tanzt." Sie stieß einen tiefen Seufzer aus und warf Nico einen schmachtenden Blick zu, den dieser jedoch ignorierte.

„Apropos Cinderella", brachte Murad sie mit ernster Stimme in die Realität zurück. Alle Anwesenden verstanden die Anspielung auf die Frau, die an dem Abend in der Kneipe gewesen war, als Peter Theelen aus dem Fenster stürzte. Zwar war dieser Fall Sache der Polizei, aber schließlich hatten auch sie einen Kriminalfall zu lösen. „Wir sollten nun endlich besprechen, wie es weitergeht. Ich hab nicht den Eindruck, dass die Bullen in Sachen Paul viel unternehmen. Die sind mit ihrem Scheißmordfall beschäftigt. Meiner Meinung nach glauben die gar nicht wirklich an eine Entführung."

„Die glauben, dass Paul einfach abgehauen ist", nickte Anna und ließ sich auf ein mit rotem Samt überzogenes Sofa fallen – woraufhin eine dichte Wolke aus Staub aufstob, die das Mädchen einem minutenlangen Niesanfall aussetzte.

„Aber was genau sollen wir jetzt tun?", fragte Nico, nachdem er Anna ein Taschentuch gereicht hatte. „Die Hinweise, die über Facebook und die anderen Internetportale kommen, kannste alle in die Tonne treten. Da sind echt nur Wichtigtuer unterwegs." Er zog eine Grimasse. „Erst vorhin hat mir so 'n Klappskalli geschrieben, er hätte hier in der Nähe, irgendwo bei einem Kaff namens Freepsum, einen einzelnen Arm gefunden. Und dieser Arm habe ausgesehen, als würde er zu Paul gehören."

„Bäh, das ist ja widerlich!", verzog Fiona angewidert das Gesicht. „Haben die sonst keine Hobbies, oder was!?"

„Gibt's auch irgendwas Brauchbares?", wollte Mehmet wissen. In der Gruppe hatten sie beschlossen, dass Nico derjenige sein sollte, der die eingehenden Nachrichten sichtete und aussortierte. Somit blieb wenigstens alles in einer Hand und es ging nichts verloren.

„Zwei so Tussen wollen uns bei der Suche nach Paul unterstützen. Sie kommen hier aus der Gegend", antwortete Nico.

„Zwei Tussen? Brauchen wir nicht. Wozu sollen die gut sein?"

Nico grinste. „Die eine heißt Jette. Und nun ratet mal, wohin die gehört."

„Keine Ahnung. Zu den Teletubbies, oder was?", witzelte Murad.

„Nee. Aber fast. Sie ist die Tochter von dem Kommissar, der vorhin hier war." Nico sah erwartungsvoll in die Runde.

„Von diesem – wie hieß der noch gleich?"

„Becker oder so", meinte Fiona.

„Nee. Büttner", korrigierte sie Anna.

„Richtig. Hauptkommissar Büttner. Hm. Wäre ja

vielleicht gar nicht so blöd, die dabei zu haben", sagte Mehmet nachdenklich. „So 'n paar Infos direkt von der Quelle wären gar nicht so übel."

„Du glaubst doch wohl selbst nicht, dass der Bulle seiner Tochter sagt, was bei ihnen gerade so abgeht." Murad sah seinen Bruder spöttisch an.

„Aber wenn sie nicht ganz dumpf in der Birne ist, kriegt sie vielleicht was aus ihm raus", entgegnete Mehmet und versetzte seinem Bruder eine gespielte Kopfnuss. „Einen Versuch ist es wert, finde ich."

„Find ich auch", nickte Nico. „Wer weiß, was die sonst alleine unternimmt."

„Okay. Wer ist dafür, dass die beiden bei uns mitmachen sollen?", fragte Anna in die Runde und hob parallel die Hand zum Zeichen der Zustimmung.

Drei weitere Hände schossen in die Höhe, während Murad noch zögerte. „Wer ist denn die andere Tussi?", fragte er.

„Eine gute Freundin von Jette", erklärte Nico. „Sie heißt Nora."

„Ist das auch 'ne Bullentochter?"

„Nee. Aber sie beherrscht drei asiatische Kampfsport-arten", grinste Nico.

„Kein Witz?"

„Steht hier." Nico tippte auf sein Smartphone. „Weiß aber nicht, ob das ernst gemeint ist."

„Sieht dann bestimmt aus wie 'n Sumo-Ringer", bemerkte Murad, hob aber nun auch die Hand. „Okay", sagte er, „sehen wir uns die beiden mal an."

„Ich lad sie gleich mal ein." Nico tippte mit schnellen

Fingern eine Nachricht in sein Smartphone, als dieses plötzlich fiepte. „Was ist denn das?", murmelte er, doch schon im nächsten Moment schlich sich ein Ausdruck tiefer Besorgnis in sein Gesicht. Mit zittrigen Fingern drückte er ein paar Tasten, dann fiepte es auch auf den Handys seiner Freunde.

„Ach du Scheiße!", entfuhr es Anna, und auch die anderen ließen entsetzte Laute hören, als sie die Nachricht öffneten.

Der Entführer hatte erneut ein Bild von Paul gesendet. Nur war dieses bei Weitem nicht so harmlos, wie das letzte. Denn ganz offensichtlich war der Junge aufs Übelste misshandelt worden. Sein linkes Auge war blau und zugeschwollen und über seine rechte Seite lief Blut von der Schläfe hinab über seine Wange.

Unter dem Bild stand: *Das war erst der Anfang. Nieder mit den Kapitalisten!*

13

Normalerweise hätte Hauptkommissar David Büttner den Anblick der ostfriesischen Weite genossen. Gerade jetzt, da die Natur wieder aus ihrem Winterschlaf erwachte, die Büsche und Bäume erste zarte Knospen zeigten und unzählige Vogelschwärme mit lautem Gekreische ihre Rückkehr aus den Winterquartieren verkündeten, empfand er die ebenso flache wie ruhige Landschaft als besonders schön. Gerne setzte er sich zu dieser weder zu heißen noch zu kalten Jahreszeit einfach mal fernab jeglichen Stresses ins freie Feld oder an den Deich, um Abstand von der Hektik des polizeilichen Alltags zu bekommen. Voraussetzung war allerdings, dass dieser Platz im freien Feld oder am Deich nicht allzu weit vom nächsten Parkplatz entfernt lag. Denn weite Strecken zu Fuß zu laufen überließ er von jeher lieber den Sport- und Gesundheitsfanatikern, die den Sinn des Lebens offensichtlich darin sahen, sich mindestens einmal am Tag aus völlig verschwitzen Klamotten zu schälen und literweise irgendwelche vermeintlich gesunden ISO-Drinks zu konsumieren.

In der Regel nahm er zu derartigen Ausflügen, die lediglich dem Sinn dienten, an der frischen Luft mal ein wenig zur Ruhe zu kommen und – wenn möglich – ein bisschen Sonne auf die Haut zu lassen, seinen Hund Heinrich mit.

Büttner machte es Spaß, dem Hund dabei zuzusehen, wie er voller Elan über Felder und Gräben spurtete und sich immer wieder aufs Neue einbildete, den Feldhasen und Vögeln bei ihren geschickten Ausweichmanövern ein Schnippchen schlagen zu können. Im Grunde, so dachte Büttner manchmal, war es bei Heinrich genauso, wie bei ihm selbst: Auch der Hund schien nach einer Stunde an der frischen Luft immer das Gefühl zu haben, eine ganze Menge am Tag geleistet zu haben.

Doch an diesem Tag schien sich irgendetwas gegen Büttner verschworen zu haben. Gerade hatte er noch händchenhaltend bei Katja Uphoff gesessen und versucht, sie zu beruhigen, da sie erstens von dem soeben erlebten Schwächeanfall ihrer Nachbarin ganz mitgenommen und zweitens immer noch in großer Sorge um ihren verschwundenen Mann war.

Viel Erhellendes war jedoch nicht aus der völlig aufgelösten Frau herauszubekommen gewesen, sodass sich Büttner schließlich dazu entschieden hatte, sie zunächst einmal der Obhut der Polizeipsychologin zu überlassen. Auf diese Weise konnten er und Hasenkrug sich endlich einmal mit Gernot von Hartenberg befassen, der der Polizei aus welchen Gründen auch immer verschwieg, dass er seinen Sohn Paul noch am Tag vor dessen Verschwinden in Pewsum getroffen hatte.

Doch auch daraus war nun nichts geworden, denn prompt, dass er und sein Assistent sich auf den Weg zum Bauernhof gemacht hatten, waren sie von einem Kollegen darüber informiert worden, dass ein Radfahrer in unmittelbarer Nähe der alten Kleinbahnstrecke zwischen

Freepsum und Groß Midlum einen abgetrennten Arm gefunden habe. Nur einen Arm. Sonst nichts.

Auf Büttners Frage, ob es nicht irgendeinen Kollegen gäbe, der sich zunächst einmal um dieses Fragment eines menschlichen Körpers kümmern könne, war ihm wieder die derzeit offensichtlich wie eine Epidemie grassierende Magen-Darm-Grippe um die Ohren gehauen worden.

Also hatte er seinen Wagen gewendet und war nach Freepsum gefahren. Nicht weit von der Abzweigung nach Kloster Sielmönken hatte ein Streifenwagen gestanden, dessen uniformiertes Besatzungsmitglied jedoch bereits ganz grün im Gesicht gewesen war und sich in den Straßengraben übergeben hatte. Was wohl nicht an dem wenig erfreulichen Fundstück lag, wie er den Kollegen in Zivil umgehend versicherte, sondern wohl an diesem, so wörtlich, *verfuckten Virus, der uns alle gerade zu Durchlauferhitzern degradiert.*

Nun stand Büttner also irgendwo in der ostfriesischen Pampa zwischen Kuhfladen und Maulwurfshügeln und beobachtete mit gerunzelter Stirn die Gerichtsmedizinerin Dr. Anja Wilkens, die das gefundene Körperteil konzentriert in Augenschein nahm.

Wie gut, dass ich hier nicht zufällig mit Heinrich spazieren gegangen bin, schoss es Büttner durch den Kopf, und er weigerte sich, sich der Vorstellung, was Heinrich wohl mit diesem abgetrennten Arm angestellt haben möge, intensiver hinzugeben. Nur so viel wusste er: Der Hund wäre vor lauter Stolz über die ergatterte Beute geradezu geplatzt und hätte sie seinem Herrchen nach dem Abnagen vermutlich schwanzwedelnd vor die Füße gelegt.

„Der Arm gehört eindeutig zu einem Mann", konstatierte die Ärztin in Büttners wenig appetitliche Gedanken hinein.

„Es muss doch jemanden geben, der ihn vermisst", murmelte Sebastian Hasenkrug und erntete dafür von seinem Chef ein missbilligendes Schnauben.

„Der Arm wurde mit einem gekonnten Schnitt vom Körper getrennt", fuhr Dr. Wilkens fort, ohne auf Hasenkrugs Bemerkung zu achten. „Vermutlich durch ein scharfes Messer oder ein Beil, angesetzt unmittelbar unterhalb des Schultergelenks."

„Kann man sagen, wie alt der Mann ist, zu dem dieser Arm gehört?", fragte Büttner. Er dachte an das Entführungsopfer Paul und hoffte inständig, dass dieser Verdacht im nächsten Moment entkräftet würde.

„Schwer zu sagen", zuckte die Gerichtsmedizinerin die Achseln, „aber spontan würde ich behaupten, dass das Opfer so um die vierzig Jahre alt gewesen sein muss."

„Das wiederum würde auf Johannes Uphoff passen", knurrte Büttner.

„Bleibt nur die Frage, wo der Rest des Körpers ist", stellte Hasenkrug treffend fest. „Aber vielleicht läuft er ja noch irgendwo herum."

Büttner musterte seinen Assistenten aus schmalen Augen von unten herauf. „Na, da bin ich aber mal gespannt, wann uns jemand auf der Suche nach seinem appen Arm über den Weg läuft", sagte er mit einem unüberhörbaren Sarkasmus in der Stimme.

„Man muss ja schließlich nicht immer gleich vom Schlimmsten ausgehen", verteidigte sich Hasenkrug.

„In diesem Fall sollte man die Möglichkeit, dass der

Armamputierte nicht mehr unter uns Lebenden weilt, durchaus mal in Betracht ziehen", mischte sich die Gerichtsmedizinerin ein und hielt ihnen den ins Bläuliche gehenden Arm entgegen. „Sehen Sie", sagte Dr. Wilkens und fuhr mit ihrem Zeigefinger die Schnittkante entlang. „Wenn der Mann beim Abtrennen des Armes noch gelebt hätte, dann hätte es mehr Blut gegeben. Hier sieht aber alles danach aus, dass das Opfer bereits tot war, als man es auseinander schnitt."

„Sie versuchen mir gerade schonend beizubringen, dass uns soeben ein neuer Fall beschert wurde", folgerte Büttner messerscharf.

„Oder aber es handelt sich bei dem Toten um Johannes Uphoff", stellte Hasenkrug nüchtern fest. „Und den hatten wir ja sowieso schon auf dem Zettel. Hat den Vorteil, dass wir dann wenigstens wüssten, wo er ist – also ein Teil von ihm – ähm – dass er tot ist, gewissermaßen."

„Ach so", ätzte Büttner und sah missmutig zur Landstraße hinüber, auf der einige Autofahrer ungewöhnlich langsam an der Polizeiabsperrung vorbeifuhren und mit großen Augen zu ihnen herüberglotzten, „das vereinfacht die Sache natürlich kolossal. Dann müssen wir ja nur noch herausbekommen, wer ihn umgebracht hat. Die Arbeit ist also praktisch schon erledigt. Vielen Dank für diesen beruhigenden Einwand, Hasenkrug."

„Wenn Sie mir ein wenig DNA-Material von diesem Johannes Uphoff zur Verfügung stellen, könnte ich Ihnen relativ schnell sagen, an welcher Stelle Sie weitermachen müssen", erklärte Dr. Wilkens und sah sichtlich amüsiert von einem zum anderen.

„Wird gemacht. Da kümmern Sie sich jetzt mal drum, Hasenkrug", sagte Büttner. „Ich setze Sie bei der potenziellen Witwe ab und dann nehmen Sie sich ein Taxi in die Gerichtsmedizin. Ich für meinen Teil kümmere mich um Gernot von Hartenberg. Ich will jetzt endlich wissen, was da los ist."

„Gut." Die Gerichtsmedizinerin ließ den abgetrennten Arm in einen Plastikbeutel gleiten und drückte ihn einem Mitarbeiter in die Hand. „Dann gehe ich mal davon aus, dass ich bald auch den Rest des Mannes auf dem Tisch haben werde. Bleibt nur zu hoffen, dass ich diesen Rest in einem Stück bekomme."

„Ach, Puzzeln ist doch auch ein ganz schönes Hobby", grunzte Büttner und machte sich mit grimmiger Miene auf den Weg zu seinem Auto.

14

Als Mareeke aufwachte, sah sie zunächst nur eine weiße Wand, an der ein quadratischer Tisch mit zwei Stühlen stand. Irritiert versuchte sie, ihren noch verschwommenen Blick zu fokussieren. Erst nach und nach wurde ihr bewusst, dass sie in einem Krankenhausbett lag. Was war passiert? Ein Unfall vielleicht?

Schnell kontrollierte sie, ob sie irgendwo Schmerzen hatte, konnte aber nichts feststellen. Alles funktionierte wie immer. Einzig in ihrem Kopf schien sich eine Wolke aus Watte breitgemacht zu haben, alles um sie herum erschien ihr so dumpf und – ja, irgendwie auch hohl. Es war ein Gefühl, dass sie gar nicht so recht zu beschreiben vermochte. Nur eines wusste sie: Sie empfand es als in höchstem Maße unangenehm.

„Ist doch schön, wenn man mal für ein paar Stunden tief und fest schlafen kann. Ist mir seit bestimmt fünf Jahren nicht mehr passiert", hörte Mareeke eine Stimme neben sich. Sie drehte ihren Kopf und sah in die Augen einer alten Frau, die sie anlächelte. Das Gesicht der Dame war ein einziges Meer aus Falten, aber trotzdem wirkte sie irgendwie noch jung, was vermutlich an den auffallend großen und wachen Augen lag, mit denen sie Mareeke freundlich musterte.

„Ich weiß gar nicht, warum ich hier bin", murmelte Mareeke.

„Ich hab nur mitgekriegt, dass Sie wohl einen Schwächeanfall hatten", half ihr die alte Frau auf die Sprünge. „Man hat Ihnen ein Beruhigungsmittel gegeben, weil Sie ständig irgendwas vor sich hingebrabbelt haben."

„Schwächeanfall?" Mareeke schloss die Augen und versuchte sich zu erinnern. Aber die Wolke aus Watte schien ihre gesamte Gedankenwelt eingehüllt und betäubt zu haben.

„Ist Johannes Ihr Mann?", hörte sie ihre Bettnachbarin wie durch einen dichten Nebel fragen.

„Johannes?" Als hätte jemand ein Licht in ihr angeknipst, war Mareeke plötzlich hellwach. Sie riss die Augen auf und starrte die alte Frau entsetzt an. „Oh Gott, Johannes!", krächzte sie und griff sich wie eine Erstickende an die Kehle.

„Ist ihm was passiert?", fragte die Frau besorgt.

„Er ist – nein – ich weiß nicht – er ist – Johannes hat mich – Katja!" Plötzlich war alles wieder da. Ihre Nachbarin hatte sie besucht, weil sie sich Sorgen um Johannes machte. Sie war … In Sekundenschnelle machte sich ein dicker Kloß in Mareekes Kehle breit, und in ihrem Kopf formte sich dieser eine Satz, der in ihr einen schlimmeren Schmerz verursachte, als es jedes körperliche Leid je könnte: *Katja bekommt mein Baby!*

„Ist Ihnen nicht gut? Soll ich eine Schwester rufen?" Die Stimme der nun offensichtlich besorgten Bettnachbarin drang nur langsam zu Mareeke durch.

„Nein. Alles – alles gut", krächzte sie. Auf gar keinen

Fall sollte ihr jetzt jemand eine Spritze geben. Sie musste wach sein. Sie musste kämpfen. Um Johannes. Und um ihr Kind.

„Aber Sie sind ja klitschnass, Kindchen! Sie holen sich noch den Tod, wenn Sie sich nicht was anderes anziehen!"

Klitschnass? Mareeke taste mit ihren zittrigen Händen über ihr Gesicht, dann über ihren Körper. Tatsächlich! „Ist – nicht so schlimm." Sie musste sich zusammenreißen! Ein paar Mal sog sie tief die Luft in ihre Lungen und stieß sie geräuschvoll wieder aus. Sie hoffte, dass mit einer regelmäßigen Atmung auch das Schwitzen aufhörte.

Du musst stark sein, Mareeke! Hörst du! Du musst stark sein!

„Mama?" Mareeke riss die Augen auf und schaute sich verwirrt im Raum um. „Mama?"

Mama ist tot, Mareeke! Hörst du! Mama ist tot!

Ohne, dass sie es bemerkte, liefen Mareeke nun Tränen über das Gesicht und vermischten sich mit dem kalten Schweiß. Ja, ihre Mutter war tot. Schon viel zu lange tot. Dabei hätte sie sie doch so sehr gebraucht.

In all den Jahren, in denen sie, Mareeke, mit ihrer schrecklichen Krankheit ans Bett gefesselt gewesen war, war Mama ihre einzige Stütze gewesen. Ja, vermutlich hätte sie all die Strapazen einer jahrelangen Dialyse gepaart mit ständigen Klinikaufenthalten nicht überlebt, wenn es ihre Mutter nicht gegeben hätte. Wie eine Wölfin hatte diese auch dann noch darum gekämpft, dass ihre zwölfjährige Tochter das Maximum an ärztlicher Behandlung bekam, als die Mediziner sie längst aufgegeben hatten. Wäre Mama nicht gewesen, würde sie hier heute nicht liegen, das wusste Mareeke ganz genau.

Du musst stark sein! Hörst du! Du musst stark sein!

Und sie hatte gekämpft. Tag für Tag, Monat für Monat, Jahr für Jahr. Und beinahe hätte sie trotzdem verloren, denn irgendwann halfen auch die regelmäßigen Blutwäschen nicht mehr. Noch heute erinnerte sich Mareeke daran, wie es sich anfühlte, wenn einem Stunde für Stunde ein bisschen Leben aus dem Körper gesogen wurde. Immer nur ein bisschen. Doch auch aus einem sich anhäufenden Bisschen wurde eines Tages eine große Menge. Und irgendwann war einfach nichts mehr übrig. Keine Kraft. Kein Mut. Nicht einmal mehr Angst.

Stundenlang hatte ihre Mutter in den letzten Tagen und Nächten, als es zu Ende zu gehen drohte, an Mareekes Bett gesessen und ihre Hand gehalten, während sie ihr Geschichten vorlas von glücklichen Prinzessinnen, tanzenden Elfen und zauberhaften Feen.

Alle, auch ihre Mama, hatten angenommen, Mareeke würde schlafen, doch da hatten sie sich geirrt. Zwar hatte sie sich zu schwach gefühlt, um auch nur die Augen zu öffnen, doch hatte sie all die wundervollen Worte, die ihre Mutter ihr mit auf ihren letzten Weg gab, in sich eingesogen und tief in ihrer Seele verschlossen.

Wir haben einen Spender! Wir operieren sofort!

Ja, auch diese Worte waren damals bis in ihr Bewusstsein vorgedrungen, doch hatte sie geglaubt, sie gehörten zum Spiel. Zu dem Spiel, dass ihre Mutter sich für sie ausgedacht hatte, damit sie in Frieden gehen konnte.

Aber plötzlich war alles wieder so klar gewesen. Ihre Gedanken und auch ihre Umwelt. Mama und auch Papa hatten an ihrem Bett gesessen und sie glücklich angelacht, als sie erwachte. Mit tausenden von Küssen hatten sie ihr Gesicht eingedeckt, als müssten diese für die Ewigkeit reichen.

Und das mussten sie dann auch.

Denn nur wenige Wochen, nachdem Mareeke das Krankenhaus wieder verlassen hatte, war ihre Mutter plötzlich umgekippt. Vor ihren Augen. Einfach so. Als hätte jemand die Aus-Taste gedrückt.

Die Anstrengung der ganzen Jahre hatte ihren Tribut gefordert. Das Schicksal, das Mareeke doch so wohlgesinnt schien, war unerwartet zum Verräter geworden.

Es tut mir leid. Wir können nichts mehr für deine Mutter tun.
Während ihr Vater seinen Kummer im Alkohol ertränkte, hatte Mareeke stundenlang die Hand ihrer toten Mutter gehalten und ihr fröhliche Geschichten vorgelesen.

Doch diesmal war das Wunder, auf das sie mit all der Kraft ihres Kinderherzens gehofft hatte, ausgeblieben.

Du musst stark sein, Mareeke! Hörst du! Du musst stark sein!
Das war sie. In all den Jahren, in denen ihr Vater sich zu Tode soff und ihr Mann ihr seine Verachtung zeigte. Und als nach zwölf Jahren eine erneute Nierentransplantation notwendig wurde.

Und auch jetzt würde sie aufstehen und weitermachen. Für Johannes. Und für ihr Baby.

„Frau Theelen? Ist alles in Ordnung? Frau Theelen?" Mareeke spürte, wie sich zwei starke Hände um ihre Schultern krallten. „Ich gebe Ihnen jetzt etwas zur Beruhigung, Frau Theelen."

Du musst stark sein! war das letzte, was Mareeke an diesem Tag dachte.

15

„Gut, dass Sie kommen! Es gibt eine neue Nachricht vom Entführer!" Gernot von Hartenberg kam Büttner bereits auf dem Hof entgegengerannt und fuchtelte mit seinem Handy in der Luft herum. Von seinem sonst so korrekten Auftreten war nicht mehr viel zu sehen. Vielmehr standen seine Haare nun so wirr vom Kopf ab, als hätte er sie stundenlang gerauft. Und womöglich hatte er es sogar, dachte der Hauptkommissar. Am auffallendsten jedoch war, dass Pauls Vater nun auch keinen Wert mehr darauf zu legen schien, dass er tadellos gekleidet war. Das Jackett seines maßgeschneiderten Anzugs hatte er ausgezogen, die Ärmel des verschwitzten weißen Hemdes hochgekrempelt, die Krawatte baumelte lose um seinen Hals. Er musste wirklich unter Stress stehen.

„Mit Ihnen wollte ich sowieso gerade sprechen", sagte Büttner, während er das ihm entgegengestreckte Smartphone entgegennahm und einen Blick darauf warf. Was er sah, gefiel ihm gar nicht. Denn ganz offensichtlich wollten die Entführer jetzt auf ihre Art zeigen, dass sie es ernst meinten. „War sonst noch was dabei?", wollte er wissen.

„Nur diese Bemerkung hier." Gernot von Hartenberg tippte auf das Display.

„Das war erst der Anfang. Nieder mit den Kapitalisten!",

murmelte Büttner. „Klingt fast so, als wäre da vor allem jemand neidisch auf Ihren Reichtum", stellte er dann fest und musterte den Mann kritisch. „Haben Sie in letzter Zeit irgendwem auf den Schlips getreten?"

„Wer Erfolg hat, hat auch Neider", zuckte der Mann die Schultern.

„Irgendetwas Auffälliges? Sind Sie vielleicht von jemandem bedroht worden?"

„Nein. In den letzten Wochen lief alles ganz normal."

„Mussten Sie jemanden entlassen?"

Gernot von Hartenberg kniff die Lippen zusammen und blickte unbehaglich zu Boden. Dann sagte er: „Die Sanktionen gegen Russland haben meinem Unternehmen spürbare Umsatzeinbußen beschert, die so schnell nicht durch andere Aufträge abzufedern sind. Wir haben versucht, auf Entlassungen zu verzichten. Leider aber ging es nicht anders."

„Wie viele mussten gehen?"

„Zunächst einmal zweihundert. Aber es könnten noch mehr werden. Kommt jetzt drauf an, wie schnell die Politik das Problem löst."

„Gab es vorher auch schon Entlassungen?", wollte Büttner wissen.

Gernot von Hartenberg lachte kurz und hart auf. „Ich beschäftige mehrere tausend Menschen. Natürlich kommt es da auch ab und zu mal zu Entlassungen. Nicht alle Mitarbeiter stellen sich als so zuverlässig heraus, wie man es bei ihrer Einstellung gehofft hatte."

„Verstehe." Büttner seufzte. Das sah ja alles andere als überschaubar aus. Er dachte an den abgetrennten Arm und seine Befürchtung, er könne zum vermissten Johannes Uphoff gehören. Wie nur sollte er das der sowieso schon völlig aufgelösten Ehefrau beibringen, wenn sich diese Befürchtung als wahr herausstellte? Und wo, zum Henker, sollte er dann mit seinen Ermittlungen ansetzen? Es war klar, dass er sich eigentlich viel intensiver in den Mordfall reinhängen müsste, als er es derzeit tat. Deshalb brauchte er diesen Entführungsfall gerade so dringend wie eine Gallenkolik. Warum nur musste das alles in seinem Zuständigkeitsbereich passieren? Warum hatte der Entführer nicht gewartet, bis Paul wieder zu Hause war? In einer Großstadt gab es doch schließlich ganz fantastische Verstecke für Entführungsopfer. Außerdem grassierte in Hamburg bestimmt kein Magen-Darm-Virus, der mal glattweg die Hälfte aller Ermittler lahmlegte. Warum, um alles in der Welt, schlug der Entführer also ausgerechnet in Ostfriesland zu? Oder wusste er vielleicht sogar von den akuten Personalproblemen der Polizei und hatte es deswegen getan? „Ich bräuchte dann mal eine Liste aller Mitarbeiter, die Sie in den letzten fünf Jahren entlassen mussten. Hm. Entlassen haben. Wie auch immer", sagte er resigniert.

„Das hatte einer Ihrer Kollegen auch schon gesagt. Meine Personalabteilung sucht die Unterlagen schon raus. Sie müssten bald bei mir ankommen."

„Gut. Hat sich der Entführer denn inzwischen auch mal übers Festnetz gemeldet?"

„Nein."

„Darf ich fragen, wo sich Ihre Frau gerade aufhält?

„Sie ist bei der Bäuerin und hilft ihr, alles für die Ankunft einer neuen Schülergruppe vorzubereiten. Sie meinte, sie müsse etwas tun, sonst würde sie wahnsinnig."

„Herr Kommissar! Es gibt 'ne neue Message von Paul! Also über Paul. Es ist ganz furchtbar!" Von Büttner unbemerkt waren die fünf Schüler zu ihnen getreten und hielten ihm aufgeregt ein Smartphone unter die Nase.

„Ja." Büttner deutete auf Gernot von Hartenberg. „Pauls Vater hat diese Nachricht auch bekommen."

„Sie schlagen ihn", bemerkte Fiona weinerlich und tupfte sich mit einem Taschentuch vorsichtig über die geschminkten Augen.

„Wir tun alles, was in unserer Macht steht, um Paul zu finden."

„Was ist denn mit dem verdammten Lösegeld?", wollte Murad wissen und schaute Gernot von Hartenberg mit einem so finsteren Blick an, als würde der es absichtlich unterschlagen.

„Die Bank lässt es herbringen", sagte der knapp.

„Aber geht es denn nicht schneller, wir …", rief Fiona, wurde jedoch in diesem Moment von Büttners Handy unterbrochen, das lautstark schrillte. „Ach was – ja – ist gut."

„Gibt's was Neues?" Anna sah Büttner aus großen Augen an, als der sein Handy wieder in die Tasche steckte.

„Wir wissen jetzt, wo Pauls Handy zum letzten Mal eingeloggt war", antwortete der.

„Und?"

Büttner seufzte, dann blickte er eindringlich von einem zum anderen. „Ich möchte Sie bitten, sich aus der Sache herauszuhalten. Ich verstehe ja, dass Sie sich Sorgen um

Ihren Kumpel machen. Aber dennoch ist das alles hier kein Spaß, sondern kann, wenn es hart auf hart kommt, sogar sehr gefährlich werden. Also verzichten Sie bitte ab sofort aufs Sherlock Holmes spielen."

„Wir wissen sehr wohl, dass das hier kein Spiel ist", funkelte Fiona den Hauptkommissar aus dunklen Augen an und stemmte die Hände in die Hüften. „Und außerdem können wir uns auch gar nicht raushalten, weil nämlich Nico und Murad die Nachrichten vom Entführer bekommen. Und das muss ja schließlich einen Grund haben. Außerdem sind wir keine Babys mehr, sondern …"

„Herr Kommissar!", schallte in diesem Moment die Stimme von Bäuerin Aaltjen Boom über den Hof. Erstaunlich flink kam sie auf ihren stämmigen Beinen auf die Gruppe zugerannt und scheuchte nebenbei noch ein paar aufgeregt schnatternde Gänse von den Frühbeeten. „Herr Kommissar, die Lehrerin hat gerade angerufen", keuchte sie, als sie schließlich neben Büttner stand.

„Welche Lehrerin?"

„Na, die aus Hamburg doch. Frau Steiner hieß die ja wohl."

„Und was wollte sie?"

Aaltjen Boom reichte Büttner einen Zettel, auf dem eine Handynummer notiert war. „Sie sacht, sie hat auch das Bild von dem Jungen gekricht. Das, auf dem er – ach herrje, der arme Junge!" Sie steckte theatralisch die Hände in die Höhe, um dann jedoch gleich wieder sachlich zu werden. „Also, sie sacht, dass sie völlig mit den Nerven am Ende ist. Hat geheult am Telefon. Und ob sie nicht irgendwas tun kann. Sie könnt doch nicht nur so rumsitzen. Ich hab gesacht, dass ich Sie mal frach, Herr Kommissar, und dass Ihnen bestimmt was einfällt, was sie tun kann." Die Bäuerin sah Büttner erwartungsvoll an.

„Frau Steiner soll einfach nur in Hamburg bleiben und ihre Ferien genießen", antwortete Büttner schroffer als gewollt. Allerdings gingen ihm so langsam wirklich die Nerven durch.

„Sie meinte aber, dass sie doch …", versuchte Aaltjen Boom erneut ihr Glück, zuckte jedoch zusammen, als Büttner ihr nun gereizt dazwischenfuhr: „Gar nichts kann und soll sie hier tun! Wieso bildet sich hier eigentlich jeder ein, dass er einfach mal so mir nichts, dir nichts auf Verbrecherjagd gehen sollte, und das womöglich noch mit der Begründung, er habe schon mal den *Tatort* gesehen und wisse, wie das geht! Ich frage Frau Steiner doch schließlich auch nicht, ob ich ihr beim Unterrichten der Schüler behilflich sein kann, weil ich den Lehrer Dr. Specht kenne, oder!? Und das Gleiche gilt für Sie", wandte sich Büttner nun an Pauls Mitschüler, die bei seiner Tirade erschrocken einen Schritt zurückgewichen waren. „Am besten setzen Sie sich in den nächsten Zug und fahren nach Hause. Pauls Entführung ist nun wahrlich kein Fall für Hobbydetektive, genauso wenig, wie es der Mordfall ist, in dem ich gerade ermittle."

Für ein paar Sekunden herrschte betretenes Schweigen, doch dann nickte Aaltjen Boom entschieden mit dem Kopf und sagte: „Genauso ist es hier auch. Immer denken alle, dass jeder man so Bauer sein kann. Aber das ist auch nicht mal so eben beigehen, wie das manche glauben. Habt ihr die Woche gemerkt, ne?"

Die Schüler nickten, sagten aber kein Wort, sondern schauten sich nur mit einem unergründlichen Gesichtsausdruck an.

„Herr von Hartenberg", beschloss Büttner, die Sache an dieser Stelle zu beenden und wandte sich an Pauls Vater, „wenn ich Sie dann bitte noch alleine sprechen dürfte."

„Ja, sicher, wir können ja – oh, entschuldigen Sie, bitte." Pauls Vater griff nach seinem Smartphone, das einen durchdringenden Signalton von sich gegeben hatte.

Büttner runzelte die Stirn. Womöglich schon wieder eine Nachricht des Entführers? Und auch die Schüler, die sich eigentlich in stummer Übereinkunft auf den Dachboden hatten zurückziehen wollen, blieben stehen und blickten den Unternehmer halb erwartungsvoll, halb besorgt an.

„Nur die Aktienkurse", murmelte Pauls Vater und scrollte ein paar Mal auf und ab.

„Und?", fragte die Bäuerin, als er das Smartphone zurück in die Hosentasche gleiten ließ. „Hat sich's denn gelohnt?"

„Was?", fragte Gernot von Hartenberg abwesend. Er schien über das soeben Gelesene nachzugrübeln.

„Na, die Aktien! Sind sie gestiegen?"

„Ach so. Ja. Sieht ganz gut aus."

„So. Da sieht man's mal wieder." Aaltjen Boom nickte wissend. „De Düvel schkit up'd dickste Bült, sacht mein Mann dann immer."

„Und das heißt?", runzelte Pauls Vater die Stirn, während Büttner sich ein Grinsen nicht verkneifen konnte. „Das heißt, dass der Teufel immer auf den dicksten Haufen scheißt", antwortete er amüsiert, als die Bäuerin sich wortlos umdrehte, um sich wieder an die Arbeit zu machen.

Als Büttner seinen Blick über den Hof schweifen ließ, in dem sich nun Gänse, Enten und diverse Wildvögel tummelten und nach Körnern pickten, die ihnen die Schüler dort hingestreut hatten, bemerkte er auf einer Wiese inmitten von Obstbäumen einen sechseckigen, hölzernen Pavillon. Unter seinem spitz zulaufenden Dach standen ein paar Holzbänke, in der Mitte ein kleiner runder Tisch. Perfekt, um sich ein wenig hinzusetzen, dachte Büttner und winkte Gernot von Hartenberg, ihm zu folgen.

Kaum, dass sie saßen, kam auch schon Aaltjen Boom mit einem Tablett in den Händen auf sie zugelaufen und strahlte sie an. „Ich hab Sie hier sitzen sehen. Vom Küchenfenster aus. Ist das nicht ein herrliches Plätzchen? Ich liebe es, hier zu sitzen, mittenmang zwischen den Bäumen und bei den singenden Vögeln und so. Nur leider kommt man da ja viel zu selten zu. Ist ja man immer viel zu tun auf so 'm Hof." Sie stellte das Tablett auf dem Tisch ab, nahm den Zweig eines Apfelbaumes in die Hand und fuhr mit ihren schwieligen Fingern zart über die Knospen. „Vor allem im Frühling ist es hier wunderschön. Bald, wenn die Bäume blühen und die Sonne scheint, dann will man gar nicht mehr wech, so schön ist das dann hier."

Ohne zu fragen wandte sie sich wieder ihrem Tablett zu, stellte zwei Tassen auf den Tisch, tat Kluntjes hinein und schenkte Tee ein. „So. Und nu noch'n büschen Sahne. Ich hab Ihnen auch ein büschen Kuchen mitgebracht. Hat Ihre Frau gebacken, Herr von Hartenberch, das lenkt sie 'n büschen von ihr'm Kummer ab. Ist aber auch 'ne dumme Sache mit dem Jung. Braucht man als Mutter ja gar nicht, so was. Braucht man ja überhaupt nicht. Aber tun kann man ja auch nix, außer warten und ihr'n büschen was zu tun geben, damit sie abgelenkt ist. Aber, wenn so was ist, da werden die Stunden lang, das kann ich Ihnen sagen. So lang, das glaubst du gar nicht."

„Vielen Dank, Frau Boom", sagte Büttner schnell, bevor sie in ihrem Redeschwall fortfahren konnte, „der Kuchen riecht wirklich ganz köstlich. Aber wenn Sie nichts dagegen haben, würde ich jetzt gerne mit Herrn von Hartenberg alleine sprechen."

„Sicher. Ich muss ja sowieso in 'n Stall. Eine Sau kricht bald Ferkel. Da muss ich mal nach gucken, ob das wohl schon soweit ist."

„Tun Sie das. Und noch mal vielen Dank."

„Oh, da nicht für. Essen hält Leib und Seele zusammen, sach ich immer." Sprach's und eilte über die Wiese davon.

„Ich will gar nicht lange drumherum reden", sagte Büttner an Gernot von Hartenberg gewandt und schaufelte sich den ersten Bissen seines Kuchens in den Mund. Hm, dachte er, da schmeckte so ein Entführungsfall doch schon gleich viel besser. „Also. Ich wüsste gerne, was Sie am Tag, bevor Ihr Sohn verschwand, in Pewsum zu tun hatten."

Pauls Vater stutzte und ließ die Gabel, die er gerade zum Mund führen wollte, wieder sinken. „In Pewsum? Vorgestern? Was soll das? Sie wissen doch, dass ich erst gestern …"

Büttner unterbrach ihn mit einer Handbewegung. „Jetzt bitte keine Spielchen. Dafür hab ich nun wirklich keine Zeit. Es gibt einen Zeugen, der Sie in Pewsum auf dem Parkplatz gesehen hat. Direkt an der Manninga-Burg. In

Begleitung von Paul. Und er sagte, sie hätten sich lautstark gestritten. Darf ich fragen, worüber?"

Mit einem lauten Seufzer ließ sich Gernot von Hartenberg zurücksinken, so dass er jetzt mit dem Rücken an der weißgestrichenen Wand des Pavillons lehnte. „Ich wollte ihn zur Vernunft bringen, den Jungen", presste er dann hervor.

„Zur Vernunft bringen? Was hat er denn Unvernünftiges getan?"

„Ach, es ist immer dasselbe leidige Thema. Paul hat sich in den Kopf gesetzt, unbedingt ein großer Pianist werden zu wollen. Pianist!" Gernot von Hartenberg spuckte das Wort aus, als hätte es einen widerlich bitteren Geschmack.

„Er spielt Klavier?"

„Ja. Schon seit er fünf Jahre alt ist. Kann er ja auch. Es gibt schlechtere Hobbies. Aber so was macht man doch nicht zum Beruf!"

„Und um ihm das zu sagen, fahren Sie extra nach Ostfriesland?", wunderte sich Büttner und sah sein Gegenüber über den Rand seiner Tasse kritisch an.

„Nein. Natürlich nicht deswegen. Aber wenn man streitet, ergibt ja eins das andere."

„Und worum ging es dann?"

Gernot von Hartenberg schob seinen Teller zurück. Ihm schien der Appetit vergangen zu sein. „Ich habe ihm einen Praktikumsplatz besorgt. In Manhattan. Gleich nach dem Abi könnte er dort anfangen."

„Manhattan. Nicht schlecht." Büttner pfiff durch die Zähne.

„Ja. Ein Geschäftsfreund von mir hat da eine renommierte,

weltweit tätige Anwaltskanzlei. Es wäre eine Riesenchance für Paul."

„Aber?"

„Aber? Er sagt, es bringt ihm nichts." Gernot von Hartenberg sprang auf und schlug mit der Faust gegen die Wand des Pavillons. „Stellen Sie sich das mal vor! Es bringt ihm nichts! Ha! Dabei wäre er ein gemachter Mann, wenn er dieses Praktikum hinterher in Deutschland vorweisen könnte."

„Ein gemachter Mann? Aber, wenn ich Sie gerade richtig verstanden habe, dann möchte Paul nicht Jurist, sondern Pianist werden", stellte Büttner bewusst provokativ fest.

„Ach! Der Junge weiß doch gar nicht, was gut für ihn ist. Wie soll er auch, in seinem Alter. Da hat so mancher noch Flausen im Kopf. Umso dankbarer kann er doch sein, dass wenigstens ich mir Gedanken um seine Zukunft mache. Und als Jurist könnte er nach dem Studium gleich bei mir im Unternehmen einsteigen. Andere wären froh über solch eine Chance. Aber der!" Gernot von Hartenberg machte eine wegwerfende Handbewegung. „Ich werde Pianist, ob du willst oder nicht!", äffte er Paul nach. „Was soll man zu so viel Undankbarkeit noch sagen!"

„Und warum hätten Sie das nicht später zu Hause ausdiskutieren können?", hakte Büttner nach. „Ich verstehe immer noch nicht so ganz, warum Sie deswegen extra nach Ostfriesland gekommen sind."

„Weil ich ihm gesagt hatte, dass vorgestern die verdammte Frist auslief. Wochenlang hat Paul sich darum gedrückt, sich mit meinem Geschäftsfreund in Verbindung zu setzen. Ja, glaubt der denn, die halten den Platz ewig für ihn frei? Als er hierher fuhr, hab ich ihm klipp und klar gesagt, dass ich erwarte, dass er in Amerika anruft und zusagt. Und was macht der?" Gernot von Hartenberg griff nach seiner Tasse und schüttete den Tee in einem Schluck runter, so, als handelte es sich um einen Schnaps. „Als ich ihn am Telefon fragte, ob er die Sache klargemacht habe, da sagte er doch glatt, dass er mit John – das ist mein Geschäftsfreund – gesprochen und ihm mitgeteilt habe, dass er nicht käme." Er riss die Hände in die Luft, als wollte er um himmlischen Beistand bitten. „Ha! Ich dachte wirklich, ich hätte mich verhört! Da ruft der Kerl persönlich in Manhattan an und vertut bewusst die Chance seines Lebens! Was, bitte schön, hätte ich denn tun sollen, als gleich nach Ostfriesland zu fahren und ihm den Kopf zurechtzurücken!?"

„Und? War er einsichtig?", fragte Büttner.

„Ach was. Er sprach immer nur von seinem blöden Klavier."

„Vielleicht möchte Paul ganz einfach selbst über sein Leben bestimmen", brummte Büttner und erhob sich von seinem Platz. „Jetzt wüsste ich nur noch gerne, wann Sie sich an besagtem Tag wieder auf den Rückweg nach Hamburg gemacht haben."

„Das muss so gegen fünfzehn Uhr gewesen sein."

„Und danach haben Sie auch nicht mehr mit Paul gesprochen?"

„Nein. Das Nächste, was wir von ihm hörten war – dass er verschwunden war."

"Weiß Ihre Frau, dass Sie hier waren, um mit Paul zu sprechen?"

„Natürlich nicht. Sie würde sich nur unnötig aufregen."

„Okay. Falls der Entführer sich erneut meldet, dann geben Sie mir bitte sofort Bescheid. Wir haben übrigens inzwischen herausgefunden, dass sein Handy zum letzten Mal hier in der Nähe eingeloggt war. Leider bringt uns diese Info nicht sehr viel weiter." Büttner verabschiedete sich mit einem knappen Kopfnicken und lief nachdenklich zu seinem Auto zurück. Sein Bauchgefühl sagte ihm, dass hier irgendetwas nicht stimmte. Da stritt sich ein Junge heftig mit seinem Vater und verschwand daraufhin spurlos. Und – Hoppladihopp! – meldete sich einen halben Tag später ein angeblicher Entführer und forderte eine halbe Million Euro. Das stank doch zum Himmel! Was, wenn diese Fotos von Paul gar keine aktuellen waren? Was, wenn der Streit mit seinem Vater ganz anders endete? Was, wenn der Junge schon längst nicht mehr lebte?

„Herr Kommissar?"

„Ja?" Büttner hatte gerade sein Fahrzeug starten wollen, als Monika von Hartenberg plötzlich neben ihm stand. Bei ihrem Anblick fragte er sich, wie die Bäuerin auf die Idee kam, diese Frau würde sich Sorgen um ihren Sohn machen. Auf ihn machte sie eher einen emotional unterkühlten Eindruck.

„Was haben Sie mit meinem Mann besprochen?"

„Ich …" Büttner fuhr sich durchs schüttere Haar. „Ihr Mann wollte Sie nicht aufregen. Er meinte, es sei besser, wenn wir alleine …"

„Ich weiß, dass mein Mann sich vorgestern mit Paul getroffen hat", unterbrach ihn Monika von Hartenberg mit einer harschen Handbewegung. „Und ganz bestimmt macht er sich um mein Wohlbefinden keine Sorgen."

„Aha", war alles, was dem Hauptkommissar dazu einfiel. Er hasste es, angelogen zu werden, auch wenn es in seinem Job eher üblich war, nicht von jedem die Wahrheit gesagt zu bekommen. Doch warum hatte Pauls Vater behauptet, seine Frau wisse von nichts? Was machte das nun schon wieder für einen Sinn?

„Gernot weiß nicht, dass ich es weiß", schien Monika von Hartenberg seine Gedanken zu erraten.

„Aha."

„Darf ich mich zu Ihnen ins Auto setzen?" Die Frau warf einen schnellen Blick über die Schulter, als befürchte sie, beobachtet zu werden. „Ich will nicht, dass mein Mann mich hier mit Ihnen sieht. Er hält mich doch für ein dummes Schaf, das von nichts eine Ahnung hat. Und es ist auch besser, wenn das vorerst so bleibt."

„Ja. Bitte. Setzen Sie sich." Büttner schlug nun seinerseits die Tür zu und wartete, bis Pauls Mutter auf dem Beifahrersitz Platz genommen hatte. Er war gespannt, was sie ihm zu sagen hatte.

„Ich glaube, dass mein Mann etwas mit Pauls Verschwinden zu tun hat", flüsterte Monika von Hartenberg, obwohl sie hier im Auto sonst niemand hören konnte.

Büttner kniff die Augen zusammen und sah sie prüfend an. „Das ist ein schwerer Vorwurf, den Sie da gegen Ihren Mann erheben. Was genau veranlasst Sie zu dieser Vermutung?"

„Gernot betrügt mich", sagte sie knapp und nestelte nun nervös an ihrer goldenen Armbanduhr herum.

„Und was genau soll das mit dem Verschwinden Ihres Sohnes zu tun haben? Hat er es womöglich herausgefunden?"

„Nein, nein", machte die Frau eine fahrige Handbewegung. „Das meine ich nicht." Sie zog ihr Smartphone aus der Tasche und tippte für einige Augenblicke darauf herum. „Sehen Sie", sagte sie dann und zeigte ihm ein Foto, auf dem Gernot von Hartenberg in inniger Umarmung mit einer jungen Frau zu sehen war. „Diese Bilder hat mir ein Privatdetektiv geschickt, den ich beauftragt habe, meinen Mann zu beobachten."

„Ich sehe immer noch keinen Zusammenhang", meinte Büttner. Was gingen ihn die Liebschaften des Unternehmers an? Für ihn war dieser Fakt lediglich die Bestätigung eines allgemein gültigen Klischees. Erfolgreicher Mann geht mit deutlich jüngerer Frau – seiner Sekretärin? – fremd. Ein Hinweis auf ein Verbrechen war das wohl kaum.

„Der Detektiv ist Gernot vorgestern nach Ostfriesland gefolgt in der Annahme, mein Mann würde sich hier mit seiner Geliebten treffen. Ich hatte ihm gesagt, dass er ihm überallhin folgen soll. Er ist immer noch hier vor Ort. Vielleicht gibt es ja auch nicht nur eine Frau. Gernot war schon immer ein Schwerenöter." Sie sah Büttner lange an und fügte dann hinzu: „Verstehen Sie mich bitte nicht falsch. Es ist mir egal, ob mein Mann fremdgeht. Das tut er schon immer. Man gewöhnt sich daran. Doch habe ich nun beschlossen, mich scheiden zu lassen und brauche Munition. Die Trennung soll für ihn so teuer wie nur irgend möglich werden."

„Guck an." Büttner wurde plötzlich klar, dass man diese Frau nicht unterschätzen durfte. „Das heißt, Ihr Detektiv hat auch das Treffen Ihres Mannes mit Ihrem Sohn beobachtet?", schlussfolgerte er aus dem Gehörten. Nun schien es interessant zu werden.

„Ja. Sie haben sich heftig gestritten, sagt er. Vermutlich ging es dabei um das Praktikum in Amerika. Gernot war ganz besessen davon, dass Paul dorthin ging." Sie seufzte tief, bevor sie fortfuhr: „Seit Jahren geht das schon so. Gernot will einfach nicht einsehen, dass unser Sohn kein Interesse an der Firma hat. Schon als kleines Kind hat der Junge nur davon gesprochen, dass er mal Pianist werden will. Musizieren, malen, schreiben. Das ist seine Welt. Er ist ein Schöngeist, kein Unternehmer."

„Und warum nehmen Sie an, dass Ihr Mann etwas mit Pauls Verschwinden zu tun hat?", versuchte Büttner das Gespräch wieder auf den Fall zu lenken. „Ihr Mann sagte mir, dass er nach dem Streit zu einem Termin nach Hamburg gefahren sei."

„Ja." Monika von Hartenbergs Gesichtszüge verhärteten sich. „Als er losfuhr, saß Paul bei ihm im Auto. Als er in Hamburg ankam aber nicht mehr."

„Sind Sie sicher?" Büttner sah sie alarmiert an.

„Ja." Sie zeigte ihm ein Foto, auf dem zu erkennen war, dass Paul auf dem Parkplatz der Manninga-Burg in den Sportwagen seines Vaters stieg.

„Aber wenn der Detektiv Ihrem Mann auf den Fersen war, müsste er doch gesehen haben, wo und wann Paul ausgestiegen ist."

„Er hat sich zwischendurch abhängen lassen. Irgendwo bei Oldenburg." Monika von Hartenberg verzog das Gesicht. „Mein Mann ist ein recht rasanter Fahrer, wissen Sie."

„Und trotzdem weiß der Detektiv, dass Paul in Hamburg nicht mehr im Auto saß? Wie geht das?"

„Zufall. Er hat bei Bremen auf einem Rastplatz Halt gemacht. Und da tauchte auch mein Mann plötzlich auf. Alleine." Monika von Hartenberg schlug die Hände vors Gesicht und gab ein paar klagende Laute von sich. „Es ist alles so furchtbar, Herr Kommissar! Diese Bilder! Pauls geschundenes Gesicht! Was hat er dem Jungen nur getan?"

„Aber aus welchem Grund sollte Ihr Mann Paul irgendwo einsperren und dann eine Entführung und Misshandlungen vortäuschen?" Büttner schien das alles keinen Sinn zu machen. Misstrauisch beäugte er den plötzlichen emotionalen Ausbruch der Frau.

„Ich wollte nur, dass Sie es wissen", schluchzte Pauls Mutter theatralisch, öffnete die Beifahrertür und stieg aus. Dann beugte sie sich noch mal ins Fahrzeug und sagte mit flehender Stimme: „Bitte, Herr Kommissar, finden Sie meinen Sohn. Er ist doch alles, was ich habe."

„Ich wäre Ihnen dankbar, wenn Sie mir die Fotos zukommen lassen könnten. Am besten per E-Mail oder MMS", nickte Büttner und drückte ihr seine Visitenkarte in die Hand. Dann startete er sein Fahrzeug und grunzte unwillig vor sich hin. Irgendetwas passte da doch vorne und hinten nicht zusammen. Wohl oder übel musste er den Fall noch mal ganz neu überdenken.

16

Jette sah ihren Vater vom Hof fahren, doch Gott sei Dank schenkte er dem Auto ihrer Freundin Nora und damit auch ihr auf dem Beifahrersitz keinerlei Beachtung. Sie wusste sehr gut, dass es ihm nicht gefallen würde, seine Tochter hier zu sehen, und deshalb würde sie ihr Engagement bei der Suche nach Paul auch tunlichst vor ihm geheim halten.

„Das war doch dein Vater", bemerkte Nora mit einem Blick in den Rückspiegel. „Sieht so aus, als würde die Polizei sich jetzt doch für Paul interessieren."

„Kann schon sein", zuckte Jette die Schultern. „Aber glaub mir, mein Vater ist viel zu sehr mit diesem Mordfall in Pewsum beschäftigt, als dass er hier viel Energie reinsteckt. Eigentlich ist er ja auch gar nicht zuständig. Sagt er zumindest."

Nora stellte ihr Fahrzeug unmittelbar hinter der Hofeinfahrt, die durch ein stets offenstehendes, schmiedeeisernes Tor gekennzeichnet war, auf einer mit Backsteinen gepflasterten Fläche ab. „Mal gucken, wo sich die anderen rumtreiben", sagte sie beim Aussteigen, doch schon im selben Moment entdeckte sie zwei Jungen in ihrem Alter, die langsam auf sie zu schlenderten.

„Hi, seid ihr Jette und Nora?", fragte der eine, und musterte die schlanken Mädchen von oben bis unten.

Was er sah, schien ihm zu gefallen, denn er nickte anerkennend.

„Ja. Ich bin Jette. Und das hier ist Nora. Und ihr seid wohl Zwillinge", stellte Jette beim Anblick der beiden jungen Männer fest, die sich mit ihrer großen, schlaksigen Gestalt, ihren dunklen Haaren und dem kantigen Gesicht sehr ähnlich sahen. Sie verfügten sogar beide über eine auffallend breite Lücke zwischen den Schneidezähnen, wie sie bemerkte, als sie jetzt ein Grinsen zeigten.

„Gut kombiniert. Ich bin Murad und dies ist mein Bruder Mehmet."

„Und wie hält man euch auseinander?", fragte Nora und zeigte ein Grinsen.

„In dem ihr mich Murad und meinen Bruder Mehmet nennt", antwortete ihr Gegenüber lässig, um dann gleich hinzuzufügen: „Jette hat geschrieben, dass du drei Kampfsportarten beherrschst. Stimmt das?"

„Das wirst du dann schon sehen, wenn es soweit ist", antwortete Nora kess, während sie ihren Blick über den Hof schweifen ließ. „Wo sind denn die anderen?"

„Sitzen oben und werten die Hinweise auf Facebook und so aus."

„Oben?"

Mehmet legte einen Finger auf den Mund und sagte: „Psst. Ist geheim." Er deutete auf die Dachluke des Geräteschuppens. „Da sind wir ungestört."

„Klingt ja geheimnisvoll", verzog Jette spöttisch den Mund. „Meint ihr nicht, ihr übertreibt ein bisschen?"

„Lern du erstmal Pauls Vater kennen", entgegnete Murad. „Klar, dass der wissen will, wo sein Sohn ist. Aber mit seinem ständigen Gefrage geht er einem schon mächtig auf die Eier. Ist wirklich besser, wir verkriechen uns ein bisschen."

„Dürfte nicht allzu lange dauern, bis der das checkt", stellte Nora fest. „Ist ja nicht gerade unauffällig, euer Loch da oben."

„Kannst ja beizeiten 'nen besseren Vorschlag machen", entgegnete Murad angebissen. Nach wie vor war er sehr stolz darauf, die *Einsatzzentrale*, wie er den Dachboden nannte, entdeckt zu haben.

„Und du bist die Tochter von dem Bullen, der gerade hier war?", wandte sich Mehmet an Jette.

„Was wollte mein Vater denn eigentlich hier?", stellte diese die Gegenfrage.

„Keine Ahnung. Hat mit Pauls Vater gesprochen."

„Und ihr habt nicht gelauscht?" Jette rollte mit den Augen. „Was seid denn ihr für Amateure!"

Murads Kopf lief rot an. „Kannst ja wieder gehen, wenn es dir hier nicht passt", zischte er wütend.

Jette wollte etwas erwidern, doch fuhr in diesem Moment ein Reisebus durch das Einfahrtstor. „Ach du Scheiße", entfuhr es ihr, als einige Insassen des Busses ihre Gesichter an die Scheiben pressten, „was ist denn das!? Zieht hier jetzt etwa ein Kindergarten ein, oder was?"

„Grundschulklasse", zuckte Mehmet die Schultern, „müssen uns nicht interessieren."

„Ich glaube, wir verpissen uns mal lieber", meinte Murad, als die ersten Kinder nun ausstiegen und neugierig zu ihnen hinübersahen. „Kommt. Wir nehmen den Hintereingang vom Geräteschuppen. Da sieht uns keiner."

„Na, da hoffen wir mal, dass die uns in den nächsten Tagen in Ruhe lassen", knurrte sein Bruder Mehmet. „Nicht, dass da noch so kleine Schnüffler dabei sind, die sich für Philip Marlowe halten."

„Wer ist Philip Marlowe?", fragte Nora, während sie und Jette den beiden Jungen zu ihrem Versteck folgten.

„Guck auf Wikipedia", antwortete Mehmet knapp. Er lotste die beiden Mädchen an diversen landwirtschaftlichen Geräten vorbei, bei denen Jette, die in Sachen Landwirtschaft keinerlei Erfahrung mitbrachte, schon Mühe hatte, sich vorzustellen, wofür diese im Einzelnen gut waren. Manche sahen mit ihren offensichtlich scharfen Messern und Schneiden aus wie Mordwerkzeuge, fand sie, und sie schauderte bei der Vorstellung, ein Mensch geriete unter dieses Gerät – *ein Pflug vielleicht?* – und würde von den Messern in seine Einzelteile zerlegt. Hatte sie vielleicht zu viele Krimis gesehen, dachte sie? Oder war sie womöglich einfach nur die typische Tochter eines Kriminalen und dachte nur noch in der Kategorie Verbrechen?

Versteckt hinter den Geräten befand sich eine Nische, die die Mädchen sicherlich übersehen hätten, wäre Murad jetzt nicht direkt darauf zugesteuert. Und selbst, als sie die Nische nun betraten, fiel ihnen die steile Stiege, die nach oben auf den Dachboden führte, erst auf den zweiten Blick auf. Zu sehr war sie zugestellt mit allerhand Kisten und sonstigem Krempel. Als Murad sich nun Stufe für Stufe an diesem Krempel vorbeidrängelte und sich dabei offensichtlich auf jeden Schritt konzentrieren musste, um nicht zu stolpern, gestand Jette ihm zu, recht gehabt zu haben: Dieses war zweifelsohne ein geiles Versteck!

„Krass!" Als sie nach dem abenteuerlichen Anstieg über die Stiege den Dachboden erreichte, trat in Noras Augen ein Glanz, als wären ihr von einer guten Fee soeben all ihre Wünsche erfüllt worden.

Und auch für Jette war es Liebe auf den ersten Blick. Und das gleich in zweifacher Hinsicht. Zum einen hatte sie beim Anblick des vermeintlich verwunschenen Dachbodens das Gefühl, einer ihrer Kleinmädchenträume gehe in Erfüllung. Zum anderen sah sie in die dunklen Augen Nicos – und war verloren. Sie spürte, wie ihr Puls sich beschleunigte und sich eine ganze Schar Schmetterlinge ihren Bauchraum eroberte.

„Hi, ich bin Jette", sagte sie heiser und nickte dem gutaussehenden jungen Mann kurz zu, was dieser mit einem herzlichen Lächeln, das sie augenblicklich in den siebten Himmel katapultierte, erwiderte. Als ihr Blick jedoch kurz darauf auf den von Fiona traf, die mit ihren Augen giftige Pfeile auf sie abzuschießen schien, schlug sie hart wieder auf dem Boden der Realität auf. War dieser Traum von einem Mann etwa schon vergeben?

„Ich würde vorschlagen, wir verlieren keine Zeit und legen gleich los", sagte Anna, nachdem sich alle vorgestellt und einen Platz zum Sitzen gefunden hatten. Sie gab vor, von den plötzlich veränderten Schwingungen im Raum nichts mitbekommen zu haben, obwohl diese die gefühlte Raumtemperatur in die Nähe des Gefrierpunktes hatten sinken lassen. Auf gar keinen Fall aber wollte sich Anna jetzt einem Zickenkrieg ausgesetzt sehen. Aus den Augenwinkeln beobachtete sie Fiona und Jette, bei deren Blicken bereits jetzt klar war, dass sie niemals Freundinnen werden würden. Na, das kann ja heiter werden, dachte Anna, laut aber sagte sie: „Es sind wieder jede Menge Hinweise eingegangen, denen wir nachgehen sollten. Auch wenn sich die meisten von ihnen vermutlich wieder als Bullshit herausstellen."

„Was unternimmt denn eigentlich dein Vater, um Paul zu finden?", wandte sich Fiona mit einem wenig freundschaftlichen Blick an Jette. „Sieht ja so aus, als wäre er ihm scheißegal."

„Ey, was soll der Mist, Fiona!? Hier geht es gerade nicht um Jettes Vater, okay!?", wies Murad sie zurecht.

„Man wird ja wohl noch mal fragen dürfen", maulte das Mädchen und zwinkerte Nico verschwörerisch zu. Der aber verzog keine Miene, sondern widmete sich irgendwelchen Zetteln, die Anna nun verteilte.

„Ich hab die Hinweise, die eingegangen sind, schnell mal sortiert", fuhr Anna scheinbar unbeeindruckt fort und hob jetzt eine abgegriffene Landkarte in die Höhe. „Ich hab mal geguckt, wo die Leute Paul überall gesehen haben wollen. Die meisten davon meinen, ihn hier irgendwo in der Gegend entdeckt zu haben. Einer schreibt aber auch irgendwas von Oldenburg, eine andere was von Bremen. Insgesamt herrscht auf der Karte, wie ihr seht, das reinste Chaos." Sie tippte auf ein paar Stellen, die sie farblich markiert hatte. „Demnach müsste Paul zu bestimmten Zeiten an mehreren Orten gleichzeitig gewesen sein." Sie verzog das Gesicht zu einer Fratze. „Ich meine, wir wissen alle, dass Paul vieles fertigbringt. Aber sich zur selben Zeit an drei oder vier unterschiedlichen Orten zu materialisieren, das dürfte selbst ihm schwerfallen."

„Wir haben übrigens gerade ein Gespräch zwischen dem Bauern und seiner Frau mit angehört. Sieht wohl so aus, als würde man morgen auch in den Zeitungen über die Entführung berichten", meinte Murad.

„Also nehmen sie die Sache bei der Polizei jetzt doch ernst", stellte Fiona mit einem Seitenblick auf Jette fest, die angestrengt damit beschäftigt war, nicht ständig zu Nico hinüberzuschauen.

„Sieht so aus", nickte Mehmet. „Bestimmt haben sie die Presse informiert. Ich würde nur zu gerne wissen, was der Büttner mit Pauls Vater zu bequatschen hatte. Kannst du da nicht irgendwas rauskriegen?", wandte er sich an Jette. Als diese nicht reagierte, stieß er ihr in die Rippen und rief: „Hallo? Erde an Jette!"

„Ähm – sorry – was?"

„Du sollst deinem Vater mal auf den Zahn fühlen, was er heute mit dem ollen Hartenberg zu bequatschen hatte." Fiona sah ihre vermeintliche Kontrahentin an, als würde sie sie am liebsten vor aller Augen in Stücke reißen.

„Ach so. Ja. Ich kann's mal versuchen. Aber meistens ist aus dem nicht viel herauszubekommen, da macht euch mal keine allzu große Hoffnung."

„Und was willst du dann hier, wenn du uns sowieso nicht helfen kannst?", fragte Fiona bissig.

„Boah, Fiona, du nervst", stöhnte Nico. „Wenn du irgendein Problem damit hast, dass Jette und Nora uns helfen wollen, dann behalt's für dich."

Er hatte sie in Schutz genommen! Während Jette meinte, vor lauter Glück gleich in Ohnmacht kippen zu müssen, sprang Fiona auf und keifte: „Okay. Wenn du auf so dürre

Blonde abfährst, Nico, dann sag es ruhig. Ich jedenfalls find's einfach nur peinlich, wie Jette sich bei euch einschleimt." Sie ließ ein hämisches Lachen hören, bevor sie mit blitzenden Augen hinzufügte: „Ihr habt nur vergessen, ihr zu sagen, dass sie nur hier ist, weil ihr Vater Bulle ist und sie ihn ausspionieren soll." Damit warf sie den Kopf in den Nacken und ließ sich wieder auf eine der auf dem Dachboden verteilten Kisten fallen.

„Erzähl doch keinen Müll, Fiona", seufzte Anna. „Vielleicht versuchen wir einfach mal, hier weiterzukommen, anstatt uns gegenseitig irgendwelchen Schwachsinn an den Kopf zu werfen. Schließlich geht es um Paul. Schon vergessen, dass er in Gefahr ist? Komm jetzt mal runter von deinem Egotrip."

„Pah!", war alles, was Fiona darauf zu erwidern hatte. Zwar stand sie kurz vor der Explosion, mit ihrer Freundin Anna aber wollte sie es sich nicht verderben. Und dieser Jette würde sie schon noch zeigen, wer hier die älteren Rechte hatte!

„Na, da guck mal einer an." Mit einem entnervten Gesichtsausdruck hatte sich Murad ans andere Ende des Dachbodens zurückgezogen und stand nun an der Wand neben der Dachluke. Immer wieder schob er seinen Kopf ein wenig vor und linste auf den Hof hinunter, wollte jedoch auf keinen Fall entdeckt werden.

„Was gibt's denn da?", fragte sein Bruder neugierig. „Immer noch die Kids von vorhin?"

„Nee. Presse, glaub ich."

„Presse?", klang es vielstimmig zurück.

„Ja. Zwei Leute. Einer hat 'ne Kamera dabei. Die reden

mit der Bäuerin. Und Pauls Eltern stehen auch daneben und gestikulieren vor sich hin."

„Hm." Anna überlegte einen Moment, dann sagte sie: „Ich finde, wir sollten die nicht alleine mit denen quatschen lassen. Schließlich haben wir eine große Suchaktion übers Internet ins Leben gerufen. Wäre doch toll, wenn die Presse die unterstützen könnte."

Murad nickte. „Ich glaub kaum, dass Aaltjen Boom und die von Hartenbergs irgendwas zu unserer Aktion sagen. Und wenn, dann kommt bestimmt nur Müll dabei raus. Die haben doch hundert Pro keine Ahnung von Social Media." Er drehte sich zu seinem Bruder um. „Kommst du mit?"

„Yepp." Mehmet schaute sich um. „Sonst noch jemand? Anna?"

„Nee, lass mal." Auch alle anderen schüttelten den Kopf.

„Mein Vater köpft mich, wenn er mich in der Zeitung sieht", meinte Jette.

„Dann bin ich dafür, dass ihr Jette mitnehmt", ätzte Fiona, erntete dafür jedoch nur entnervte Gesichter.

„Nico?"

„Nee." Er schien noch etwas hinzufügen zu wollen, winkte dann jedoch nur mit einer Handbewegung ab.

„Okay. Dann sagen wir euch gleich, was abgeht."

Murad und Mehmet kletterten die knarzende Stiege hinab, während sich die anderen an die Dachluke schlichen und gespannt hinauslinsten. Würde die Presse überhaupt Interesse an ihrer Geschichte haben?

17

Die Gaststätte Siebrands war geräumiger, als Hauptkommissar David Büttner angenommen hatte. Zwar hatte er auch am Tag zuvor schon kurz einen Blick hineingeworfen, im dämmrigen Licht jedoch nicht allzu viel wahrgenommen. Außerdem hatte es zu der Zeit keinerlei Gäste gegeben, was nun deutlich anders war.

Ein babylonisch anmutendes Stimmengewirr schlug ihm entgegen, als er mit seinem Assistenten Sebastian Hasenkrug den Gastraum betrat. Die Vielzahl hell erleuchteter Lampen ermöglichte einen schnellen Überblick über die in dunklem Holz eingerichteten Räumlichkeiten. Von der Eingangstür aus blickte man direkt auf den Thekenbereich an der gegenüberliegenden Wand. Die massive Theke dominierte den ganzen Raum. Acht Personen, die allesamt ein Pils vor sich stehen hatten, lümmelten auf Barhockern herum und sahen den beiden Polizisten aus mehr oder weniger glasigen Augen entgegen.

Im Raum standen sechs größere Tische. An vier von ihnen saßen ebenfalls Gäste, die im Gegensatz zu dem Thekenpublikum anscheinend zum Essen hierher gekommen waren, denn vor ihnen standen Teller mit riesigen Schnitzeln, fettem Schweinebraten oder Bockwürsten mit Pommes. Keiner von ihnen achtete auf die

Neuankömmlinge, zu sehr waren sie in ihre Gespräche vertieft.

Aus einem Nebenraum, den man durch eine Tür neben der Theke erreichte, erklang johlendes Gelächter und das Klackern aufeinandertreffender Kugeln. Büttner nahm an, dass es sich um das Billardzimmer handelte, von dem die Schüler gesprochen hatten.

Alles in allem schien dies eine ganz normale Kneipe zu sein, wie es sie früher in praktisch jedem ostfriesischen Dorf gegeben hatte. Deren spärlich verbliebene Ableger – so vermutlich auch diese – kämpften heute zumeist in den zentralen Ortschaften einer Gemeinde um ihr Überleben. In den Zeiten von Fernseher und Internet lagen Gaststätten als Treffpunkt und Kommunikationsort kaum noch im Trend.

„Moin", sagte Büttner und steuerte auf den Wirt zu, den er bereits am Tag zuvor kurz kennen gelernt hatte. „Können Sie mir sagen, ob wir heute mit den Gästen sprechen können, die auch hier vor Ort waren, als Peter Theelen aus dem Fenster stürzte?"

„Ob Sie mit ihnen sprechen können, weiß ich nicht", brummte der Wirt, während er ein paar Gläser über die Spülbürsten zog. „Aber hier sind sie wohl, wenn Sie das meinen."

„Genau das meinte ich."

„Gerd, Heino, Justus, Tamme und Cinderella", deutete der Wirt mit dem Finger auf fünf Personen, die allesamt an der Theke saßen. „Ihr könnt euch jetzt mal nützlich machen, und der Polizei sagen, was ihr über den Unfall von Peter wisst."

„Nix", kam es unisono zurück, ohne dass die Fünf auch nur ansatzweise ihre Position oder ihren Gesichtsausdruck veränderten.

„Inzwischen wissen wir, dass es kein Unfall war, sondern Mord", sagte Hasenkrug.

„Wissen wir auch", nickte einer der Männer. „Haben aber trotzdem nix gesehen."

„Bis auf Johannes vielleicht", relativierte sein Sitznachbar nach einem kräftigen Schluck Bier.

„Jo. Bis auf Johannes vielleicht", stimmte ihm Cinderella zu.

„Was denn nun?", hakte Büttner nach. „Soll das heißen, Sie haben Johannes Uphoff zur besagten Zeit hier gesehen?"

„Jo."

„Und darf ich fragen, wie Sie heißen?"

„Heino. Jürgens."

„Und hat sich Herr Uphoff zur Zeit des – ähm – Unglücks im Bereich der Toiletten aufgehalten, Herr Jürgens?"

„Jo. War wohl so", nickte der, während alle anderen die Schultern zuckten.

„Sacht wenigstens Karlheinz", merkte Cinderella an, während sie sich mit einem Taschentuch über ihre Bluse im Leopardenmuster wischte, auf der Spuren von etwas Rotem – Lippenstift? – zu sehen waren. Büttner betrachtete die Frau genauer und kam zu dem gleichen Ergebnis wie Fiona: Er schätzte sie auf ungefähr vierzig Jahre. Allerdings schien ihr stark geschminktes Gesicht so verlebt, dass sie auch gut und gerne zehn Jahre jünger sein konnte.

„Sie meinen den Bruder von Peter Theelen?", fragte Hasenkrug und zog erstaunt die Brauen hoch.

„Jo."

„War er denn auch hier?" Büttner ermahnte sich selbst zu Gelassenheit. Aus langjähriger Erfahrung wusste er, dass man aus Ostfriesen kaum mehr als Dreiwortsätze herausbekam. Schon gar nicht, wenn man wirklich daran interessiert war, etwas zu erfahren. In unverbindlicheren Situationen als dieser brachten sie es auch gut und gerne mal auf fünf Wörter pro Satz.

„Nee. Hier nicht." Der Mann namens Heino begann nun, sich eine Zigarette zu drehen.

„Sondern?"

„Er sacht, er war draußen und hat alles gesehen."

„Und was genau hat er gesehen?" Büttner griff zur Beruhigung in ein Schälchen mit geschälten Erdnüssen, die ihm der Wirt direkt vor die Nase gestellt hatte.

„Er meint, dass Johannes Peter aus dem Fenster gestoßen hat", ließ sich die Stimme eines Mannes vernehmen, der bisher noch nichts zum Gespräch beigetragen hatte.

Büttner atmete tief durch. Manchmal könnte er diese Ostfriesen …

„Und warum sagen Sie das erst jetzt?", fragte er gequält.

„Hat mich ja vorher keiner nach gefragt. Dich?", wandte sich der Mann an Heino Jürgens.

„Nee."

„Noch mal zum Mitschreiben", meinte Hasenkrug. „Karlheinz Theelen hat Ihnen also erzählt, dass er gesehen habe, wie Johannes Uphoff den Toten aus dem Fenster im ersten Stock stieß."

„Nee."

„Aber das haben Sie doch gerade gesagt, Herr …!"

„Eggert. Tamme Eggert."

„Aber das haben Sie doch gerade gesagt, Herr Eggert!", wiederholte Hasenkrug. Auch er konnte eine gewisse Gereiztheit nun nicht mehr verbergen.

„Nee. Tot war Peter da noch nicht", schüttelte der den Kopf. „Hab ich auch nicht gesacht. Der hat noch ganz schön gejapst, als der da auf 'm Zaun steckte. Oder?"

Seine Kumpane nickten.

„Sie selber haben Johannes Uphoff aber nicht hier gesehen?"

„Nee. Also ja. Wir haben ihn nicht gesehen."

Hasenkrug blies die Wangen auf und stieß dann hörbar die Luft aus. „Gut. Dann werden wir uns wohl mal an Karlheinz Theelen wenden", sagte er dann.

„Der ist wech." Heino Jürgens hielt dem Wirt sein leeres Glas hin und bekam es durch ein volles ausgetauscht.

„Wie? Wieso ist der weg? Heute Vormittag war er doch noch in seiner Metzgerei!", rief Hasenkrug aus.

„Jo. Aber dann meinte er, dass er jetzt mal für ein paar Tage wech muss. Hätte was zu erledigen, sacht er."

„Und da macht er einfach so seine Metzgerei zu?", fragte Büttner. Er konnte es nicht fassen, dass ihm ein offensichtlich so wichtiger Zeuge abhanden kam. Und warum hatte Karlheinz Theelen es am Vormittag nicht erwähnt, dass er Johannes Uphoff angeblich beim tödlichen Stoß beobachtet hatte?

„Nee. Die macht doch der Olle. Günther. Sein Vadder."

„Ich hätte dann gerne mal einen Cappuccino", knurrte Büttner den Wirt an, der die ganze Zeit nur wortlos von einem zum anderen gesehen hatte.

„Ich auch", meldete sich Hasenkrug.

Für eine Weile herrschte Schweigen an der Theke, während sich im Gastraum einige Gäste erhoben hatten und nun lauthals *Happy Birthday* sangen. Jubilar war anscheinend ein junger Mann, der nun bis zu den Haarwurzeln errötete und sich verlegen an der Stirn kratzte.

„Eine Zeugin hat ausgesagt, dass Sie kurz vor dem Fenstersturz den Gastraum verlassen haben, um auf die Toilette zu gehen", wandte sich Büttner an Cinderella, als es wieder ruhiger war.

„Ich? Wer sacht denn so was?" Sie verzog angewidert das Gesicht. „Das war doch bestimmt diese Lütte vom Hof, die Aufgebrezelte."

„Welche Lütte vom Hof?", gab sich Büttner ahnungslos.

„Na, dieser Spargel, der hier die ganze Woche mit ihren Kumpels rumhing." Sie deutete mit einer kurzen Bewegung auf das Nebenzimmer. „Jede Nacht kamen sie zum Billardspielen. Meist zu viert. Aber an dem Abend waren es nur drei."

„Sie waren an jedem Abend hier?"

„Jo."

„Drei Männer und eine Frau?"

„Jo."

„Und was ist an diesem Abend vorgefallen?"

„Die hat mich blöd angerempelt, als sie vom Klo kam. Schien es mächtig eilig zu haben." Cinderella schnaubte. „Aber statt sich zu entschuldigen, pflaumt die mich noch blöd von der Seite an, ich sollt ihr nicht im Weg rumstehen. Blödes Flittchen!"

„Das war aber vor dem Sturz von Peter Theelen", stellte Hasenkrug fest. Er fragte sich, warum Fiona mit keinem

Wort erwähnt hatte, dass sie kurz vor dem Mord auf der Toilette gewesen war.

„Nee. Ich wollte doch raus, weil draußen jemand geschrien hatte. Also war das nach dem Sturz. Oder?" Sie blickte ihre Sitznachbarn einen nach dem anderen an.

„Jo", nickte Tamme Eggert. „Du hast gesacht, was ist denn da los, und dann warst du auch schon an der Tür. Und wir sind dann ja gleich hinterher. Das Mädchen hat uns doch auch noch zur Seite geschubst. Und da haben wir's dann gesehen, das Malöör."

Büttner nahm einen kräftigen Schluck von seinem Cappuccino. Am liebsten hätte er sich nun auch noch einen Cognac genehmigt. Wer, verdammt noch mal, sagte denn nun die Wahrheit? Die Gäste hier oder die Schüler? Und wie, verflixt noch eins, sollte er das herausfinden? Zumal ja nun anscheinend auch noch der Metzger auf und davon war – und ihm selbst zu allem Übel nur noch wenige Arbeitstage bis zum Urlaub blieben.

„Dürfte ich bitte Ihren vollen Namen haben. Cinderella …" Hasenkrug sah die Frau fragend an.

„Cinderella?", prustete die Angesprochene nun los, und auch die Männer an der Theke und der Wirt verzogen amüsiert die Gesichter. „Ich heiß doch nicht Cinderella! So bekloppt waren nicht mal meine Eltern." Sie verfiel nun mit mürrischem Blick ins Plattdeutsche. „Obwohl de förwiss mall in'd Kopp wassen*."

„Und warum werden Sie dann so genannt?", wollte Hasenkrug wissen.

---

* Obwohl sie ganz bestimmt verrückt im Kopf waren

„Die nennen mich hier nur so, weil ich die Cinderella mal in der Schule geben musste. Beim Theaterstück. Da war ich sieben."

„Also?", fragte Büttner.

„Also wat?"

„Ihren richtigen Namen, bitte."

„Petra Müller."

„Aha. Danke."

Hasenkrug zog sein Smartphone hervor und zeigte ein Bild von Paul in die Runde. „Haben Sie den schon mal gesehen?"

„Jo", sagte Heino Jürgens, während die anderen kaum sichtbar nickten und sich ihrem Bier widmeten. „Der war auch immer zum Billard hier."

„Nur an dem Abend des Unglücks nicht", stellte Büttner fest.

„Genau. Da waren die nur zu dritt. Zwei Jungs. Zwillinge jawohl. Wenigstens sahen die fast gleich aus. Und dieses Mädchen eben."

„Hat's mit denen irgendwann mal Streit gegeben?", fragte Hasenkrug.

„Nee. Die haben nur Billard gespielt. Bis auf die Rempelei mit Cinderella dann eben."

„Die beiden Jungen hatten das Billardzimmer aber nicht verlassen, bevor Peter Theelen aus dem Fenster stürzte? Hm. Gestürzt wurde."

„Nee. Die waren die ganze Zeit da drin. Und später, als die Polizei und so kam, da waren die plötzlich wech. Sind wohl zum Hinterausgang raus."

„Aber sie haben mir noch zwanzig Euro auf den Tisch gelegt", warf der Wirt mit erhobenem Zeigefinger ein. „Will nur sagen, sind jedenfalls keine Zechpreller, die Jungs."

„Wissen Sie denn, ob Peter Theelen irgendwas mit den jungen Leuten zu tun hatte?", fragte Büttner.

„Nee. Was sollen die wohl miteinander zu tun haben", erwiderte Tamme Eggert, während Heino Jürgens seine selbstgedrehte Zigarette in die Hand nahm und sich auf den Weg nach draußen machte. „Kommt jemand mit eine rauchen?", fragte er in die Runde, woraufhin sich auch die anderen vier von ihren Plätzen erhoben.

Büttner sah ihnen nachdenklich hinterher, als sie zur Tür gingen. Er konnte sich auf all das keinen Reim machen. Er stieß resigniert die Luft aus und schlug dann mit der flachen Hand auf die Theke. „Und jetzt hätte ich gerne einen Schweinebraten", rief er dem Kellner zu.

18

Im Haus herrschte das absolute Chaos. Aus einigen der Schränke und Kommoden war der Inhalt herausgerissen und wahllos über den Boden verstreut worden. Auch die Bibliothek glich einem Trümmerfeld. Der Anblick der Bücher, die, wie zu einem Scheiterhaufen aufgeschichtet, in der Mitte des Raums lagen, würde jedem Freund ausgesuchter Literatur das Herz zerreißen.

Und genauso erging es Sebastian Hasenkrug, als er nun vor der Bescherung stand und sein Herz vor lauter Empörung über solch einen Frevel hart gegen die Rippen schlug.

Natürlich hatte man ihn vorgewarnt. Ein Einbruch im Hause Theelen hatte es geheißen, vieles sei wohl dem Vandalismus zum Opfer gefallen. Ein trauriges Vorkommnis, wie es bei Wohnungseinbrüchen leider keine Seltenheit war.

Damit aber, dass sich jemand aus einer blinden Zerstörungswut heraus auch an wertvollen Büchern vergreifen und sie wie unnützen Abfall einfach auf einen Haufen werfen würde, hatte er nicht gerechnet. Das einzige Wort, das ihm zum Zustand der Bibliothek einfiel, war *Schändung*.

„Wer macht denn nur so was? Solche Idioten kann es

doch gar nicht geben!", sprach Katja Uphoff jetzt genau das aus, was er dachte.

„Die Frage ist doch, was sich derjenige davon versprochen hat", entgegnete Hauptkommissar David Büttner. „Ich meine, welch unbändige Wut muss hier im Spiel gewesen sein. Das macht doch keiner, der einfach nur auf der Suche nach Geld oder Wertgegenständen ist." Er machte eine raumgreifende Bewegung mit den Armen. „Nein, dieses war mehr als ein Einbruchsdiebstahl. Es sieht eher aus wie eine Abrechnung."

„Eine Abrechnung? Womit?" Hasenkrug hob ein Buch mit Ledereinband vom Boden auf und strich so zart mit der Hand über den Buchrücken, als könnte er es sonst verletzten.

„Eine Abrechnung mit wem, wäre wohl der passendere Ausdruck", meinte Büttner. Ihm fiel ein Buch ins Auge, auf dem in großen Lettern der Name Helen Rössling prangte. „Schauen Sie mal, Hasenkrug." Er nahm den Roman in die Hand und drückte ihn seinem Assistenten in die Hand. „Hier haben wir sogar eine alte Bekannte."

„Helen." Sebastian Hasenkrug schluckte schwer, als er das Buch kurz durchblätterte. Mit dieser Bestsellerautorin hatte er mal eine leidenschaftliche, wenn auch nur kurze Liebelei gehabt. Nachdem sie sich etliche Jahre nicht gesehen hatten, waren sie sich im Rahmen eines wenig schönen Kriminalfalles zufällig wieder über den Weg gelaufen. Seither hatten sie ein paar Mal miteinander telefoniert. Er wusste, dass Helen inzwischen von Köln nach Oldenburg gezogen war. Dennoch hatten sie es bisher nicht geschafft, sich mal auf einen Kaffee zu verabreden.

„Was hatten Sie eigentlich hier im Haus zu suchen?", fragte Büttner und sah Katja Uphoff, die seit dem Verschwinden ihres Mannes äußerst mitgenommen aussah, prüfend an.

„Ich wollte die Post reinlegen und nach den Blumen und dem Kühlschrank sehen. Was man eben so macht, wenn die Nachbarn nicht da sind. Und schließlich kann es noch dauern, bis Mareeke aus dem Krankenhaus entlassen wird. Sie scheint ja völlig durch den Wind zu sein, wie man hört."

„Erstaunlich, dass Sie an so etwas Profanes wie Post und Blumen denken können, wo Sie doch selbst gerade ganz andere Sorgen haben", wunderte sich der Polizist. „Noch dazu morgens um sieben."

Katja Uphoff strich sich mit fahrigen Fingern eine Haarsträhne aus dem Gesicht und zuckte lahm die Schultern. „Es lenkt mich ab. Zu Hause werde ich doch verrückt. Die ganze Nacht habe ich wachgelegen und mir ausgemalt, was Johannes alles zugestoßen sein könnte. Es ist die Hölle. Ich war einfach nur froh, als es draußen endlich hell wurde. Glauben Sie mir, momentan bin ich für jede noch so kleine Ablenkung dankbar. Außerdem will ich Mareeke jetzt nicht im Stich lassen. Wir sind doch schließlich … so was verbindet doch."

„Und Ihre Kinder? Sind die nicht zu Hause?"

Katja Uphoff schlug fröstelnd die Arme um ihren Körper. „Nein. Ich habe sie zu meinen Eltern gebracht. Sie sollen so wenig wie möglich von alledem mitbekommen."

„Woher haben Sie den Haustürschlüssel der Theelens?", fragte Hasenkrug, der nach wie vor Helens Buch an sich presste, als wollte er es nie wieder loslassen.

„Der ist immer bei uns. Für Urlaubs- oder auch Notfälle oder so."

„Gibt es Hinweise auf einen gewaltsamen Einbruch?", wandte sich Büttner an einen Mitarbeiter der Spurensicherung, der gerade seinen Kopf zur Tür hereinsteckte.

„Ja. Die Kellertür wurde aufgebrochen", nickte der. „Ziemlich stümperhaftes Vorgehen allerdings. Würde sagen, dass hier kein Profi am Werk war." Er deutete die Treppe hinunter. „Dafür spricht auch, dass unten im Wohnzimmer noch jede Menge Geldscheine in den Schubladen liegen, und auch der Schmuck und andere Wertgegenstände scheinen noch da zu sein. Meiner Meinung nach können wir so was wie Beschaffungskriminalität ausschließen. Der Einbrecher muss etwas ganz anderes gesucht haben."

„Haben Sie eine Vorstellung, was das sein könnte?", wollte Hasenkrug von Katja Uphoff wissen.

„Nein. Keine Ahnung. Vielleicht ein wertvolles Buch?", mutmaßte sie mit einem Fingerzeig auf den am Boden liegenden Stapel.

„Das festzustellen dürfte so gut wie unmöglich sein", knurrte Büttner. „Hier nach einem fehlenden Buch zu suchen, wäre die reinste Sisyphus-Arbeit."

„Ich nehme doch an, dass Peter Theelen alle Werke katalogisiert hat", meinte Hasenkrug und sah sich vergeblich nach einem Computer um. „Hm. So wie es aussieht, hat der Täter auch alles mitgehen lassen, was mit EDV zu tun hat", stellte er nach einem kurzen Blick auf den Schreibtisch fest. Er erinnerte sich, bei seinem letzten Besuch einen Laptop gesehen zu haben.

„Selbst, wenn es so etwas wie einen Katalog gibt, dann würde es Tage dauern, hier alles zu sortieren und mit der Liste abzugleichen", gab Büttner zu bedenken. „Und wenn sich herausstellte, dass ein Buch fehlt, könnte Theelen es immer noch verliehen haben. Hoffen wir also, dass das Motiv für die Tat woanders liegt."

„Ich denke, dass es nicht weit hergeholt ist zu behaupten, dass dieser Einbruch wahrscheinlich in direktem Zusammenhang mit dem Mord an Peter Theelen steht", erwiderte Hasenkrug.

„Tötungsdelikt", korrigierte ihn sein Chef.

„Oh Gott, es ist alles einfach nur das Grauen!" Katja Uphoff wischte sich ein paar Tränen aus den Augen. „Ich hoffe immer noch, dass das alles nur ein Albtraum ist."

„Da muss ich Sie leider enttäuschen", sagte Büttner und hielt sich den knurrenden Bauch. „Mein Magen verkündet mir deutlich, dass wir uns hier in der Realität befinden." Mit diesen Worten verließ der Hauptkommissar die Bibliothek und lief die Treppe ins Erdgeschoss hinab.

Sebastian Hasenkrug schüttelte angesichts dieser fast schon unverschämten Bemerkung seines Chefs verlegen den Kopf und schenkte Katja Uphoff, die Büttner pikiert hinterher sah, ein aufmunterndes Lächeln. „Bitte verzeihen Sie seine Flapsigkeit", sagte er leise, „aber unser Job erfordert eine gewisse Distanz, wenn man nicht verrückt werden will."

„Ein bisschen mehr Feingefühl wäre trotzdem schön", entgegnete sie und wandte sich nun ebenfalls zum Gehen.

„Ich werde jetzt mal mit dem Arzt sprechen, ob Mareeke

Theelen vernehmungsfähig ist", sagte Büttner mit einem Blick auf die Uhr, als sie wieder auf der Straße standen und Katja Uphoff in ihrem Haus verschwunden war. „Aber erst nach dem Frühstück. Sieht so aus, als könnte es wieder ein langer Tag werden. Den möchte ich ungern mit leerem Magen durchstehen." Er schob sich einen Kaugummi in den Mund, bevor er fragte: „Hat die Gerichtsmedizin eine vage Vorstellung davon, wann sie den DNA-Abgleich liefern könnte? So langsam wüsste ich ja schon gerne, ob der appe Arm zu Johannes Uphoff gehört."

„Ich habe auf dem Weg hierher angerufen", antwortete Hasenkrug. „Aber auch in der Pathologie und im Labor hat inzwischen der Magen-Darm-Virus zugeschlagen und die halbe Mannschaft lahmgelegt. Unter seinen Opfern befindet sich auch unsere verehrte Dr. Wilkens."

„Na ja, wenigstens braucht sie nicht zu fürchten, dass sich jemand von ihrer Kundschaft ansteckt und ihr den Tisch vollreiert", kommentierte Büttner trocken, während er zu seinem Fahrzeug lief. „Und was sagt man im Labor, wann wir mit dem Ergebnis rechnen können?"

„So bald wie möglich, war die Antwort."

„Ist doch toll, dass sie sich selbst in schwierigen Zeiten auf eine solch konkrete Aussage verständigen können", knurrte Büttner ungehalten, während er seinen Wagen startete. „Aber die haben ja auch keine Frau zu Hause, die bereits die Bratpfanne bereitgelegt hat für den Fall, dass ihr Kerl seine Mörder nicht pünktlich zu den Osterferien im Gefängnis abliefert."

„Unfassbar!" David Büttner stützte die Ellenbogen auf

seinem Schreibtisch ab und versenkte den Kopf in seinen Händen. „Sagen Sie bitte, dass das alles nicht wahr ist, Hasenkrug!"

Wütend wischte der Hauptkommissar die Zeitung beiseite. Wer, um alles in der Welt, war bloß auf die schwachsinnige Idee gekommen, die Presse über den Entführungsfall zu informieren!? So, wie es aussah, waren es wohl Pauls Eltern gewesen, denn sie ließen sich in dem Artikel munter zitieren. *Wir hoffen sehr auf die Mithilfe der Bevölkerung. Eine halbe Million Euro Lösegeld sind auch für uns kein Pappenstiel. Bitte, wer auch immer Sie sind, geben Sie uns unseren Sohn zurück!*

Waren die denn von allen guten Geistern verlassen? Und dann auch noch diese Kids! *Natürlich werden wir alles tun, um unseren Freund zu finden. Über Facebook gehen hunderte von Hinweisen ein.* Und dann der Super-GAU: *Der Polizei scheint dieser Entführungsfall völlig egal zu sein. Da müssen wir schon selbst tätig werden.*

Büttner zog die Schublade seines Schreibtisches auf und biss kurz darauf herzhaft in einen Schokoriegel, während Sebastian Hasenkrug nach der Zeitung griff. Er las den Artikel und seine Miene verfinsterte sich zusehends.

„Verdammter Mist, warum sprechen die denn so was nicht im Vorfeld mit uns ab!?", fluchte er lautstark und pfefferte das Blatt in die nächste Ecke. „Wenn der Staatsanwalt das liest, dann können wir uns wieder für Dinge rechtfertigen, die wir überhaupt nicht verbockt haben."

„Ich will die von Hartenbergs hier haben. Alle beide. Sofort!", fauchte Büttner. „Und dann schicke ich sie direkt zum Staatsanwalt. Die sollen ihm gefälligst persönlich erklären, warum sie so unverantwortlich das Leben ihres Sohnes aufs Spiel setzen!"

„Die Kollegen sind unterwegs und bringen sie hierher", sagte Hasenkrug nach einem kurzen Telefonat. „Allerdings ist der Staatsanwalt zurzeit nicht im Haus. Zu dem müssten sie dann später." Er fuhr sich durch das lichte Haupthaar und fügte hinzu: „Ich hatte die beiden eigentlich für intelligenter gehalten. Es ist ja schon schlimm genug, dass die Kids über die Sozialen Netzwerke ganz Deutschland in Alarmbereitschaft versetzen. Aber dass man sich als erwachsener Mensch – nee, ich kann es einfach nicht glauben. Hier", er griff wieder nach der Zeitung und schlug dann mit den Fingern darauf. „Hier sind sogar die Fotos von Paul abgebildet, die der Entführer geschickt hat. Bei denen scheint echt so manche Tasse 'nen Sprung zu haben."

Büttner sagte für eine ganze Weile gar nichts, sondern füllte einen Futterball mit Leckerlis und warf ihn seinem Hund Heinrich zu. Der traktierte ihn sogleich wie ein Besessener mit seinen Pfoten und nahm anscheinend an, dass es letztlich nur darauf ankam, den Ball möglichst fest an vielen Möbelecken und Wänden anstoßen zu lassen, um in kürzester Zeit eine große Ausbeute sein Eigen nennen zu können. Kurzum, er verursachte mit seinem Spielzeug einen Heidenlärm.

„Sie haben recht", sagte Büttner unvermittelt in eine Lärmpause hinein, in der Heinrich vor Anstrengung hechelnd und sabbernd vor ihm saß und ihn erwartungsvoll ansah. „Kein halbwegs intelligenter Erwachsener würde so etwas tun. Und wir wissen, dass die von Hartenbergs ganz sicher nicht zu den Dümmeren auf der Welt gehören. Also, so frage ich Sie, Hasenkrug, was bezwecken sie mit einem solchen Auftritt?" Als sein Assistent nur die Achseln zuckte, gab er selbst die Antwort: „Weil sie wissen, dass es dem Jungen gut geht. Weil sie wissen, dass ihm nichts passieren kann. Weil sie die Entführung womöglich selbst inszeniert haben."

„Aber warum sollten Sie das tun?" Hasenkrug sah seinen Chef zweifelnd an.

„Genau das gilt es herauszufinden. Ich hab schon die ganze Zeit so ein komisches Gefühl."

„Aber warum belastet Monika von Hartenberg ihren Mann, wenn sie mit ihm angeblich unter einer Decke steckt? Da passt doch was nicht zusammen. Hat sie nicht sogar die Befürchtung geäußert, dass ihr Mann den Jungen umgebracht hat?", gab Hasenkrug zu bedenken.

„Nein. So direkt hat sie es nicht gesagt." Büttner ließ Heinrich erneut durchs Büro flitzen und hoffte, ihn damit so müde zu bekommen, dass der spätere gemeinsame Spaziergang nicht so ausgiebig würde ausfallen müssen. „Und ich kann mir auch noch keinerlei Reim darauf machen, was sie mit ihrer Aussage bezweckt. Oder welches Spiel die beiden mit uns spielen. Aber ich hoffe, dass wir nachher, wenn wir sie hier durch den Fleischwolf gedreht haben, schon etwas schlauer sind."

„Die Kids sollten wir uns auch noch mal vorknöpfen", bemerkte Hasenkrug.

„Die Kids sollten wir vor allem nach Hause schicken", schnaubte Büttner. „Denn sollte an der Entführung wider Erwarten doch etwas dran sein, dann bringen die sich mit ihren dämlichen Aktionen nur selbst in Gefahr."

„Ich verstehe nicht – oh – einen Moment, bitte." Hasenkrug griff nach seinem schrillenden Handy. „Okay. Ich verstehe. Ja. Danke."

„Gibt's was Wichtiges?", fragte Büttner, als sein Assistent nach diesem kurzen Gespräch eine Fratze zog.

„Der Arm. Er gehört zu Johannes Uphoff."

„Oha. Kein Zweifel?"

„Nein."

„Hm. Und der Rest von dem Kerl ist noch nicht wieder aufgetaucht. Das sind genau die Fälle, die ich liebe."

„Wir müssen es seiner Frau sagen", stellte Hasenkrug fest.

„Ich sag ja. Das sind genau die Fälle, die ich liebe. Aber nun sind erstmal die von Hartenbergs dran."

Auf Hasenkrugs Gesicht schlich sich ein verschmitzter Ausdruck, dann sagte er: „Meinen Sie nicht, Pauls Eltern können im Vernehmungsraum ruhig mal einen kurzen Moment auf uns warten? Ich meine, ich reiße mich weiß Gott nicht darum, der Witwe diese Hiobsbotschaft zu überbringen. Aber durch Aufschieben wird's doch auch nicht besser, oder?"

Büttner schürzte die Lippen. „Ein bisschen Zeit zum Nachdenken hat noch keinem geschadet, da haben Sie sicherlich recht. Und den von Hartenbergs gönne ich eine kurze Auszeit von Herzen."

„Ich sehe, wir verstehen uns", grinste Hasenkrug und griff nach seinem Mantel.

19

Jette schob die Unterlippe vor und blies sich eine Strähne aus dem schweißnassen Gesicht. Vor Anstrengung keuchend stellte sie eine der schweren Kisten bei der Bäuerin auf den Küchentisch. Eigentlich hätte sie gerade Mathe, stellte sie mit einem Blick auf die still vor sich hin tickende Wanduhr fest. Derzeit aber verspürte sie überhaupt keinen Drang, sich mit so – wie sie fand – völlig überflüssigen Dingen wie Integralrechnung oder Stochastik zu befassen oder sich gar im Fremdsprachenunterricht über irgendwelche Techniken der Gedichtanalyse belehren zu lassen. Außerdem hatte sie erst in der vergangenen Woche die letzte ihrer schriftlichen Abiturprüfungen hinter sich gebracht. Welchen Sinn, so fragte sie sich, sollte es also machen, sich so kurz vor dem Schulabschluss noch mehr hochgradig blödsinniges Zeug in die Rübe hämmern zu lassen? Und das noch dazu bei diesem fantastischen Frühlingswetter!?

„Ich geh dann noch mal die anderen Kisten holen", nickte sie Aaltjen Boom zu. „Könnte heute warm draußen werden, da sind die Sachen besser im Haus."

„Das ist nett von dir, Kind", erwiderte die Bäuerin, die gerade dabei war, dreien der frisch eingetroffenen Grundschüler zu erklären, was man alles für einen gesunden Gemüseauflauf brauchte. „Ist ja man immer viel zu tun hier. Kommt man manchmal gar nicht so recht hinterher, kann ich dir sagen."

Jette lief zu dem Lieferwagen zurück, den einer der Angestellten vollbeladen mit Lebensmitteln im Hof abgestellt hatte. Eigentlich wäre es seine Aufgabe gewesen, die Kisten auch ins Haus zu tragen. Der Bauer aber hatte ihn mit einem hektischen Winken in den Stall beordert, weil sich eine der Sauen entschlossen hatte, ihre Ferkel zu werfen, dieses Vorhaben aber wohl nicht so problemlos vonstatten ging, wie man es sich erhofft hatte.

„Soll ich dir helfen?" Als Jette Nicos Stimme erkannte, schoss ihr augenblicklich eine tiefe Röte ins Gesicht. Sie hoffte inständig, dass es nach der schweren, schweißtreibenden Arbeit nicht auffallen würde.

„Ja – ähm – klar", stammelte sie blöde und biss sich auf die Lippen, während sie eine der Kisten aus dem Wagen wuchtete. Wieso nur bekam sie in Nicos Gegenwart nie einen geraden Satz heraus? Er musste sie inzwischen für total unterbelichtet halten.

Möglichst unauffällig betrachtete sie über den Rand der Kiste hinweg seine Mimik, konnte aber nicht erkennen, was er über sie dachte. Wenn er in Gedanken überhaupt bei ihr war, seufzte sie innerlich, denn eigentlich machte er bei allem, was er tat, einen eher unbeteiligten Eindruck. Zum Flirten jedenfalls war er nicht aufgelegt, wie sie sich inzwischen hatte eingestehen müssen. Das Einzige, was sie an dieser Einsicht beruhigte, war die Tatsache, dass er auch Fiona keinen Deut mehr Aufmerksamkeit schenkte als ihr, obwohl diese nichts unversucht ließ, ihn mit ihren Reizen (die Jette selbstverständlich für völlig überschätzt hielt) zu bezirzen.

„Irgendwas Neues von Paul?", fragte sie keuchend, als sie in der Küche ankamen.

„Nee", antwortete Nico knapp und stellte seine Kiste neben die anderen auf den Tisch. Jette bemerkte, wie ihm eine der Grundschülerinnen zuzwinkerte und er der Kleinen daraufhin ein freundliches Lächeln schenkte. Sie schluckte. Wie fantastisch er aussah! Warum nur kam sie nicht in den Genuss eines solchen Lächelns? Noch nie war ihr ein solcher Mann über den Weg gelaufen. Ein Mann, bei dem einfach alles zu stimmen schien – bis auf das mangelnde Interesse ihr gegenüber natürlich. Gewiss, in ihrem Bekanntenkreis gab es auch ein paar interessante, äußerst maskulin aussehende Exemplare. Und doch waren die meisten Männer ihres Alters in ihrem Verhalten erstaunlich unreif, wie sie immer wieder mit Bedauern hatte feststellen müssen. Zwar hatte sie sich – unter den Argusaugen ihres Vaters – auf die eine oder andere Liebelei mit ihnen eingelassen; doch hatte sie dabei nie ein solch aufregendes Kribbeln empfunden, wie es sich jetzt nur bei Nicos Anblick in ihrem Bauchraum ausbreitete. Eine ganze Schmetterlingskolonie schien nur auf ihn gewartet zu haben, um jetzt mit ihrem Tanz durch Jettes Körper zu beginnen. Und das, obwohl Nico doch sogar noch ein ganzes Jahr jünger war als sie selbst. Sie konnte es kaum glauben.

„Ach, hier seid ihr", wurde Jette jäh von Murad, der in diesem Augenblick die Küche betrat, in ihrer Schwärmerei unterbrochen.

„Was gibt's denn?" Nico klopfte sich Mehl von der Hose, das aus einem aufgeplatzten Päckchen herausgerieselt war.

Murad streifte mit einem schnellen Blick die Bäuerin, die am Herd stand und durch die Grundschüler abgelenkt schien. Anstatt zu antworten, gestikulierte er Richtung Geräteschuppen. Anscheinend gab es Neuigkeiten.

„Wir kümmern uns gleich um den Rest", sagte Jette schnell zu Aaltjen Boom, die sie jedoch nicht beachtete. Dann ging sie hinter den Jungen zur Küche hinaus.

„Was ist das?" Nico sah fragend in die Runde, als Mehmet ihm wortlos einen Zettel in die Hand drückte. Auch Nora und Anna, die sich soeben noch bei der schwierigen Entbindung im Schweinestall aufgehalten hatten und entsprechend streng rochen, waren auf dem Dachboden eingetroffen und schauten die Zwillinge gespannt an.

Als diese nur mit ernstem Blick mit den Schultern zuckten, faltete Nico den Zettel auseinander und begann zu lesen. „Was – das kann doch nicht …" Sichtlich verstört ließ er sich auf eine alte Holzkiste sinken, der Zettel glitt ihm aus den Fingern. „Aber woher kommt das denn jetzt? Ich meine – bisher hat er doch immer übers Handy … ist das echt?"

Fiona nahm das Blatt Papier vom Boden auf. *„Lösegeld-übergabe heute Nacht, 3:30 Uhr. Keine Polizei, sonst krepiert euer Freund. Genaueres folgt"*, las sie mit stockendem Atem. „Das kann unmöglich echt sein", sagte sie nach der ersten Schrecksekunde bestimmt. „Ist sicher nur so 'n – wie heißt das nochmal?"

„So 'n Fake", sagte Murad.

„Du meinst Trittbrettfahrer", murmelte Jette, während sie

Nico, der leichenblass vor sich hinstarrte, besorgt ansah. Sie wunderte sich, dass ihn diese Nachricht so mitnahm, denn schließlich war es doch offensichtlich, so fand sie, dass sie hier jemand veräppeln wollte. „Alles klar bei dir, Nico?", fragte sie besorgt und legte ihm ihre Hand aufs Bein.

„Was soll schon sein", funkelte Fiona sie böse an. „Nimm gefälligst deine Griffel da weg!"

„Mensch, Fiona, bleib mal geschmeidig." Anna musterte ihre Freundin vorwurfsvoll. „Hier geht es gerade um Wichtigeres, okay? Euren Zickenkrieg könnt ihr euch für später aufheben. Wo habt ihr denn dieses Geschmiere her?", wandte sie sich dann an Mehmet.

„Es steckte plötzlich in meiner Tasche", antwortete stattdessen sein Bruder Murad.

„Hä? Wie das denn?" Fiona sah ihn skeptisch an.

„Keine Ahnung. Hab ihn gerade erst gefunden. War auf einmal in der Tasche drin."

„In welcher Tasche?"

„Wo ich immer das Sportzeug drin hab."

„Und wer soll den da reingesteckt haben?" Auch Jette zog zweifelnd die Stirn in Falten.

„Und wo überhaupt?" Erstmals meldete sich nun auch ihre Freundin Nora zu Wort. „Ich meine, das wird doch wohl kaum jemand von hier gewesen sein, oder?"

„Kann jeder gewesen sein. Gestern Abend zum Beispiel." Er zeigte auf Mehmet. „Wir waren joggen und haben Klamotten zum Umziehen mitgenommen, damit wir gleich danach in die Kneipe zum Billardspielen gehen konnten. Fiona war doch dabei."

„Ich glaub ja, dass sich da jemand einen blöden Scherz erlauben wollte", mutmaßte Jette. „Haben doch inzwischen alle mitgekriegt, dass Paul verschwunden ist. Und da will irgend so 'n Arschloch eben Kasse machen."

„Ist doch auch komisch, dass der Brief bei euch landet", gab Nora zu bedenken. „Wäre doch viel logischer, wenn Pauls Vater den bekommen hätte. Schließlich muss die Kohle doch von dem kommen und nicht von uns."

„Vielleicht hat er ja auch einen bekommen", zuckte Murad die Schultern.

„Weiß einer von euch, wo er jetzt ist?", fragte Jette. Als alle den Kopf schüttelten, meinte sie: „Okay, wir rufen ihn an. Hat einer von euch seine Nummer?"

„Ich", rief Murad und hob lauschend eine Hand ans Ohr. „Aber, wenn mich nicht alles täuscht, dann kommt er gerade."

„Das hörst du am Geräusch, oder was? Also, ich hör nur ein Auto, das auf den Hof fährt."

„Nur ein Auto! Pah!" Murad streckte theatralisch die Arme in die Höhe. „Dieses satte Geräusch! Brrrrrrrrrmmmmmm! Mann, Alter, das ist kein Auto, sondern ein echter Hammer! Und glaub mir, das fährt hier nur Mister Steinreich!"

Fiona stand auf und streckte vorsichtig ihren Kopf zur Dachluke hinaus. „Er ist es", sagte sie dann. „Sieht ein bisschen fertig aus. Hm. Jetzt hetzt er ins Haus, als würde er gejagt. Sieht fast so aus, als wüsste der auch was Neues." Mit einem abfälligen Blick auf Jette lehnte sie sich in verführerischer Pose an die Mauer und warf Nico einen um Anerkennung heischenden Blick zu. Der aber saß immer noch wie eine Statue da und schien völlig in seine Gedanken versunken.

„Ich geh jetzt mal mit Murad runter und klär das ab", sagte Mehmet. „Kommt jemand mit?"

„Nee. Wir checken jetzt mal unseren Facebook-Account. Vielleicht ist da ja auch was eingegangen", antwortete Anna. Inzwischen hatten sie für die Suche nach ihrem Freund eine eigene Seite mit dem Namen *Findet Paul* angelegt. Nora hatte zwar gemeint, dass der Name viel zu sehr an den Film *Findet Nemo* erinnerte, aber genau das hatten die anderen für gut befunden. Schließlich, so deren Meinung, würde sich die Seite bei den Leuten dann auch besser einprägen.

„Wartet, ich komme mit!", rief Nico plötzlich und sprang auf, als Murad und Mehmet bereits die knarrenden Stufen hinabstiegen.

„Iiiiiiiiiih!" Fiona, die wieder an ihren Platz neben Nico zurückgekehrt war, hatte durch sein rasantes Aufspringen eine ordentliche Ladung Staub ins Gesicht bekommen und kämpfte zu Jettes Freude in den nächsten Minuten mit einem heftigen Nies- und Hustenanfall.

„Habt ihr eigentlich schon gehört, dass hier in Pewsum das Gerücht geht, Pauls Vater habe seinen Sohn selber entführt?", fragte Fiona unvermittelt, als sie wieder sprechen konnte. Sie tupfte sich mit einem Taschentuch die Tränen weg, die ihr der Hustenanfall in die Augen getrieben hatte.

„Hä? Spinnen die jetzt total, oder was!?" Anna schüttelte so angewidert den Kopf, als wäre ihr eine Kolonie Kakerlaken über die Füße gelaufen. „Boah, ey, ich hasse Dörfer, echt! Da wird doch den ganzen Tag nur Müll erzählt! Jeder versucht vor seinen Nachbarn mit seinem angeblichen Wissen aufzutrumpfen. Bäh! Wie widerlich ist das denn! Haben die kein Leben, oder was!?"

„Und wer soll so was behauptet haben?", wollte Jette wissen, während sie die eingegangenen Nachrichten auf Facebook las, dabei jedoch nichts Interessantes entdecken konnte.

„Gestern in der Kneipe haben die über nichts anderes gesprochen. Angeblich wäre so 'n Typ dagewesen und hätte jedem, der es wissen wollte, erzählt, dass Paul in das Auto seines Vaters gestiegen ist und danach nicht mehr gesehen wurde."

„Ist doch Bullshit", konstatierte Nora knapp.

„Und was soll das für 'n Typ gewesen sein?", fragte Jette.

„Er sagte, er sei Privatdetektiv." Fiona zog eine Grimasse.

„Und er hießt nicht zufällig Josef Matula?", kicherte Nora.

„Weiß ich doch nicht", antwortete Fiona. Sie schien keine Ahnung zu haben, dass es sich bei besagtem Matula um eine Figur aus dem Fernsehen handelte. „Ich hab nur mitgekriegt, dass er später mit Cinderella abgeschwirrt ist. Dem ist den ganzen Abend der Sabber aus 'm Maul gelaufen, wenn er die abgewrackte Alte in ihrem Leopardenlook nur angeguckt hat. Der muss echt Notstand gehabt haben, wenn er auf so was abfährt. Manche Typen haben echt 'nen Geschmack wie so 'n Neandertaler."

„Aber immerhin hatte er Erfolg", stellte Anna fest.

„Wann war denn das genau?", fragte Jette.

„Was? Wo der die abgeschleppt hat?"

„Nee. Mein Vater war gestern auch in der Kneipe. Würd mich mal interessieren, ob der was davon mitgekriegt hat."

„Nee. Als wir da waren, war dein Vater schon wieder weg", erwiderte Fiona. „Über den haben sich die an der Theke nämlich auch unterhalten. Sie meinten, der würde jetzt wohl erst Johannes und dann Karlheinz verhaften. Haben sogar 'ne Wette drauf abgeschlossen, welcher von den beiden den Bullen als erstes ins Netz geht. Angeblich sind die nämlich beide verschwunden."

„Und wer sind Johannes und Karlheinz?", fragte Anna.

„Die haben wohl was mit dem Mord an diesem Typen zu tun, der seinen Abgang aus dem Fenster geprobt und sich dabei auf dem Zaun aufgespießt hat."

„Und was soll das jetzt mit Paul zu tun haben?", wollte Jette wissen.

„Nichts. Wieso?"

„Und warum erzählst du uns das dann?"

„Du wolltest doch wissen, ob dein Alter was mitgekriegt hat."

„Der Tote auf dem Zaun interessiert mich aber gerade mal 'nen Scheißendreck. Hier geht es um Paul. Aber anscheinend fällt es dir schwer, beim Thema zu bleiben, oder?"

Sowohl Fionas als auch Jettes Augen sprühten nun Funken. Anna war sich sicher, dass sie sich spätestens nach der nächsten Fuhre Gift, die Fiona bereits in ihrem Mund sammelte, an die Kehle gehen würden. Also sagte sie schnell: „Auf Facebook gibt's nichts Besonderes. Jetzt warten wir mal ab, was die Jungs uns von Pauls Vater zu berichten haben, und dann sehen wir weiter."

„Und ihr zwei könntet jetzt mal eure Krallen einfahren", wandte sich Nora seufzend an Jette und Fiona. „Denn, falls ihr es noch nicht geblickt habt: Nico hat null Interesse. An keiner von euch. Und es sieht nicht so aus, als würde sich daran in absehbarer Zeit etwas ändern. Also chillt einfach mal, okay!?"

„Gut gebrüllt, Löwe", zwinkerte Anna Nora zu, während ihre verliebten Freundinnen knallrot anliefen und empört nach Luft schnappten.

20

„Unser Haus wurde durchwühlt?" Mareeke sah die beiden
Polizisten an, als würde sie den Sinn der Worte noch
nicht ganz erfassen. Oder vielleicht wollte sie es auch ganz
einfach nicht. Hauptkommissar David Büttner sah die
so zerbrechlich wirkende Frau mitleidig an. Sie musste
ihren Mann sehr geliebt haben, dachte er, wenn sie nach
seinem zugegebenermaßen grausamen Tod einen solchen
Zusammenbruch erlitt. Inzwischen hatten die Ärzte beschlossen, sie auf die psychiatrische Station zu verlegen,
weil ihr körperlich ganz offensichtlich nichts fehlte, sie
aber dennoch täglich an Substanz verlor.

Seit Büttner sie zum letzten Mal gesehen hatte, schien ihr
Antlitz noch durchscheinender geworden zu sein. Fast kam
es ihm vor, als wäre nur noch ihre Hülle da, sie selbst aber
hätte sich bereits aus dieser Welt verabschiedet. So ähnlich hatte es auch ihre behandelnde Ärztin ausgedrückt
und erst nach einigem Zögern zugestimmt, dass man ihre
Patientin zu dem Einbruch befragte.

„Wir können gar nicht so schnell von einem Zeugen zum
anderen hetzen, wie es eigentlich der Fall sein müsste", hatte
Büttner frustriert festgestellt, als er und Sebastian Hasenkrug sich von einer völlig verstörten Katja Uphoff verabschiedet und noch das Erscheinen des psychologischen

Dienstes der Polizei abgewartet hatten. Die Nachricht, dass man nun sicher sei, dass ihr Mann Johannes ermordet worden war, hatte der frischgebackenen Witwe den Boden unter den Füßen weggezogen. Wie ein hospitalisiertes Tier war sie in ihrer Wohnung auf und ab getigert, ohne dass auch nur ein Wort über ihre bebenden Lippen gekommen war. Irgendwann hatte sie den Polizisten mit einer stummen Geste bedeutet, sie alleine zu lassen. Büttner aber hatte beschlossen, dass ihr ein wenig seelischer Beistand dennoch nicht schaden könne und die Psychologin angerufen.

„Die von Hartenbergs sind gerade nicht aufzutreiben und werden somit wohl in absehbarer Zeit nicht im Kommissariat auftauchen", hatte Hasenkrug nach einem kurzen Telefonat mit den Kollegen erwidert. „Insofern könnten wir jetzt mal bei Mareeke Theelen im Krankenhaus vorbeifahren und sie zu dem Einbruch befragen."

Und da saßen sie jetzt und befürchteten angesichts des desolaten Zustandes der Patientin, dass sie auch hier nicht weiterkommen würden.

„Gibt es irgendetwas Wertvolles, an dem der oder die Täter gegebenenfalls Interesse gehabt haben könnten, Frau Theelen?", fragte Hasenkrug. „So, wie es aussieht, sind weder Geld noch Wertgegenstände gestohlen worden. Dafür aber der Laptop Ihres Mannes."

„Peters Laptop ist weg?" Mareeke zupfte nervös an ihrer Bettdecke. Nach Auskunft der Ärztin, weigerte sie sich, ihr Bett zu verlassen, obwohl man sehr bemüht sei, sie zu irgendwelchen Aktivitäten zu animieren. „Das ist ja komisch. Der war doch schon ziemlich alt."

„Vielleicht hatte Ihr Mann irgendwelche Dateien darauf

gespeichert, die für den Einbrecher von Belang sein könnten?", mutmaßte Büttner.

„Ich weiß nicht, was mein Mann auf seinem Computer hatte. Er hätte mir niemals gestattet, den auch nur anzufassen. Er hat mir überhaupt nie etwas gestattet." Auf Büttners verwunderten Blick hin fügte sie mit erstaunlich fester Stimme hinzu: „Peter war kein guter Mensch. Ich bin froh, dass er tot ist."

„Aha." Büttner sah ein, dass er sich in Bezug auf die liebende Ehefrau wohl getäuscht haben musste. Blieb nur die Frage, was Mareeke Theelen stattdessen so dermaßen destabilisierte.

„Ist in der letzten Zeit irgendetwas vorgefallen?", fragte Hasenkrug. „Hat Ihr Mann vielleicht irgendetwas erwähnt, was ihm Sorge bereitete? Oder war er anders als sonst? Nervöser vielleicht oder ängstlich?"

„Nein. Peter war wie immer." Mareeke griff nach einem Glas Wasser und trank so hastig, dass ihr dünne Rinnsale an den Mundwinkeln hinunterliefen. Unwillig wischte sie sie mit dem Ärmel ihres Pyjamas ab. „Er hat die letzten Tage nur ständig davon gesprochen, dass er nun ganz groß rauskommt."

„Hat er auch gesagt, womit er ganz groß rauskommt?", hakte Büttner nach.

„Mit seiner Schriftstellerei natürlich. Er hielt sich für das verkannte literarische Genie schlechthin. Aber nun, so meinte er, stünde der Durchbruch kurz bevor."

„Wie kam er zu dieser Erkenntnis?", fragte Hasenkrug. „Ist ihm vielleicht ein lukratives Angebot gemacht worden? Von einem Verlag oder so?"

„Keine Ahnung. Würde mich aber wundern. Viele Verlage hatte er über die Jahre ziemlich gegen sich aufgebracht. Er hat sie bedrängt und beschimpft. Ich glaube kaum, dass sie ihm überhaupt noch irgendwelche Angebote machen würden. Und mich hat er in seine Sachen sowieso nie eingeweiht."

„Katja Uphoff erzählte uns, dass Ihr Mann Kurzgeschichten geschrieben habe. Angeblich – na ja – sie war wohl der Ansicht, dass sie nicht besonders gelungen waren", merkte Büttner an und wunderte sich, dass die Frau bei der Erwähnung ihrer Nachbarin sichtlich zusammenzuckte.

„Nicht besonders gelungen?", rief Mareeke ein wenig zu schrill aus und stieß ein hämisches Lachen hervor. „Sie waren so grottenschlecht, dass selbst das niveauloseste Käseblatt sie nicht gedruckt hätte."

„Kann es sein, dass die Selbsteinschätzung Ihres Mannes, sagen wir mal, anders gelagert war, als die Fremdeinschätzung durch seine Mitmenschen?", fragte Büttner.

„In jeder Beziehung", nickte Mareeke. „Er hatte ein völlig schräges Bild von sich selbst."

Im Laufe dieses Gesprächs hatte ihr Gesicht eine viel gesündere Farbe angenommen, stellte Büttner erstaunt fest. Eigentlich hatte er befürchtet, dass genau das Gegenteil passieren würde, aber da hatte er sich augenscheinlich getäuscht. Es schien ihr sichtlich gut zu tun, sich der Polizei gegenüber auszusprechen. Bei ihren von Hass getränkten Worten konnte man beinahe auf die Idee kommen, sie selbst hätte irgendetwas mit dem gewaltsamen Tod ihres Mannes zu tun. Vielleicht hatte sie jemanden mit dem Mord beauftragt und sich nur zur Sicherung ihres Alibis vor die Kneipe gestellt, als er aus dem Fenster stürzte? Aber woher hätte sie wissen sollen, dass der Sturz tödlich enden würde? Und wodurch erklärte sich dann ihr psychischer Zusammenbruch?

„In welchem Verhältnis stand Ihr Mann zu Johannes Uphoff?", wollte Hasenkrug wissen.

„Johannes?" Wieder zuckte Mareeke zusammen. Aus irgendeinem Grund schien sie ein Problem mit ihren Nachbarn zu haben.

„Bisher wissen wir nur, dass Ihre beiden Familien wohl so etwas wie ein lockeres freundschaftliches Verhältnis gepflegt haben. Katja Uphoff sagte uns, dass Sie sich ab und zu mal zu viert trafen. Können Sie das bestätigen?"

Ein seltsamer Ausdruck schlich sich auf Mareekes Gesicht und sie blickte für einige Augenblicke nachdenklich aus dem Fenster. „Ja", sagte sie dann, „so könnte man es nennen. Aber was hat das mit Peters Tod zu tun?"

„Und nun fragen wir uns natürlich", meinte Büttner, „ob der Tod Ihres Mannes und der Tod von Johannes Uphoff irgendetwas miteinander zu tun haben."

Noch Tage später sollte sich David Büttner Vorwürfe machen, dass er diesen Satz so unbedacht in den Raum gestellt hatte. Andererseits, so sagte er sich, wer hätte denn mit solch einer Reaktion rechnen können?

„Himmel, da verfügt ja eine Nacktschnecke über mehr Empathie als du", hatte seine Frau Susanne ihm an den Kopf geworfen, als er ihr am gleichen Abend völlig zerknirscht von dem hysterischen Ausbruch Mareeke Theelens und der in Folge unerlässlichen Beruhigungsspritze erzählte.

Doch bei allen Beschimpfungen, die er sich vor allem

von dem Arzt- und Pflegepersonal der Psychiatrie hatte anhören müssen, war er sich jetzt in einer Sache absolut sicher: Sein Instinkt, dass Mareeke Theelen und Johannes Uphoff mehr verband als ein lockeres nachbarschaftliches Verhältnis, hatte nicht getrogen.

Zu Büttners Überraschung warteten Gernot und Monika von Hartenberg bereits im Vernehmungsraum auf sie, als Hasenkrug und er aus dem Emder Hans-Susemihl-Krankenhaus zurückkehrten.

„Wo habt ihr die denn aufgetan?", fragte er einen uniformierten Kollegen.

„Nirgends. Die kamen hier auf einmal reinspaziert. Angeblich haben sie was Wichtiges, das sie mit Ihnen besprechen wollen."

„Na guck." Trotz seiner erwachten Neugierde ging Büttner zunächst in sein Büro, um nach seinem Hund Heinrich zu sehen. Der jedoch lag schnarchend auf seiner Decke und beachtete ihn gar nicht. Und auch der Grund für Heinrichs Zufriedenheit blieb Büttner nicht verborgen. Anscheinend hatte er beim Aufbruch vergessen, die Tüte mit den Leckerlis sowie einen seiner Schokoriegel wieder in die Schublade des Schreibtisches zu räumen. Mit dem Ergebnis, dass sich nun diverse Fetzen einer Plastiktüte sowie Aluminiumschnipsel quer durch den Raum verteilten – und Heinrich vermutlich in absehbarer Zeit Alarm schlagen würde, weil er sich gründlich den Magen verdorben und ein dringendes Geschäft zu erledigen hatte.

„Wie es der Zufall will, wollten wir Sie auch für heute vorladen", eröffnete Büttner ohne Begrüßung das Gespräch, als er wenig später mit Hasenkrug den Vernehmungsraum betrat und sich zu den von Hartenbergs an den Tisch setzte. „Darf ich fragen, was Sie zu uns führt?"

„Wir wollen, dass Sie sich ab sofort aus der Sache heraushalten", entgegnete Gernot von Hartenberg ohne Umschweife und sah mit finsterer Miene von einem zum anderen.

Büttner hob verwundert die Augenbrauen. „Dürfte ich auch erfahren, von welcher *Sache* Sie sprechen?"

„Von Pauls Entführung natürlich. Wovon denn wohl sonst!", keifte Monika von Hartenberg. Offensichtlich waren beide schlecht gelaunt.

„Aha. Da wundere ich mich nur, dass Sie diese schlichtweg als *Sache* abtun. Eine etwas despektierliche Wortwahl, wenn Sie mich fragen. Immerhin geht es hier um Ihren Sohn."

„Sie fragt aber keiner", erwiderte Pauls Vater beinahe wütend.

„Nun, bevor ich mir Ihre Begründung zu dieser absonderlichen Entscheidung anhöre, möchte ich Sie darauf hinweisen, dass ich die Anweisung von der Staatsanwaltschaft habe, in dieser *Sache* zu ermitteln. Und erfahrungsgemäß werden die mich auch nicht einfach so aus der *Sache* entlassen. Selbst dann nicht, wenn Sie es sich so sehr wünschen, wie sonst nichts auf der Welt."

„Wenn ich meine Beziehungen im Justizministerium spielen lasse, dann können Sie froh sein, wenn Sie demnächst noch Strafzettel für Falschparker ausstellen dürfen, Herr Kommissar", warf ihm Gernot von Hartenberg mit drohendem Blick entgegen.

„Gut. Das sehen wir dann. Aber noch lassen Sie sie ja

nicht spielen", entgegnete Büttner ungerührt. „Und deswegen würde ich jetzt gerne wissen, was, in Dreiteufelsnamen, Sie geritten hat, die Presse über die Entführung Ihres Sohnes zu informieren."

Gernot von Hartenberg lachte rau auf. „In welcher Welt leben Sie denn, Herr Kommissar? Denken Sie vielleicht, dass Pauls Entführung noch ein Geheimnis war, von dem nur ein Kreis Eingeweihter etwas wusste? Wie selbst Sie inzwischen mitbekommen haben dürften, handelt es sich bei Portalen wie Facebook oder Twitter nicht gerade um eine geheimdienstliche Veranstaltung. Vom Ausschnüffeln privater Daten mal abgesehen. Nach dem Einsatz von Pauls Freunden sollte es mich wundern, wenn es überhaupt jemanden auf dieser Welt gibt, der das Gesicht meines Sohnes noch nicht kennt."

„Die jungen Leute haben von mir die klare Ansage, sich aus den Ermittlungen herauszuhalten." Jetzt konnte und wollte auch Büttner seine Ungeduld nicht mehr verbergen. „Das, was die da treiben, ist einfach unverantwortlich."

Gernot von Hartenberg schnaubte. „Und das sagt ausgerechnet der, dessen Tochter die Klappe am weitesten aufreißt."

„Meine Tochter?" Büttner beugte sich vor und zog die Stirn in Falten. „Ich wüsste nicht, was meine Tochter mit der Entführung Ihres Sohnes zu tun hat."

„Ach nein?" Monika von Hartenberg verzog spöttisch den Mund. „Dann sollten Sie sich vielleicht eher mit Ihrer eigenen Brut befassen als mit unserer. Denn anscheinend haben Sie ja wohl keine Ahnung davon, dass sich die liebe

Jette den ganzen Tag mit den selbsternannten Privatdetektiven herumtreibt, anstatt zur Schule zu gehen."

Büttner hörte, wie sein Assistent Sebastian Hasenkrug neben ihm scharf die Luft einsog, während er selber versuchte, sich seine Verunsicherung nicht anmerken zu lassen.

„Ich warte noch auf die Erklärung, warum Sie von unseren Ermittlungen plötzlich nichts mehr wissen wollen", lenkte er das Gespräch wieder in eine andere Richtung, während er sich schwor, Jette noch am selben Abend ins Kreuzverhör zu nehmen. Die konnte was erleben, wenn sich die Behauptungen der von Hartenbergs als richtig herausstellten. Vielleicht war ja auch alles ganz anders, versuchte er sich einzureden. Tief in seinem Inneren jedoch wusste er bereits, dass Pauls Eltern recht hatten. Denn woher sonst sollten sie von Jette wissen?

„Ich sehe nicht, dass Sie bisher besonders hilfreich waren", ließ sich Gernot von Hartenberg auf den Richtungswechsel ein. „Da sitzt zum Beispiel den ganzen Tag einer Ihrer Männer an der Fangschaltung im Hause Boom und nichts passiert."

„Wir können ja schlecht jemanden dazu überreden, einfach mal bei den Booms anzurufen und den Entführer zu mimen", spottete Hasenkrug.

„Sehr witzig. Fakt ist jedoch, dass Sie in Ihren Ermittlungen kein Stück vorankommen", meinte Pauls Mutter säuerlich. „Selbst Pauls Freunde haben inzwischen mehr herausbekommen als Sie mit all Ihren kriminalistischen Möglichkeiten. Auch ich sehe nicht, dass Sie uns unseren Sohn zurückbringen. Allenfalls bringen Sie ihn durch Ihr unkoordiniertes Vorgehen noch mehr in Gefahr."

„Wenn das Ihr Eindruck ist, warum sind Sie dann zu mir gekommen, um mir zu erzählen, dass Paul zuletzt im Sportwagen Ihres Mannes gesehen wurde?" Schon in dem Moment, als Büttner diesen Satz aussprach, wusste er, dass er nicht eben dazu beitragen würde, die Situation zu entspannen. Aber auch sein Fundus an Geduld war irgendwann erschöpft. Schließlich hatte er diesen blöden Entführungsfall nie haben, sondern sich auf die Morde konzentrieren wollen. Und jetzt musste er sich auch noch anhören, dass quasi nur er allein die Schuld daran trug, dass sie bei all den widersprüchlichen Aussagen bei den Ermittlungen auf der Stelle traten. Und woher kam eigentlich die plötzliche Eintracht der Eheleute?

Wie nicht anders zu erwarten, hing Büttners Bemerkung wie eine zentnerschwere Last im Raum, und zunächst sagte keiner ein Wort. Dann aber erhob sich Gernot von Hartenberg plötzlich, strich mehrmals über das Jackett seines Anzugs und sagte an seine Frau gewandt. „Wir gehen."

„Nun seien Sie doch vernünftig, Herr von Hartenberg, wir …!", versuchte Hasenkrug die beiden zurückzuhalten. Doch noch bevor er den Satz beendet hatte, fiel die Tür hinter dem Ehepaar ins Schloss.

„Hm. Ist wohl nicht mein Tag", stellte Büttner fest und kräuselte die Lippen.

„Könnte man so sagen", nickte Hasenkrug. „Wie es scheint, hat Ihr diplomatisches Geschick uns jetzt bereits zum zweiten Mal wie Deppen dastehen lassen."

„Na ja. Kann ja nicht immer alles so funktionieren, wie man es sich vorstellt. Mich würde ja nur mal interessieren –

ach", unterbrach er sich selbst, „ist Pauls Laptop inzwischen eigentlich mal bei uns aufgetaucht?"

„Angeblich hat ihn sein Vater nicht in ihrem Hamburger Haus gefunden, obwohl er extra deswegen zurückgefahren war, sagte mir vorhin ein Kollege." Hasenkrug zögerte kurz, bevor er hinzufügte: „Ich hätte Herrn von Hartenberg ja auch gerne noch danach gefragt, aber ..."

„Ja, ja. Ich weiß", hob Büttner die Hand, „ich hab's verbockt." Er stand auf und schickte sich an, den Raum zu verlassen. „Aber dennoch kann mir kein Mensch erzählen, dass nun auch noch dieser Laptop auf unerklärliche Weise verschwunden ist. Oder wurde etwa auch in die Familienvilla in Hamburg eingebrochen?"

„Davon ist zumindest bei der Polizei nichts bekannt."

„Sehen Sie, Hasenkrug, so sehr ich es mir auch wünsche, würde mich der Staatsanwalt gerade dann nicht von diesem angeblichen Entführungsfall abziehen, wenn ich ihm von all diesen seltsamen Vorkommnissen berichte. Denn genauso wie ich wird er zwangsläufig zu dem Schluss kommen müssen, dass an der Geschichte etwas faul ist."

„Und? Werden Sie ihm davon berichten?"

„Natürlich werde ich das. Und zwar schriftlich mit Kopie an diverse andere Würdenträger. Wäre doch zu schade, wenn Herr von und zu Wichtig jetzt im Justizministerium seine Strippen zieht und wir von diesem Fall abgezogen würden. Es wird mir nämlich Spaß machen, dem arroganten Schnösel nachzuweisen, dass er sich bei der Einfädelung einer vorgetäuschten Straftat in seinem eigenen Netz verfangen hat."

„Und Sie glauben, dass der Staatsanwalt nicht den

Schwanz einzieht, wenn er aus dem Ministerium ordentlich Druck bekommt?"

„Das kann man nie wissen, Hasenkrug. Aber zumindest kann er dann hinterher nicht behaupten, von nichts gewusst zu haben." Er stutzte, als sie sich ihrem Büro näherten. „Was ist denn das?"

„Was?"

„Das Geräusch."

„Hm. Ich würde sagen, es hört sich an wie ein winselnder Hund", meinte Hasenkrug und zog besorgt die Stirn kraus. „Es wird doch nichts mit Heinrich sein?"

„Wohl eher mit seinen Gedärmen", brummte Büttner. „Ich bin dann mal für eine Weile mit ihm für kleine Hunde, falls jemand nach mir fragt. Außerdem habe ich ein Hühnchen mit meiner Tochter zu rupfen."

Jette stand zuhause am Herd und rührte gedankenverloren in einem Topf herum. Immer noch ärgerte sie sich über Noras Bemerkung, dass Nico kein Interesse an ihr habe. Als hätte sie das nicht längst selbst gemerkt! Aber von ihrer besten Freundin hätte sie ein wenig mehr Zurückhaltung erwartet – gerade dieser blöden Schnepfe Fiona gegenüber.

Als sie ihren Vater hereinkommen hörte, nickte sie ihm nur kurz zu. Den überglücklichen Heinrich aber, der sie aufgeregt begrüßte und so tat, als hätte er sie seit Jahren nicht mehr gesehen, nahm sie lachend auf den Arm und drückte ihm mehrere Küsse ins struppige Fell.

„Vorsicht, der hat Durchfall. Hat sich überfressen. Kann sein, er ist nicht ganz sauber", knurrte Büttner.

„Bäh! Wieso sagst du das denn nicht gleich!" Jette verzog angewidert das Gesicht und setzte Heinrich schnell auf dem Boden ab.

„Kann ja nicht jeder so mitteilsam sein wie du." Büttner schaute in den Topf auf dem Herd, in dem eine undefinierbare Soße vor sich hin blubberte. „Kommt Mama heute Mittag nicht nach Hause?"

„Nee. Schulkonferenz. Hat sie heute Morgen doch gesagt."

„Wie ich hörte, hast du ja der Schule abgeschworen", stellte Büttner ohne Umschweife fest, während er sich an der Kaffeemaschine zu schaffen machte.

Jette, die gerade dabei war, eine Handvoll Spaghetti in einen Topf mit kochendem Wasser zu werfen, drehte sich langsam zu ihm um. Sie wusste, dass es keinen Sinn haben würde zu leugnen. „Woher weißt du denn das schon wieder?", fragte sie deshalb lauernd.

„Ich bin bei der Polizei", erwiderte er und nahm sich eine Tasse aus dem Schrank. „Auch Kaffee?"

„Nein danke." Jette wandte sich wieder ihren Töpfen zu. „Es ist doch meine Sache, was ich tue", maulte sie dann, „schließlich bin ich volljährig."

„Dann benimm dich auch so!" Büttners Ton war nun deutlich schärfer geworden. Er nahm die gefüllte Tasse, gab einen Schuss kalte Milch hinein und setzte sich an den Tisch. „Außerdem gibt dir das noch lange nicht das Recht, polizeiliche Ermittlungen zu behindern. Was denkst du dir eigentlich dabei?"

Jette fuhr herum. „Was heißt denn hier behindern!?", rief sie empört aus. „Wir sind doch die Einzigen, die in der Sache überhaupt was unternehmen. Ihr seid doch bloß mit euren blöden Morden beschäftigt und lasst Paul versauern!"

„Was du nicht alles weißt", brummte Büttner über den Rand seiner Tasse hinweg. „Wenn ihr meine Arbeit so viel besser beherrscht als ich, kannst du mir ja sicherlich auch sagen, warum Pauls Eltern beschlossen haben, die Zusammenarbeit mit der Polizei aufzukündigen."

„Haben sie das?" Jette wirkte ehrlich erstaunt.

„Ja, das haben sie. Und das wird ja einen Grund haben. Und wenn du schon meinst, die Entführung zu deiner Angelegenheit machen zu müssen, dann kannst du mich jetzt mal darüber aufklären, was du darüber weißt. Um dich dann endgültig wieder um deine Angelegenheiten, sprich dein Abitur, zu kümmern." Büttner kochte innerlich, doch versuchte er, seine Wut nicht allzu deutlich zu zeigen. Er wusste, dass seine Tochter dann erst recht auf stur schalten und überhaupt nicht mehr mit ihm reden würde.

Jette zögerte, während sie den Kochlöffel jetzt mit so viel Schwung durch die Nudelsoße zog, dass diese überzuschwappen drohte. Kurz überlegte sie, ob sie ihrem Vater von dem neuerlichen Schreiben des Entführers erzählen sollte, entschied sich dann aber dagegen. Schließlich hatten Murad und Mehmet nach ihrem Gespräch mit Gernot von Hartenberg verkündet, dass auch dieser die Drohung für den dummen Scherz eines Trittbrettfahrers halte. Und so hatten sie sich geeinigt, die Forderung, am Abend das Lösegeld zu übergeben, einfach zu ignorieren. Warum also sollte sie ihren Vater unnötig in Aufregung versetzen? „Ich hab keine Ahnung, warum Pauls Vater das macht", sagte sie daher. „Das musst du ihn schon selber fragen." Sie sah ihren Vater spöttisch an, bevor sie hinzufügte: „Vielleicht arbeitet er ja ganz einfach lieber mit uns zusammen."

„Ich warne dich, Jette, treib es nicht auf die Spitze!" Büttner knallte seine fast leere Tasse auf den Tisch. „Ich hätte dich für deutlich intelligenter gehalten. Aber anscheinend sind Abiturienten auch nicht mehr das, was sie mal waren." Bevor er mit hochrotem Kopf die Küche verließ, drehte er sich noch mal um und sagte mit warnendem Unterton: „Wenn ich sehe, dass ihr selbst ernannten Hobbydetektive euch weiterhin in unseren Fall einmischt, dann werde ich mich höchstpersönlich dafür einsetzen, dass ihr wegen Behinderung polizeilicher Ermittlungen belangt werdet. Und das ist kein Spaß, Jette, so viel kann ich dir jetzt schon sagen!" Er deutete auf Heinrich. „Und sieh zu, dass der Hund heute Nachmittag regelmäßig rauskommt."

Jette zuckte kurz zusammen, als ihr Vater die Tür hinter sich ins Schloss donnern ließ. Dann aber hob sie die Schultern und sagte zu dem irritiert dreinschauenden Heinrich: „Der soll einfach mal chillen, oder was meinst du!?" Sie beugte sich zu dem Hund hinunter, um ihm über den Bauch zu streicheln, welcher immer noch ungesund pfeifende Geräusche von sich gab.

Heinrich ließ wie zur Antwort ein leises Winseln vernehmen, rollte sich dann jedoch in seinem Korb zusammen und schloss erschöpft die Augen.

21

Völlig unerwartet hatte der Regen eingesetzt und prasselte jetzt in einem schnellen Rhythmus an die Scheiben. Fast hörte es sich an, als würden dutzende kleine Finger hektisch ans Fenster klopfen, um die Aufmerksamkeit der Kriminalbeamten auf sich zu ziehen.

Diese aber nahmen den plötzlichen Wetterwechsel kaum wahr. Sebastian Hasenkrug drückte lediglich beiläufig auf den Lichtschalter seiner Schreibtischlampe, als es im Büro merklich dunkler wurde. Sowohl er als auch sein Chef David Büttner waren damit beschäftigt, nach einem Zusammenhang zwischen den beiden Morden zu suchen, was sich als schwieriger herausstellte als gedacht.

Da sich die beiden Opfer Peter Theelen und Johannes Uphoff gut gekannt und auch den einen oder anderen Berührungspunkt gehabt hatten, gingen die Polizisten davon aus, dass deren praktisch gleichzeitiger gewaltsamer Tod kein Zufall war, sondern wahrscheinlich einem durchdachten Plan folgte. Nur wo war das Motiv?

Nach dem hysterischen Anfall Mareeke Theelens war sich Büttner sicher, dass das Verhältnis zwischen ihr und Johannes Uphoff keineswegs nur ein rein freundschaftliches gewesen war. Sollte sie sich also wirklich in ihren Nachbarn verliebt haben und der sich auch in sie, war ihnen Peter Theelen im Weg gewesen. Die meisten Menschen dachten in solch einer Situation an Scheidung, einige wenige an Mord. Wenn sich die Frischverliebten für Letzteres entschieden, spielte nicht selten Habgier eine Rolle. Oder Angst.

Gut möglich also, dass Peter Theelen – der laut übereinstimmenden Aussagen aus der Nachbarschaft zu cholerischen Wutausbrüchen und Handgreiflichkeiten gegen seine Frau neigte – von eben dieser prophylaktisch aus dem Weg geräumt worden war, weil sie bei einer Trennung seine Rache fürchtete.

Für diese Theorie sprach, dass der Bruder des Opfers, Karlheinz, gesehen haben wollte, wie Johannes Uphoff seinen Widersacher aus dem Fenster stieß. Hatte Mareeke Theelen ihn also zu dieser Tat angestiftet? Ausgeschlossen war das keineswegs.

Nur wo lag dann das Motiv für den Mord an ihrem Liebhaber? Mareekes Reaktion nach zu urteilen, war dessen Tod zumindest von ihrer Seite nicht vorgesehen gewesen. Waren also zwei unterschiedliche Personen einfach nur gleichzeitig auf die Idee gekommen, einem Mitmenschen den Garaus zu machen? Oder gab es eine Verbindung zwischen den beiden Opfern und damit womöglich ein Tatmotiv, das bisher nicht bekannt oder aber übersehen worden war?

Hauptkommissar David Büttner lehnte sich in seinem Schreibtischstuhl zurück und kaute gedankenverloren an einem Schokoriegel herum. Sein Blick ging zum Fenster hinaus, doch er bemerkte den inzwischen heftig an die Scheiben klatschenden Regen kaum. Und auch Sebastian

Hasenkrug saß, den Kopf in die Hände gestützt, an seinem Schreibtisch und konzentrierte sich auf einen Stapel Zettel, den er nach und nach abarbeitete.

„Wenn nur dieser verflixte Entführungsfall nicht wäre", seufzte Büttner plötzlich in die Stille des Raumes hinein und schmiss das Papier seines Schokoriegels in den Papierkorb. „Wie sollen wir uns denn auf unsere Leichen konzentrieren, wenn wir gleichzeitig nach einem jungen Mann Ausschau halten müssen, der entführt wurde!? Oder auch nicht entführt wurde. Ganz ehrlich, Hasenkrug? Irgendwie werde ich das Gefühl nicht los, dass wir in dieser Sache ganz gewaltig an der Nase herumgeführt werden. Und zwar von den von und zu Hartenbergs persönlich." Er schüttelte verärgert den Kopf. „Ich weiß ja nicht, was sich die Staatsanwaltschaft dabei denkt, diese Geschichte ausgerechnet uns zu übertragen. Solch einen vertrackten Fall löst man doch schließlich nicht mal so nebenbei."

„Ist ja auch nur wegen der Grippe", murmelte Hasenkrug abwesend und zog die Stirn in Falten. „Komisch", sagte er dann.

„Sag ich doch", nickte Büttner. „Schließlich sind wir die Mordkommission und keine Familientherapeuten …"

„Das meine ich nicht", unterbrach ihn sein Assistent mit einer Handbewegung. „Ich hab hier was Interessantes. Vielleicht."

„Aha. Na ja, wäre ja auch das erste Mal gewesen, dass Sie das interessant finden, was ich zu sagen habe." Büttner gab ein unwilliges Grunzen von sich.

„Die Kollegen haben vor dem Einbruch einige Unterlagen aus der Theelenschen Bibliothek mitgenommen und mir zur Durchsicht gegeben", fuhr Hasenkrug unbeeindruckt fort. „Unter anderem auch einen Ordner, der mit *Manuskripte* gekennzeichnet war."

„Ja und?", knurrte Büttner. „Wie wir wissen, hat sich Peter Theelen auch als Schriftsteller versucht. Da ist es wenig verwunderlich, wenn man in seinem Arbeitszimmer Manuskripte findet." Er sah seinen Assistenten aus schmalen Augen an. „Aber wenn wir schon mal dabei sind: Haben Sie sie gelesen? Sind sie wirklich so schlecht, wie Katja Uphoff behauptet?"

„Das ist ja das Seltsame", erwiderte Hasenkrug und wedelte mit ein paar Zetteln in der Luft herum. „Das, was ich hier habe, ist geradewegs genial. Ansprechender Schreibstil, profilierte Charaktere, eine bis ins Detail durchdachte Handlung. Ich hab jetzt zwei der Kurzgeschichten gelesen und bin schwer beeindruckt, wie man solch gehaltvolle und – ja – auch spannende Stories in einer so kompakten Art und Weise erzählen kann, wie Theelen es tut."

„An Ihnen ist anscheinend ein Literaturkritiker verloren gegangen, Hasenkrug."

„Nee, im Ernst, ich bin völlig von den Socken." Hasenkrug stand auf und legte seinem Chef einen Stapel Papier auf den Schreibtisch. „Lesen Sie selbst."

„Am besten nehme ich sie mit nach Hause und lese sie heute Abend im Bett. Meine Frau schenkt mir derzeit sowieso keine Aufmerksamkeit." Büttner schob den Stapel beiseite. „Zunächst einmal sind andere Sachen wichtiger. Zum Beispiel würde mich immer noch interessieren, warum die von Hartenbergs plötzlich nicht mehr mit uns zusammenarbeiten wollen. Es kann mir doch niemand erzählen, dass da nichts vorgefallen ist. Meine Tochter hat auch schon so komisch rumgedruckst, als ich sie darauf ansprach."

„Also ist Jette tatsächlich in den Fall involviert?", fragte Hasenkrug.

Büttner stöhnte gequält auf und verzog das Gesicht, als hätte er Zahnschmerzen. „Das meint sie zumindest. Keine Ahnung, was sie auf einmal dazu treibt, unbedingt Detektiv spielen zu wollen."

„Der Apfel fällt nicht weit …"

„Quatsch, Apfel!", schnitt Büttner seinem Assistenten in harschem Ton das Wort ab, während er nervös mit den Fingern auf einem Aktenordner herumklopfte. „Ich werde heute Abend mal mit meiner Frau reden. Schließlich ist sie die Pädagogin. Da wird sie es ja wohl schaffen, das Kind auf pädagogisch wertvolle Art wieder zur Vernunft zu bringen."

„Oder Jette wird dann vollends dichtmachen", befürchtete Hasenkrug.

„Dann bliebe mir nur, meine Tochter einzusperren", entgegnete Büttner und zuckte mit den Schultern. „Denn darin bin *ich* von Berufs wegen ganz gut."

Es klopfte an der Tür, und gleich darauf trat Frau Weniger ein. „Hier ist eine Frau Uphoff. Sie fragt, ob Sie ein paar Minuten Zeit für sie haben."

„Frau Uphoff?" Büttner warf Hasenkrug einen erstaunten Blick zu. „Ja, natürlich. Sie soll reinkommen."

„Moin." Katja Uphoff kam mit einem knappen Gruß zur Tür herein, und Büttner bemerkte mit Entsetzen, dass sie aussah, als hätte man sie mehrfach durch eine Pfütze gezogen. Ihre Kleidung war dreckig und völlig durchnässt, die langen Haare klebten ihr in Strähnen am Kopf, in ihrem Gesicht zeigten sich Schlieren zerlaufener Schminke. Gerade schob sie Kopf und Schultern zusammen, weil ihr anscheinend ein paar Wassertropfen vom Kragen ihres halblangen Mantels den Nacken hinunterliefen.

Büttner warf einen Blick zum Fenster und stellte erstmals bewusst fest, dass es draußen wie aus Eimern schüttete. „Sie sind ja ganz nass", bemerkte er überflüssigerweise, als er ihr bedeutete, auf einem der Stühle vor seinem Schreibtisch Platz zu nehmen. „Vielleicht sollten sie sich erstmal … meine Sekretärin gibt Ihnen bestimmt gerne ein Handtuch."

„Sie hat es mir schon angeboten. Ist mir aber egal, ob ich nass bin." Die Frau machte eine abwehrende Handbewegung und rutschte umständlich auf ihrem Stuhl hin und her, als würde sie nach der richtigen Sitzposition suchen. „Ich will eine Aussage machen", sagte sie dann ohne Umschweife.

„Zum Tod Ihres Mannes?", fragte Büttner vorsichtig. Mit dem Kopf machte er Hasenkrug ein Zeichen, das mobile Aufnahmegerät einzuschalten.

„Ja. Ich weiß, wer ihn umgebracht hat."

„Aha. Davon haben Sie uns heute Vormittag gar nichts gesagt." Genau genommen hatte Katja Uphoff nach dem Überbringen der schlechten Nachricht gar nichts mehr gesagt, dachte er, sprach es jedoch nicht laut aus.

„Der Schock. Ich stand unter Schock, wie sie unschwer bemerkt haben dürften." Katja Uphoffs Stimme klang plötzlich unangenehm schrill.

216

„Ja, natürlich." Büttner hob beschwichtigend die Hand. „Dafür haben wir vollstes Verständnis. Umso schöner, dass Sie sich überwinden konnten, hierher ins Kommissariat zu kommen."

„Das bin ich Johannes schuldig. Und meinen Kindern", fügte sie flüsternd hinzu und strich sich über den Bauch. Büttner bemerkte nun Tränen auf ihren Wangen. Oder waren es Regentropfen, die ihr aus den zerzausten Haaren liefen?

Gerade wollte er eine Frage stellen, als Frau Weniger mit einer dampfenden Tasse hereinkam und sie vor Katja Uphoff abstellte. „Ein heißer Tee. Ingwer und Limone. Er wird Ihnen gut tun", sagte sie sanft.

„Das ist lieb." Katja lächelte sie aus traurigen Augen dankbar an.

„Wir waren beim Mörder Ihres Mannes stehengeblieben", sagte Büttner, als seine Sekretärin den Raum wieder verlassen hatte.

„Es war Karlheinz", erwiderte sie knapp.

„Karlheinz Theelen?"

„Ja."

Büttner schürzte die Lippen und ließ sich mit in den Nacken gelegtem Kopf in seinen Stuhl zurücksinken. Warum nur waren die Leute immer so schnell mit diesem Namen bei der Hand, fragte er sich. Mehrere Nachbarn der Theelens hatten gegenüber den Kollegen den Verdacht geäußert, Karlheinz habe seinen Bruder auf dem Gewissen – mit der eher fragwürdigen Begründung, die beiden hätten sich schon als Kinder nicht vertragen und auch später ständig Streit gehabt. So hatten es ja auch Onno und Menna Konrads bei der Befragung an der Haustür behauptet. Fast schien es, als hätten sich die Nachbarn im Vorfeld abgesprochen.

In der Gaststätte Siebrands hingegen sollte es nach Aussage der Stammgäste eben dieser Karlheinz gewesen sein, der den Sturz seines Bruders lediglich beobachtet hatte und nun behauptete zu wissen, dass Johannes Uphoff ihn gestoßen habe.

Und nun sollte der Metzger plötzlich für Uphoffs Tod verantwortlich sein? Er schien in Pewsum nicht sonderlich beliebt zu sein, denn normalerweise waren die Ostfriesen mit derlei Behauptungen deutlich zurückhaltender.

In Büttners Gehirn ratterte es. Wenn Karlheinz Theelen tatsächlich gesehen hatte, wie Johannes Uphoff seinen Bruder aus dem Fenster stieß, könnte er versucht haben, ihn mit diesem Wissen zu erpressen. Es kam zum Streit und – nein. Büttner schüttelte innerlich den Kopf. In diesem Fall wäre es logischer, wenn der Metzger das Opfer wäre. Ein toter Johannes Uphoff machte da keinen Sinn.

Es sei denn, der Streit war außer Kontrolle geraten und dann …

„Karlheinz behauptete schon seit Wochen, dass Johannes ihn beim Pokerspiel betrogen habe", hörte Büttner in seine Gedanken hinein die Witwe sagen.

„Beim Pokerspiel? Wie das?", wollte Hasenkrug wissen, während sein Chef versuchte, sich wieder auf das Gespräch zu konzentrieren.

Katja Uphoff zog ein paar Mal am Saum ihres Mantels herum, als würde er sie an den Oberschenkeln kneifen. Dann antwortete sie: „Einmal im Monat treffen sich ein paar Männer aus Pewsum und Umgebung zum Pokern. Dieser Termin war Johannes heilig. Er liebte dieses Spiel, war fast süchtig danach. Anscheinend hat er es in seiner Zeit bei der Bundespolizei bis zum Exzess gespielt."

„Und in der Gaststätte ging es um höhere Geldsummen?", fragte Büttner.

„Angeblich nicht. Zumindest hat Johannes das immer behauptet, wenn ich ihn danach gefragt habe."

„Nun, das dürfte ja herauszubekommen sein."

Katja Uphoff lachte heiser auf. „Wie wollen Sie denn das herausbekommen, Herr Kommissar? Oder glauben Sie wirklich, dass die Männer ausgerechnet Ihnen ihr illegales Glücksspiel unter die Nase reiben?"

„Da haben Sie auch wieder recht. Aber wie war das nun mit dem angeblichen Betrug beim Pokern?"

„Karlheinz stand eines Tages bei uns vor der Tür. Johannes war nicht da. Karlheinz grinste schleimig und sagte, ich könne meinem verehrten Gatten ausrichten, dass er ihm noch genau zwei Tage Zeit lasse, seine Spielschulden zu bezahlen. Ansonsten könne er sich warm anziehen." Katja Uphoff schluckte schwer, bevor sie fortfuhr: „Und dann griff er mir mit seinen fetten Fingern unter das Kinn und raunte mir mit stinkendem Atem ins Gesicht: *Ich nehme doch nicht an, dass eine so schöne Frau wie du in einem so jungen Alter schon Witwe werden will, oder?* Und dann …" Den Körper der Frau durchfuhr ein Schaudern.

„Und dann?", fragte Büttner lauernd.

„Dieser Widerling meinte, ich könne die Schulden meines Mannes natürlich auch bei ihm – abarbeiten", sagte Katja Uphoff gepresst.

„Haben Sie Ihrem Mann davon erzählt?", fragte Hasenkrug und verzog angewidert das Gesicht.

„Ja. Natürlich. Er hat sich furchtbar aufgeregt und abgestritten, dass es diese Spielschulden jemals gegeben hat."

„Um welchen Betrag ging es da?"

„Angeblich um zehntausend Euro."

Büttner pfiff durch die Zähne. „Eine stolze Summe. Ich nehme an, dass Sie das Geld nicht haben?"

Katja Uphoff schnaubte. „Nein. Woher denn? Außerdem glaube ich nie im Leben, dass Johannes um solch hohe Summen gespielt hätte. Er ist – er war doch ein verantwortungsvoller Mann."

„Aber welchen Grund könnte Theelen haben, so etwas zu behaupten?"

„Das müssen Sie ihn schon selber fragen. Johannes und ich jedenfalls konnten uns keinen Reim darauf machen."

„Hat Herr Theelen Sie nur dieses eine Mal bedroht oder noch öfter?", fragte Hasenkrug.

„Bei mir zu Hause war er nur das eine Mal. Aber Johannes hat er bei jeder sich bietenden Gelegenheit abgepasst." Katja Uphoff rieb sich die Arme, als wäre ihr plötzlich furchtbar kalt. Büttner reichte ihr schnell die Teetasse, die sie mit einem kurzen Nicken entgegennahm, ohne jedoch einen Schluck zu trinken. „Einmal hatte er wohl eines von seinen großen Schlachtmessern dabei", hauchte sie kaum hörbar. „Er hat es Johannes drohend an die Kehle gehalten."

„Das klingt alles andere als harmlos", stellte Büttner fest. „Wir werden dem auf alle Fälle nachgehen. Allerdings scheint Karlheinz Theelen derzeit nicht in Pewsum zu sein.

Das behaupten zumindest einige Zeugen. Haben Sie eine Ahnung, wo er sich aufhält?"

„Nein." Erneut ging ein Schaudern durch ihren Körper. „Ich hoffe nur, dass er nicht mehr bei mir auftaucht. Ich habe wirklich Angst. Auch wegen der Kinder."

„Das verstehe ich. Aber wir tun, was wir können, das verspreche ich Ihnen", erwiderte Büttner. „Bitte rufen Sie mich sofort an, falls Sie ihn sehen oder Ihnen irgendetwas verdächtig vorkommt. Haben Sie bitte keine Scheu, egal zu welcher Uhrzeit. Es ist besser, wir kommen einmal zu viel, als dass ..." Er ließ den Rest des Satzes in der Luft hängen und reichte der am ganzen Körper zitternden Katja Uphoff, die sich von ihrem Platz erhoben hatte, die Hand.

Für einen kurzen Moment überlegte er, sie auf das Verhältnis ihres Mannes mit Mareeke Theelen anzusprechen, befand dann aber, dass dies nicht der richtige Zeitpunkt dafür war. Auch wenn sie keine Zeit zu verlieren hatten, so konnte ein wenig Fingerspitzengefühl nicht schaden. Schließlich hatte er ja erst unlängst bei der Frau des ersten Opfers erlebt, wohin unbedacht in den Raum gestellte Bemerkungen führen konnten.

„Bitte veranlassen Sie, dass die ganze Metzgerei von Karlheinz Theelen auf den Kopf gestellt wird", sagte Büttner zu seinem Assistenten Hasenkrug, als Katja Uphoff wieder gegangen war.

„Sie meinen, dass ..." Hasenkrug brachte den Satz nicht zu Ende und war plötzlich ganz grün im Gesicht.

„Ja. Ich meine, dass wir von Johannes Uphoff nur noch einen Arm haben. Der Rest ist wie vom Erdboden verschluckt." Er warf seinem Assistenten einen langen Blick zu und raunte dann mit Grabesstimme: „Oder aber er ist in irgendwelchen Hackbraten auf irgendwelchen Mittagstischen gelandet."

„Das ist nicht witzig, Chef!", würgte Hasenkrug hervor.

„Nun, wir können es zumindest nicht ausschließen", sagte Büttner ungerührt. „Schließlich haben wir es mit einem Metzger zu tun. Und vergessen Sie nicht, dass der Arm des Opfers fein säuberlich und ohne Ecken und Kanten vom Körper getrennt wurde, wie uns Frau Doktor Wilkens mitteilte. Auch das spricht für die Tat eines Profis."

„Und ich dachte damals bei unserem Greetsieler Fall mit der Getreidemühle, dass es nicht schlimmer kommen könne", sagte Hasenkrug gepresst und griff zum Telefonhörer, um Büttners Instruktionen an die Kollegen der Spurensicherung weiterzuleiten. „Aber da hab ich mich wohl getäuscht."

22

„Habt ihr alles?" Gernot von Hartenberg lief im Raum auf und ab und knetete nervös die schweißnassen Hände vor seinem Körper. Er war sich alles andere als sicher, ob das, was er hier tat, das Richtige war. Er hatte sich die Entscheidung wahrlich nicht leicht gemacht. Doch andererseits sah er auch nach stundenlangem, zermürbendem Nachdenken keine andere Möglichkeit als diese. Nein, sagte er sich mit einem Blick auf die Zwillinge, sie mussten die Sache jetzt durchziehen, und danach war hoffentlich Ruhe.

Murad hielt eine Taschenlampe so in die Höhe, dass deren Strahlen Pauls Vater direkt in die Augen trafen. „Nun machen Sie sich mal nicht ins Hemd", sagte er mit einem breiten Grinsen, als Gernot von Hartenberg geblendet die Arme vors Gesicht hob und ihn unter flatternden Lidern hinweg böse anfunkelte, „ist doch kein großes Ding, Mann. Das kriegen wir schon hin, oder Mehmet?"

„Kein Ding", nickte der, auch wenn ihm schon seit Stunden die Knie bebten. Worauf hatten sie sich nur eingelassen, fragte er sich zum hundertsten Mal. Spätestens, seit er sich mit Murad um zwei Uhr nachts hierher in die Heuscheune begeben hatte, hatte er das mulmige Gefühl in seiner Magengegend nicht mehr ignorieren können.

Er ärgerte sich über sich selbst, denn schließlich wollte er kein Feigling sein. Immer wieder warf er seinem so selbstsicher auftretenden Bruder einen halb bewundernden, halb neidischen Blick zu. Woher nur nahm der die Gewissheit, dass die Aktion glatt über die Bühne gehen würde?

„Also, habt ihr den Rucksack?", fragte Gernot von Hartenberg gerade, als Mehmet einen Schritt zur Seite machte und dabei aus Versehen auf etwas Weiches trat. Ein aggressives Fauchen und Miauen war die Folge, und Mehmet stieß zu Tode erschrocken einen erstickten Schrei hervor. Schnell schaltete auch er seine Taschenlampe an und sah im Lichtkegel eine graugetigerte Katze, die fluchtartig zwischen den Heuballen verschwand. Vermutlich hat sie im Heu ein paar Junge versteckt, schoss es ihm durch den Kopf und wunderte sich, warum er ausgerechnet jetzt einen so nebensächlichen Gedanken fasste.

„Ey, Mann, das war doch nur eine blöde Katze", neckte ihn sein Bruder. „Kann es sein, dass dir die Muffe geht, Mehmet?"

„Quatsch", knurrte der verlegen und ärgerte sich über sich selbst.

„Wenn dir das alles zu viel ist, musst du es nur sagen", meldete sich Pauls Vater besorgt zu Wort und sah in seine Richtung. „Dann blasen wir die ganze Aktion ab."

„Quatsch", wiederholte Mehmet und bemühte sich um eine feste Stimme. „Ist doch klar, dass wir das jetzt durchziehen." Er war froh, dass es in der Scheune weitgehend dunkel war und seine beiden Begleiter nicht sehen konnten, wie sehr ihm die Knie schlotterten. Nur vom Innenhof her fiel ein fahles Licht durch die halb geöffnete

Schiebetür, das jedoch gerade einmal das Erkennen von Umrissen erlaubte.

„Okay." Gernot von Hartenberg atmete tief durch und sagte dann eindringlich: „Ihr habt euer GPS, damit werdet ihr den Schornstein, von dem der Entführer gesprochen hat, gut finden. Stellt einfach den Rucksack mit dem Geld da ab und dann ist gut. Bringt euch bloß nicht unnötig in Gefahr, sondern verschwindet sofort wieder von da. Ich will nicht, dass euch irgendwas passiert."

„Ist klar", bemerkte Murad. „Ich frag mich nur, was dann mit Paul ist. Woher sollen wir denn wissen, dass er wirklich freigelassen wird, wenn der Entführer das Geld hat?"

„Das Risiko müssen wir eingehen."

„Und wenn es wirklich nur ein Trittbrettfahrer ist, wie Jette meinte?", wagte nun auch Mehmet einen Einwand. „Dann ist das Geld weg und Paul immer noch gefangen."

„Es ist nur Geld, Mehmet." Gernot von Hartenberg fuhr sich müde über das Gesicht. „Viel schlimmer wäre es doch, wenn wir jetzt nichts tun und nachher ist Paul …" Es widerstrebte ihm, den Rest des Satzes auszusprechen.

„Nur Geld?" Murad klopfte auf den Rucksack, der vor ihm auf einem Heuballen stand. „Das sind fünfhunderttausend Tacken, Mann! Nur Geld! Pah! Das können auch nur Sie sagen!"

Gernot von Hartenberg machte eine wegwerfende Handbewegung, sagte aber nichts. Kurz glomm ein schwaches Licht auf, als er auf seine Armbanduhr schaute. „Es ist Zeit. Ihr fahrt mit meinem Auto bis zu der vorgegebenen Einfahrt zur alten Ziegelei in Pilsum, dann geht ihr zu Fuß weiter." Er drückte Murad seinen Autoschlüssel in die

Hand. „Glaubt mir", sagte er dann mit belegter Stimme, „am liebsten würde ich es selber machen. Aber ihr habt die letzte Anweisung des Entführers gelesen. Er will unbedingt, dass Pauls Freunde das Geld überbringen und nicht ich."

„Ist gebongt." Murads Herz schlug höher, als er die Kühle des Autoschlüssels in seiner Hand spürte. Wie oft hatte er sich schon gewünscht, ein solches Luxusfahrzeug fahren zu dürfen!

„Und wenn irgendetwas ist, was euch verunsichert, dann ruft mich sofort an! Oder die Polizei! Ganz egal. Hauptsache, euch passiert nichts!", rief Gernot von Hartenberg ihnen mit gesenkter Stimme beschwörend hinterher, als die Jungen die Scheune verließen.

„Yepp!", antwortete Murad knapp und warf den Autoschlüssel ein paar Mal in die Luft. Er freute sich unbändig auf das, was jetzt kommen würde. Vor allem aber auf eine rasante Fahrt über die nächtlichen Landstraßen.

„Wuhuhuuuuuuuu!" Murad legte kurz den Kopf in den Nacken und jaulte vor Begeisterung wie ein Wolf laut auf, als er mit deutlich überhöhter Geschwindigkeit die Landstraße von Groothusen in Richtung Greetsiel befuhr. „Was für ein geiles Gefühl, Mann!"

„Wir sind gleich da." Zu jedem anderen Zeitpunkt hätte Mehmet die Euphorie seines Bruders geteilt. Nun jedoch schaute er mit zusammengepressten Lippen auf das Navigationsgerät, das Pauls Vater ihnen mitgegeben hatte. „Noch rund fünfhundert Meter."

„Wie viel Zeit haben wir noch?", wollte Murad wissen.

„Halbe Stunde."

„Cool." Murad drückte das Gaspedal durch, und der Sportwagen schoss im nächsten Moment am Zielort vorbei.

„Bist du verrückt? Wir hätten hier halten müssen!", rief Mehmet aus und sah über die Schulter die Umrisse eines Schornsteins in der vom Vollmond erleuchteten Dunkelheit verschwinden.

„Nur noch bis Greetsiel. Kann doch nicht mehr weit sein. Wenn wir da umdrehen, reicht es immer noch." Er schlug seinem Bruder kumpelhaft auf die Schulter. „Was ist denn los mit dir? Schiss?"

„Nee. Ich will's nur nicht vermasseln." Zwischen Mehmets Augen bildete sich eine steile Falte, und er blickte für die nächsten Minuten nur starr auf die Lichtkegel der Autoscheinwerfer. Im Gegensatz zu seinem Bruder, der das Ganze für ein Spiel zu halten schien, stand er der Aktion mit jedem Moment skeptischer gegenüber. Was nur hatte sich Pauls Entführer bei alledem gedacht?

Nachdem er und Murad sich mit ihren Freunden am Nachmittag darauf geeinigt hatten, dass sie das angebliche Schreiben des Entführers ignorieren wollten und auch Gernot von Hartenberg zunächst dieser Ansicht gewesen war, hatte dieser später aus irgendeinem Grund seine Meinung geändert. Mehmet wusste nicht, was genau dafür der Auslöser gewesen war, denn Pauls Vater hatte sich hartnäckig geweigert, irgendetwas Konkretes dazu zu sagen. Fakt war jedoch, dass er die Zwillinge nach dem Abendessen beiseite gezogen hatte, um sie zu fragen, ob sie dazu bereit seien, in der Nacht das Lösegeld an einem bestimmten Ort zu hinterlegen. Auf Murads Frage, woher dieser plötzliche Sinneswandel käme, hatte Gernot von Hartenberg nur eine unbestimmte Bewegung mit der Hand gemacht und gesagt, es ginge leider nicht anders. Mehr könne und dürfe er dazu nicht sagen. Außer, dass er nach einer neuerlichen Nachricht des Entführers überzeugt sei, dass Paul etwas Furchtbares zustoßen würde, sollten seine Anweisungen nicht befolgt werden.

Mehmet hatte gleich abgewinkt und gemeint, das sei eine Sache, die man besser der Polizei überlasse. Murad aber hatte ihn spöttisch angesehen und zu Pauls Vater gesagt: „Geht klar. Aber wenn wir das machen, dann geben Sie uns Ihr Auto." Außerdem schien ihn die Abenteuerlust gepackt zu haben, denn er hatte nach von Hartenbergs Zustimmung hinzugefügt: „Ey, Mann, das hab ich mir schon immer gewünscht, mal einem Gangster so richtig eins zu verpassen."

Auf die Bemerkung von Pauls Vater hin, es ginge lediglich darum, das Geld abzuliefern und sonst nichts, hatte sich dieser seltsame Ausdruck auf Murads Gesicht geschlichen, den er schon als Kind gehabt hatte, wenn er dabei war, etwas Verbotenes zu tun. Anstatt aber etwas zu erwidern, hatte Murad nur genickt und den Daumen hochgestreckt zum Zeichen, dass er verstanden habe.

Mehmet wusste, dass es anders war. Murad hatte noch nie auf das gehört, was ihm irgendwer sagte. Vor allem hatte er immer genau das gemacht, was man ihm vorher strengstens untersagt hatte. Nicht nur einmal hatte diese Sturheit ihn und seinen Bruder in Schwierigkeiten gebracht. Und doch hätte Mehmet seinen Bruder niemals bei seinen Vorhaben alleine gelassen – auch wenn sie noch so abstrus oder gefährlich waren. Nein, wenn sie etwas durchstanden, dann zu zweit. Das war schon immer so gewesen, und daran würde sich auch in Zukunft nichts ändern. Ganz egal, wie bescheuert Murads Ideen auch sein mochten.

Mit quietschenden Bremsen brachte Murad den Wagen vor der Ortseinfahrt von Greetsiel zum Stehen. Das Fischerdorf lag wie ausgestorben vor ihnen, die Flügel der Zwillingsmühlen stachen wie erstarrt in den nachtblauen Himmel. Weit und breit war keine Menschenseele zu sehen.

„Okay, dann wollen wir dem Arschloch mal zeigen, was mit Leuten passiert, die unschuldige Schüler entführen", verkündete Murad in die Stille der Nacht hinein, wendete den Wagen auf einem Parkplatz und brauste dann Richtung Pilsum davon.

„Du willst ihm aber nicht wirklich auflauern!?", erwiderte Mehmet und sah seinen Bruder entsetzt an.

„Wenn schon, dann bringen wir die Sache richtig zu Ende. Oder hast du vielleicht geglaubt, ich lass mich von so einem einschüchtern? Ha!" Murad stieß einen beinahe animalischen Laut hervor, der seinen Bruder an den Schrei eines Gorillas erinnerte. „Jetzt wird's doch erst richtig lustig. Oder was meinst du, wofür wir seit Jahren zum Boxen gehen!? Doch wohl nicht, damit uns irgend so 'n Schwein durch die Gegend jagt und uns zu seinen Dienstboten degradiert."

Mehmet blies die Wangen auf und verkniff sich einen Kommentar. Er wusste, dass der Versuch, seinen Bruder von diesem Vorhaben abbringen zu wollen, aussichtslos sein würde. Also schwieg er und nagte stattdessen nervös auf seiner Unterlippe herum. Worauf hatte er sich hier nur eingelassen!?

Die alte Ziegelei war von der Straße aus nicht mehr zu erkennen, hatten sich doch in den letzten Minuten dunkle Wolken vor den Mond geschoben.

„Hier muss es sein", flüsterte Mehmet und schaute gebannt auf seine GPS-Koordinaten. Im Internet hatte er gelesen, dass jemand hier sogar einen so genannten Cache, also einen Schatz, versteckt und die alte Ziegelei der Krummhörn damit zu einem interessanten Ziel für alle modernen Schatzsucher, sprich Geocoaching-Begeisterten gemacht hatte.

Murad parkte den Wagen am Straßenrand und stieg aus. „Wow", sagte er, als die Wolken die Szenerie wieder freigaben und der Vollmond die Ruine der Ziegelei in ein fahles Licht tauchte. „Ist ja echt krass, was es hier so alles gibt. Sieht schön gruselig aus, so mitten in der Nacht. Der Typ hat echt Sinn für Dramatik. Respekt!"

„Bringen wir es hinter uns", presste sein Zwillingsbruder hervor und griff nach dem Rucksack, den sie auf dem Rücksitz verstaut hatten.

„Hier finden wir bestimmt ein geiles Versteck, um dem Typen aufzulauern", bemerkte Murad flüsternd, als sie wenig später durch das hohe Gras stapften und sich der Ruine langsam näherten. Eine gespenstische Stille lag über der Landschaft, zu hören war nur ab und zu das Rascheln von Kleintieren, die auf der Jagd nach Beute durch die Nacht huschten.

Auch wenn der Vollmond ein wenig Licht spendete, so stolperten sie doch immer wieder über die Ranken irgendwelcher Sträucher, die das ehemalige Fabrikgelände in den letzten Jahrzehnten für sich zurückerobert hatten.

Mehmet schrak zusammen, als sein Bruder plötzlich einen Schmerzensschrei ausstieß. „Autsch! Dieses verdammte Gestrüpp!", fluchte Murad. „Jetzt hab ich mir an so 'nem verfuckten Stein das Knie angeschlagen! Los, lass uns die Taschenlampen anknipsen!"

„Und wenn uns jemand sieht?"

„Sehr witzig. Schließlich weiß der Typ doch, dass wir kommen, oder?", zischte Murad. „Außerdem ist er bestimmt nicht taub. Und wenn einer von uns noch öfter schreit, weiß er auch genau, wo wir sind. Willst du das?"

„Hä? Geht's noch?" Mehmet schüttelte verständnislos den Kopf. „Das weiß der doch auch, wenn wir die Taschenlampen anmachen. Was ist denn das für 'ne blöde Logik?"

„Jetzt gib schon her!" Murad machte sich an dem Rucksack mit dem Lösegeld zu schaffen, den sein Bruder auf dem Rücken trug. Sie hatten die Taschenlampen in dessen Seitentaschen deponiert. Murad zog eine von ihnen hervor, knipste sie an und leuchtete in Richtung der Ruine. Sie waren nur noch wenige Meter von der Ziegelei entfernt. Viel konnte er von den Gebäuden nicht sehen, dennoch war unschwer zu erkennen, dass es sich bei ihnen nur noch um eine Ansammlung eingestürzter Mauern und maroden Gebälks handelte. Auf Bildern im Internet hatte er gesehen, dass auch einer der Schornsteine im Laufe der Zeit zur Hälfte eingestürzt war, während ein zweiter die Unbilden der Jahrzehnte deutlich unbeschadeter überstanden hatte. Insgesamt aber zeugte das Anwesen von Niedergang und Verfall.

„Hier entlang!" Murad ließ seine Taschenlampe über das Gelände schweifen und deutete in Richtung des verfallenen Schornsteins. „In der Nachricht, die Pauls Vater gekriegt hat, stand, dass wir das Geld direkt an dem Schornstein hinterlegen sollen."

Vorsichtig tasteten sich die jungen Männer über das unwegsame Gelände. Kurz bevor sie den zusammengestürzten Fabrikschlot erreichten, spielten ihnen erneut die Wolken einen Streich. Und das nicht nur, indem sie sich vor den Mond schoben. Nein. Zu ihrem Verdruss setzte nun auch ein starker Regen ein und sorgte innerhalb kürzester Zeit dafür, dass sie völlig durchnässt inmitten eines Schutthaufens standen.

„So eine verdammte Scheiße!", rief Murad und zog das Rückenteil seiner Jacke über den Kopf. „Siehst du irgendwas, wo wir uns unterstellen können?"

„Unterstellen? Hier?" Mehmet machte eine ausschweifende Bewegung mit den Armen. „Hier gibt's nichts. Und wenn, dann ist es zu gefährlich. Ruckzuck kracht dir 'n Balken oder 'n Ziegelstein auf 'n Kopf. Nee. Lass uns den blöden Rucksack abstellen und dann nichts wie zurück zum Auto. Hier holen wir uns doch den Tod!" Er schickte ein Dankesgebet zum Himmel, dass das Wetter Murad einen Strich durch die Rechnung machte. Denn selbst er würde nicht riskieren, hier stundenlang auszuharren, um dann am nächsten Tag mit einer schweren Erkältung im Bett zu liegen. Oder?

Mehmet warf seinem Bruder einen misstrauischen Blick zu, konnte sein Gesicht jedoch nicht erkennen, da Murad seine Taschenlampe gesenkt hielt. Zu seiner Erleichterung aber erwiderte er: „Okay. Ist zwar echt kacke, aber bestimmt taucht der Typ bei diesem Wetter gar nicht auf. Oder erst morgen, wenn es wieder hell ist." Er stieß an einen Ziegelstein vor seinen Füßen. „Hier bricht man sich ja in der Dunkelheit bei jedem Schritt die Haxen."

„Also." Mehmet zog sich den Rucksack vom Rücken, packte ihn mit festem Griff an den Gurten und schleuderte ihn mit Schwung in Richtung Schornstein. „Ist doch egal, ob der direkt am …", begann er zu sprechen, doch schon im nächsten Moment gellte ein so lauter Schrei durch die Nacht, der ihn und seinen Bruder vor Schreck erstarren ließ.

„Was war das?", fragte Mehmet mit krächzender Stimme und riss die Augen auf. Panisch drehte er sich ein paar Mal um seine eigene Achse. Doch so sehr er sich auch bemühte, er konnte in der Dunkelheit der Nacht nichts erkennen. Wie aus einem Reflex heraus hatte Murad seine Taschenlampe ausgeknipst. „Meinst du, das war irgendein Tier?"

„Ein Tier?" Auch Murads Stimme klang nun alles andere als selbstsicher. „Nee. Ganz bestimmt nicht. Komm, den Typen schnappen wir uns!"

„Spinnst du? Und wenn er eine Waffe hat? Lass uns abhauen!", zischte Mehmet, stiefelte jedoch hinter seinem Bruder her, der sich nun in gebückter Haltung an einer eingefallenen Mauer entlangtastete. Mehmet bemerkte mit Schrecken, dass trotz der Gummisohlen ein jeder ihrer Schritte auf Schutt und Geröll gut zu hören war.

„Murad, lass uns abhauen!", startete er einen zweiten Versuch, als er meinte, in unmittelbarer Nähe Schritte zu hören. Er kniff die Augen zusammen und linste in die

Dunkelheit, konnte jedoch kaum etwas erkennen. Das Licht des Vollmondes schien durch den dichten Regen wie ausgelöscht.

„Hörst du das?" Mehmet griff seinen Bruder am Arm. „Sind das nicht Schritte? Ich glaube, da kommt jemand …!"

Noch ehe er seinen Satz beenden konnte, ging ein harter Gegenstand krachend auf seinem Schädel nieder, und die Welt versank in tiefem Schwarz.

23

Morgens um sieben ist die Welt noch in Ordnung. Aus irgendeinem Grund kam Hauptkommissar David Büttner auf dem Weg zur Alten Ziegelei dieser Filmtitel aus den sechziger Jahren in den Kopf. Ein Blick auf die Uhr des Tachos sagte ihm, dass es in seiner realen Welt gerade drei Minuten nach sieben war, und er vermochte weiß Gott nicht zu sagen, dass die frohe Botschaft des Filmtitels auch nur das Geringste mit seinem wirklichen Leben zu tun hatte.

Zumindest nicht an diesem Morgen.

Die Diskussion mit seiner Frau am letzten Abend war alles andere als harmonisch verlaufen. Man konnte auch sagen, sie hatte gar nicht stattgefunden. Eigentlich hatte er Susanne nur bitten wollen, mal ein ernstes Wort mit Jette wegen deren falsch verstandener Nächstenliebe und ihres vermeintlich vorhandenen detektivischen Spürsinns zu reden.

Doch kaum, dass er am späten Abend die Haustür geschlossen hatte, hatte Susanne ihn auch schon wieder mit Vorwürfen überschüttet, weil er noch nicht dazu gekommen war, sich mit dringend erforderlichen Utensilien für den anstehenden Urlaub einzudecken.

Auf seine Frage, wann er das denn bitte schön hätte

machen sollen, hatte sie ihm ihr eisiges Schweigen entgegengeschleudert und sich spontan mit ihrer Freundin Katrin zum Frauenabend verabredet. Ihr Bett war in dieser Nacht leer geblieben.

Gut, dachte Büttner in einem Anfall von Selbstkritik, vielleicht hätte er ihr nicht gleich an den Kopf werfen sollen, dass schließlich nicht alle einen so zeitlich ausgewogenen und bequemen Job hätten wie die Lehrer. Vielleicht hätte er sich auch die Bemerkung schenken können, sie habe ja wohl – im Gegensatz zu ihm – den ganzen Tag nichts Besseres zu tun, als sich über neu anzuschaffende Unterwäsche und bräunungsfördernde Körperlotionen Gedanken zu machen. Okay, vielleicht war er nach einem Tag der kriminalistisch-psychologischen Fehlleistungen einfach auch ein klein wenig zu schlecht gelaunt gewesen.

Aber das war doch noch lange kein Grund, ihn einfach ohne Essen dasitzen zu lassen und sich stattdessen außer Haus zu vergnügen, oder?

Er hatte sich dann mit Jette eine Tiefkühlpizza geteilt und war gleich anschließend ins Bett gegangen. Doch natürlich hatte er die ganze Nacht über nicht schlafen können, sondern war bei dem kleinsten Geräusch aufgeschreckt in der Hoffnung, Susanne käme nach Hause. Als sie um halb drei in der Nacht immer noch nicht dagewesen war, hatte er angefangen, sich Sorgen zu machen und wiederholt versucht, sie auf dem Handy zu erreichen. Es hatte sich jedoch nur die Mailbox eingeschaltet, genauso wie bei ihrer Freundin.

Um vier Uhr schließlich hatte er sich nicht mehr anders zu helfen gewusst und seine Tochter Jette geweckt. Die aber hatte auf seine Bemerkung, ihre Mutter sei nicht nach Hause gekommen, nur kurz geblinzelt und gemurmelt: „Ach so. Soll ich dir noch sagen. Sie schläft bei Katrin, weil sie so viel getrunken hat. Hatte 'ne SMS geschickt."

Gut, hatte er halb wütend, halb erleichtert gedacht, dann konnte er am Morgen ja einfach mal gründlich ausschlafen, ausgiebig frühstücken und sich dann mit neuer Lebenskraft seinen Leichen widmen. Aber natürlich war ihm auch das nicht vergönnt gewesen. Um halb sieben hatte sein Handy geklingelt, und bei der Mitteilung, die beiden türkischstämmigen Jungen vom Ferienbauernhof seien in der Nacht niedergeschlagen worden, hatte er aufrecht im Bett gesessen und erstmal nachgesehen, ob seine Tochter noch in ihrem Bett lag, was Gott sei Dank der Fall gewesen war. Schließlich wusste man ja nie, was die jungen Leute miteinander ausheckten, um die Nacht zum Tag zu machen.

„Hier ist es." Sebastian Hasenkrug riss Büttner aus seinen trüben Gedanken und deutete mit dem Finger auf einen Schornstein aus roten Ziegelsteinen, der sich wie ein trauriges Relikt aus alten Zeiten vom blassgrauen Himmel abhob. „So, wie es aussieht, ist Gernot von Hartenberg auch hier. Zumindest ist das da drüben sein Wagen."

Hasenkrug hatte sein Fahrzeug gerade am Straßenrand abgestellt, als sein Handy klingelte. Er warf einen Blick aufs Display. „Der Notarzt. Ich hatte ihn gebeten, mir Bescheid zu geben", sagte er und nahm das Gespräch an.

„Was ist mit den beiden Jungen?", wollte Büttner wissen, als sein Assistent das Mobiltelefon in seine Manteltasche zurückgleiten ließ.

„Sie sind mit dem Krankenwagen auf dem Weg ins Emder Krankenhaus. Sie haben beide üble Kopfverletzungen, die dringend ärztlich versorgt werden müssen. Man hat ihnen wohl einen Ziegelstein oder Ähnliches über den Schädel gezogen. Murad hat zudem einen Schlüsselbeinbruch, den er sich vermutlich beim Sturz geholt hat. Außerdem haben beide mehrere Prellungen und Abschürfungen und waren bewusstlos, als die Ärzte eintrafen. Und natürlich völlig durchnässt. Nur gut, dass es in der Nacht so mild war."

Büttner nickte und stieg aus. Missmutig sah er in den wolkenverhangenen Himmel hinauf. Ein feiner Nieselregen hatte die kräftigen Schauer der letzten Nacht abgelöst. Die milden Temperaturen und der nur seichte Wind machten den Aufenthalt an der frischen Luft jedoch erträglich. Er schlug den Kragen seines Mantels hoch und machte sich gemeinsam mit seinem Assistenten auf den Weg zum Tatort.

„Es wäre wohl ratsam gewesen, anderes Schuhwerk anzuziehen", stellte er nach einigen Metern über das unwegsame, von Gräsern und Sträuchern überwucherte Gelände fest. Er hob einen Fuß an und begutachtete seine mit Klei verklebten schwarzen Lederschuhe mit gerunzelter Stirn. „Die Kollegen hätten doch wirklich mal ein Wort sagen können, wenn sie uns schon in aller Herrgottsfrühe hier rausjagen."

„Schuhe kann man putzen", entgegnete Hasenkrug schulterzuckend und erntete dafür ein unwilliges Schnauben seines Chefs. „Mich interessiert vielmehr, wie man auf dieser Geröllhalde in der Dunkelheit zurechtkommt, ohne sich alle paar Meter auf die Nase zu legen.

Ich frage mich wirklich, was die Jungen hier mitten in der Nacht zu suchen hatten."

„Ich glaube fast, dass uns Herr von Hartenberg da weiterhelfen kann", erwiderte Büttner und machte eine Kopfbewegung zu dem Mann hinüber, der sich vielleicht zwanzig Meter entfernt trotz der Nässe auf eine zusammengefallene Mauer gesetzt hatte und sich müde die Augen rieb. Er schien ihre Anwesenheit noch gar nicht wahrgenommen zu haben.

Bevor Büttner ihn ansprach, blieb er jedoch kurz stehen und ließ seinen Blick über das Gelände schweifen, auf dem mehrere Menschen in weißen Schutzanzügen herumwuselten, um eventuell noch vorhandene Spuren zu sichern.

Die alte Ziegelei lag auf freiem Feld, ein gutes Stück entfernt von jeglicher Ortschaft. Angesichts des fortgeschrittenen Verfalls der mit rotem Ziegel erbauten Gebäude und Schornsteine, durch deren Mauerwerk sich die schmalen Zweige von Büschen sowie dornige Ranken ihren Weg bahnten, war anzunehmen, dass das Fabrikgelände bereits seit Jahrzehnten sich selber überlassen war. Die Dächer der ehemaligen Produktionsstätten waren eingestürzt, vielfach war morsches, in sich zusammengefallenes Dachgebälk das Einzige, was noch auf die längst vergangene Existenz eines Dachaufbaus schließen ließ.

Für jeden zufällig vorbeikommenden Passanten oder Autofahrer musste der Anblick der Alten Ziegelei etwas Verwunschenes haben, dachte Büttner. Für ihn und seine Kollegen aber war er an dem heutigen Tag ein Ort des Verbrechens. Und genau dem würde er jetzt auf die Spur gehen.

„Moin, Herr von Hartenberg." Büttner machte ein paar Schritte auf den Mann zu, der seine eingesunkene Haltung auch in den letzten Minuten nicht verändert hatte. „Darf ich fragen, was Sie zu so früher Stunde hierher führt?"

Pauls Vater zuckte zusammen. Er schien die Anwesenheit der beiden Polizisten noch gar nicht bemerkt zu haben. „Es ist alles meine Schuld", sagte er dann mit rauer Stimme. „Ich hätte es nicht zulassen dürfen."

„Was hätten Sie nicht zulassen dürfen?", hakte Hasenkrug nach. „Was genau ist hier vorgefallen?"

„Ich weiß es nicht." Gernot sah mit blutunterlaufenen Augen zu der Mannschaft der Spurensicherung hinüber, die sich anschickte, eines der eingestürzten Gebäude zu betreten. „Das sollten sie nicht tun", sagte er lahm, „das Betreten der Ruinen ist viel zu gefährlich."

„Dennoch waren Murad und Mehmet in der letzten Nacht hier", stellte Büttner fest. Er war überzeugt, dass die Kollegen von der Spusi wussten, was sie taten, und sah deshalb keinen Grund, von Hartenbergs Warnung an sie weiterzugeben. „Und wenn ich Sie richtig verstehe, wussten Sie davon. Und nachts dürfte es ja noch mal deutlich gefährlicher sein, hier herumzustreunen als bei Tageslicht. Also, was war hier los?" Seine Stimme hatte einen scharfen Klang angenommen.

„Der Entführer. Er wollte, dass das Lösegeld hier abgelegt wird."

„Er hat sich erneut gemeldet?"

„Ja. Und er hat gesagt, dass wir die Polizei aus dem Spiel lassen sollen. Zunächst …" Gernot von Hartenberg brach mitten im Satz ab und griff sich mit den Fingern an die Stirn, als hätte er plötzlich heftige Kopfschmerzen.

„Zunächst?"

„Ich dachte erst an einen – wie sagten die Kinder? – einen Fake. Und auch die Kids, die die gleiche Nachricht bekommen hatten, waren davon überzeugt, dass es sich bei dem Brief um den Versuch eines Trittbrettfahrers handelte, schnell an viel Geld zu kommen. Die Nachricht war auf einen Zettel gekritzelt und kam nicht wie sonst per Handy. Ganz untypisch also für den Entführer. Wir haben beschlossen, sie zu ignorieren."

„Und dann haben Sie Ihre Meinung geändert? Warum?" Büttner fragte sich, ob seine Tochter Jette irgendetwas davon wusste.

„Ja. Es kam eine zweite Nachricht. Sie enthielt wüste Drohungen. Und auch den Hinweis, die Polizei aus allem rauszuhalten. Und außerdem Informationen über Paul, die nur jemand haben konnte, der ihn kennt beziehungsweise mit ihm gesprochen hat. Das hat mir Angst gemacht. Es war nur – so ein Gefühl."

„Verstehe. Ich nehme an, das war auch der Grund, warum Sie und Ihre Frau zu uns ins Kommissariat kamen?"

„Ja. Natürlich. Ich wollte doch nicht …" Gernot von Hartenberg schüttelte den Kopf und fuhr sich erschöpft mit der Hand über das Gesicht. „Hätte ich geahnt, wo das alles hinführt …"

„Und warum haben Sie dann die beiden Jungen die Drecksarbeit für sich erledigen lassen?", fragte Büttner.

„Auch das war eine Forderung des Entführers. Sie wollten nicht, dass ich das Geld selber übergebe. Sie, also Murad und Mehmet, haben sofort zugestimmt es zu tun. Sie sahen es genauso wie ich und fürchteten, dass Paul etwas zustoßen könnte, wenn wir uns nicht an die Anweisungen halten. Außerdem …"

„Außerdem?"

„Sie machten den Eindruck, als hätten sie Lust auf ein Abenteuer."

„Lust auf ein Abenteuer?" Büttner fasste es nicht. „Sie haben sie gehen lassen, obwohl sie dies für ein Abenteuer hielten? Das heißt doch, dass den beiden Jungen die Gefahr gar nicht bewusst war, in die sie sich begaben. Verstehen Sie das etwa unter Verantwortung?"

Pauls Vater sah die Polizisten von unten herauf verzweifelt an und rief dann aus: „Das weiß ich doch alles! Aber was hätte ich denn tun sollen? Ich hatte doch gar keine andere Wahl."

„Sie hätten uns Bescheid geben müssen!", rief Büttner so laut aus, dass einige Kollegen zu ihm herüberblickten. „Wie verantwortungslos kann man denn sein, zwei junge Männer bewusst einer solchen Gefahrensituation auszusetzen!"

„Ja. Ich weiß. Es war …" Gernot von Hartenberg stieß hart die Luft aus. „Sie haben ja recht. Ich hätte es nicht tun dürfen."

„Wie sind die Jungen denn hierher gekommen?", fragte Hasenkrug und sah besorgt auf seinen Chef, dessen Kopf knallrot angelaufen war und der vor lauter Wut die Fäuste geballt hatte. Er würde doch nicht ausfällig werden?

„Mit meinem Auto. Ich hab es ihnen geliehen."

„Aha. Sehr großzügig. Und wie sind dann Sie hierher gekommen?"

„Ich hab mir Sorgen gemacht, als sie zur vereinbarten

Zeit noch nicht wieder zurück waren und hab mir ein Taxi genommen." Er deutete zu einem der Schornsteine hinüber. „Ich hab sie dann dahinten gefunden und den Notarzt gerufen."

„Überprüfen Sie das bei der Taxizentrale, Hasenkrug", knurrte Büttner.

Für eine Weile sagte niemand ein Wort, zu hören war lediglich das Schaben und Kratzen der Kollegen in den Trümmern der alten Ziegelei sowie das Zwitschern zahlreicher Vögel, die dicht an dicht auf den Mauerresten saßen und die ungewohnte Betriebsamkeit auf dem Gelände auf geschwätzige Art zu kommentieren schienen.

„Also, für mich klingt das alles ziemlich verworren", bemerkte Sebastian Hasenkrug und warf einen Blick auf seine Notizen, als könnten die ihm Klarheit verschaffen.

„Ich würde sogar noch einen Schritt weitergehen", sagte Büttner hörbar gereizt. „Die Geschichte, die Sie uns hier auftischen, Herr von Hartenberg, ist nicht nur verworren, sondern auch in höchstem Maße unglaubwürdig."

„Aber ich kann Ihnen die Zettel mit den Nachrichten zeigen! Oder wollen Sie mir vielleicht unterstellen, dass ich mir das alles ausgedacht habe?", brauste Pauls Vater erregt auf, sackte dann jedoch sofort wieder in sich zusammen.

„Natürlich können Sie uns die Zettel zeigen, daran zweifle ich keinen Augenblick. Aber was soll das beweisen? Nein, dass Sie das alles vor uns verheimlicht haben, trägt zumindest nicht gerade zu Ihrer Glaubwürdigkeit bei", konterte Büttner nicht weniger erregt. Er sah über die Schulter, als würde er jemanden suchen und fügte dann mit finsterer Miene hinzu: „Wo ist eigentlich Ihre Frau?"

„Sie ist gestern Abend nach Hamburg gefahren. Dringende Geschäfte."

„Dringende ..." Büttner starrte den Mann mit offenem Mund an und konnte kaum glauben, was er da hörte. „Wie soll ich denn das jetzt verstehen? Bei Ihnen geht ein Erpresserschreiben ein, aus dem Sie schließen, dass Ihr Sohn in höchster Gefahr schwebt. Dann tauchen Ihre Frau und Sie gemeinsam bei uns im Kommissariat auf, um uns mitzuteilen, dass wir uns aus der Sache heraushalten sollen. Und anschließend fährt sie in aller Seelenruhe nach Hamburg, um sich um angeblich wichtige Geschäfte zu kümmern? Ich glaube so langsam wirklich, ich bin im falschen Märchen!"

Nachdem er ein paar Mal tief durchgeatmet hatte, wandte er sich an seinen Assistenten und tat, als hätte sich Pauls Vater plötzlich in Luft aufgelöst. „Kommen Sie, Hasenkrug, wir gehen. Auf das widerliche Spiel hier habe ich keine Lust mehr. Bitte bestellen Sie die von Hartenbergs für heute Mittag ins Präsidium ein. Ich will, dass ihre Aussage zu Protokoll genommen und dann dem Staatsanwalt vorgelegt wird. Sollte einer von beiden nicht erscheinen, veranlassen Sie eine bundesweite Fahndung. Ich hab die Faxen dicke und nicht vor, mich von den feinen Herrschaften noch länger an der Nase herumführen zu lassen."

„Mach ich", nickte Hasenkrug. „Aber bevor wir uns verabschieden, wüsste ich trotzdem noch gerne, was mit dem Lösegeld ist."

„Es ist weg", sagte Gernot von Hartenberg dumpf. Er schaute David Büttner mit solch hasserfülltem Blick an, als sollte diesen auf der Stelle der Schlag treffen. Doch anscheinend traute sich der sonst so selbstbewusst auftretende Mann nicht, diesen gegen ihn gerichteten Affront zu parieren, auch wenn er so aussah, als würde er an unterdrückter Wut gleich ersticken. Sebastian Hasenkrug fragte sich, ob sich diese defensive Haltung aus einem schlechten Gewissen heraus begründete oder ob von Hartenberg einfach nur wusste, wann es besser war, die Klappe zu halten.

„Das Lösegeld ist also weg. Aha. Und es waren die geforderten fünfhunderttausend Euro?"

„Ja. Ich hatte sie in einen Rucksack gesteckt."

„Von Paul haben Sie aber noch nichts gehört? Und auch vom Entführer nicht?"

Gernot von Hartenberg presste die Lippen zusammen und schüttelte den Kopf. „Von *diesem* nicht, nein."

„Hä? Was soll das heißen, von diesem nicht?"

Pauls Vater nestelte sein Smartphone aus der Tasche, tippte kurz darauf herum und hielt es Hasenkrug dann unter die Nase.

Hast Du das Lösegeld? Übergabe heute Nacht. Keine Polizei. Melde mich wieder.

Ein *Oha!* war alles, was Hasenkrug spontan dazu einfiel.

24

Im Frühstücksraum des Bauernhauses Boom herrschte an diesem Morgen stilles Entsetzen. Selbst Fiona, der sonst auf alles eine passende Bemerkung einfiel, war ungewöhnlich wortkarg. Nicht einmal das Müsli, das Bäuerin Aaltjen Boom aus getrocknetem Obst und Getreide so wundervoll zusammenmischte, wollte ihr schmecken. Lustlos rührte sie in der mit frischer Milch aufgefüllten Schale herum und wagte kaum, den Blick zu heben, vor lauter Angst, beim Anblick der wachsbleichen Gesichter um sich herum in Tränen auszubrechen.

Ihren Freunden ging es nicht anders. Allen war der Schrecken mächtig in die Glieder gefahren, als Jette und Nora hereingestürzt waren, um ihnen vom Unglück der Zwillinge zu erzählen. Gott sei Dank waren die auf dem Hof residierenden Grundschüler zu diesem Zeitpunkt schon zu einem Ausflug aufgebrochen gewesen und hatten nicht mit anhören müssen, was die Mädchen atemlos in den Raum riefen.

Jette hatte kurz zuvor durch ihren Vater von dem Drama erfahren. Denn der war nach seiner Rückkehr wutentbrannt in die heimische Küche gestürmt und hatte seine Tochter ohne Vorwarnung angeschrien, er würde sie und ihre Freunde wegen Behinderung polizeilicher Ermittlungen eigenhändig vor den Kadi zerren, wenn sie sich auch nur noch ein einziges Mal in den Entführungsfall einzumischen wagten.

Jeder Versuch ihrerseits, ihrem Vater zu erklären, dass sie von dem Vorhaben der Jungen nichts gewusst habe, war ungehört an ihm abgeprallt. Ganz im Gegenteil war er bei jedem Wort, das sie zu sagen wagte, nur noch mehr in Rage geraten. Dermaßen außer sich vor Wut hatte sie ihn selten erlebt, und noch immer spürte sie das Zittern, das sie bei seinem so unerwarteten Wutausbruch erfasst hatte, am ganzen Leib. Als ihr Vater schließlich türenknallend wieder aus dem Haus gestürzt war, hatte sie erstmal ihren immer noch von Durchfall geplagten Hund Heinrich suchen müssen, der sich bibbernd vor Angst in der Duschkabine verkrochen und diese auch nur widerstrebend wieder verlassen hatte.

Der Appetit auf ein Frühstück war Jette gründlich vergangen, und so hatte sie zu ihrem Smartphone gegriffen, um Nora von den neuesten Ereignissen zu berichten und das weitere Vorgehen mit ihr abzustimmen. Gemeinsam hatten sie den Entschluss gefasst, sofort nach Pewsum auf den Bauernhof zu fahren, um zu schauen, ob man dort schon von den neuesten Entwicklungen wusste.

Das war nicht der Fall gewesen, und selbst die Bäuerin, die so schnell nichts aus der Ruhe bringen konnte, hatte bei Jettes Bericht eine Glasschale fallen lassen, die auf dem steinernen Boden der Küche klirrend in tausend Einzelteile zersprang.

„Oh kinners nee, wat för'n Malöör!", rief sie nun aus und presste sich vor Schreck die Hand ans Herz. „Das kann doch wohl nicht sein, dass jemand so unvernünftig ist! Wie sind die bloß auf so 'ne bescheuerte Idee gekommen!? Ich sach nur, wenn das meine Jungs wären! Oh nee, oh nee, oh nee! Die könnten was erleben!" Sie strich ein paar Mal mit bebenden Händen über ihre Kittelschürze, griff dann nach einem Besen und murmelte mit leiser Stimme vor sich hin: „Wenn sie man nur wieder ganz gesund werden, die beiden."

„Hast du davon gewusst?" Nico war weiß wie die Wand und fixierte Fiona aus wässrigen Augen.

„Ich? Natürlich nicht! Denkst du vielleicht, ich hätte das zugelassen?" Fiona sah ihn an, als wäre er ihr in Gestalt des Leibhaftigen begegnet.

„Ja, genau das glaube ich!" Nico sprang mit so viel Schwung auf, dass sein Stuhl nach hinten umkippte. Er ließ ihn achtlos liegen, brach in lautes Schluchzen aus und verließ den Frühstücksraum mit knallender Tür.

Zu jeder anderen Zeit wäre Jette jetzt in ein triumphierendes Gelächter ausgebrochen, diesmal aber blieb ihr der Jubel im Halse stecken, und sie ließ sich ermattet auf einen Stuhl sinken.

„Ich verstehe das alles nicht", meldete sich Nora zu Wort. „Wir hatten doch gestern gemeinsam beschlossen, dass wir diesen dämlichen Brief ignorieren. Warum sind sie dann trotzdem losgegangen, um das Lösegeld zu übergeben?"

„Weil ich sie darum gebeten habe", erklang eine Stimme von der Tür her.

Alle schauten sich um und erblickten Gernot von Hartenberg.

„Siiiiiiiiie?", klang es langgezogen aus mehreren Mündern zurück.

„Es war ein Fehler. Es war ein gottverdammter Fehler!"
Pauls Vater schlug mit beiden Fäusten mehrmals an die
Wand. „Ich wollte nicht, dass ihnen was passiert. Ich hab
gesagt, sie sollen kein Risiko eingehen. Aber trotzdem. Ich
hätte es wissen müssen! Ich hätte es verdammt noch mal
wissen müssen!"

Sprach's und verschwand wieder zur Tür hinaus.

„Ich glaub es ja nicht. Was ist denn hier nur los?" Nora
strich Fiona über den Arm, die von einem Weinkrampf
geschüttelt wurde. Hilflos sah sie zu Jette hinüber, aber
auch die hatte die Lippen nun fest zusammengepresst und
kämpfte mit den Tränen.

„Kommt, Mädels, lasst uns ins Krankenhaus fahren und
fragen, wie es Mehmet und Murad geht. Ich werd noch
ganz verrückt, wenn ich nicht weiß, was mit ihnen ist."

„Sie werden uns nichts sagen, Nora, wir sind keine Angehörigen", sagte Anna, die bisher nur mit leerem Blick in
den Raum gestarrt hatte.

„Wir sollten Nico suchen und ihn fragen, ob er auch mit-
kommen möchte", ignorierte Nora ihren Einwand und
winkte ihren Freundinnen, mit ihr hinauszugehen.

„Ja, tut das man", nickte die Bäuerin. „Und sacht mir
bloß Bescheid, sobald ihr was wisst. Man wird ja noch
ganz verrückt vor Sorge. Und wenn ihr draußen meinen
Mann seht, sacht ihm, er soll reinkommen, ich hätte ihm
was zu sagen. Er weiß ja noch von nix. Oh nee, oh nee,
oh nee! Der wird ja auch ordentlich 'nen Schreck kriegen.
Was mich angeht, ich brauch auf den Schock jetzt erstmal
'n Tee."

So sehr die Schülerinnen auch nach ihrem Freund Nico

suchten, er blieb wie vom Erdboden verschluckt. Bauer Lübbert Boom, der ihnen mit einer Forke in der Hand beim Schweinestall über den Weg lief, meinte gesehen zu haben, wie Nico sich eines der Fahrräder geschnappt hatte und damit *schnell wie der Teufel* vom Hof gefahren war. Anscheinend wollte er alleine sein.

Also gaben die vier Mädchen die Suche auf, stiegen in Noras Auto und fuhren in Richtung Emden davon.

25

„Der fast perfekte Mord", stellte der noch junge Leiter der Spurensicherung, Arne Vollmers, fest und ließ eine bläulich leuchtende Lampe über dem Edelstahlkessel und dann über dem gekachelten Boden kreisen. „Die Leiche wurde hier im Raum in seine Einzelteile zerlegt und dann in diesem Kessel zermalmt." Er verzog keine Miene, als er hinzufügte: „Bleibt nur zu hoffen, dass sie nicht auch noch als Hackfleisch in der Verkaufstheke gelandet ist."

„Und Sie sind sicher, dass es sich bei den gefunden Spuren um menschliches Blut handelt?", fragte David Büttner ungerührt. Er machte eine raumgreifende Bewegung mit den Armen. „Ich meine, dies hier ist eine Metzgerei. Blut ist quasi deren tägliches Geschäft."

„Das ist richtig. Laut Labor aber handelt es sich bei den hier sichergestellten Proben eindeutig um menschliches Blut. Ich habe es extra über Nacht analysieren lassen, damit Ihnen gleich am Morgen die Ergebnisse auf dem Tisch liegen."

„Und das Labor kann auch mit Sicherheit sagen, dass es sich um das Blut von Johannes Uphoff handelt?"

„Ja. Kein Zweifel. Hier kommt uns entgegen, dass die Hygiene in diesem Raum an der einen oder anderen Stelle zu wünschen übrig lässt."

Büttner nickte, während Sebastian Hasenkrug sichtlich bemüht war, seine Augen nicht vom Notizblock zu wenden – und vor allem nicht an das Frikadellenbrötchen zu denken, das er dieser Tage hier gekauft und verspeist hatte. Doch auch ohne Frikadellenbrötchen drehte sich ihm allein schon beim Anblick all der *Mordinstrumente*, wie er die Geräte und Maschinen der Metzgerei nannte, der Magen um. Gepaart mit dem penetranten Geruchsmix aus Blut, rohem Fleisch und Desinfektionsmittel aber gab es für seine Verdauungsorgane kaum noch ein Halten. Am liebsten wäre er sofort an die frische Luft gerannt, doch die miese Laune seines Chefs, der ihm schon mehr als ein Mal einen warnenden Blick zugeworfen hatte, hielt ihn zurück. Stoisch machte er also seine Notizen und versuchte, nebenbei an etwas Erfreulicheres zu denken – was angesichts der verfahrenen Ermittlungssituation, in der sie sich befanden, alles andere als einfach war.

„Also können wir davon ausgehen, dass Frau Uphoff mit ihrem Verdacht, dass der Metzger ihren Mann auf dem Gewissen hat, richtig lag", stellte Büttner fest. „Deshalb hat er sich auch aus dem Staub gemacht. Die Frage ist nur, warum er den Arm nicht mitverarbeitet hat, sondern ihn im freien Feld entsorgte. Scheint mir ein etwas seltsames Vorgehen zu sein. Na ja. Jetzt müssten wir zunächst herausfinden, wo sich Karlheinz Theelen aufhält, und alles wird gut."

„Der Junge war es nicht", ließ sich die Stimme des Seniorchefs Günther Theelen vernehmen.

Büttner wusste nicht, wie viel der Mann von der Unterhaltung mitbekommen hatte, doch war dessen Gesicht weiß wie ein Laken und seine Augenlider flatterten nervös. Neben ihm stand eine korpulente Frau, die ungläubig von einem zum anderen sah und deren ungesunde Gesichtsfarbe auf einen erhöhten Blutdruck schließen ließ. Vermutlich die Seniorchefin, dachte Büttner, was diese mit dem nächsten Satz bestätigte.

„Auf gar keinen Fall war das unser Sohn. Er ist doch kein Monster!", bemerkte sie mit erstaunlich fiepender Stimme, die so gar nicht zu ihrem äußeren Erscheinungsbild passen wollte.

„Und woher wollen Sie das so genau wissen?", fragte Büttner.

„Wir sind seine Eltern. Wir kennen ihn doch. Und so was Furchtbares würde er niemals tun!" Sie sagte es mit einer solchen Entschiedenheit, wie es Mütter zu Eigen ist, die meinen, ihre Kinder vor dem Übel dieser Welt beschützen zu müssen.

„Ein bisschen schwach als Erklärung, finden Sie nicht? Aber nehmen wir mal an, er war es tatsächlich nicht. Dann wird er ein Gespräch mit uns ja sicherlich nicht verweigern. Und Sie können uns doch sicher sagen, wo er sich zurzeit aufhält."

„Er ist verreist. Brauchte mal seine Ruhe. Ist ja völlig überarbeitet, der Fent", brummte der Senior. „Und dann noch der Tod seines Bruders. Ist alles ein bisschen viel." Er legte eine Hand auf die Schulter seiner Frau, die bei der Erwähnung ihres toten Sohnes sichtlich zusammengezuckt war. „Für Trudi und mich ja auch."

„Nur komisch, dass es ihm genau zu diesem Zeitpunkt einfällt, meinen Sie nicht?" Büttner hatte nicht vor, sich jetzt auf Sentimentalitäten einzulassen, auch wenn ihm die Eltern ehrlich leid taten.

„Wüsste nicht, was daran komisch ist. Ist doch ein freies Land."

„Es kann nur in seinem Interesse sein, sich bei uns zu melden. Sollte er es innerhalb der nächsten Stunde nicht tun, müssen wir ihn zur Fahndung ausschreiben. Und so, wie sich die Indizienlage derzeit darstellt, hätte er beim Haftrichter dann ganz schlechte Karten."

„Die hat er doch sowieso!", donnerte Günther Theelen so laut in den Raum, dass alle erschrocken zusammenfuhren. „Für euch ist doch klar, dass er es war! Also werdet ihr ihn verhaften, so oder so! Ihr seid doch nur froh, wenn ihr einen eingebuchtet habt, ob es der Richtige ist, ist euch doch egal! Einen Scheißdreck werde ich tun! Solange ihr nicht den wirklichen Mörder habt, bleibt mein Junge da, wo er ist! Eine Unverschämtheit ist das, wie schnell man hier zum Mörder abgestempelt wird!"

„Was uns wundert", erwiderte Büttner betont ruhig, „ist, dass Ihr Sohn Karlheinz jetzt schon an mehreren Stellen behauptet hat, gesehen zu haben, dass sein Bruder Peter von Johannes Uphoff aus dem Fenster der Gaststätte gestoßen wurde. Nur der Polizei gegenüber hat er darüber nie ein Wort verlauten lassen, obwohl diese Aussage von höchster Wichtigkeit wäre. Haben Sie dafür eine Erklärung?"

„Eine Erklärung? Pah!" Günther Theelen fuchtelte nun wild mit den Armen herum. „Der weiß eben, dass man der Polizei nicht trauen kann! Ist doch kein Wunder, dass der euch nichts sagt. Hättet ihn doch sowieso nur eingebuchtet! So, da habt ihr eure Erklärung!"

„Brauchen Sie mich noch?", fragte Arne Vollmers mit einem Blick auf die Uhr. „Sonst würde ich mich jetzt wieder auf den Weg machen."

„Machen Sie das. Danke, dass Sie wegen uns noch mal hierher gekommen sind", antwortete Büttner.

„Keine Ursache."

„Uns liegt eine Zeugenaussage vor, dass Johannes Uphoff Spielschulden in Höhe von zehntausend Euro bei Ihrem Sohn Karlheinz hatte. Wissen Sie etwas davon?", setzte Büttner die Befragung fort, nachdem Arne Vollmers gegangen war.

„Spielschulden? Jetzt soll unser Sohn auch noch ein Spieler sein, oder was?", brauste Günther Theelen auf. „Ist es Ihnen denn nicht genug, ihn als Mörder zu beschimpfen!? Was denn sonst noch alles? Vielleicht machen Sie ihn auch noch zum Kinderschänder, dann ist es komplett!" Er warf dem Hauptkommissar einen vernichtenden Blick zu und fasste seine Frau am Arm. „Komm, Trudi, wir gehen! Und Sie verlassen sofort mein Haus!"

„An dieser Stelle kommen wir wohl nicht weiter", stellte Büttner fest, als sie wieder in ihrem Auto saßen. „Veranlassen Sie bitte, Hasenkrug, dass Karlheinz Theelen sofort zur Fahndung ausgeschrieben wird. Das volle Programm. Ich will mir nicht nachsagen lassen, dass wir nicht alles getan hätten, um ihn zu finden."

„Okay." Hasenkrug griff zum Handy, doch bevor er wählte, sagte er noch: „Ich kann immer noch nicht glauben, dass jemand so etwas bringt. Ich meine, wie irre muss man sein, um einen Menschen zu töten und ihn dann durch den Fleischwolf zu drehen!?" Hasenkrug kämpfte immer noch mit einer kaum zu unterdrückenden Übelkeit.

„Das zu analysieren, wäre die Aufgabe eines Profilers. Nur steht uns ein solcher leider nicht zur Verfügung. Also werden wir es wohl selber herausfinden müssen."

„Ich werde mich jetzt mal erkundigen, wie es den beiden Jungen geht", sagte Hasenkrug, nachdem er zwecks Fahndung mit einem Kollegen gesprochen hatte.

„Und?", fragte Büttner, als Hasenkrug wenig später wieder die Aus-Taste drückte.

„Murad hat es schlimm erwischt. Schwere Kopfverletzungen. Sie haben ihn ins künstliche Koma gelegt, um ihn ruhig zu halten. Eine Prognose wollte der Arzt noch nicht abgeben. Bei Mehmet ist es nicht ganz so schlimm. Er ist inzwischen wieder ansprechbar, auch wenn ihm ordentlich der Schädel brummt. Vernehmen dürfen wir ihn aber frühestens morgen."

„Mist. Ich hatte gehofft, dass beide glimpflicher davongekommen sind. Es war eine so unnötige Aktion! Was haben sie sich nur dabei gedacht!?"

„Wie Männer in dem Alter eben so sind", zuckte Hasenkrug die Schultern. „Sie wollten auch mal die Helden sein, die sie in Internet und Fernsehen so sehr bewundern."

„Wäre gesünder, sie würden ihr hohes Maß an Selbstüberschätzung in ihr anstehendes Abitur investieren", knurrte Büttner. „Das Gleiche gilt für meine Tochter. Ich hoffe nur, dass sie diese Lektion begriffen hat und sich zukünftig aus der Sache heraushält."

Für eine Weile fuhren sie, jeder in seine Gedanken versunken, die Landstraße von Pewsum in Richtung Emden entlang. Auf der Höhe von Groß Midlum sagte Hasenkrug: „Haben Sie sich eigentlich mal mit den Kurzgeschichten von Peter Theelen beschäftigt?"

„Nein. Dazu hatte ich noch keine Zeit", brummte Büttner schlecht gelaunt, weil ihm bei dieser Frage sofort wieder der Streit mit Susanne einfiel. Eigentlich hatte er sich die Geschichten als Bettlektüre zu Gemüte führen wollen, aber nach dem ganzen Theater mit seiner Frau war ihm die Lust darauf gründlich vergangen. „Was ist denn mit ihnen?"

Hasenkrug wiegte den Kopf hin und her. „Sie gehen mir nicht aus dem Kopf. Eben weil sie so brillant sind. Was, wenn sie irgendwas mit unserem Fall zu tun haben?"

„Mit dem Fenstersturz? Wie das?", fragte Büttner verwundert. Er hatte Schwierigkeiten, Hasenkrugs Gedankengängen zu folgen. „Steht da irgendwas drin, was darauf hindeuten könnte?"

„Nein. Nicht direkt. Aber vielleicht indirekt."

„Hä?"

„Ach, ich weiß es doch auch nicht", seufzte Hasenkrug, „ist nur so ein Gefühl."

„Und können Sie dieses Gefühl auch konkretisieren oder wollen Sie nur nicht, dass uns im Auto die Zeit zu lang wird und reden deshalb wirres Zeug?", ätzte sein Chef.

„Ich würde dazu gerne noch mehr Unterlagen sichten." Hasenkrug ließ sich durch den verbalen Angriff seines Chefs nicht beirren.

„Was für Unterlagen?"

„Ich könnte mir vorstellen, dass die Geschichten auf dem Markt ganz schön erfolgreich sein könnten. Und nun wüsste ich gerne, ob sie schon veröffentlicht wurden. Und ob Theelen damit vielleicht schon Geld verdient hatte."

„Und dann?"

„Geld ist ein klassisches Mordmotiv. Zumindest für eine frustrierte Ehefrau, die lieber mit ihrem Geliebten ein neues Leben beginnen würde als sich weiterhin von ihrem cholerischen Gatten tyrannisieren zu lassen."

Büttner zog die Stirn in Falten. „Sie reden von Mareeke Theelen?"

„Ja."

„Aber wir wissen noch nicht mal gesichert, dass sie ein Verhältnis mit Johannes Uphoff hatte. Noch hat uns das niemand bestätigt. Auch wissen wir nicht, ob sie von ihrem Mann tyrannisiert wurde."

„Sie hat gesagt, dass er kein guter Mensch war und sie froh sei, dass er tot ist."

„Das kann viele Gründe haben. Und außerdem: So viel Geld werden so ein paar Kurzgeschichten doch wohl nicht einbringen, als dass es sich lohnen würde, dafür zu töten."

„Vielleicht aber auch doch", blieb Hasenkrug stur. „Sie erinnern sich daran, dass Mareeke Theelen bei unserem letzten Besuch sagte, dass ihr Mann in der letzten Zeit ständig davon gesprochen habe, nun ganz groß rauszukommen? Das könnte doch ein Hinweis sein. Vielleicht hat er einen Vertrag abgeschlossen, der ihm gute Tantiemen zusicherte. Vielleicht auch einen hohen Vorschuss. Es kann also zumindest nicht schaden, da mal genauer hinzusehen. Womöglich stimmt es ja, dass Johannes Uphoff seinen Nachbarn aus dem Fenster gestoßen hat, wie Karlheinz

Theelen behauptet. Und irgendein Motiv müsste Uphoff dafür doch gehabt haben."

„Wenn Sie meinen." Büttner klang alles andere als überzeugt. „Aber stößt man seinen Widersacher dann aus dem ersten Stock eines Gebäudes in der Hoffnung, dass er unten von den Spitzen eines Zauns aufgespießt wird? Das ist Zentimeterarbeit, Hasenkrug, und damit ohne jede Erfolgsgarantie." Er schnaubte. „Also, wenn ich meine Frau würde töten wollen, würde ich mir eine Methode aussuchen, die ein Scheitern quasi ausschließt. Ideen hätte ich da von Berufs wegen genug. Und außerdem: Wieso ist dann kurz darauf auch noch der Mörder tot? Das macht doch alles keinen Sinn."

„Ich gucke einfach mal, was mit diesen Geschichten und Theelens finanziellen Verhältnissen ist", blieb Hasenkrug stur.

„Na ja, über die finanziellen Verhältnisse Bescheid zu wissen, kann in diesem Fall zumindest nicht schaden", antwortete Büttner. „Ich wundere mich nur, dass Sie die nicht schon längst haben überprüfen lassen."

„Ohne Ihre Anweisung? Das würde ich mir nie erlauben, Chef!", rief Hasenkrug in gespielter Empörung aus.

„Ich kann ja nun nicht an alles denken. So langsam weiß man ja nicht mehr, wo einem der Kopf steht", knurrte Büttner. Er war an diesem Tag nicht zu Scherzen aufgelegt. „Na ja, hoffen wir mal, dass Theelens Finanzen uns in diesem verflixten Fall endlich irgendwie weiterbringen. Schließlich habe ich nur noch zwei Tage Zeit, um die Ermittlungen zu einem guten Ende zu führen, wenn ich nicht das nächste Opfer eines Ehestreits werden will."

26

Mit einem Aktenordner bewaffnet wartete Sebastian Hasenkrug vor der Tür zur psychiatrischen Abteilung des Hans-Susemihl-Krankenhauses in Emden auf Einlass. Eigentlich hatte er angenommen, dass es kein Problem sein würde, zu Mareeke Theelen vorgelassen zu werden, aber das war wohl etwas naiv gewesen.

Schon als er der diensthabenden Krankenschwester seine Dienstmarke zeigte und um einen Besuch bei der Patientin Mareeke Theelen bat, hatte diese ihn mit gerunzelter Stirn gemustert und dann mit osteuropäischem Akzent gesagt: „Muss ich fragen Chef." Dann hatte sie ihm die Stationstür wieder vor der Nase zugeknallt.

Minuten später war dann ein Arzt mit Halbglatze und Nickelbrille erschienen und hatte ihn darüber aufgeklärt, dass die Patientin in einem psychisch labilen Zustand sei und er seine Zweifel habe, ob sie einem Verhör durch die Polizei gewachsen sein würde.

„Hier geht es nicht um ein Verhör", hatte Hasenkrug rasch abgewinkt. „Ich möchte Frau Theelen lediglich ein paar Fragen stellen, die zur Aufklärung des gewaltsamen Todes ihres Mannes beitragen können." Beinahe hätte er *und ihres Liebhabers* hinzugefügt, konnte es sich aber gerade noch verkneifen. Stattdessen hatte er gesagt: „Ich denke, dass es nur zu ihrer Stabilisierung beitragen kann, wenn wir in der furchtbaren Angelegenheit so schnell wie möglich Klarheit bekommen und den Täter verhaften können."

„Der Tod ihres Mannes ist nicht ihr Problem", war es dem Arzt herausgerutscht, er hatte sich jedoch sogleich auf die Lippen gebissen, als wollte er sich selbst jedes weitere Wort verbieten. Mit der Bemerkung *Ich werde Frau Theelen fragen, ob sie Sie empfangen möchte* hatte er die Tür hinter sich ins Schloss fallen lassen.

Das war nun zehn Minuten her und Hasenkrug fragte sich, ob man ihn vielleicht vergessen hatte. Irgendwie, so dachte er, hatte der Arzt sowieso einen ganz seltsamen Blick draufgehabt. Ob er sich vielleicht nur als Mediziner ausgegeben hatte und eigentlich selber Patient war? Schließlich war dies die Psychiatrie, und da konnte es doch sein, dass …

Hasenkrug brach diesen Gedankengang ab, als sich die Tür wieder öffnete. „Ist in Ordnung", sagte der Arzt, der wohl doch kein Patient war, und bat ihn hinein. „Ich habe Frau Theelen auf Ihren Besuch vorbereitet und ihr gesagt, dass es alleine an ihr liegt, wann sie ihn für beendet erklärt. Also halten Sie sich bitte daran. Wenn sie sagt, dass es genug ist, dann ist es genug. Haben Sie das verstanden?"

„Sicher, es war ja deutlich."

Der Arzt musterte Hasenkrug mit skeptischem Blick von oben bis unten, als wäre er nicht sicher, ob er seines Vertrauens würdig war. Anscheinend kam er zu einer positiven Einschätzung, denn jetzt deutete er auf eine Tür und sagte: „Das ist das Zimmer von Frau Theelen. Gehen Sie behutsam vor, denn, wie ich bereits sagte, ist sie in einem sehr labilen Zustand. Wenn Sie sich nicht an meine Anweisungen halten, werde ich dafür sorgen, dass Sie nie wieder Zutritt zu dieser Station bekommen. Alles klar?"

Statt einer Erwiderung nickte Hasenkrug nur und stand gleich darauf in dem für ein Krankenhaus gar nicht so ungemütlich eingerichteten Zimmer. Statt der üblichen blassgelben Wände war dieser Raum in einem ansprechenden Mintgrün gestrichen, das Bett erinnerte eher an Ikea denn an Streckverbände, in der Ecke stand ein gemütlich aussehender Sessel, und selbst ein paar gut gepflegte Zimmerpflanzen hatten auf der Fensterbank einen Platz gefunden.

„Moin", begrüßte Hasenkrug Mareeke Theelen, die immer noch so ätherisch aussah, als wäre sie ein Flaschengeist und kein Mensch aus Fleisch und Blut.

„Moin. Ich hoffe, Sie haben nicht noch mehr schlechte Nachrichten für mich und sind ein wenig sensibler als Ihr Chef."

„Mein Chef hat mir gesagt, dass ich Ihnen eine Entschuldigung für sein unsensibles Verhalten ausrichten soll. Er kann sich selber nicht erklären, wie das hat passieren können", log Hasenkrug.

In Wirklichkeit wusste Büttner gar nicht, dass sein Assistent gerade hier im Krankenhaus war, denn das war eine sehr spontane Entscheidung gewesen, nachdem Hasenkrug sich die Sache mit den Kurzgeschichten noch mal durch den Kopf hatte gehen lassen. Sein Chef war derweil nach Hause gefahren, um Heinrich abzuholen und später die von Hartenbergs dem angekündigten Verhör zu unterziehen. Dabei würde er nun wohl auf seinen Assistenten verzichten müssen.

„Bitte, nehmen Sie doch Platz." Mareeke Theelen deutete auf den Sessel und setzte sich selber auf ihr Bett, auf dem eine bunt gemusterte Tagesdecke lag.

„Wir hatten schon mal über die Kurzgeschichten gesprochen, die Ihr Mann geschrieben hatte", kam Hasenkrug gleich auf sein Anliegen zu sprechen.

„Ja. Und dass er beim Schreiben völlig talentfrei war", nickte Mareeke Theelen, und ein kaum wahrnehmbares Lächeln umspielte ihre Mundwinkel.

„Ja, genau." Hasenkrug öffnete den Ordner, nahm ein paar Zettel heraus und reichte sie ihr. „Können Sie mir sagen, ob dies die Geschichten sind, die Sie damals gemeint haben?"

Mareeke Theelen nahm die Zettel in die Hand und begann kommentarlos zu lesen. Hasenkrug beobachtete ihren Gesichtsausdruck, der sich bei der Lektüre merklich veränderte. Hatte die Frau zunächst noch sichtlich desinteressiert auf das Geschriebene gestarrt, so war ihr Blick irgendwann ins Neugierige abgeschweift, um später eine gewisse Überraschung nicht mehr verbergen zu können.

„Woher haben Sie das?", fragte sie, als sie die erste Seite beendet hatte.

„Wir haben die Geschichten in den Unterlagen Ihres Mannes gefunden."

„Sind sie alle so geschrieben? Dann sind sie richtig gut", stellte sie fest. „Aber sie können unmöglich von Peter sein. Seine waren grauenhaft."

Hasenkrug entging nicht, dass sie für die Beschreibung

der Texte das gleiche Adjektiv verwendete wie unlängst Katja Uphoff.

„Hat er öfter Texte von anderen Autoren veröffentlicht?", wollte er wissen.

„Veröffentlicht? Nein. Er hatte ja keinen Verlag. Er hat auf seinem Blog nur Bücher rezensiert." Hasenkrug beobachtete sie genau, doch konnte er nicht erkennen, dass sie dieses Gespräch nervös machte. Aber vielleicht war sie auch nur ganz gut darin, ihre wahren Gefühle zu verbergen.

„Es kann also nicht sein, dass er diese Geschichten für irgendwen herausbringen wollte?"

„Kann ich mir nicht vorstellen."

„Also müssten sie doch von ihm selber sein."

„Nicht unbedingt", schüttelte sie den Kopf. „Er bekam ja öfter mal Texte zum Rezensieren zugeschickt. Nur in der Regel waren es ganze Bücher. Meist Krimis, aber auch Historisches. Mit Kurzgeschichten hatte er nie was zu tun. Zumindest weiß ich nichts davon. Aber das heißt ja noch nichts. Eigentlich weiß ich über seine Arbeit nur das, was ich aus dem Internet erfahren habe. Er selbst hat ja aus allem ein großes Geheimnis gemacht. Er litt unter einer ausgeprägten Paranoia und dachte immer, dass ihm jemand etwas wegnimmt."

„Und es kann auch nicht sein, dass er mit diesen Geschichten hier schon Geld verdient hat?"

„Geld verdient? Damit? Wie kommen Sie darauf?", fragte sie, und Hasenkrug meinte, in ihren Augen nun ein unsicheres Flackern wahrgenommen zu haben.

„Sie sagten bei unserem letzten Gespräch, dass er davon gesprochen habe, nun als Schriftsteller ganz groß rauszukommen", half Hasenkrug ihr auf die Sprünge und ließ sie dabei nicht aus den Augen.

Doch zeigte sie bei dieser Feststellung keine auffällige Reaktion. „Ja", sagte sie nur schulterzuckend, „aber das war erst wenige Tage vor seinem Tod. Da war er plötzlich total euphorisch. Ich kann aber nicht sagen, ob das irgendwas mit diesen Geschichten hier zu tun hatte."

„Denkbar wäre es aber", stellte Hasenkrug fest.

„Worauf wollen Sie eigentlich hinaus, Herr Hasenpflug?" Mareeke Theelen reichte ihm die Zettel zurück.

„Krug. Meine Name ist Hasenkrug."

Sie erwiderte nichts darauf, sodass er fortfuhr: „Ich bin auf der Suche nach dem Urheber dieser Werke." Es war ein kurzes Klacken zu hören, als er die Heftvorrichtung des Ordners zuschnappen ließ.

„Dann glauben Sie, dass diese Texte irgendwas mit Peters Tod zu tun haben?" Diesmal blieb ihr Blick völlig ruhig.

„Wir gehen jeder Spur nach", entgegnete er ausweichend. „Leider ist ja beim Einbruch auch sein Laptop verschwunden, so dass wir nicht mehr nachvollziehen können, ob er die Geschichten zum Beispiel als Email zugeschickt bekommen hat."

„Das meiste ging bei ihm über Email", nickte sie.

„Das dachte ich mir. Umso bedauerlicher, dass wir die nicht haben."

„Ja. Aber da kann ich Ihnen leider nicht weiterhelfen."

„Einen Versuch war es wert." Sebastian Hasenkrug stand auf und reichte ihr die Hand. „Ich danke Ihnen, dass Sie sich Zeit für mich genommen haben", sagte er lächelnd. „Ich wünsche Ihnen weiterhin gute Erholung."

Außer einem knappen *Danke* erwiderte Mareeke Theelen nichts darauf, sondern sah ihm nur mit einem unergründlichen Blick hinterher, als er durch die Tür verschwand.

27

Heinrich ging es besser. Das war aber auch schon alles Positive, was Hauptkommissar David Büttner diesem trüben Frühlingstag abgewinnen konnte. Nach der durchwachten Nacht fühlte er sich hundemüde und dem Ermittlungsmarathon, der ihm noch bevorstand, alles andere als gewachsen. Wenn doch nur endlich die Kollegen wieder von der Grippe genesen würden, dachte er, dann könnte er wenigstens den Entführungsfall abgeben und sich um seine eigentlichen Aufgaben kümmern. Doch zu seinem Verdruss stellte sich der Virus als sehr hartnäckig heraus und hielt nach wie vor rund die Hälfte der Polizisten fest in seinen Klauen. Doch selbst, wenn die Kollegen wieder genesen waren, so blieben sie häufig gleich anschließend bei ihren kranken Kindern zu Hause, die sich bei ihnen mit der Grippe angesteckt hatten. Es war wie verhext.

Büttner warf einen mürrischen Blick auf Hasenkrugs verwaisten Arbeitsplatz. Wo steckte denn der Kerl nun schon wieder? Er warf einen Blick auf die Uhr. Jeden Moment würden die von Hartenbergs vor der Tür stehen, und er hatte überhaupt keine Lust, sich mit diesen undurchsichtigen Neureichen alleine auseinanderzusetzen.

Er griff nach seinem Kaffee, den ihm Frau Weniger freundlicherweise bei seinem Eintreten entgegengestreckt hatte. Außerdem nahm er sich zur Aufmunterung noch einen Schokoriegel, nagte müde daran herum und dachte wehmütig an sein heimisches Sofa, auf dem er nur zu gerne einen Mittagsschlaf machen würde – so, wie es seine Frau gerade tat, die ihm soeben eine SMS mit den Worten geschickt hatte, sie sei nach der langen Nacht und dem Unterricht am Vormittag nun dermaßen erschöpft, dass sie sich erstmal hinlegen würde.

Nicht zum ersten Mal hatte er sich daraufhin gefragt, warum er nicht auch einfach Lehrer geworden war, anstatt tagtäglich in den schmutzigsten Auswüchsen menschlicher Existenz zu wühlen.

„Herr von Hartenberg wäre jetzt da." Frau Weniger hatte auf leisen Sohlen das Büro betreten. Sie lächelte ihren Chef freundlich an und streckte ihm einen weiteren Becher mit Kaffee entgegen. „Sie sehen so aus, als könnten Sie ihn gut gebrauchen."

„Danke, Frau Weniger, Sie sind ein Schatz", freute sich Büttner. „Haben Sie irgendeine Ahnung, wo Hasenkrug steckt?"

„Der hat gesagt, er fährt zu Mareeke Theelen in die Klinik. Er hat irgendwas von Geschichten gemurmelt. Keine Ahnung, was er damit meint."

Büttner stöhnte laut auf. „Dann ist er wohl der Meinung, dass ich die von Hartenbergs alleine befragen soll. Und das in meinem Zustand. Na prima! Ich weiß gar nicht, was der dauernd mit diesen Geschichten hat. Ich glaube fast, ich muss diese angeblichen Wunder literarischer Schaffenskraft jetzt auch endlich mal lesen. Aber man kommt ja zu nichts. Ähm – ach so. Wie war das mit den von Hartenbergs?"

„Es ist lediglich Herr von Hartenberg gekommen", korrigierte ihn seine Sekretärin. „Seine Frau ist wohl verhindert."

„Soso, verhindert. Na, das wird ja immer schöner", brummte Büttner, und seine Laune näherte sich dem Gefrierpunkt. „Ich wünschte wirklich, mir würde diesen Entführungsfall endlich jemand abnehmen. Immer noch kein Lichtblick an der Grippefront?"

„Leider nicht", schüttelte Frau Weniger den Kopf. „Es scheint sogar täglich schlimmer zu werden. Die Dienstplanbearbeiter sind bereits der Verzweiflung nahe."

„Dann hab ich mit denen ja was gemeinsam. Wo ist Herr von Hartenberg?"

„Er wartet draußen. Soll ich ihn in den Vernehmungsraum bringen?"

„Nein. Er soll hierher ins Büro kommen. Dann muss ich mir wenigstens nicht die ganze Zeit die frisch gestrichenen Wände ansehen, sondern kann mich am trübgrauen Blick aus dem Fenster erfreuen. Das passt besser zu meiner Stimmung."

„Darf ich fragen, warum Sie Ihre Frau nicht mitgebracht haben?", wollte Büttner von Pauls Vater wissen, als der wenig später auf der anderen Seite seines Schreibtisches Platz genommen hatte. „Eine Vorladung ins Kommissariat ist kein Kindergeburtstag, bei dem man mal so auf die Schnelle absagt. Das nur zu Ihrer Information."

„Schreiben Sie das meiner Frau ins Poesiealbum", erwiderte Gernot von Hartenberg lahm und fuhr sich müde über das Gesicht. „Es ist alles eine Katastrophe. Eine einzige Katastrophe."

„Weil Sie es zu einer gemacht haben", stellte Büttner ungerührt fest. „Also, was ist mit Ihrer Frau?"

Den Blick starr auf seine Füße gerichtet, sagte Pauls
Vater: „Sie kam heute Morgen gleich aus Hamburg zurück,
als sie von den Vorfällen erfahren hatte. Dann hat sie mir
eine filmreife Szene hingelegt, ständig gekeift, wie empört
sie sei und dass ich schuld sei, wenn unserem Sohn etwas
zustieße."

„Aha. Und dann?" Büttner konnte nicht behaupten, dass
ihm der Mann besonders leid tat.

„Dann hat sie ihren Koffer gepackt und gesagt, dass sie
mich verlässt. Die Scheidungsunterlagen würden mir in
den nächsten Tagen per Anwalt zugestellt." Gernot von
Hartenberg schüttelte den Kopf, als könne er das alles
immer noch nicht glauben. Anscheinend hatte seine Frau
ihn mit diesem Schritt kalt erwischt.

Im Gegensatz zu David Büttner, der alles andere als
verwundert war. Schließlich hatte ihm Monika von
Hartenberg erst jüngst verraten, dass sie gedachte, sich
von ihrem Mann zu trennen. Erstaunlich nur, dass es jetzt
so schnell ging. Entweder hatte sie mit Hilfe des Privat-
detektivs genug Munition, wie sie es genannt hatte, gegen
ihren Gatten gesammelt; oder sie hatte nach den Ereignissen einfach endgültig die Faxen dicke und konnte den
Mann, der ihren Sohn derart in Gefahr brachte, schlicht
nicht mehr sehen – wofür Büttner durchaus Verständnis
aufbrachte.

„Und dieser Termin hier war ihr egal?" Büttner entschied,
nicht weiter auf das Scheidungsgeplänkel einzugehen.

„Sie sagte mir in wenig freundlichem Ton, dass sie nicht

gedächte, noch einmal in ihrem Leben mit mir in einem Raum zu sein. Das solle ich Ihnen bitte ausrichten."

„Hat sie gesagt, wohin sie geht? Ich bräuchte dann mal eine ladungsfähige Adresse."

„Ich hab keine Ahnung. Wahrscheinlich werde ich auch der Letzte sein, der es erfährt."

„Okay. Das kriegen wir auch so raus. Jetzt mal zu der Aktion der letzten Nacht. Sie kennen den medizinischen Befund der beiden Jungen?"

Gernot von Hartenberg rutschte unruhig auf seinem Stuhl hin und her. „Nein", sagte er dann gedehnt. „Ich hab im Krankenhaus angerufen, aber man wollte mir keine Auskunft geben. Ich bin hingefahren und dachte, vor Ort erreiche ich womöglich mehr." Er presste gequält die Lippen aufeinander und sah mit tränennassem Blick aus dem Fenster. „Die Mutter der Jungen war gerade aus Hamburg gekommen. Sie stand auf dem Flur und sprach mit einem Arzt und – brach in Tränen aus. Ich bin dann gegangen. Ich – hab einfach nicht den Mut gefunden, auf sie zuzugehen und ihr zu sagen, wie leid mir alles tut."

„Murad liegt im künstlichen Koma", sagte Büttner. „Das ist für jede Mutter ein Albtraum."

„Oh, mein Gott!", rief Pauls Vater krächzend aus und schlug sich entsetzt die Hände vor den Mund. „Und – und sein Bruder?"

„Den hat es nicht ganz so schlimm erwischt, aber auch er wird für einige Zeit in der Klinik bleiben müssen."

„Könnte ich es doch nur ungeschehen machen!" Aus Gernot von Hartenberg sprach nun die pure Verzweiflung. „Könnte ich doch nur irgendwas tun!"

„Hat sich der Entführer noch einmal zu Wort gemeldet? Also, der vermutlich richtige Entführer, meine ich", fuhr Büttner erbarmungslos in seiner Befragung fort, obwohl er nach wie vor noch Zweifel hegte, ob es diesen richtigen Entführer überhaupt gab.

„Nein. Nichts."

„Womöglich hat er schon von der missratenen Lösegeldübergabe erfahren und fragt sich nun, ob er sein Geld jetzt überhaupt noch bekommt. Ist keine schöne Situation für ihn. Bleibt nur zu hoffen, dass er trotz allem nicht die Nerven verliert." Büttner sagte es bewusst provokativ, schloss eine Kurzschlussreaktion des Entführers – so es diesen denn gab – aber tatsächlich nicht aus. Schließlich konnte keiner wissen, was in solch einem kranken Hirn vor sich ging.

„Aber Sie werden doch alles unternehmen, was Sie können, oder!? Bitte, Herr Kommissar, bringen Sie mir meinen Sohn zurück!"

Es fiel Büttner schwer, beim Anblick des völlig verstörten Mannes die Ruhe zu bewahren. Nicht, weil dieser ihm auch nur ansatzweise leid tat. Nein, jeder Satz, jedes Klagen, das Gernot von Hartenberg von sich gab, machte den Hauptkommissar nur noch wütender. Am liebsten hätte er ihn einfach aus seinem Büro geschmissen. Sollte er doch sehen, wo er blieb! Es ärgerte Büttner maßlos, dass sich der Unternehmer auf unverantwortliche Weise in die ohnehin schon verworrenen Ermittlungen einmischte und dann von der Polizei erwartete, dass sie den Karren wieder aus dem Dreck zog.

Büttner schnaubte innerlich. Genau solche Typen wie

dieser von Hartenberg waren es doch, die mit ihrer Besserwisserei und ihren Alleingängen alles verbockten und – wenn die Entführung in einem Fiasko endete – eine Schar hochbezahlter Anwälte mobilisierte, weil die Polizei bei ihren Ermittlungen angeblich elendig versagt und das Ableben des geliebten Kindes zu verantworten habe.

„Vielleicht könnten Sie mir ja einfach mal sagen, wo Sie am Tag seines Verschwindens mit Paul hingefahren sind", schlug Büttner mit unüberhörbar sarkastischem Unterton vor. „Das würde unsere Suche mit Sicherheit beschleunigen."

„Was wollen Sie damit sagen?" Gernot von Hartenberg nahm eine angespannte Haltung ein und sah ihn aus stechenden Augen an. Seine Niedergeschlagenheit war plötzlich wie weggeblasen. Vielmehr glich er nun einem Panther, der gleich zum Sprung ansetzen würde, um seine Beute zu erlegen.

„Ich beziehe mich lediglich auf das, was Ihre Frau mir gesagt hat", erwiderte Büttner gelassen. „Angeblich wurden Sie gesehen, wie Paul zu Ihnen ins Auto stieg und Sie mit ihm gemeinsam wegfuhren. Danach war Ihr Sohn wie vom Erdboden verschluckt."

„Sie lügt."

„Wir haben ein Foto." Büttner schob dem Mann das Bild über den Schreibtisch, das Paul beim Einsteigen in das Fahrzeug zeigte.

Gernot von Hartenberg betrachtete die Aufnahme und lachte rau auf. „Pah! Das kann doch nicht Ihr Ernst sein! Hierauf sieht man lediglich, dass Paul sich in den Wagen beugt, aber nicht, dass er einsteigt. Und schon gar nicht, dass wir gemeinsam wegfahren."

„Und wieso sollte er das tun? Ich meine, was hatte er in dem Wagen zu suchen?"

„Ich hatte ihm seine Fotoausrüstung mitgebracht, weil er sich bei einem Telefonat darüber beschwert hatte, dass ihm sein Smartphone zum Fotografieren hier in Ostfriesland nicht ausreiche. Und die hat er aus dem Auto geholt, bevor ich wieder gefahren bin."

Büttner beugte sich vor und sah sein Gegenüber aus schmalen Augen an. „Sie wollen aber nicht wirklich behaupten, dass Sie spontan nach Ostfriesland gefahren sind, um Ihrem Sohn wegen des vermasselten Praktikums in Amerika mal ordentlich den Kopf zu waschen, nebenbei aber noch daran dachten, seine Kamera mitzubringen. Und das nur für den letzten Tag seines Aufenthalts."

„Doch. Genauso war es." Gernot von Hartenberg verschränkte die Arme vor dem Körper. „Ich dachte, wenn ich Paul zeige, dass ich ihm zuhöre … Manchmal sind es nur kleine Gesten, die einen Menschen dazu animieren, das Richtige zu tun."

„Ich geb dir den Fotoapparat und du machst dafür das Praktikum in Amerika? Hä? Was ist denn das für ein seltsamer Deal."

„Es hätte funktionieren können."

„Entschuldigen Sie, aber für mich klingt das nach einem völlig absurden Gedankengang."

„Das ist Ihr Problem."

Büttner zuckte die Schultern. „Mag sein. Dennoch glaube ich Ihnen kein Wort. Also, wo ist Paul?"

„Vielleicht fragen Sie das mal meine Frau."

„Bitte?"

Gernot von Hartenberg tippte auf das Foto. „Wenn ich Sie richtig verstanden habe, dann haben Sie das Bild von meiner Frau bekommen. Aber anscheinend haben Sie sich nicht gefragt, was sie damit bezweckt."

„Lassen Sie mich nicht dumm sterben."

„Sie lässt mich seit Wochen beschatten und hat gedacht, ich merke es nicht. Und dieses Bild hier", wieder tippte der Mann mehrmals darauf, „dient doch einzig und allein dem Zweck, mir etwas anzuhängen. Sie will mich loswerden und nebenbei noch ordentlich abkassieren. Und nun hat sie die Vorfälle der letzten Nacht auch noch zum Vorwand genommen, mich von einer Minute auf die andere zu verlassen und wird dem Scheidungsrichter vermutlich irgendwas von unzumutbaren Zuständen und Gefährdung des eigenen Kindes vorsäuseln. Aber welchen Grund, bitte schön, sollte ich denn haben, meinem einzigen Sohn etwas anzutun?"

„Immerhin verweigert Paul sich Ihrer Karriereplanung." Büttner sah ein, dass er sich getäuscht hatte. Das Scheidungsansinnen seiner Frau war für Pauls Vater keineswegs überraschend gekommen. Überraschend war höchstens der Zeitpunkt, an dem sie zu Hause auszog.

„Ja. Aber deswegen bringe ich ihn doch nicht um! Wo leben Sie denn, verdammt!?" Die letzten Worte hatte Gernot von Hartenberg in einem so aggressiven Tonfall in den Raum gebrüllt, dass nur Sekunden später zwei uniformierte Kollegen ins Büro stürzten, um Schlimmeres zu verhindern. Büttner bedeutete ihnen mit einem Handzeichen, dass alles in Ordnung sei und sie wieder gehen könnten.

„Ich sehe aber auch nicht, dass Sie allzu viel dazu beitragen, Ihren Sohn zu finden", sagte er, als die Polizisten sich wieder zurückgezogen hatten. „Das verleitet mich zu der Annahme, dass Sie wissen, wo er ist."

Gernot von Hartenberg sackte in sich zusammen, als wäre plötzlich alle Kraft aus ihm gewichen. „Ich weiß ja, dass ich Scheiße gebaut habe", sagte er mit zittriger Stimme. „Aber, glauben Sie mir, nichts ist mir momentan wichtiger, als dass Paul wieder gesund zurückkehrt. Das war doch auch der einzige Grund, warum ich gestern unbedingt wollte, dass das Lösegeld übergeben wird." Er hob seinen Blick und sah Büttner aus zutiefst verzweifelten Augen an. „Ich weiß, dass ich Sie über diesen Schritt hätte informieren müssen. Aber – ich hatte plötzlich eine solche Angst, ja, regelrecht Panik. Am Nachmittag war auch ich noch davon ausgegangen, dass uns da so ein elendiger Trittbrettfahrer auf den Arm nehmen wollte. Aber je näher der Abend rückte …" Er reckte die Hände in die Höhe und ließ sie dann auf seine Oberschenkel sinken. „Mein Gott", stöhnte er, „kann man in solch einer Situation denn überhaupt etwas richtig machen? Und vor allem: Wer sagt einem denn, was das Richtige ist?"

Büttner hörte nur mit einem Ohr zu. Mehr als das Gejammer von Gernot von Hartenberg interessierte ihn gerade sein Gedanke, ob es nicht einen Zusammenhang zwischen der Geldübergabe und dem überstürzten Trennungswunsch von Pauls Mutter geben konnte. Er fand den Gedanken ungeheuerlich und traute sich kaum, ihn zu Ende zu denken. Aber war es nicht möglich, dass Monika von Hartenberg der Trittbrettfahrer war? Hatte sie sich die Tatsache, dass ihr Sohn entführt wurde, zunutze gemacht, um noch vor einer Scheidung möglichst schnell an viel Geld zu kommen? Und noch dazu an das Geld ihres Mannes? Konnte es sein, dass sie selbst es gewesen war, die den beiden Jungen die Ziegelsteine über den Schädel zog?

Je länger Büttner über diese Idee nachdachte, desto mehr konnte er sich mit ihr anfreunden. Also würde er gleich nach diesem Gespräch seinen Assistenten Hasenkrug bitten, das Alibi von Pauls Mutter zu überprüfen.

„Herr Kommissar?", hörte Büttner plötzlich in seine Gedanken hinein Gernot von Hartenberg sagen.

„Hm? Ach so." Büttner sammelte sich kurz und sagte dann: „Okay. Ich denke, das war's dann erstmal. Sie können jetzt gehen, halten sich aber bitte zu unserer Verfügung."

„Ich gehe hier sowieso nicht weg, solange Paul nicht wieder da ist."

„Gut. Und sobald sich der Entführer noch mal meldet, sagen Sie uns bitte sofort Bescheid. Angeblich soll doch die Lösegeldübergabe noch heute Nacht sein. Ich warne Sie, Herr von Hartenberg! Sollten Sie da wieder einen Ihrer Alleingänge planen, dann …"

„Nie wieder", hob Gernot von Hartenberg abwehrend die Hände. „Glauben Sie mir, ich werde jetzt mit Ihnen kooperieren."

„Und haben Sie sich schon über das Lösegeld Gedanken gemacht? Ich meine, die dafür eingeplanten fünfhunderttausend Euro sind ja nun schon weg."

„Nein, nein", schüttelte Pauls Vater den Kopf. „Die gibt es noch. In dem Rucksack war nur Falschgeld. Auf das richtige Geld kann ich noch zugreifen, wenn ich will."

„Wie bitte?" Büttner hoffte, sich verhört zu haben.

„In dem Rucksack war Falschgeld. Meine Bank hat es so eingerichtet. Gute Beziehungen, verstehen Sie?" Er grinste verschwörerisch.

Hauptkommissar Büttner holte tief Luft und stieß sie dann geräuschvoll wieder aus. „Jetzt noch mal zum Mitschreiben", presste er zwischen den Zähnen hervor, „nur damit ich mir sicher bin, es richtig verstanden zu haben. Sagten Sie eben, dass Sie mit einem Rucksack voller Blüten das Leben von zwei jungen Männern aufs Spiel gesetzt haben? Und – das wollen wir ja vollständigkeitshalber nicht außer Acht lassen – auch das Ihres Sohnes?"

Gernot von Hartenberg entgleisten die Gesichtszüge. „Aber ich habe es doch – ich wollte doch – es war doch …", stammelte er, ohne aber einen Satz zu Ende zu bringen.

„Nun, dann bin ich mal gespannt, wie unser Entführer Nummer eins reagieren wird, wenn er bemerkt, dass er einen Stapel Altpapier nach Hause getragen hat. Es ist ja immerhin nicht ausgeschlossen, dass er Paul tatsächlich in seiner Gewalt hat." Büttner hielt seinem Besucher die Tür auf und winkte ihn hinaus.

„In Ihrer Haut möchte ich nun wahrlich nicht stecken, Herr von Hartenberg", gab er ihm noch mit auf den Weg. „Aber vielleicht haben Sie ja Glück – was nicht gänzlich unmöglich wäre, denn das ist ja bekanntlich mit den Dummen."

28

„Alles okay bei dir?" Sebastian Hasenkrug beugte sich zu dem Kollegen runter, der mit seinem Zivilwagen unweit der Fleischerei Theelen stand, und reichte ihm die gefüllte Tüte eines Fast-Food-Restaurants, an dem er auf dem Weg von Emden nach Pewsum Halt gemacht hatte.

Im Zuge der Fahndung nach Karlheinz Theelen war der Kollege abgestellt worden, um die Geschehnisse rund um das Haus zu observieren, vor allem aber um Alarm zu schlagen, falls der Gesuchte hier auftauchte. Normalerweise hätte er noch einen Partner dabei gehabt, aufgrund der angespannten Personallage aber musste er durch diesen nicht gerade von Abwechslung geprägten Job alleine durch.

„Hier boxt der Papst, das siehst du ja", brummte der Angesprochene und verzog entnervt das Gesicht, nahm die Tüte jedoch mit einem dankbaren Nicken entgegen. „Steh du hier mal Stunde für Stunde rum, Sebastian. Und dann sagst du mir, ob alles okay ist."

„Spannend geht sicherlich anders", nickte Hasenkrug, der gerade auf dem Weg zu Katja Uphoff war, um sie noch mal zu den Kurzgeschichten zu befragen, verständnisvoll. „Gab's denn irgendwas Auffälliges?"

„Nee. Bis auf diese hübsche Meid da vielleicht." Während

279

er herzhaft in einen Hamburger biss, schob der Polizist das Kinn vor, um auf eine junge Frau zu deuten, die gerade aus der Tür der Metzgerei heraustrat.

„Was ist mit ihr?" Hasenkrug erkannte in der Frau die Verkäuferin wieder, die bei den Theelens hinter dem Verkaufstresen gestanden hatte, als er – nein, verbot er sich, den Gedanken zu Ende zu führen, denn an das Frikadellenbrötchen wollte er nun wirklich nicht denken.

„Sie ist eine Granate, das ist mit ihr. Guck mal, was die 'n Holz vor der Hütte hat", erwiderte der Kollege schmatzend. „Da würde ich gerne mal den Förster geben."

Hasenkrug konnte derartige Sprüche zwar nicht leiden, musste jedoch feststellen, dass der Kollege nicht ganz unrecht hat. Die Frau, deren Namen er vergessen hatte, war tatsächlich äußerst attraktiv, vor allem, wenn sie gerade keinen unförmigen, blutverschmierten Kittel trug. Und das nicht nur wegen ihrer ausladenden Oberweite. Nein, sie hatte zudem ein schmales, von großen braunen Augen dominiertes Gesicht, welches von einer vollen Mähne blonder Locken umrahmt wurde, die ihr bis tief in den Rücken fielen. Ihre Wespentaille wurde durch einen breiten Gürtel betont, ein paar Hotpants gaben mehr von ihrem drallen Hinterteil und den langen Beinen preis als sie verdeckten.

„Aber diese Beobachtung hat mit unserem Fall nichts zu tun", stellte Hasenkrug mit einem Grinsen fest.

„Nee. Leider wohl nicht." Der Kollege hob bedauernd die Schultern. „Hätte nichts dagegen, die mal zu verhaften."

Hasenkrug bemerkte, dass die blonde Frau sich nach allen Seiten umsah, als würde sie etwas suchen. „Kann ich helfen?", rief er spontan aus und ging schnellen Schrittes die paar Meter über die Straße zu ihr hinüber, während sein Kollege ihm mit unverhohlenem Neid hinterher sah.

„Nein. Ich warte nur auf meine Mutter. Sie müsste gleich kommen", antwortete die Frau patzig. Hasenkrug nahm an, dass sie es gewohnt war, auf offener Straße von irgendwelchen Männern angesprochen zu werden. Und es schien sie nicht gerade zu begeistern.

„Entschuldigen Sie, ich wollte Sie wirklich nicht belästigen", hob er beschwichtigend die Hände. Er zeigte ihr seine Dienstmarke. „Mein Name ist Sebastian Hasenkrug, ich bin von der Kriminalpolizei."

„Ach ja", nickte sie, „Sie waren kürzlich schon mal da. Jetzt erinnere ich mich. Das Frikadellenbrötchen." Wieder warf sie einen Blick über die Schulter, weit und breit war jedoch kein Mensch zu sehen.

„Und Ihr Name war noch gleich?"

„Vanessa. Vanessa Eeten."

„Sie wissen, was in der Metzgerei passiert ist?", wollte Hasenkrug wissen.

„Ja. Sicher. So was bleibt doch nicht geheim." Sie schüttelte sich. „Ist echt komisch, da jetzt einfach so weiter zu arbeiten. Irgendwie kommen auch nicht mehr so viele Kunden wie vorher. Muss wohl viele abschrecken, dass da 'ne Leiche zermalmt wurde. Obwohl wir ja alles gründlich gesäubert haben. Viele kommen auch nur aus Sensationslust, glaube ich. Sie gucken sich um, stellen irgendwelche Fragen und gehen dann wieder, ohne was zu kaufen. Und ständig kommen Reporter rein, die alles ganz genau wissen wollen und fragen, ob sie Fotos vom Fleischwolf machen dürfen und so. Aber der Chef, also der Seniorchef, schmeißt sie alle raus."

Hasenkrug nickte verständnisvoll. Auch er konnte sich nicht vorstellen, in dieser Metzgerei jemals wieder auch nur eine Bratwurst zu erstehen. „Halten Sie es für möglich, dass Ihr Chef, also Karlheinz Theelen, etwas damit zu tun hat?", fragte er wie beiläufig.

„Ihr glaubt das doch", sagte sie und zuckte mit den Achseln. „Was weiß denn ich, was der Chef so alles treibt. Aber zutrauen würde ich ihm alles."

„Wie meinen Sie das?"

„Nur so. Karlheinz ist 'n schwieriger Mensch."

„Kannten Sie seinen Bruder Peter auch?"

„Sicher. Hier kennt doch jeder jeden. Aber ich hatte mit Peter nie viel zu tun. Der hat immer so geschwollen geredet. War ein Klugscheißer."

„Aha. Und Johannes Uphoff? War der oft als Kunde hier?", fragte Hasenkrug weiter.

„Johannes?" Vanessas Gesichtszüge versteinerten sich. „Müssen wir jetzt über ihn reden?"

„Ich kann verstehen, dass es Ihnen schwerfällt, aber …"

„Einen Scheißdreck können Sie!", fauchte sie ihn so unvermittelt an, dass Hasenkrug kurz zusammenzuckte. Dann drehte sie sich von ihm weg und lief in Richtung des Marktplatzes davon, wo ihr bereits eine Frau mittleren Alters mit Kinderbuggy entgegenkam und ihr fröhlich zuwinkte.

„Na, Tiger, hat das Kätzchen die Krallen ausgefahren?", rief der Kollege vom Auto her feixend herüber, Hasenkrug aber machte nur eine wegwerfende Geste. Gerade wollte auch er wieder zu seinem Fahrzeug zurücklaufen, als er neben sich eine Stimme hörte.

„Das muss die Lütte nu aber schwer mitnehmen."

Hasenkrug drehte sich um und blickte in die Augen einer alten Frau, die sich mit ihrem Rollator schwerfällig über die gepflasterte Straße schob. Hinter ihr trottete ein kleiner, zerrupft aussehender Hund her, der seinem Frauchen an Lebenszeit in nichts nachzustehen schien.

„Sie meinen?", lächelte er freundlich.

Die Frau deutete auf die sich schnellen Schrittes entfernende junge Frau. „Vanessa. Immer hat sie gehofft, dass er zu ihr und dem Kind steht. Aber daraus wird ja nu wohl nix mehr."

„Darf ich fragen, von wem Sie sprechen?"

„Vanessa. Sach ich doch."

„Ja. Aber Sie sprachen auch von einem Mann und einem Kind."

„Na, Johannes und der Lütte doch." Die Frau musterte ihn abschätzend von oben bis unten. „Sie sind wohl nicht von hier, wa?"

„Nicht aus Pewsum, nein." Hasenkrug zog erneut seine Dienstmarke und stellte sich vor.

„Polizei. Oha", sagte sie, nachdem sie ihre zusammengekniffenen Augen so dicht wie irgend möglich an die Marke herangeschoben hatte.

„Sie sprechen von Johannes Uphoff?", hakte Hasenkrug nach.

„Jo. Von wem wohl sonst."

„Und was hatte Johannes Uphoff mit Vanessa Eeten zu tun?"

Die alte Frau sah ihn nun an, als hätte er sie mit dieser Frage persönlich beleidigt. „Die hat doch das Kind von ihm! Das weiß doch jeder!“, rief sie empört aus und deutete mit ihrem arthritischen Finger auf Vanessa und ihre Mutter, die einen Buggy mit einem vielleicht eineinhalbjährigen Kind vor sich herschob. „Der Lütte da, Elias heißt er ja wohl, sieht genauso aus wie Johannes' anderer Sohn, Noah. Nur geht das bei denen nicht so biblisch zu, wie ihre Namen einem das glauben machen wollen. Elk sücht dat und elk wet dat. Aber nüms seggt wat.*“

„Aha.“ Hasenkrug hatte zwar den letzten Satz nicht verstanden, fand aber alles andere mehr als aufschlussreich. Vor diesem Hintergrund würde es vermutlich gar nicht so uninteressant sein, sich mit dem Leben des Schlachtopfers noch mal ein wenig näher zu befassen. Das alles klang ja nun gar nicht mehr nach der heilen Familie, die Katja Uphoff ihnen versucht hatte vorzugaukeln. Und dann war da ja auch noch das nicht ganz geklärte Verhältnis Johannes Uphoffs zu seiner Nachbarin Mareeke Theelen …

„Wollte Johannes seine Frau denn wegen Vanessa verlassen?“, fragte er.

„Ach wat.“ Die Zahnprothese der alten Frau gab ein klackerndes Geräusch von sich. „Der hat sie doch nur ausgenutzt. Genau wie all die anderen Männer, die nur auf ihren großen – hm – Sie wissen schon schielen und dann nicht mehr klar denken können. Zumindest nicht mit 'm Kopp. Dabei ist Vanessa nicht nur 'n hübsches Ding, sondern auch immer höflich und freundlich. Kannst nix

---

* Jeder sieht das und jeder weiß das. Aber niemand sagt was.

gegen sagen, gegen das Mädchen." Sie blickte zu dem kleinen, still vor sich hin bibbernden Hund und sagte dann: „So, meinem Benny wird kalt. Ich muss dann auch mal weiter, sonst hat der nachher wieder Last mit seinen Hämorrhoiden. Der Tierarzt sacht zwar, das gibt es bei Hunden nicht, aber ich mein trotzdem, dass Benny die hat. Kenn ich doch noch von meinem verstorbenen Mann."

„Dann wünsche ich Ihnen noch einen schönen Tag", nickte Hasenkrug, als sie mit ihrem Rollator über das Pflaster holperte, und winkte seinem Kollegen im Observierungsfahrzeug, der sich gerade eine Pommes in den Mund schob, noch mal kurz zu. Dann machte er sich auf den Weg zu Katja Uphoff.

Nur wenige Minuten später saß Sebastian Hasenkrug in der modern eingerichteten Küche der Uphoffs und ließ sich eine Tasse Tee schmecken. Neugierig schaute er sich in dem hellen Raum um, als sich die Frau des Hauses kurz entschuldigte, um die draußen aufgehängte Wäsche vor einem Regenschauer in Sicherheit zu bringen.

Nichts schien hier darauf hinzudeuten, dass in der Familie des zweiten Mordopfers irgendetwas im Argen lag. Ganz im Gegenteil sah alles, was es hier gab, nach einem rundum glücklichen Familienleben aus: Die Wand über dem Esstisch war zugepflastert mit den Malkünsten der Kinder. Auf den Bildern mit den Prinzessinnen und Blumen stand der Name Tomke, während Autos, Fußballer und Piratenschiffe mit dem Namen Noah gekennzeichnet waren. Auf einer Anrichte standen zahlreiche Fotos, die die glückliche Familie in unterschiedlichen Situationen und Zusammensetzungen zeigte, in einem Regal standen vier offensichtlich selbstgetöpferte Tassen mit den Vornamen der Familienmitglieder. Idylle pur.

Ob Katja Uphoff wusste, dass ihr Mann diese Idylle aufs Spiel gesetzt hatte, und das vermutlich mehr als ein Mal, fragte sich Hasenkrug. Über seinen Tassenrand hinweg musterte er die so hübsche Frau, die gerade mit den Händen mehrfach über ihre Jeans strich und sich müde auf einen Stuhl ihm gegenüber fallen ließ. Die Ereignisse der letzten Tage waren nicht spurlos an ihr vorübergegangen. Ihr Gesicht wirkte eingefallen und hatte eine gräuliche Farbe. Auch schien sie innerhalb kürzester Zeit an Gewicht verloren zu haben, denn ihre Kleidung schlabberte in Übergröße um ihren schlanken Körper herum.

Katja Uphoff lächelte müde, als sie Hasenkrugs kritischen Blick bemerkte. „Bitte entschuldigen Sie meinen legeren Auftritt", sagte sie mit leiser Stimme. „Aber mir ist derzeit einfach danach, die Klamotten meines Mannes zu tragen. So habe ich das Gefühl, ihm immer noch nahe zu sein."

Hasenkrug hob entschuldigend die Hand. „Es tut mir leid, ich wollte nicht unhöflich sein. Ich verstehe gut, wenn Sie jetzt etwas brauchen, das Ihnen Halt gibt."

„Aber Sie sind nicht da, um mir das zu sagen", stellte sie fest und schenkte noch mal Tee nach.

„Nein." Hasenkrug zog seinen Aktenordner hervor und schob Katja Uphoff die Kurzgeschichten über den Tisch. „Können Sie mir sagen, ob das die Texte sind, die Peter Theelen Ihnen vor einiger Zeit zu lesen gegeben hat?"

„Warten Sie, da muss ich erst meine Brille holen", erwiderte sie und deutete auf ihr linkes Auge. „Eine alte Verletzung, die ich mir im Dienst zugezogen habe. Mit Brille fällt mir das Lesen deutlich leichter."

„Kein Problem."

Katja Uphoff hatte die Küche gerade verlassen, als Hasenkrugs Handy laut anfing zu schrillen. Kaum, dass er den Anruf entgegengenommen hatte, plärrte ihm auch schon die Stimme seines Chefs entgegen.

„Wo stecken Sie denn, Hasenkrug?", fragte David Büttner schlecht gelaunt. „Wie kommen Sie eigentlich dazu, mich mit diesem unangenehmen Großunternehmer alleine zu lassen?"

„Recherche", erwiderte Hasenkrug knapp und nahm einen Schluck Tee. „Ich hab interessante Neuigkeiten, bin aber gerade noch bei Katja Uphoff, um ein paar Details abzufragen."

„Was für Details?"

„Erzähle ich Ihnen, wenn ich hier fertig bin. Ich komme dann direkt ins Kommissariat."

„Na gut. Ich hoffe sehr, dass sich Ihr eigenmächtiger Ausflug gelohnt hat und keine Verschwendung wertvoller Ermittlungszeit war."

Als sein Assistent daraufhin nichts erwiderte, bellte Büttner in den Hörer: „Und stellen Sie sich schon mal auf eine Nachtschicht ein, Hasenkrug!"

„Eine Nachtschicht?", rief Hasenkrug entsetzt. „Nun sagen Sie bloß nicht, es sind jetzt so viele Kollegen ausgefallen, dass wir wieder zum Streifendienst eingeteilt werden."

„Noch nicht. Nein, es geht um diese unglückselige Entführung. Gerade rief mich Gernot von Hartenberg an und vermeldete, dass es eine neue Anweisung vom Entführer gebe. Die Lösegeldübergabe soll heute Nacht um ein Uhr stattfinden. Der genaue Ort würde noch genannt."

„Ein Uhr." Hasenkrug überkam bei der Erwähnung dieser Uhrzeit eine plötzliche Müdigkeit. „Ich nehme aber an, dass der Entführer nichts von unserer Anwesenheit weiß", witzelte er.

„In dessen Nachricht stand aber auch nichts davon, dass er um Rückmeldung bittet, wer an seiner Veranstaltung teilnimmt. Insofern dachte ich, gehen wir einfach mal hin."

„Und lassen uns nicht blicken."

„Genau. Alles schön diskret. Ich sehe schon, Hasenkrug, aus Ihnen kann vielleicht doch noch mal ein richtig guter Polizist werden."

„Danke für die Blumen", sagte Hasenkrug und drückte die Aus-Taste.

„So, jetzt bin ich gerüstet." Katja Uphoff ließ sich nicht anmerken, ob sie irgendetwas von dem Telefongespräch mitbekommen hatte und setzte sich eine Brille auf die Nase. Dann begann sie zu lesen – und hörte nicht wieder auf.

„Was sagen Sie dazu?", fragte Hasenkrug nach einigen Minuten, als sie bereits zum fünften Mal einen der Zettel beiseite legte.

„Hm?"

„Sind das die Texte, die Peter Theelen Ihnen damals zu lesen gab?"

Schweigen. Katja Uphoff war anscheinend völlig in der Geschichte versunken.

„Hallo? Frau Uphoff?"

„Sie sind absolut wunderbar", sagte sie mit einem so verklärten Gesichtsausdruck, als wäre ihr soeben die Erleuchtung zuteil geworden.

„Dann nehme ich an, es sind nicht die Texte von Peter Theelen?"

Katja Uphoff lachte laut auf. „Nein, wirklich nicht. Absolut kein Vergleich. Das, was Peter geschrieben hat, war Schund. Aber dieses hier …" Sie machte eine Kunstpause und hielt ein paar Zettel in die Höhe, „dieses hier ist die Offenbarung."

„Ich dachte mir, dass Sie das sagen würden", nickte Hasenkrug.

„Dürfte ich sie behalten?", fragte Katja Uphoff und drückte die Zettel wie ein Kuscheltier an sich.

„Nein. Das geht leider nicht", schüttelte Hasenkrug den Kopf. „Es sind wichtige Beweismittel." Oder könnten es zumindest noch werden, fügte er in Gedanken hinzu.

„Beweismittel?", wunderte sie sich. „Etwa für die Morde an Peter und Johannes? Wie das? Glauben Sie etwa, dass der Verfasser dieser Texte der Mörder ist?"

„Dazu kann ich nichts sagen."

„Ach, Herr Hasenkrug, dann sage ich Ihnen mal was", seufzte Katja Uphoff und reichte ihm die Texte zurück. „Jemand, der solche Geschichten schreibt, kann kein böser Mensch sein. Sollten Sie das annehmen, kann ich Ihnen schon jetzt versichern, dass Sie auf der falschen Fährte sind."

„So, können Sie das."

„Wie ich Ihrem Chef bereits sagte, bin ich mir sicher, dass Karlheinz Theelen, dieses Monster, Johannes auf dem Gewissen hat."

„Und Karlheinz Theelen behauptet, dass es Ihr Mann war, der Peter Theelen aus dem Fenster stieß."

Katja Uphoff seufzte. „Karlheinz lügt doch, wenn er den Mund aufmacht. Und außerdem: Wieso ist er denn abgehauen, wenn er nichts zu befürchten hat? Zählen Sie einfach eins und eins zusammen. Das kann doch so schwer nicht sein."

„Wie wir unsere Arbeit machen, müssten Sie schon uns überlassen." Hasenkrug heftete die Zettel wieder in seinem Ordner ab und räusperte sich vernehmlich. „Wie stehen Sie eigentlich dazu, dass Ihr Mann ein Kind mit einer anderen Frau hat?", sagte er dann übergangslos.

Zunächst schien Katja Uphoff Schwierigkeiten zu haben, den unerwarteten Themenwechsel zu erfassen, dann aber runzelte sie die Stirn. „Wie kommen Sie denn darauf? Wieso sollte mein Mann ein Kind mit einer anderen Frau haben?" Sie schien weder besonders überrascht noch verärgert zu sein, allenfalls ein klein wenig irritiert.

„Es wird im Ort erzählt", blieb Hasenkrug vage.

„Provinzgewäsch", schnaubte Katja Uphoff. „Und darauf geben Sie was? Wenn's nach dem Dorffunk ginge, hätte hier in Pewsum jeder Kerl mindestens einen Bastard herumlaufen."

„Man sagt, der kleine Kerl sehe Ihrem Sohn Noah sehr ähnlich. Das ließe sich bei einem Vergleich doch feststellen."

„Worauf wollen Sie eigentlich hinaus?" Katja Uphoffs Augen verengten sich zu schmalen Schlitzen, und sie klang nun schon deutlich gereizter. „Dass ich meinen Mann aus Eifersucht umgebracht habe?" Sie strich sich mit einer zärtlichen Bewegung über den Bauch und sah Hasenkrug aus tränenverhangenen Augen an. „Wir haben uns geliebt, mein Mann und ich. Wir haben uns auf unser drittes Kind gefreut, das jetzt, genau wie seine Geschwister, vaterlos wird aufwachsen müssen. Und Sie sind sich nicht zu blöd, hier zu behaupten, Johannes hätte sich sinnlos durch Pewsum gevögelt? Schon mal was von Pietät gehört?"

Sie stand auf und zeigte auf die Haustür. „Wenn ich Sie jetzt bitten dürfte zu gehen. In meinem eigenen Haus muss ich mir Ihre Unverschämtheiten wohl kaum gefallen lassen."

„Ich versuche nur, den Mord an Ihrem Mann aufzuklären." Auch Hasenkrug klang nun verärgert.

„Indem Sie mich verdächtigen, ihn umgebracht zu haben?"

„Das habe ich nicht behauptet."

„Sie haben es aber so gemeint. Machen Sie es sich immer so einfach?" Ihre Stimme überschlug sich jetzt fast vor Empörung. „Ehefrau erschlägt Ehemann aus Eifersucht. Ja, plausibler könnte ein Motiv nicht sein, nicht wahr!?"

„Woher wissen Sie denn, dass Ihr Mann erschlagen wurde?"

„Was? Das hab ich doch gar nicht gesagt."

„Doch. Sie sagten Ehefrau erschlägt Ehemann", insistierte Hasenkrug.

„Verschwinden Sie einfach, okay!? Bevor Sie sich noch vollends zum Deppen machen und ich mich bei Ihrem Vorgesetzten über Sie beschweren muss."

„Danke für den Tee", sagte Hasenkrug, nahm seinen Ordner und verschwand zur Haustür hinaus. Auch wenn dieser Besuch nichts wirklich Erhellendes gebracht hatte, so war er mit den Erkenntnissen dieses Nachmittags doch recht zufrieden. Er grinste still vor sich hin und dachte, dass ihm jetzt nur noch Karlheinz Theelen über den Weg laufen müsste, um diesem Tag das Sahnehäubchen aufzusetzen.

Als ihm allerdings auf dem Weg ins Kommissariat einfiel, dass er um ein Uhr nachts einen Entführer würde dingfest machen müssen, fiel sein Stimmungsbarometer spürbar ab.

29

Die Uhr zeigte kurz vor dreiundzwanzig Uhr, als sich Sebastian Hasenkrug in der Gaststätte Siebrands an einen der Tische setzte und sich eine Portion holländische Matjes auf Schwarzbrot und dazu Pommes mit Mayonnaise bestellte. Er war völlig ausgehungert, da er den ganzen Tag über kaum zum Essen gekommen war. Und auch zum Einkaufen war es bereits zu spät gewesen, als er das Kommissariat an diesem Abend verlassen hatte.

Nach seiner Rückkehr aus Pewsum hatte Hasenkrug über mehrere Stunden hinweg mit seinem Chef David Büttner im Kommissariat zusammengesessen. Sie hatten sich gegenseitig über die Ermittlungsergebnisse des Tages unterrichtet, was jedoch leider nicht zu dem Ergebnis geführt hatte, dass sie in ihren Mord- und Entführungsfällen wirklich klarer sahen. Allenfalls gab es im Fall Johannes Uphoff neue Anhaltspunkte; die jedoch waren so vage, dass sie kaum als Durchbruch bezeichnet werden konnten.

Also hatten Büttner und Hasenkrug alle bisher gesammelten Fakten in den drei Fällen noch mal zusammengetragen und versucht, die Beziehungsgeflechte zwischen den beteiligten Personen auf dem Whiteboard grafisch darzustellen. Doch auch das hatte sie kaum weitergebracht, denn am Endpunkt aller Grafiken hatte letztlich nur eines gestanden: Ein großes Fragezeichen.

Hinzu kam, dass in Sachen Fahndungsaufruf Karlheinz Theelen zwar ständig neue Hinweise aus der Bevölkerung eingingen. Neben vielen abenteuerlichen Tipps waren auch durchaus solche dabei, die man als heiße Spur bezeichnen konnte. Doch jedes Mal, wenn die Kollegen sich an dem vermuteten Aufenthaltsort des Metzgers umsahen, war der schon wieder ausgeflogen. In drei Fällen hatte man an den besagten Orten seine DNA sicherstellen können. Aber eben nur diese – was Hauptkommissar Büttner zu der Bemerkung verleitet hatte, die Kollegen von der KTU könnten sich ihre DNA-Flusen beim nächsten Mal in die Haare schmieren. Was ihn interessiere, sei kein Sammelsurium genetischer Fingerabdrücke in mikroskopischer Größe, sondern eine in rund einhundertzwanzig Kilo Lebendgewicht gebundene DNA, die in Form und Aussehen dem gesuchten Karlheinz Theelen zu hundert Prozent entspreche.

Am Ende der Sitzung waren sie übereingekommen, dass Hasenkrug sich noch mal in die Pewsumer Kneipe begab, um den dort Anwesenden erneut auf den Zahn zu fühlen, während Büttner die Vorbereitungen für die Lösegeldübergabe im Auge behielt und dafür sorgte, dass sich alle Beteiligten zur richtigen Zeit am richtigen Ort einfanden. Einem Ort, der bis zu diesem Zeitpunkt allerdings immer noch nicht bekannt war.

Während er seine hervorragend schmeckenden Matjes genoss, sah sich Sebastian Hasenkrug in der Kneipe um. An der Theke hatten sich an diesem Abend nur drei der üblichen

Stammgäste eingefunden. Heino Jürgens, Tamme Eggert und Cinderella. Die anderen beiden hatte, so die Auskunft des Wirts, die Grippe erwischt, und sie mussten vorerst auf ihre tägliche Ration Alkohol verzichten. *Zehn Bier und mehrere Schnäpse am Abend sind ja auch zu teuer, um sie gleich wieder auszukotzen* hatte der Wirt der harten Realität ins Auge gesehen, und die verbliebenen Kumpanen der beiden bedauernswerten Kranken hatten zustimmend genickt und auf die baldige Genesung ihrer Freunde das Glas gehoben. Und das gleich mehrmals hintereinander. Fast hätte man den Eindruck gewinnen können, sie wollten dadurch die Einkommenseinbußen des Wirts wieder wettmachen.

Hasenkrug fiel auf, dass Cinderella an diesem Abend offensichtlich kein Singledasein fristen musste, sondern sich zur Abwechslung einen Gespielen mitgebracht hatte. Und das im wahrsten Sinne des Wortes, denn die Finger des Mannes betatschten sie ohne Unterlass an allen nur möglichen Stellen des Körpers, und sie ließ es sich kichernd gefallen. Anscheinend als Dank für dieses Entgegenkommen schmiss der Mann eine Lokalrunde nach der anderen, was sich der durch den Ausfall zweier Stammgäste gebeutelte Wirt gerne gefallen ließ.

„Wo hat Cinderella denn den aufgegabelt?", hörte Hasenkrug einen mürrisch dreinblickenden Mann am Nachbartisch fragen, als der Wirt mit einem frisch gezapften Pils zu diesem an den Tisch trat. „Seit Jahren versuche ich, bei ihr zu landen, und nun kommt da so 'n Dahergelaufener und begrabbelt sie wie beim Fleischbeschau. Ist ja widerlich." Zur Unterstreichung seiner Worte verzog er angeekelt das Gesicht.

„Der prahlt hier rum, dass er angeblich der Privatdetektiv von dieser Tusse ist, weißt ja, von der Frau von dem feinen Pinkel, von dem der Sohn angeblich entführt wurde." Der Wirt rieb sich das unrasierte Kinn, bevor er fortfuhr: „Aber wenn du mich fragst, spinnt der. Außerdem ist die doch heute abgereist, wie man hört. Was macht der dann immer noch hier? Kommt mir 'n büschen seltsam vor, wenn du mich fragst. Aber Cinderella steht auf ihn, warum auch immer. Und zu Geld scheint er auch plötzlich gekommen zu sein. Spielt hier schon den ganzen Abend den Großkotz. Frach mich nur, woher er das hat. Aber na ja, mir soll's recht sein."

„Und? Darf's für den Herrn Kommissar auch noch ein frisch Gezapftes sein?", wandte sich der Wirt im nächsten Moment an Hasenkrug und deutete auf dessen leeres Glas.

„Nur eine Cola bitte, ich bin im Dienst", erwiderte der beiläufig, denn seine Aufmerksamkeit galt nun dem angeblichen Detektiv, der bei dem Wort *Kommissar* sichtlich aufgeschreckt war und sogar vergessen hatte, seine Hände weiterhin über Cinderellas Hüften fahren zu lassen.

„Ich muss dann mal aufs Klo", murmelte er, ohne Hasenkrug aus den Augen zu lassen und ging betont langsam Richtung Tür. Allerdings konnte er es nicht lassen, ab und zu mal zu dem Polizisten hinüberzuschielen, was bei dem sämtliche Alarmglocken in Gang setzte.

„Vorsicht, haltet ihn auf, dieser Mann ist ein bekannter Zechpreller!", rief Hasenkrug einer Eingebung folgend in den Raum, und noch ehe der Mann die Tür erreichte, hatten sich bereits drei Männer vor dieser aufgebaut und angriffslustig die Hände in die Hüften gestemmt.

„Der Kerl lügt doch!", rief der so Gestoppte und versuchte, sich durch die Mauer aus Männern zu zwängen, die inzwischen auf sechs Personen angeschwollen war.

„Glaubst doch wohl nicht, dass hier einer rauskommt, ohne zu bezahlen", sagte einer von ihnen und stieß ihm unsanft gegen die Schulter. „Wer unseren Wirt betuppen will, der muss schon früher aufstehen."

„Lasst ihn durch, ihr Idioten!", meldete sich nun Cinderella zu Wort und trat neben ihren Liebhaber. „Ihr habt sie doch nicht alle", keifte sie, „schließlich hat er die letzten Abende auch immer bezahlt, oder!?" Sie drehte sich wutschnaubend zu Hasenkrug um, der sich in der Zwischenzeit ebenfalls zu der Gruppe gesellt hatte. „Was fällt Ihnen eigentlich ein, ihn hier vor allen Leuten zum Verbrecher zu stempeln!?", schnauzte sie ihn an. „Ist das 'ne verdammte Berufskrankheit, oder was?"

„Kann sein, ich habe mich getäuscht", erwiderte der. „Kann aber auch sein, dass ich richtig liege. Wären Sie bitte so freundlich, mir mal Ihre Brieftasche zu zeigen?", wandte er sich dann an ihren Liebhaber und hielt ihm seine Polizeimarke unter die Nase.

„Meine Brieftasche geht Sie einen Scheißdreck an!", fauchte der und funkelte ihn böse an.

„Ich hörte, dass Sie offensichtlich zu Geld gekommen sind", entgegnete Hasenkrug und warf einen Blick auf den Wirt, der wie ein Fels mitten im Raum stand und das Geschehen stumm verfolgte. „Das hatten Sie doch gesagt, Herr Siebrands, oder?"

„Ist heute recht spendabel, der Kerl", nickte der. „Hab mich gewundert, weil er sich die letzten Abende immer von Cinderella hat aushalten lassen. Stimmt also gar nicht, dass der die letzten Abende selbst bezahlt hat. Ich dachte schon, dass die schon wieder so 'ne Nullnummer an Land gezogen hat, die sie nur ausnutzt."

„Also, das ist jetzt doch …!" Cinderella schnappte vor Empörung nach Luft.

„Also, Herr … wie war doch gleich Ihr Name?", schnitt Hasenkrug ihr mit einer Geste das Wort ab und wandte sich an den mutmaßlichen Zechpreller.

„Heinz Roller."

„Also, Herr Roller, nun mal her mit Ihrer Brieftasche. Und Ihren Ausweis hätte ich auch gerne. Wenn Sie sich weigern, lasse ich Sie abführen und Sie kommen mit aufs Kommissariat."

Nach kurzem Zögern griff Heinz Roller wutschnaubend zu seiner Gesäßtasche und zog ein Portemonnaie hervor, das er dem Polizisten mit unverhohlenem Widerwillen in die Hand drückte.

„Da guck an." Hasenkrug verzog den Mund zu einem spöttischen Grinsen und zog einen Stapel Fünfzigeuroscheine hervor. „Da ist ja wirklich jemand zu Geld gekommen. Wohl im Lotto gewonnen, wie?"

„Pferdewetten", sagte Cinderella schnippisch. „Er hatte heute Glück. Ist doch nicht verboten, oder?"

„Soso. Pferdewetten. Hm." Hasenkrug hielt einen der Scheine gegen das Licht. „Wusste gar nicht, dass die da Falschgeld ausgeben. Da würde ich mich doch beschweren."

„Falschgeld?", klang es mehrfach von den Anwesenden zurück.

„Yepp. Hat das Wettbüro wahrscheinlich bei der Löse-geldübergabe kassiert."

„Hä?"

„Klingt nicht logisch, oder?", grinste Hasenkrug in die Runde. „Finde ich auch. Deshalb gehe ich jetzt ein-fach mal davon aus, dass der Herr hier derjenige war, der sich in der vergangenen Nacht das Schicksal des armen entführten Jungen zunutze und schnelle Beute machen wollte." Er sah den sichtlich geschockten Heinz Roller aus zusammengekniffenen Augen an. „Sie waren es, der dem Jungen den Erpresserbrief in die Sporttasche geschoben und ihn und seinen Bruder später mit einem Ziegelstein krankenhausreif geschlagen hat, so dass der eine von ihnen nun im künstlichen Koma liegt."

Ein Raunen ging durch den Raum, und die Luft schien vor lauter Spannung zu vibrieren.

„Das ist nicht wahr!", krächzte Cinderella und griff sich an den Hals. „Sach, dass das nicht wahr ist, Heinz!"

Doch dessen nun kreidebleichem Gesicht nach zu urteilen, hatte Sebastian Hasenkrug ins Schwarze ge-troffen. Heinz Roller sagte kein Wort, sondern stand nur mit gesenktem Kopf da wie ein geprügelter Hund und murmelte immer wieder das Wort *Falschgeld* vor sich hin.

Das nächste, was man in die angespannte Stille hinein hörte, war ein durch Mark und Bein gehendes Klatschen, als Cinderella ihrem Liebhaber eine schallende Ohrfeige versetzte.

„Gut, dann sage ich jetzt mal den Kollegen Bescheid, dass sie eine Streife schicken", bemerkte Hasenkrug und griff nach seinem Handy.

„Wäret ihr so nett und würdet ihn so lange in eure Mitte nehmen, bis meine Kollegen hier eintreffen?", wandte sich Hasenkrug nach dem kurzen Telefongespräch an die sechs Männer, die nach wie vor die Tür bewachten. „Dann könnte ich endlich meine Matjes aufessen."

„Kein Ding", murmelte einer, und schon wurde Heinz Roller zu einem der Tische geschoben und genötigt, einen Platz an der Wand einzunehmen, sodass er, eingekreist von den Männern, auf keinen Fall entkommen konnte.

Die Pommes schmeckten inzwischen latschig, und Hasenkrug schob enttäuscht den Teller von sich. Nur wenige Minuten später aber stellte ihm der Wirt eine neue Schale auf den Tisch und grinste ihn an. „Soll doch keiner hungrig hier rausgehen", sagte er augenzwinkernd.

Hasenkrug lächelte ihn dankbar an und griff nach seinem Ordner. Zwar hätte er die Anwesenden in Sachen Fenstersturz noch mal ins Kreuzverhör nehmen sollen, aber er befand, dass er für den heutigen Abend schon eine ganze Menge erreicht und eine Pause verdient hatte. Also würde er sich nun zunächst mal wieder den fantastischen Kurzgeschichten zuwenden und dabei in aller Ruhe auf den Anruf seines Chefs warten, der ihn irgendwann zur Lösegeldübergabe beordern würde.

Gerade hatte er sich in eine der Geschichten vertieft, als plötzlich die Kneipentür aufging und ein Trupp Jugendlicher eintrat. Er hob seinen Blick und erkannte die Mädchen vom Bauernhof – in Begleitung von Jette, der Tochter seines Chefs.

„Hi", sagte er knapp und nickte ihr zu. „Was macht denn ihr hier?"

„Das wollte ich Sie auch gerade fragen", entgegnete Jette, tauchte eine von Hasenkrugs Pommes in die Mayonnaise und schob sie sich in den Mund. „Lecker", sagte sie anerkennend.

„Ich hoffe, Ihr seid nicht wieder auf Verbrecherjagd", hakte Hasenkrug noch mal nach.

„Nee. Davon haben wir die Schnauze voll, nach dem, was mit Murad und Mehmet passiert ist", sagte sie lahm und deutete auf ihre Begleiterinnen Anna, Nora und Fiona, die schweigend neben ihr standen. „Wir wollen nur beim Billard ein wenig abchillen und Abschied feiern. Anna und Fiona fahren morgen nach Hamburg zurück, wissen Sie. Und was machen Sie hier? Ist doch wohl kaum Ihre Stammkneipe, oder?" Ein weiterer Pommes fand den Weg in ihren Mund.

„Ich lese", antwortete Hasenkrug knapp und deutete auf den Stapel Zettel, der vor ihm lag. „Kurzgeschichten. Sind ziemlich gut."

„Echt?" Anna trat näher und nahm einen der Zettel in die Hand, noch bevor Hasenkrug reagieren konnte. „Ja", sagte sie, „die kenne ich. Sind ziemlich cool, da haben Sie recht."

Hasenkrug stutzte. „Woher kennen Sie diese Geschichten?", fragte er irritiert.

„Hab sie gelesen. Ist schon ein paar Wochen her. Wieso?"

„Ich wundere mich nur. Wir haben sie …" Er biss sich auf die Lippen. Beinahe hätte er Ermittlungsgeheimnisse ausgeplaudert. „Sie wissen nicht zufällig, wer sie geschrieben hat?", fragte er schnell.

„Doch, klar weiß ich das. Sie sind von Paul. Haben Sie sie von seinem Computer?"

„Von – Paul?" Hasenkrug starrte Anna so perplex an, als hätte sie sich vor seinen Augen in einen Alien verwandelt.

„Ja. Klar. Er hat ganz viele davon. Haben Sie das etwa nicht gewusst?"

„Nein. Ehrlich gesagt wusste ich das nicht."

„Na, dann wissen Sie es ja jetzt."

„Und Sie sind sich ganz sicher?"

„Klar. Ich hab sie doch korrigiert, bevor er sie weggegeben hat. Waren aber nicht viele Fehler drin." Auch Anna nahm sich nun einen Pommes.

„Weggegeben? Zu wem denn?", fragte Hasenkrug und spürte, wie sich sein Herzschlag beschleunigte.

„Er wollte sie irgendjemandem geben, der angeboten hatte, sie zu veröffentlichen", sagte Anna. „Ich weiß aber nicht, wer das war. Da hat Paul ein Geheimnis draus gemacht. Er war aber ganz aufgeregt deswegen."

„Paul", sagte Hasenkrug dumpf und hatte es plötzlich sehr eilig. Als die Kollegen von der Streife eintrafen, um Heinz Roller zu verhaften, legte er schnell einen Zwanzigeuroschein auf den Tisch, heftete die Zettel in den Ordner zurück und machte sich auf den Weg ins Kommissariat.

30

Die Nacht war sternenklar. Das hatte den Vorteil, dachte Hauptkommissar Büttner, dass die Kollegen auf ihren Positionen zumindest nicht nass würden. Der Nachteil aber war, dass die Temperaturen unter den Gefrierpunkt gesunken waren. Gut möglich also, dass sie sich alle Frostbeulen holten, während sie darauf warteten, dass irgendetwas geschah. Schon jetzt fühlten sich seine Zehen ganz taub an, obwohl sie erst seit wenigen Minuten an Ort und Stelle waren.

Zwar saßen Sebastian Hasenkrug und er in ihrem Fahrzeug, doch konnten sie natürlich weder den Motor laufen lassen, noch das Licht anmachen, weil der Entführer ansonsten unschwer hätte erkennen können, dass Gernot von Hartenberg keineswegs alleine gekommen war, so wie es ihm unter der Androhung von *furchtbaren Konsequenzen* ans Herz gelegt worden war.

„Wie kommen Pauls Geschichten auf Peter Theelens Schreibtisch?", fragte Hasenkrug zum wiederholten Mal in die Nacht hinein.

„Gehen wir mal davon aus, er hat sie ihm selbst geschickt, aus welchem Grund auch immer", erwiderte Büttner. „Dann hat Theelen vermutlich sofort erkannt, welches Potenzial in ihnen steckt. Gut möglich, dass er entschieden hat, sie selbst zu vermarkten."

„Aber wieso sollte Paul ihm die Geschichten schicken?"

„Peter Theelen rezensierte Bücher in seinem Internet-Blog. Womöglich war das der Grund, warum Paul sie ihm überlassen hat."

„Aber Peter Theelen kann Paul nicht entführt haben", stellte Hasenkrug fest.

„Da haben Sie zweifelsohne recht. Eine Leiche dürfte mit solch einer Tat schlicht überfordert sein."

„Trotzdem müssen wir davon ausgehen, dass beide Fälle etwas miteinander zu tun haben."

„Kann sein, muss aber nicht." Büttner nahm sich einen Schokoriegel aus dem Handschuhfach. Er hatte seit dem Mittag nichts mehr gegessen, was seiner Laune nicht unbedingt zuträglich war. Außerdem hatte ihm seine Frau Susanne am Abend damit gedroht, sich einen Liebhaber aus dem Lehrerkollegium zu suchen, mit der Begründung, der würde wenigstens nicht gerade zur Ferienzeit Hochkonjunktur bei der Mördersuche haben. Alleine bei der Vorstellung, Susanne könnte diese Drohung auch nur ansatzweise ernst gemeint haben, bekam Büttner Magengeschwüre. Was, wenn sie es nicht einfach nur so dahergesagt hatte, sondern sich tatsächlich nach einem Mann umsah, der den Schulferienkalender immer fest im Blick hatte? Was, wenn es diesen Mann in ihrem Leben vielleicht sogar schon gab? Büttner seufzte schwer. Ein Leben ohne Susanne wäre das Letzte, was er sich vorstellen konnte. Also musste er alles daransetzen, diese verdammten Fälle zeitnah abzuschließen, um den Urlaubsflieger nach Spanien nicht zu verpassen. Eine Nacht und einen Tag hatte er ja noch.

„Alles in Ordnung, Chef?", fragte Hasenkrug auf Büttners tiefen Seufzer hin.

„Nee. Aber das tut jetzt nichts zur Sache. Jetzt konzentrieren wir uns erstmal auf die Übergabe des Lösegeldes. Wenn es nicht ganz blöd läuft, dürfte Paul uns bald selber Rede und Antwort stehen können und uns sagen, was es mit diesen Geschichten auf sich hat."

„Ich glaube, da kommt Gernot von Hartenberg", sagte Hasenkrug und deutete auf zwei Lichtkegel, die sich in ein paar hundert Meter Entfernung näherten.

„Okay. Jetzt volle Konzentration", erwiderte Büttner. „Sagen Sie den Kollegen, sie sollen sich bereit halten. Und sie sollen sich näher an den Schuppen heranpirschen."

Hasenkrug setzte einen Funkspruch ab, ohne die Lichter des nahenden Fahrzeugs aus den Augen zu lassen.

Büttner starrte in die Nacht hinaus. Der Ort der Übergabe lag mindestens einen Kilometer von ihnen entfernt. Auch die anderen Einsatzkräfte hatten die Anweisung bekommen, sich dem Ort zunächst nicht näher als eintausend Meter zu nähern, schließlich sollte der Täter keinerlei Verdacht schöpfen.

Er fragte sich, warum der Entführer sich ausgerechnet den alten Holzschuppen für die Lösegeldübergabe ausgesucht hatte. Natürlich, er lag inmitten der Felder zwischen Pewsum und Twixlum, die nächsten Häuser standen mindestens einen, eher zwei Kilometer entfernt. Insofern lief der Kidnapper wenigstens nicht Gefahr, von irgendwelchen Nachtschwärmern überrascht zu werden. Und er würde relativ schnell feststellen, wenn sich jemand näherte, der hier nichts zu suchen hatte. Und doch musste ihm klar sein, dass es hinter den zahlreichen Büschen und Sträuchern, die sich im Laufe der Zeit im Umkreis von rund dreihundert Metern um den Schuppen herum ausgebreitet hatten, eine Vielzahl von Möglichkeiten gab, sich zu verstecken. Anscheinend ging er also tatsächlich davon aus, dass Gernot von Hartenberg nach dem verpatzten ersten Versuch keinerlei Risiko eingehen und alleine kommen würde.

Und dass der Entführer über den Trittbrettfahrer Bescheid wusste, stand für Büttner fest. Schließlich hatte auch die Presse auf ominösem Wege von dieser Geschichte Wind bekommen und sie – häufig garniert mit den abenteuerlichsten Spekulationen – im Internet breitgetreten.

Unweit vom Schuppen verlief das Knockster Tief. Gut möglich also, dass der Täter sich über den Wasserweg näherte, was Büttner dazu veranlasst hatte, auch hier ein paar Kollegen zu postieren.

„Das nahende Fahrzeug ist der Sportwagen von Gernot von Hartenberg", bestätigte ein Kollege Hasenkrugs Vermutung über Funk.

Die Lichtkegel näherten sich nun deutlich langsamer ihrem Ziel, denn die Feldwege waren hier nur sehr schlecht ausgebaut. Schließlich blieben sie an einer Position stehen, und kurz darauf kam die Bestätigung, dass Pauls Vater an dem Schuppen angekommen war.

„Wo befinden sich unsere Leute?", fragte Hasenkrug die Kollegen. „Sind sie bereits in der Nähe des Schuppens?"

„Alle auf Position", schallte es knarzend zurück. „Der Schuppen ist praktisch umzingelt, ein Entkommen kaum möglich."

„Und der Kanal?"

„Dito. Wir haben alles im Blick."

Sie hatten Gernot von Hartenberg mit auf den Weg gegeben, dass er die Lichter seines Fahrzeugs so lange wie irgend möglich brennen lassen sollte. So konnte zumindest bei der genauen Positionsbestimmung nichts schief gehen. Und die Kollegen in der Nähe konnten verfolgen, was am Schuppen passierte.

Büttner warf einen Blick auf sein Handy. Es war kurz vor zwei. Wenn alles glatt ging, konnte in wenigen Minuten alles vorbei sein. „Ich hoffe, der Kerl ist pünktlich", sagte er, „ich spür meine Zehen schon jetzt nicht mehr. Wäre nett, ich könnte bald wieder ins Warme, bevor ich mir hier den Tod hole."

„Erstmal ist mir wichtig, dass Paul sich nicht den Tod holt", erwiderte Hasenkrug ungerührt und hielt seinen Blick starr auf die Lichtpunkte vor dem Schuppen gerichtet."

„Das haben Sie jetzt aber nett gesagt", meinte Büttner angebissen.

„Sie können sich dann ja unter Spaniens Sonne wieder auftauen lassen."

„Ihr Wort in Gottes Ohr."

„Was ist da los?" Hasenkrugs fuhr auf und seine Körperhaltung verriet plötzlich höchste Anspannung, während er sich den Knopf des Übertragungsgerätes fester ins Ohr drückte. „Was sind das für Geräusche?", rief er aufgeregt.

„Von Hartenberg geht wohl in den Schuppen", vermeldete einer der Kollegen, die sich in unmittelbarer Nähe des Übergabeorts befanden.

„Was will er da? Er sollte doch beim Wagen bleiben!"

„Vielleicht hat er was gehört. Oder es hat ihn jemand reingerufen. Jetzt scheppert's."

„Es scheppert? Was heißt das?", plärrte Büttner.

„Es hört sich an wie ein Blecheimer."

„Von Hartenberg ist über einen Blecheimer gestolpert?"

„Er schreit. Jetzt flucht er."

„Ist da sonst noch jemand?" Büttner spürte sein Herz hart gegen die Rippen schlagen.

„Wenn, dann muss er schon in der Hütte gewesen sein."

„Pirschen Sie sich an. Aber vorsichtig. Ich will wissen, was da passiert und ob von Hartenberg alleine im Schuppen ist."

„Sind auf dem Weg."

Es schien eine Ewigkeit zu dauern, bis die nächste Meldung kam. Bis dahin war nichts zu hören außer der Stille der Nacht. Büttner und Hasenkrug stierten beide so angestrengt in die Dunkelheit hinaus, als würde sich diese für sie lichten, wenn sie es nur lange genug durchhielten.

„Negativ", dröhnte es plötzlich in ihre Ohren.

„Ist er allein?"

„Ja."

„Mist. Hoffentlich haben wir jetzt keinen Fehler gemacht." Büttner wurde ganz schlecht bei dem Gedanken, sie könnten diesen Einsatz verpatzt und Paul damit in Gefahr gebracht haben.

„Glaub ich nicht."

„Und was lässt Sie das glauben?"

„Das Eiswasser." Der Kollege am anderen Ende klang nun fast amüsiert.

„Hä?"

„Gernot von Hartenberg hatte gerade seine ganz persönliche *Ice Bucket Challenge*, würde ich sagen."

„Was soll das heißen? Nun reden Sie gefälligst nicht in Hieroglyphen, wir sind schließlich nicht zu unserem Vergnügen hier!"

„Einen Spaß hat sich trotzdem jemand gemacht. Irgendwer hat hier einen Kübel mit Eiswasser über die Tür gehängt, der sich beim Eintreten von Herrn von Hartenberg über ihm ausgeschüttet hat."

„Was soll der Scheiß? Will uns da jemand verarschen?" Büttners Puls raste, als hätte er soeben einen Marathonlauf absolviert.

„Sieht so aus. Auf dem Boden des Eimers stehen die Worte *eiskalt erwischt*."

„Okay, es will uns jemand verarschen." Büttner stieß hörbar die Luft aus und schlug mit der flachen Hand aufs Armaturenbrett, bevor er sagte: „Seht zu, dass er uns nicht erfriert und ruft einen Notarztwagen und die Spurensicherung. Einsatz beendet."

„Ist verstanden."

Den Weg zurück ins Kommissariat legten David Büttner und Sebastian Hasenkrug in dieser Nacht schweigend zurück.

31

Die Kinder verabschiedeten sich mit einem Kuss von ihrer Mutter, die ihnen daraufhin liebevoll über den Kopf strich. Die Uhr zeigte halb acht, und exakt zu dieser Zeit wiederholte sich diese Szene vermutlich nicht nur in Pewsum dutzendfach. Nur die Protagonisten variierten. Es war ein ganz normaler Morgen, an dem ganz normale Menschen ganz normal zur Arbeit oder zur Schule gingen.

So auch im Hause Uphoff.

Karlheinz Theelen beförderte zum wiederholten Male gelblich-grünen Schleim aus den Tiefen seiner Lungen und spuckte ihn auf den Rasen. Seine Stimmung war auf dem Tiefststand. Bereits seit drei Tagen befand er sich auf der Flucht vor der Polizei und versteckte sich in irgendeinem Rattenloch von Gartenhaus, das er sich nur nachts getraute zu verlassen. Die Bude roch modrig, und genauso fühlte auch er sich inzwischen. Die ständige Kälte und Feuchte hatte seinen Atemwegen stark zugesetzt, er schniefte und röchelte den ganzen Tag vor sich hin. Auch nachts war an Schlaf kaum zu denken, kroch ihm doch gerade dann die Kälte in alle Glieder. Mit der Folge, dass seine Gelenke am Morgen knirschten und zwickten, als wäre ihnen die Schmiere ausgegangen. Und genauso war es vermutlich, denn Knie und Handgelenke machten ihm auch ohne Kälteeinwirkung bereits seit geraumer Zeit Probleme.

Spät am Abend brachte ihm seine Mutter täglich etwas Kräftigendes zu essen, doch bis sie es von der Metzgerei in die zu dieser Jahreszeit noch weitgehend verwaiste Kleingartenkolonie transportiert hatte, war es nahezu kalt. Und nichts schmeckte ekliger als ein ausgekühlter Eintopf.

Wenn Karlheinz nachts in seinen viel zu dünnen Schlafsack gehüllt dalag und vor Kälte bibberte, träumte er davon, nach seiner Rückkehr als allererstes eine Rinderkraftbrühe anzusetzen, in die er dann ein gutes Sauerteigbrot tunken und mit Appetit verzehren würde. Schon beim Gedanken daran lief ihm das Wasser im Mund zusammen, und zu der Qual der Kälte gesellte sich noch die Qual des Heißhungers.

Und das alles nur, weil Katja Uphoff überall herumerzählte, er habe sowohl seinen Bruder Peter als auch ihren Mann auf dem Gewissen. Noch bevor sie diesen Verdacht der Polizei gegenüber geäußert hatte, machte es bereits in der ganzen Krummhörn die Runde. Und die meisten, die es zu hören bekamen, nickten mit dem Kopf. Die Vorstellung, dass er zu solch bestialischen Morden fähig war, schien keinen seiner Mitmenschen wirklich zu wundern. Nicht einmal Vanessa, die dieses Gerücht eher noch zu streuen schien, als dass sie ihren Chef gegenüber der vor Sensationslust geifernden Meute in Schutz nahm.

So hatte es ihm zumindest seine Mutter erzählt, die ein Gespräch zwischen Vanessa und mehreren Kunden der Metzgerei belauscht haben wollte, in dem seine junge Mitarbeiterin angeblich alles dafür tat, ihn in einem schlechten Licht dastehen zu lassen.

Dabei war er immer gut zu ihr gewesen. Natürlich, auch sie hatte seinen Frust und seine Wutausbrüche nicht nur einmal zu spüren bekommen. Aber das war doch nur, weil er sich manchmal so schlecht unter Kontrolle hatte. Und weil sie ihn ständig abwies – im Gegensatz zu zahlreichen anderen Männern der Krummhörn, die sich bei jeder sich bietenden Gelegenheit damit brüsteten, ihren so wundervollen Busen schon mal mit ihren Händen bearbeitet zu haben. Und vieles andere mehr.

Am schlimmsten jedoch war die Zeit gewesen, in der Johannes Uphoff praktisch täglich in der Metzgerei aufgetaucht war und Vanessa mit seinen Blicken geradezu verschlungen hatte. Sein Vater hatte ihm erzählt, dass sich die beiden sogar zu den Öffnungszeiten ab und zu in einen der Nebenräume zurückgezogen hatten, um sich dort zu amüsieren.

Es hatte ihm das Herz zerrissen, denn niemals zuvor hatte er einer Frau gegenüber so starke Gefühle gehegt wie es bei Vanessa der Fall war. Aber anstatt ihn zu erhören, hatte sie vor gut einem Jahr einen Bastard in die Welt gesetzt, der genauso aussah wie Johannes' erster Sohn Noah.

Anstatt zu ihr und dem gemeinsamen Kind zu stehen, hatte Johannes Vanessa schon während der Schwangerschaft fallen gelassen wie eine heiße Kartoffel. Sie hätte also allen Grund gehabt, auf ihn sauer zu sein und ihn zum Teufel zu schicken; und doch hatte sie ihm auch weiterhin Avancen gemacht und vermutlich in der Nacht bittere Tränen in ihre Kissen geweint, weil sich der Erzeuger ihres Kindes inzwischen mit seiner Nachbarin Mareeke vergnügte.

Was Mareeke für das am besten gehütete Geheimnis unter Gottes Himmel hielt, machte bereits nach kürzester Zeit die Runde. Der ganze Ort zerriss sich das Maul darüber, wie schnell sich Johannes Uphoff anderweitig getröstet hatte. Und da wollte Mareeke ihm erzählen, dass sie davon nichts mitbekommen habe? Entweder war sie naiver als er es für möglich gehalten hatte, oder aber sie war eine Meisterin im Verdrängen.

Und wie entsetzt sie ihn angesehen hatte, als er ihr mitteilte, er würde von nun an Peters Arbeitszimmer nutzen, um ihre attraktive Nachbarin zu observieren! Und wie schnell sie das geschluckt hatte! Dabei war er an dieser blöden Zicke, die nicht mal ihren Mann hatte zufriedenstellen können, doch gar nicht interessiert! Nein, mit seinem Getue hatte er Mareeke nur ein wenig ärgern wollen. Schließlich war er nach wie vor überzeugt davon, dass sie seinen Bruder auf dem Gewissen hatte. Ja, ganz bestimmt hatte sie seinen gewaltsamen Tod gemeinsam mit ihrem Sexprotz Johannes ausgeheckt, und dieser hatte ihn in ihrem Beisein durchgeführt.

Zwar hatte Karlheinz seinen Bruder Peter und dessen pseudointellektuelles Gehabe noch nie leiden können; aber ihn umzubringen ging eindeutig zu weit. Da war es lediglich ein wenig ausgleichende Gerechtigkeit gewesen, Mareeke mit seinen angeblichen sexuellen Gelüsten und dem Durchwühlen ihres Hauses ein wenig Angst zu machen. Hinzu kam, dass es ihm eine gewisse Befriedigung gebracht hatte, nachts in das leere Haus seines Bruders einzusteigen und diese verdammten Bücher aus den Regalen zu zerren. Schon als Kind hatte er Bücher nicht leiden können, schließlich waren diese schuld daran gewesen, dass Peter in der Öffentlichkeit immer als der Schlaue und Belesene dagestanden hatte, während er selbst die Rolle des ungebildeten Dorftrampels hatte spielen dürfen.

In der letzten Nacht, als der Regen auf die Gartenhütte prasselte und durch das lecke Dach vereinzelt Tropfen auf sein Gesicht fielen, hatte er sich geschworen, dass mit dieser leidigen Situation Schluss sein musste. Also würde er sich jetzt darum kümmern, dass Katja Uphoff endlich ihr lästiges Schandmaul hielt.

Und genau deshalb war er hier.

Noch im Morgengrauen, als in Pewsum noch alles schlief, hatte er sich in die Straße unweit des Mühlenmuseums geschlichen, um Katja zu beobachten. Seither saß er bei ihren Nachbarn von gegenüber im Garten und versteckte sich in einem Baumhaus, von dem er wusste, dass es von den längst erwachsenen Kindern der Eigentümer seit Langem nicht mehr genutzt wurde. Dass ihn jemand hier entdecken würde, war gerade zu dieser Jahreszeit mehr als unwahrscheinlich. Falls doch, hätte er ein Problem mehr.

Von hier oben hatte Karlheinz den Vorgarten und den Hauseingang der Uphoffs gut im Blick. Nachdem die Kinder sich mit ihren Fahrrädern auf den Weg zur Schule gemacht hatten, war Katja zurück ins Haus gegangen. Er würde jetzt noch eine Weile abwarten, ob auch sie zur Arbeit fuhr, was er allerdings nicht annahm. Schließlich trauerte sie noch um ihren Ehemann und konnte sich kein Gerede im Ort erlauben. Welches – sollte sie nach dem

Tode ihres Mannes so unbeschwert weiterleben wie bisher – unweigerlich sofort eingesetzt hätte.

Dass die Kinder wieder zur Schule gingen, ließ sich da schon einfacher erklären. Kinder brauchten Abwechslung und Ihresgleichen, um sich von ihrer Trauer abzulenken. Je früher sie in ihren normalen Alltag zurückkehrten, desto besser war es für sie.

Karlheinz kam das entgegen. Denn auf keinen Fall hätte er gewollt, dass Tomke und Noah mit ansehen mussten, wie er ihrer Mutter zusetzte. Kinder waren sensibel und würden nach solch einem Erlebnis unweigerlich ein lebenslang andauerndes Trauma erleiden. Daran wollte er nicht Schuld sein. Genauso wenig wie er für die Morde an Peter und Johannes in den Knast gehen wollte.

Karlheinz fragte sich, wie viel Zeit wohl vergangen sein mochte, seitdem die Kinder das Haus verlassen hatten. Seine Armbanduhr hatte er vergessen einzustecken, als er sein Zuhause so Hals über Kopf hatte verlassen müssen. Sein Handy wiederum hatte er absichtlich nicht mitgenommen, weil ihn die Polizei ansonsten hätte orten können.

Bei Katja tat sich nichts. Vielleicht sollte er einfach riskieren, die Sache jetzt schon klar zu machen, bevor sie ihr Haus doch noch verließ. Blieb nur zu hoffen, dass er die Sache erledigt hatte, bis die Kinder aus der Schule zurückkamen. Hoffentlich fiel nicht ausgerechnet an diesem Tag irgendwelcher Unterricht aus. Viel Zeit blieb ihm ohnehin nicht, höchstens zwei oder drei Stunden. Aber die sollten für seinen Plan ausreichen.

Zunächst einmal musste er das Problem lösen, von den

Nachbarn und vor allem von Katja unbemerkt über die Straße zu kommen. Hätte er früher daran gedacht, dass er zu diesem Zweck andere Klamotten gebrauchen konnte, dann hätte er sich welche von zuhause mitgenommen. Dorthin aber konnte er auf keinen Fall zurück, hatte sich vor seinem Haus doch so ein Trottel von Polizist positioniert, der sich womöglich einbildete, von niemandem bemerkt zu werden. Natürlich hätte Karlheinz es probieren können, sich irgendwie von hinten ins Haus zu schleichen. Eingänge gab es genug. Doch war ihm das Risiko, dabei gesehen zu werden, zu groß. Schließlich lebte er in einer der belebtesten Straßen von Pewsum, da wäre eine solche Aktion selbst im Schutze der Nacht reinstes Harakiri.

Zum Glück hatte er wenigstens seinen Kapuzenpulli dabei. Das war zwar nicht viel, konnte aber immerhin einen guten Teil seines Kopfes verbergen. Und seine Statur war so außergewöhnlich nicht, als dass man ihn ohne Weiteres als Karlheinz Theelen identifizieren würde. Sein Vorteil war, dass ihn hier niemand vermutete, schon gar nicht am helllichten Tag, denn alle mussten ja davon ausgehen, dass er sich vor der Polizei versteckt hielt.

Karlheinz beobachtete noch für ein paar Minuten das zum Baumhaus zugehörige Haus, konnte durch die Fenster jedoch niemanden entdecken. Seines Wissens waren die Eigentümer beide berufstätig und dürften somit längst ausgeflogen sein. Leider konnte er von seiner Position aus nicht sehen, ob noch eines der Autos im Hof stand. Aber das war um diese Uhrzeit eher unwahrscheinlich.

Die Kapuze über den Kopf gezogen, lugte er vorsichtig um die Ecke, um zu sehen, ob sich jemand in Sichtweite auf der Straße befand. Offensichtlich nicht. Also setzte er einen Fuß auf die oberste Stufe der hölzernen Leiter und schob sich dann Sprosse für Sprosse nach unten. Das Herz klopfte ihm bis zum Hals. Wenn er entdeckt würde, wäre alles vorbei.

In gebückter Haltung rannte er bis zur Hecke vor und legte einen kurzen Halt ein, um abzuwarten, ob von irgendwoher ein Geräusch erklang, das darauf hindeutete, dass man ihn gesehen hatte. Aber alles blieb ruhig.

Nachdem er sich an der Hecke entlang bis zum Gartentor vorgearbeitet hatte, kam der schwierigste Teil: Die Überquerung der Straße. Hierbei konnte er nur auf sein Glück vertrauen. Mit einem unterdrückten Aufstöhnen bog er sein Kreuz durch, das sich nach drei Tagen und Nächten in der Gartenhütte anfühlte, als würde es jeden Moment zerbersten.

Dann tat er fünf lange Schritte und suchte hinter dem Familien-Van der Uphoffs Deckung. So weit, so gut. Auch jetzt waren keine außergewöhnlichen Geräusche zu hören. Also watschelte er schwer keuchend im Entengang auf die Haustür zu, kramte eine EC-Karte aus der Jackentasche und schob sie am Schloss zwischen Tür und Rahmen entlang.

Nur Sekunden später stand er im Hausflur. Aus der Küche war das Klappern von Geschirr zu hören. Es war also anzunehmen, dass sich Katja dort aufhielt.

„Auf zum interessanten Teil des Tages!", flüsterte Karlheinz und holte tief Luft. Dann riss er mit Schwung die Tür zur Küche auf und sagte: „Guten Morgen, Katja!"

32

Nach einer durchwachten Nacht fühlte sich Hauptkommissar David Büttner alles andere als einsatzbereit.
Dennoch quälte er sich nach einem wortkargen Frühstück,
bei dem ihn seine Frau Susanne anklagend angeschwiegen,
ihm aber dennoch einen starken Kaffee aufgebrüht hatte,
ins Kommissariat. Eigentlich hatte er auch Jette nach Pauls
Kurzgeschichten fragen wollen, da er annahm, dass ihre
Freundin Anna sie nach dem gestrigen Abend darüber aufgeklärt hatte, was es mit diesen Texten auf sich hatte. Aber
seine Tochter hat tief schlummernd in ihrem Bett gelegen,
und er hatte es nicht übers Herz gebracht, sie zu wecken.

Ein Blick aus dem Fenster sagte ihm, dass er jetzt liebend
gerne in einem Straßencafé unter spanischer Sonne sitzen
würde, obwohl er eigentlich alles andere als einen Sonnen-
anbeter war. Doch war das allemal besser als sich hier im
trüben Ostfriesland mit Kriminalfällen herumzuschlagen,
die ihn spätestens seit dem gestrigen Tag und nach der
alles anderen als erfolgreichen Nacht nur noch ratlos
zurückließen.

Sebastian Hasenkrug hatte bereits an seinem Schreibtisch
gesessen, als Büttner ins Büro kam und ihm sogleich die
nächste Horrormeldung präsentiert: Nun war auch noch
Pauls Freund Nico verschwunden. Als dieser am Abend

nicht wieder auf dem Bauernhof auftauchte, hatten die Mädchen eigentlich angenommen, dass er nach Hamburg zurückgefahren war. Doch wussten seine Eltern auf Nachfrage nichts davon, auch hatte er sich offensichtlich mit niemandem in Kontakt gesetzt. Also wurde nun mithilfe aller Medien auch nach ihm gesucht.

In der Nacht hatte sich Hasenkrug noch allerhand Gedanken zum Fall Paul gemacht und war zu dem Ergebnis gekommen, dass es kein Zufall sein konnte, dass dessen Texte ausgerechnet bei Peter Theelen auf dem Schreibtisch gelandet waren. Er ging davon aus, dass Paul sie ihm selber geschickt hatte. Nur war das ohne deren Laptops, auf denen man ihren Email-Verkehr hätte checken können, kaum nachzuweisen.

Nach einer intensiven Recherche im Internet hatte Hasenkrug festgestellt, dass zwei von Pauls Kurzgeschichten bereits veröffentlicht worden waren. Sie standen seit rund drei Wochen als E-Book-Download auf einer so genannten Selfpublisher-Plattform zur Verfügung und hatten schon eine sehr gute Platzierung erreicht sowie zahlreiche begeisterte Rezensionen bekommen. Darüber hinaus waren sie auf unterschiedlichen Blogs besprochen und Peter Theelen dort häufiger als *DER Newcomer des Jahres* gefeiert worden.

„Wir sind die ganze Zeit davon ausgegangen, dass der Fall Peter Theelen und die Entführung Paul von Hartenbergs nichts miteinander zu tun haben", stellte Sebastian Hasenkrug fest, als sich David Büttner angesichts einer plötzlich aufkeimenden Verzweiflung gerade überlegte, sich mit sofortiger Wirkung in den Vorruhestand versetzen zu lassen.

„Und jetzt sind Sie anderer Ansicht?", fragte Büttner lahm. Er hatte definitiv keine Lust auf weitere Verwicklungen. Am liebsten wäre er aufgestanden und gegangen, um sich gar nicht erst anhören zu müssen, was sein Assistent herausgefunden hatte. Dessen Übereifer würde höchstens dazu führen, dass sie ihre Fälle ganz neu denken mussten – und das würde zweifelsohne Tage dauern.

„Ja, jetzt bin ich anderer Ansicht", antwortete Hasenkrug. „Zumindest sollten wir hier noch mal genauer hinschauen. Wäre es nicht zum Beispiel möglich, dass sich Peter Theelen und Paul hier in Pewsum über den Weg gelaufen sind?"

„Ja. Aber das heißt doch noch lange nicht, dass sie Ärger miteinander hatten, falls Sie darauf hinauswollen. Es könnte genauso gut sein, dass Paul mit der Veröffentlichung seiner Geschichten unter dem Namen Peter Theelen einverstanden war. Womöglich gibt es einen Vertrag, der das alles regelt."

„Nur komisch, dass dann beide Laptops unauffindbar sind", stellte Hasenkrug fest. Er schüttelte den Kopf. „Nein, irgendwas ist da faul. Warum sollte Paul seine Geschichten denn an jemand anderen abgeben? Das macht doch überhaupt keinen Sinn."

„Ich will nur nicht, dass wir uns nur wegen ein paar Kurzgeschichten in irgendwas verrennen. Alles weitere muss nun einfach mal …" Büttner wurde durch das Eintreten seiner Sekretärin unterbrochen, die einen ziemlich ernsten Gesichtsausdruck hatte.

„Es kam gerade ein Anruf von Bauer Boom. Er sagt, er hätte Paul von Hartenberg gesehen, wie er von einem

Mann auf einen Dachboden geführt wurde. Angeblich mit vorgehaltener Waffe. Direkt bei ihm auf dem Hof."

„Was!?" Büttner und Hasenkrug waren ohne ein weiteres Zögern aufgesprungen und griffen nach ihren Mänteln.

„Beordern Sie alle verfügbaren Einsatzkräfte sofort zum Hof der Booms, Hasenkrug!", rief Büttner auf dem Weg zum Parkplatz. „Aber sie sollen zunächst Abstand halten, damit da keiner aufgeschreckt wird. Und sie sollen ihre Martinshörner rechtzeitig abschalten. Wir beide fahren direkt hin und versuchen, mit dem Entführer zu sprechen. Eingegriffen wird erst, wenn ich es sage."

„Wo ist es?", fragte Hasenkrug rund zwanzig Minuten später den Bauern, der sich sichtlich Sorgen um seine kleinen Gäste machte, die er in der Zwischenzeit alle ins Haus geschickt hatte. Die Lehrer hatten die Vorhänge vor die Fenster gezogen, um zu verhindern, dass sich das eine oder andere neugierige Kind in Gefahr begab.

„Da oben." Lübbert Boom deutete durch das Küchenfenster auf den Geräteschuppen, von dem allerdings nur ein Stück des Giebels zu sehen war. „Das Problem ist …" Er stutzte und sah Büttner mit besorgtem Blick an.

„Ja? Das Problem ist?", fragte Hasenkrug.

„Da oben sind auch die anderen jungen Leute, die Freunde von Paul."

„Die anderen? Was machen die denn da?" Hasenkrug spürte plötzlich einen Kloß im Hals. Noch mehr Geiseln! Das hatte ihnen gerade noch gefehlt!

Der Bauer zuckte die Schultern und senkte den Blick, als Büttner ihn ansah. „Sie dachten, ich weiß nichts davon. Aber die haben da oben ihren Treffpunkt."

„Ihren Treffpunkt? Aber woher weiß der Entführer das?", fragte Hasenkrug. Als der Bauer nicht antwortete, fügte er hinzu: „Und Sie sind sich sicher, dass der Mann eine Waffe dabei hatte?"

„Ja. Sah zumindest so aus. Will's aber nicht beschwören."

„Hat er Sie gesehen?"

„Nee. Wohl nicht. Ich hab zufällig gerade aus dem Schweinestall rausgeguckt, als die beiden zum Schuppen rübergeschlichen sind. Draußen auf'm Gelände war gerade keiner. Ich glaub, die haben so lange gewartet, bis die Luft rein war und sind dann ruckzuck in 'n Schuppen. Hab aber nur Paul erkannt. Der andere hatte 'ne Kapuze überm Kopp. Bin dann sofort los und hab die Kinder, die in den anderen Ställen waren, ins Haus geschickt. Und dann hab ich Sie angerufen."

„Okay, dann versuchen wir mal, mit denen in Kontakt zu kommen." Büttner öffnete die Haustür und trat auf den Hof hinaus. „Gibt es einen Weg, auf dem wir zum Schuppen kommen, ohne gesehen zu werden?"

„Ja." Der Bauer deutete auf ein größeres Gebäude aus Backsteinen. „Wenn Sie um den Kuhstall rumgehen, dann kommen Sie an den rückwärtigen Eingang vom Schuppen. An der Seite gibt es keine Fenster, da kann Sie keiner sehen. Im Geräteschuppen müssen Sie dann genau gucken. Hinter dem Pflug, in so 'ner Nische, ist 'ne steile Treppe, voll mit Gerümpel. Die ist kaum zu sehen, wenn man nicht richtig guckt. Da geht's nach oben."

„Okay. Das werden wir uns mal ansehen." Büttner wandte sich dem Kuhstall zu.

„Ach, da ist noch was." Der Bauer zwirbelte nun nervös

seinen nicht vorhandenen Bart und traute sich kaum, dem Hauptkommissar in die Augen zu sehen.

„Ja?" Büttner sah ihn aus schmalen Augen an.

„Es ist wegen Ihrer Tochter. Jette. Sie ist auch da oben."

Büttner traf es wie ein Faustschlag in die Magengrube, und für einen kurzen Augenblick spürte er, wie seine Knie weich wurden und seine Beine unter ihm nachzugeben drohten. Jette? Aber sie hatte doch noch fest geschlafen, als er aus dem Haus ging! Sie konnte doch jetzt nicht plötzlich … Eine kaum zu kontrollierende Übelkeit stieg in ihm auf.

„Sind Sie sicher?", keuchte er um Fassung bemüht.

„Ich hab sie vorhin kommen sehen. Gemeinsam mit ihrer Freundin Nora."

Hasenkrug, dem bei den Worten des Bauern alle Farbe aus dem Gesicht gewichen war, legte seinem Chef eine Hand auf den Arm. „Geht's?"

Büttner nickte und holte ein paar Mal tief Luft. „Sagen Sie den Einsatzkräften, dass ich vier gut ausgebildete Leute an meiner Seite haben will. Die anderen sollen sich bereit halten. Und sagen Sie ihnen, dass jeder, der hier eigenmächtig handelt, von mir persönlich einen Einlauf verpasst bekommt, von dem er sich nicht mehr so schnell erholt."

„Geht klar." Hasenkrug trat ein paar Schritte beiseite und kontaktierte seine Kollegen.

Aus dem Geräteschuppen drang kein Laut, als sich die Polizisten ihm wenig später näherten. Sie vermochten nicht zu sagen, ob das jetzt gut oder schlecht war. Gespenstisch war es allemal.

„Eine Forderung des Entführers ist noch nicht eingegangen?", fragte Büttner leise.

„Nein. Nichts. Ich hab extra nachgefragt", antwortete Hasenkrug.

„Okay. Sie gehen voran", sagte Büttner zu den vier Polizisten, die sich ihre schusssicheren Westen angelegt hatten und ihre entsicherten Pistolen schussbereit hielten. Im Entenmarsch arbeiteten sie sich langsam bis zur Stiege vor, immer darauf bedacht, sich nicht durch unachtsame Schritte zu verraten. Beim Anblick der steilen, vom Sonnenlicht kaum ausgeleuchteten Treppe runzelte einer der Polizisten die Stirn und machte Zeichen, um anzudeuten, dass der Aufstieg über all das Gerümpel ein abenteuerliches Unterfangen sein würde.

Vom Dachboden her waren jetzt die Schritte einer Person und die leise Stimme eines Mannes zu hören. Leider konnte man keine zusammenhängenden Sätze verstehen, sondern lediglich Bruchstücke wie *mach ich dich platt* und *einfach die Klappe halten*.

Als die uniformierten Polizisten, dicht gefolgt von Büttner und Hasenkrug, die Stiege etwa zur Hälfte vorangekommen waren, rief plötzlich eine weibliche Stimme: „Nun mach doch keinen Scheiß! Sieh zu, dass du zur Polizei gehst und ..." Der Satz brach plötzlich ab, zu hören war stattdessen ein lautes Gepolter sowie ein erstickter Schrei.

Jette! Büttner fuhr der Schrecken in alle Glieder. Bis zu diesem Zeitpunkt hatte er noch gehofft, dass der Bauer sich getäuscht habe. Als er nun aber die Stimme seiner Tochter hörte, konnte er kaum an sich halten. Am liebsten wäre er die Treppe hinaufgestürzt und hätte sie in seine Arme gezogen. Aber mit solch einer unbedachten Aktion hätte er allenfalls ihr Leben aufs Spiel gesetzt. Also hieß es nach wie vor, Ruhe zu bewahren, auch wenn es noch so schwer fiel.

Die anderen Polizisten schienen in dieser Situation viel mehr Profi zu sein als er selbst, denn sie setzten ihren Aufstieg über die Stufen unbeirrt fort.

„Hört ihr das auch?", fragte plötzlich eine weibliche Stimme. Büttner meinte, sie als Fionas zu erkennen. „Da kommt doch jemand die Treppe hoch, oder?"

Schon im nächsten Moment zeigte sich oben an der Stiege ein Gesicht – und plötzlich ging alles ganz schnell.

„Polizei!", schrie einer der Uniformierten und stürzte die restlichen Stufen hinauf, während die Kollegen ihm direkt auf den Fersen blieben.

Was folgte, war ein einziger Tumult, und Büttner hoffte inständig, dass die Kollegen gut genug aufeinander eingespielt waren, um in dieser Ausnahmesituation den Überblick zu behalten. Und auch, wenn er eigentlich nicht an einen Gott glaubte, so schickte er jetzt ein Stoßgebet zum Himmel und bat um den Beistand aller gerade verfügbarer Schutzengel.

„Hände hoch und alles auf den Boden! Werfen Sie die Waffe weg!", war das nächste, was Büttner hörte. Inzwischen hatte auch er den Dachboden erreicht und warf einen schnellen Blick in die Runde. Seine Kollegen schienen die Situation im Griff zu haben. Sie standen über den Dachboden verteilt breitbeinig da und hielten ihre Waffe auf sechs am Boden liegende Personen gerichtet, die allesamt mit den Gesichtern nach unten lagen, ihre Hände über dem Kopf verschränkt hielten und schwer atmeten. Unter ihnen erkannte er auch seine Tochter, widerstand jedoch seinem Instinkt, sogleich auf sie zuzustürzen.

„Jetzt stehen Sie alle mal ganz langsam auf!", sagte er. „Und machen Sie keine Mätzchen, denn es sind mehrere Schusswaffen auf Sie gerichtet!"

„Papa!?" Jettes Kopf wirbelte herum und sie starrte ihn aus schreckensweiten Augen an.

„Alles okay mit dir?", fragte Büttner besorgt und ging auf sie zu, während sie sich wie alle anderen in die Senkrechte begab.

„Was ist denn hier los, Papa? Was soll das Ganze?" Jettes Atem ging stoßweise und Tränen standen in ihren Augen, als sie sich mit einem lauten Aufstöhnen in die Arme ihres Vaters sinken ließ.

„Wo ist der Entführer?", fragte Sebastian Hasenkrug, der anstelle seines Chefs einen klaren Kopf behielt. „Und wo ist die Waffe?"

„Was?", klang es mehrfach krächzend zurück.

„Man sagte uns, dass Ihr Entführer Sie hierher verschleppt habe", wandte sich Hasenkrug an Paul, der leichenblass vor ihm stand.

„Es – hier ist kein Entführer. Und auch keine Waffe", sagte der mit zittriger Stimme und klappte im nächsten Moment ohnmächtig zusammen.

33

Erst als sich das Adrenalin auf dem Weg zurück ins Kommissariat langsam wieder abbaute, spürte Hauptkommissar David Büttner, wie erschöpft er war. Er träumte von mehreren Tassen schwarzen Kaffees und einem ausgiebigen Frühstück. Und doch wäre das nur die zweitbeste Lösung, denn eigentlich wollte er nur noch ins Bett. Doch daran war nicht zu denken, denn nach wie vor wartete jede Menge Arbeit auf sie.

Auf die Frage, was auf dem Dachboden geschehen war, hatten die jungen Leute nur den Kopf gesenkt und gemeint, das solle Paul lieber selbst erzählen. Der aber war zunächst nicht mehr ansprechbar gewesen und mit dem Notarztwagen ins Krankenhaus gebracht worden. Sie würden also warten müssen, bis er sich wieder erholt hatte.

„Das mit Jette tut mir leid", sagte Hasenkrug, nachdem sie eine Weile geschwiegen und versucht hatten, ihre Ruhe zurückzugewinnen. „Es muss für Sie der Horror gewesen sein."

„Einmal Hölle und zurück", seufzte Büttner und rieb sich die müden Augen. „Na ja, ist ja noch mal gutgegangen. Ich knöpfe sie mir dann zu Hause vor. Schließlich hatte ich ihr mindestens hundert Mal gesagt – ach!" Er beendete den Satz mit einer wegwerfenden Handbewegung.

„Die jungen Leute sind bestimmt schon im Kommissariat und machen ihre Aussage."

„Ich nehme eher an, dass sie sich solidarisch mit ihrem Freund Paul erklären und nichts sagen, bevor er nicht den Mund aufgemacht hat."

„Mich würde wirklich interessieren, wo Paul und Nico auf einmal herkamen. Konnte Paul flüchten? Hat Nico ihn befreit? Hach! Es ist doch zu dumm, dass der Junge gerade dann in Ohnmacht fällt, wenn es interessant wird. Gut möglich, dass der Entführer längst über alle Berge ist, bis wir von Paul mal eine Aussage haben."

„Ich für meinen Teil glaube jetzt erst recht an keinen Entführer mehr", entgegnete Büttner. „Ich weiß zwar nicht, wer hier welches Spiel mit uns gespielt hat. Aber den Kidnapper halte ich inzwischen für genau so ein Märchen wie den bösen Wolf und die sieben Geißlein."

„Wir werden sehen", erwiderte Hasenkrug, klang jedoch nicht überzeugt.

Das Schrillen von Büttners Handy setzte ihrem Gespräch zunächst ein Ende.

„Hier ist Katja Uphoff", klang ihm eine aufgeregte Stimme entgegen, als er abgenommen und auf die Lautsprecherfunktion gedrückt hatte. „Bitte kommen Sie schnell, Herr Kommissar! Karlheinz Theelen ist in mein Haus eingedrungen!"

„Bitte, Frau Uphoff, bleiben Sie ganz ruhig! Wo genau sind Sie jetzt?"

„In der Küche."

„Und er?"

„Auch in der Küche."

„Wie können Sie dann telefonieren?" Büttner runzelte die Stirn und bedeutete Hasenkrug, die Kollegen zu informieren.

„Es ist mir gelungen, ihn mit einer Bratpfanne Schachmatt zu setzen und ihn an den Heizkörper zu fesseln. Ich glaube nicht, dass er mir noch gefährlich werden kann."

„Kompliment! Dann behalten Sie ihn gut im Auge. Wir sind gleich da."

„Der Hausfrauen-Klassiker", grinste Hasenkrug. „Sie hat ihm eine Bratpfanne über den Schädel gezogen, das ist ja kaum zu glauben!"

„Womöglich habe ich diesem Hausfrauen-Klassiker gerade meinen Urlaub zu verdanken", erwiderte Büttner. „Also machen Sie bitte keine Scherze darüber. Ich glaube fast, ich bin der Frau zu ewigem Dank verpflichtet. Immerhin hat sie für uns einen Mörder dingfest gemacht."

„Dann hoffen wir mal, dass sie ihn ordentlich festgezurrt hat. Ich möchte lieber nicht wissen, was er mit ihr macht, wenn er sich befreien kann."

„Nun malen Sie mal nicht den Teufel an die Wand, Hasenkrug!", knurrte Büttner. „Es kann doch schließlich nicht alles schiefgehen! Pannen haben wir doch nun wirklich schon genug gehabt."

„Karlheinz Theelen, ich verhafte Sie wegen des dringenden Verdachts, Johannes Uphoff ermordet zu haben", sagte Büttner wenige Minuten später, als seine Kollegen den Metzger aus seiner misslichen Lage befreit hatten. So, wie es aussah, hatte Katja Uphoff ihrem Peiniger nach dem Schlag mit der Bratpfanne die Hände und Füße mit Kordeln fixiert, ihn mit über den Kopf gezogenen Armen am Heizkörper festgebunden und ihm ein Geschirrtuch als Knebel in den Mund gestopft. Der Mann hatte sichtlich Mühe gehabt zu atmen, und sein Gesicht war bereits ins Bläuliche angelaufen, als die Polizisten die Küche betreten hatten. Offensichtlich litt Karlheinz Theelen unter einer Erkältung und bekam durch die Nase kaum Luft.

„Oh, das hab ich in meiner Aufregung gar nicht gemerkt", hatte Katja Uphoff gesagt, als Sebastian Hasenkrug sie auf diesen Umstand hinwies. „Wie soll ich in einer solchen Situation denn auch …" Sie hatte die Hände vors Gesicht geschlagen und angefangen zu wimmern.

„Jetzt beruhigen Sie sich bitte", sagte Büttner, „es ist doch alles vorbei."

„Es war alles ganz anders!", schrie Karlheinz Theelen und wehrte sich mit all seiner Körperkraft, als ihn zwei Polizisten abführten wollten. „Ich habe Johannes nicht umgebracht! Sie war es! Sie hat ihren Mann um die Ecke gebracht! Und mich hätte sie auch beinahe kaltgemacht! Ihr müsst mir das glauben! Sie ist eine Furie! Eine Hexe ist das!"

„Ach, Theelen, man muss auch wissen, wann man verloren hat", seufzte Büttner und nickte seinen Kollegen zu. „Bringt den Kerl raus, ich kann ihn jetzt wirklich nicht ertragen!"

„Aber ich war es nicht! Ich war es nicht!"

„Fühlen Sie sich in der Lage, eine Aussage zu machen?", fragte Büttner an Katja Uphoff gewandt.

„Muss das jetzt sein?" Sie verschränkte die Arme vor dem Körper als wäre es ihr kalt. „Ich bin so – mir geht es nicht gut. Außerdem kommen gleich die Kinder. Sie sollen von alledem nichts mitkriegen, es ist für sie schon schwierig genug. Ich würde dann am Nachmittag zu Ihnen ins Kommissariat kommen, wenn es recht ist. Geht das?"

„Natürlich. Kommen Sie erst mal wieder zu sich. Auf ein paar Stunden kommt es jetzt nicht an." Büttner zögerte und sagte dann: „Nur eine Frage hätte ich: Wissen Sie, aus welchem Grund Herr Theelen in Ihr Haus eingedrungen ist?"

Sie schüttelte den Kopf und schnäuzte sich in ein Taschentuch, das Hasenkrug ihr reichte. „Er kam in die Küche und schrie *Jetzt bist du dran!* Ich hatte aber schon gehört, wie er zur Haustür hereinkam und mich vorsichtshalber mit einer Bratpfanne bewaffnet. Dann hab ich einfach zugeschlagen, und er ist zu Boden gegangen."

„Gut. Alles andere können wir später klären. Sagen wir so gegen fünfzehn Uhr?"

„Ja. Das ist in Ordnung. Ich bin dann da."

Büttner sah die bleiche, immer noch am ganzen Leib zitternde Frau prüfend an. „Ich könnte eine Psychologin kommen lassen, wenn Sie möchten."

Sie winkte mit einer fahrigen Geste ab. „Nein, nein. Es ist alles gut. Ich brauche jetzt nur ein wenig Ruhe. Bitte."

„Irgendwas ist komisch", meinte Sebastian Hasenkrug, als sie später auf den Parkplatz des Kommissariats einbogen. „Wenn Sie mich fragen, passt da irgendwas nicht zusammen."

„Jetzt ist aber mal gut gewesen", stöhnte Büttner und schob sein Handy zurück in die Tasche, auf dem soeben ein Anruf von Frau Weniger eingegangen war. Paul von Hartenberg hatte sich demnach selbst aus dem Krankenhaus entlassen und saß nun gemeinsam mit seinem Freund Nico im Kommissariat, um eine Aussage zu machen. „Seien Sie doch einfach nur mal froh, Hasenkrug, dass wir Karlheinz Theelen endlich da haben, wo er hingehört."

„Ich weiß nicht, ob wir ihn da haben, wo er hingehört", erwiderte der.

„Puh, manchmal sind Sie echt schwierig, Hasenkrug! Jetzt kümmern wir uns erstmal um die beiden Jungen, und dann sehen wir weiter."

Paul und Nico sahen ihnen aus müden Augen entgegen, als die Polizisten in den Vorraum ihres Büros traten. Vor ihnen standen vier dampfende Tassen mit Kaffee.

„Sind Sie sicher, dass Sie nicht ins Krankenhaus gehören?", fragte Büttner, griff sich eine der Tassen und schaute den großen und athletisch gebauten Paul abschätzend an. Dieser wirkte nach den vier Tagen seines Verschwindens und den Ereignissen auf dem Hof sehr mitgenommen. Wie Büttner erst jetzt realisierte, zeigte sein Gesicht allerdings nicht die geringste Spur einer Verletzung auf, was nach den letzten Fotos, die die Polizisten von ihm gesehen hatten, zumindest ein wenig merkwürdig anmutete. Lediglich seine Augen lagen in tiefen Höhlen und ließen auf einen gewissen Schlafmangel schließen.

Sein Freund Nico sah aus wie immer, wenn auch ebenfalls etwas übermüdet.

„Es geht mir gut", sagte Paul mit sonorer Stimme, die der seines Vaters recht ähnlich war.

„Okay, dann bin ich jetzt gespannt auf Ihre Geschichte." Büttner winkte sie in sein Büro, setzte sich und lehnte sich in seinem Stuhl zurück.

„Zunächst einmal möchte ich mich entschuldigen, dass ich Ihnen so viele Umstände gemacht habe", sagte Paul kleinlaut. „Ich – es war nicht meine Absicht, das müssen Sie mir glauben. Aber es war plötzlich alles so …" Er sank in sich zusammen und schlug die Hände vors Gesicht.

„Hätten wir gewusst, was das alles nach sich zieht, dann hätten wir das doch nie gemacht", sprang Nico seinem Freund zur Seite. „Niemals hätten wir doch geglaubt – mein Gott, ich kann immer noch nicht fassen, dass Murad und Mehmet nur wegen uns im Krankenhaus liegen!"

„Ich hätte zunächst mal gerne das *Wir* erklärt", sagte Büttner und schaute mit gerunzelter Stirn von einem zum anderen. „Was genau hatten Sie mit Pauls Verschwinden zu tun, Nico?"

„Wir haben uns die Entführung gemeinsam ausgedacht", antwortete er kleinlaut.

„Aha." Büttner räusperte sich, während Hasenkrug an dem Aufnahmegerät herumfummelte und dann sagte: „Könnten Sie den letzten Satz bitte wiederholen? Fürs Protokoll, meine ich."

„Wir haben uns die Entführung gemeinsam ausgedacht", wiederholte Nico.

„Und jetzt hatten Sie plötzlich keine Lust mehr darauf?", fragte Büttner spöttisch, nahm einen kräftigen Schluck Kaffee und ließ sich in seinen Schreibtischstuhl zurücksinken. „Sollten Sie sich angesichts unserer Ermittlungstaktik gelangweilt haben, möchte ich mich auf das herzlichste entschuldigen. Ich hoffe, Sie sehen uns nach, dass wir dabei nicht immer gute Laune gezeigt haben. Da haben wir wohl einfach den Scherz nicht verstanden."

Paul und Nico pressten die Lippen aufeinander und warfen sich von unten herauf einen nicht zu deutenden Blick zu. Büttner war sich nicht sicher, ob sie gleich in Tränen oder in Gelächter ausbrechen würden. Er hielt beides für möglich.

Die Tränen siegten. Allerdings gab es von Seiten der Jungen kein großes Jammern und Wehklagen, sondern eher eine Art stille Traurigkeit. Paul flossen nun Tränen über die Wangen, ohne dass er den Versuch machte, sie wegzuwischen.

„Ich wollte es doch nicht", schniefte er nach einer Weile. „Wenn ich es ungeschehen machen könnte, dann … es war so nicht geplant."

„Am besten erzählen Sie uns erstmal, was genau Sie nicht wollten", schlug Hasenkrug vor. „Noch können wir uns nämlich keinen rechten Reim auf das alles machen. Das Einzige, das ich bislang verstanden habe, ist, dass Sie sich die Entführung selbst ausgedacht haben. Liege ich damit richtig?"

„Ja", sagte Paul knapp.

„Okay. Und jetzt wüsste ich ganz gerne den Grund dafür, dass Sie über Tage einen ganzen Polizeiapparat sinnlos in Atem gehalten und so manchen in Todesängste versetzt haben."

„Es war so nicht geplant."

„So weit waren wir schon." Hasenkrug legte ein paar Zettel vor Paul auf den Schreibtisch und hoffte, damit einen Anknüpfungspunkt zu finden, an dem sich der Junge bei seinen Erläuterungen entlanghangeln konnte. „Ihre Schulkameradin Anna sagte mir, dass diese Kurzgeschichten von Ihnen sind", erklärte er auf Pauls fragenden Blick hin.

„Ja", sagte Paul, nachdem er ein paar Sätze gelesen hatte, „die sind von mir."

„Wenn ich das in einer anderen Situation erfahren hätte, würde ich mich vermutlich vor Ihnen verneigen", meinte Hasenkrug. „Diese Geschichten gehören zu dem Besten, was ich jemals gelesen habe. Sie sind schlichtweg genial."

„Danke", flüsterte Paul und strich fast zärtlich über das Papier.

„Ich frag mich nur, wie sie auf den Schreibtisch von Peter Theelen gekommen sind."

Büttner und Hasenkrug entging nicht, dass die beiden Jungen bei der Erwähnung des Namens merklich zusammenzuckten.

„Ich hatte sie ihm geschickt", erklärte Paul. „Ich hatte über das Internet mit ihm Kontakt aufgenommen und ihm ein paar meiner Texte geschickt. Er betreibt da sehr erfolgreich einen Blog. Einen Literaturblog."

„Das ist uns bekannt, ja."

„Er hat mir geantwortet, dass er von meinen Geschichten begeistert sei. Er wollte noch mehr davon haben. Also hab ich ihm noch welche geschickt."

„Doch statt sie auf seinem Blog zu besprechen, hat er sie unter seinem Namen veröffentlicht", stellte Hasenkrug fest. Auf die erstaunten Gesichter der Jungen hin fügte er hinzu: „Ich hab zwei der Geschichten auf einem Self-publisher-Portal gefunden."

„Ach so. Ja. Das stimmt. Aber das hab ich erst später gemerkt. Ich dachte, er will sie ganz einfach nicht haben. Als

Peter sich eine ganze Weile nicht mehr bei mir gemeldet hatte und auch in seinem Blog nichts erschien, hab ich noch mal nachgefragt. Und plötzlich schrieb er, dass er es sich anders überlegt habe. Das kam mir komisch vor, aber ich konnte es ja nicht ändern. Tja, und dann …" Paul zögerte.

„Und dann?" Büttner klopfte nervös mit seinen Fingern auf dem Schreibtisch herum.

„Dann machte unsere Lehrerin, Frau Steiner, den Vorschlag, unsere Abschlussfahrt nach Pewsum zu machen. Zuerst fand ich die Idee komplett gaga, aber dann hab ich bei neuerlichen Recherchen gesehen, dass Peter Theelen genau hier wohnt. Ich hielt das für einen Wink des Schicksals und hab versucht, meinen Mitschülern das Wühlen in Schweinekot schmackhaft zu machen." Um seine Mundwinkel spielte nun ein kaum wahrnehmbares Grinsen.

„Was Ihnen auch gelungen ist."

„Ja. Erstaunlich, oder?"

„Und weiter?", ging Büttner nicht auf die Frage ein.

Paul knetete nervös die Hände im Schoß. „Ich hab Peter Theelen angerufen und wollte mich mit ihm treffen, ihn davon überzeugen, dass er doch noch was aus meinen Geschichten macht."

„Doch das hatte er schon", stellte Hasenkrug mit einem Blick auf die Zettel fest. „Nur auf andere Art, als Sie es sich vorgestellt hatten."

Paul nickte. „Er hat ein Treffen verweigert." Er warf Nico einen hilfesuchenden Blick zu, der nickte ihm aufmunternd zu. „Das machte mich stutzig. Und dann hab ich plötzlich eine meiner Kurzgeschichten im Internet gesehen. Er hatte sie unter seinem Namen veröffentlicht. Als Selfpublisher eben."

„Also in Eigenregie, ohne Verlag."

„Ja."

„Aha." Das mussten diese E-Books sein, von denen Jette immer redete, dachte Büttner. Er selbst hatte sich noch nie mit so was befasst. In seiner Welt kamen Bücher nur gedruckt auf Papier vor.

„An diesem Abend dann …" Paul fing am ganzen Körper an zu zittern.

„An welchem Abend?" Büttner beugte sich über den Schreibtisch und sah sein Gegenüber gespannt an.

„Ich kannte Peters Foto aus dem Internet. Ich hab ihn gesehen, als er in die Kneipe ging."

„In die Gaststätte Siebrands."

„Ja."

„Sie waren dort mit Ihren Freunden unterwegs?", fragte Hasenkrug lauernd. Nach Aussage der anderen war Paul an diesem Abend nicht bei ihnen gewesen, als sie Billard spielten.

„Nein." Paul schüttelte den Kopf. „Ich war alleine. Die anderen waren noch nicht da. Die kamen erst später, hatten aber keine Ahnung, dass ich da draußen stand." Erstmals zog er ein Papiertaschentuch aus der Tasche und wischte sich damit über das tränennasse Gesicht. „Ich hab Peter Theelen reingehen sehen, aber ich hab mich nicht getraut, den Gastraum zu betreten. Ich war mir nicht sicher, was ich tun sollte. Ob ich überhaupt was tun sollte."

„Aber dennoch sind Sie irgendwann reingegangen."

„Ja. Ich hatte durchs Fenster gesehen, dass er aufstand und zur Tür ging. Ich bin dann auch rein, weil ich dachte, nun würde ich ihn alleine erwischen. Er ging in Richtung der Toiletten und ich bin ihm gefolgt."

Büttner schluckte schwer und wollte am liebsten gar nicht mehr hören, wie die Geschichte weiterging. „Es kam zum Streit?", fragte er mit belegter Stimme.

„Ja." Die nächsten Sätze spulte Paul ab wie auswendig gelernt, fast klang er wie ein Roboter. „Ich hab ihn zur Rede gestellt. Ein Wort ergab das andere. Irgendwann wurde er handgreiflich, prügelte immer wieder auf mich ein und schrie *Du wirst mir meine Zukunft nicht versauen, du nicht!* Ich wusste mich nicht mehr anders zu wehren, als ihn mit voller Kraft von mir zu stoßen."

„Und Sie haben viel Kraft", stellte Büttner mit einem Blick auf Pauls sportlichen Körperbau fest.

„Ich habe lange Handball gespielt. Mein Vater wollte es so."

„Peter Theelen stürzte dann durch das geschlossene Fenster, richtig?", fragte Hasenkrug.

Paul nickte, sagte aber nichts.

„Und was haben Sie dann getan?"

„Ich bin weggelaufen. Ich wollte nur noch raus."

„Und haben den Schwerverletzten sich selbst überlassen", stellte Büttner fest.

„Nein! So war es nicht!" Paul sprang plötzlich auf und fuchtelte wild mit den Armen. „Bitte, Sie müssen mir glauben, dass es so nicht war!"

„Sondern?"

„Ich hab gar nicht nach ihm geguckt. Ich meine, es war

der erste Stock! Ich hätte doch nie im Leben geglaubt, dass ihm irgendwas passiert! An den blöden Zaun hab ich doch gar nicht gedacht! Ich hatte Panik, dass er wiederkommt und mich – ich hatte Angst und bin einfach durch die Hintertür raus!" Paul ließ sich schwer auf seinen Stuhl zurückfallen. „Ich bin dann zu Nico zurück. Erst am nächsten Morgen hab ich erfahren, was wirklich passiert war."

„Was heißt das, Sie sind dann zu Nico zurück?", wollte Hasenkrug wissen. „Der war doch auf dem Bauernhof. Sie aber wurden dort bereits vermisst."

„Wir hatten unseren eigenen Treffpunkt", sagte Paul fast flüsternd.

„Das verstehe ich jetzt nicht." Zu seiner Verwunderung bemerkte Büttner, dass beiden Jungen die Röte ins Gesicht schoss.

„Wir mussten uns immer verstecken", sagte Nico leise. „Wir mussten unsere Liebe verstecken, weil Pauls Vater damit gedroht hatte, Paul ins Internat zu stecken. Später hat er sich dann das Praktikum in Manhattan einfallen lassen."

Büttner schluckte betreten und sah die beiden jungen Männer lange an. Sie taten ihm plötzlich leid. Er konnte Eltern nicht leiden, die versuchten, ihren Kindern ihren Willen oder ihre Lebenseinstellungen aufzuzwingen. Schon gar nicht, wenn sie damit der emotionalen Entwicklung der Kinder im Weg standen.

„Das heißt, bei dem Aufenthalt in Amerika ging es Ihrem Vater gar nicht in erster Linie um Ihre berufliche Zukunft, sondern vor allem darum, es Ihnen und Nico unmöglich zu machen, sich zu treffen", wandte sich Hasenkrug an Paul.

„Beides. Ich sollte funktionieren. Auf allen Ebenen. Und zwar so, wie mein Vater es für mich vorgesehen hatte. Ich hab ihm aber nie gesagt, dass es sich bei meinem Freund um Nico handelt. Er wusste nur, dass ich mich – für Männer interessiere." Paul hatte beim Sprechen nicht den Kopf gehoben, sondern starrte jetzt mit stumpfem Blick auf seine Füße.

„Hm. Und wie passt da die vorgetäuschte Entführung ins Spiel?", fragte Büttner.

Paul wand sich auf seinem Stuhl. Zweifelsohne war ihm bewusst, dass die nächsten Sätze über seine Zukunft entscheiden würden. „Sie war nicht geplant", sagte er dann und sah den Hauptkommissar flehend an. „Bitte, Sie müssen mir glauben, dass sie nicht geplant war!"

„Zunächst hätte ich gerne mal die Fakten", erwiderte Büttner.

„Ja. Natürlich." Paul räusperte sich. „Als Nico mir erzählte, dass Peter Theelen sich bei dem Fenstersturz – also, dass er tot war und die Polizei den Täter suchte, bin ich total in Panik geraten. Ich dachte, wenn man mich jetzt findet, dann muss ich in den Knast." Er nahm seinen Kaffeebecher in die Hand und umklammerte sie mit festem Griff, trank jedoch keinen Schluck. „Und dann war da ja auch noch mein Vater, der mich am Mittag zuvor in Pewsum abpasste und mir unmissverständlich gesagt hat, dass ich jede weitere finanzielle und auch sonstige Unterstützung vergessen könne, wenn ich nicht nach Manhattan ginge. Und vor allem, wenn ich – also wenn ich weiterhin einen auf – Schwuchtel mache."

„Und da haben Sie beschlossen, sich durch diese Entführungsgeschichte an ihm zu rächen und gleichzeitig an
Geld zu kommen."

„Denken Sie jetzt nichts Falsches!", sprang Nico seinem
Freund zur Seite und reckte entschlossen das Kinn vor.
„Paul wollte mit seinen Kurzgeschichten sein eigenes Geld
verdienen, um sich davon sein Musikstudium leisten zu
können. So viele hatten ihm gesagt, dass seine Geschichten
wirklich gut sind, so dass er sich – dass wir uns Hoffnung
machten, vielleicht halbwegs von den Einnahmen leben zu
können, bis wir beruflich Fuß gefasst hätten. So hoch sind
unsere Ansprüche ja nicht."

„Aber diesen Traum hat Ihnen Peter Theelen zunichte
gemacht", stellte Hasenkrug fest.

„Ja. Es hing doch so viel dran", sagte Paul mit
schleppender Stimme. „Und dann noch dieser Sturz aus
dem Fenster. Meine ganze Zukunft ging auf einmal den
Bach runter, und ich wusste nicht, was ich noch tun
sollte." Er sah Nico von unten herauf an, bevor er fortfuhr: „Kurz hatte ich überlegt, mich umzubringen, weil
ich einfach keinen Ausweg mehr sah. Aber Nico – ohne
seinen Zuspruch wäre ich jetzt wohl nicht mehr hier.
Gemeinsam kamen wir dann auf die Idee mit der vorgetäuschten Entführung."

„Sie hätten Peter Theelen verklagen können", meinte
Büttner.

„So was kann Jahre dauern, und das mit ungewissem
Ausgang", erwiderte Paul. „Außerdem hätte mein Vater
dafür kein Verständnis gehabt. *Was glaubst denn du, wer
sich für deine verschwuchtelten Geschichten interessieren*

sollte, hat er immer gesagt. Nie im Leben hätte er mich darin unterstützt, meine Rechte durchzusetzen."

„Vermutlich hätte er Peter Theelen sogar noch Geld dafür geboten, die Geschichten verschwinden zu lassen", ergänzte Nico.

„Was ist mit Ihren anderen Freunden, die sich in den letzten Tagen hier in Pewsum aufgehalten haben? Haben die von alledem gewusst?"

Paul schüttelte den Kopf. „Nein. Sie hatten keine Ahnung. Nur Nico wusste davon."

„Sie haben sich ziemliche Sorgen um Sie gemacht. Und Murad und Mehmet haben sogar …"

„Ich weiß." Paul hob beschwichtigend die Hände. „Ich hab keine Ahnung, wie ich das wieder gutmachen kann. Wahrscheinlich gar nicht."

„Was hat Sie heute dazu veranlasst, die anderen auf dem Dachboden aufzusuchen?", fragte Hasenkrug.

„Ich wollte, dass es zu Ende ist. Ich wollte ihnen alles erklären. Nico meinte, das sei ein guter erster Schritt. Er hatte recht. Nachdem, was mit Murad und Mehmet passiert war, wollte ich einfach nicht mehr. Die Mädels waren ziemlich entsetzt und auch enttäuscht. Aber etwas anderes hatte ich auch nicht erwartet. Sie haben ja recht. Das alles war eine völlig schwachsinnige Aktion und hat zu nichts geführt, sondern alles nur noch schlimmer gemacht."

„Aber zuvor wollten Sie noch eine letzte Lösegeldübergabe inszenieren?" Für Büttner passte das nicht zusammen.

„Welche Lösegeldübergabe?", fragte Paul verdutzt.

„Die von letzter Nacht. Die mit dem Eiswasser."

„Eiswasser? Davon weiß ich nichts." Paul warf Nico

einen fragenden Blick zu, aber auch der zuckte nur mit den Schultern.

„Aha", war zunächst alles, was Büttner dazu sagte, um dann die nächste Frage zu stellen: „Jetzt wüsste ich gerne, wo Sie eigentlich die ganze Zeit gesteckt haben." Er verzog das Gesicht. „Und wer Ihnen all die *Verletzungen* zugefügt hat."

„Ich war in so 'ner verlassenen Gartenhütte nicht weit von hier. Nico hat mir alles gebracht, was ich brauchte. Und mir auch die Halloween-Bemalung mit den blauen Augen und so verpasst. Es sollte doch alles echt aussehen."

„Noch ein Künstler also", bemerkte Büttner und zog eine Grimasse. „Den Ablauf von Entführungen aber müssten Sie noch üben. Das kam alles recht stümperhaft rüber."

„Tut mir leid. Ehrlich", murmelte Nico und wich dem Blick des Polizisten aus.

„Paul! Paul, was ist mit dir? Ist alles in Ordnung?" Noch ehe jemand wusste, wie ihm geschah, flog plötzlich die Tür auf und Gernot von Hartenberg schoss herein. „Haben sie dich freigelassen? Was ist denn nur passiert? Man hat mich informiert, dass du hier bist. Oh Gott, ich bin so froh, dass …!" Er stürzte auf seinen Sohn zu und wollte ihn in den Arm nehmen. Der aber stieß ihn von sich und sah ihn aus blitzenden Augen an.

„Mit dir bin ich fertig", sagte Paul bitter. „Lass mich in Ruhe, und zwar ein für alle Mal!"

„Ich verstehe nicht …" Pauls Vater sah zuerst seinen Sohn und dann die Polizisten perplex an.

„Nun, Herr von Hartenberg, dann werden Sie wohl lernen müssen, zu verstehen", bemerkte Büttner und zeigte auf die Tür. „Wenn Sie jetzt bitte gehen würden, wir sind mitten in einem Verhör.

„Verhör? Aber …"

„Raus!", schrie Paul und bebte jetzt vor Zorn. „Verschwinde! Ich will dich nicht mehr sehen! Nie mehr, verstehst du!"

Gernot von Hartenberg sah ihn voller Entsetzen an, stolperte aber im nächsten Moment zur Tür hinaus und ließ diese scheppernd hinter sich ins Schloss fallen.

„Was passiert jetzt mit mir?", fragte Paul am ganzen Leib zitternd.

„Das entscheidet der Haftrichter", erwiderte Büttner mit einem tiefen Seufzer und dachte bei sich, dass, wenn es nach ihm ginge, man die Eltern einsperren sollte und nicht den Sohn.

34

„Wer solche Eltern hat, braucht keine Feinde mehr."

Hauptkommissar David Büttner hatte sich die Ereignisse der letzten Tage und das Gespräch mit Paul und Nico noch mal durch den Kopf gehen lassen und war zu dem Ergebnis gekommen, dass weder Gernot noch Monika von Hartenberg in dieser Sache eine besonders einnehmende Rolle gespielt hatten. Während er dem Vater wenigstens noch abnahm, dass er sich ernsthafte Sorgen um seinen Sohn gemacht hatte – auch wenn er dessen Laptop hatte verschwinden lassen, aus lauter Angst, dass jemand durch diesen von den, wie er sich ausdrückte, widerwärtigen sexuellen Neigungen seines Sohnes erfuhr – so stieg angesichts des Verhaltens der Mutter die nackte Wut in ihm hoch.

Nicht nur, dass Monika von Hartenberg die Situation ihres Sohnes durch eine Falschaussage schamlos dazu genutzt hatte, ihrem Mann zu unterstellen, seinen eigenen Sohn entführt oder gar ermordet zu haben. Nein. Zu Büttners Entsetzen war auch sie es gewesen, die die zweite Lösegeldübergabe inszeniert hatte. Und das einzig zu dem Zweck, ihrem Mann *noch mal gründlich eins mitzugeben*, wie sie selbst es mit einem gehässigen Grinsen auf dem Gesicht zwischenzeitlich zu Protokoll gegeben hatte. Dass ihr diese Aktion noch viel Ärger einbringen konnte, schien ihr egal zu sein.

Angeblich, so hatte sie erklärt, habe sie die ganze Zeit über gewusst, dass Paul nichts Schlimmes zugestoßen sei. Auf Büttners Frage, woher sie denn dieses Wissen genommen habe, hatte sie lediglich geantwortet: „Eine Mutter spürt das."

Für Büttner aber sah ihr fragwürdiges Verhalten allenfalls nach Skrupellosigkeit, keineswegs aber nach auch nur einem Hauch von Mutterliebe aus.

Als Paul von dem Verhalten seiner Mutter erfuhr, war der seelische Schmerz, den dieses bei ihm auslöste, regelrecht spürbar gewesen. Tapfer hatte er versucht, sich die bittere Enttäuschung nicht anmerken zu lassen. An seinen bebenden Mundwinkeln aber war unschwer zu erkennen gewesen, wie es tatsächlich in ihm aussah.

Wie schwer musste es für ihn sein, dachte Büttner, nach dem Vertrauen in den Vater nun auch noch das in die Mutter zu verlieren! Nicht nur einmal hatte er im Laufe seiner Karriere dafür plädiert, so etwas wie einen verpflichtenden Führerschein für Eltern einzuführen. Auch war er immer schon der Ansicht gewesen, dass man den Verdacht auf Misshandlungen bei einem Kind nicht nur an der Anzahl blauer Flecken festmachen durfte, die dieses davontrug. Mindestens genauso wichtig waren doch die seelischen Schmerzen, die Eltern ihrem Kind bis zum Erwachsenenalter zufügten. Das galt ohne Einschränkung für alle Eltern und gerade für die, die sich rühmten, mit ihrem Akademiker-Titel die Weisheit auch in Fragen der Kindererziehung mit Löffeln gefressen zu haben. Leider übersahen sie dabei häufig, dass ein Kind sein eigenes Leben leben sollte, anstatt als Projektionsfläche für den Ehrgeiz sowie die unerfüllten Träume und verpassten Chancen seiner Eltern herzuhalten.

„Hoffentlich gerät Paul an einen verständnisvollen Richter", seufzte Hasenkrug, der ähnlichen Gedanken nachzuhängen schien.

„Ja, das wäre gut", nickte Büttner. Er warf einen Blick auf den Kalender und stellte dann zufrieden fest: „Da haben wir ja mal eine Punktlandung hingelegt. Beide Todesfälle und auch diese unglückliche Entführung sind pünktlich zu meinem Urlaub gelöst. Meine Frau wird begeistert sein."

Hasenkrug sah seinen Chef nachdenklich an. „Ich will Ihnen ja nicht den Spaß verderben, Chef", sagte er dann. „Aber meiner Meinung nach sind bei dem Mord an Johannes Uphoff durchaus noch Fragen offen."

„Nur weil Karlheinz Theelen behauptet, den Mord nicht begangen zu haben?" Büttner schüttelte unwillig den Kopf.

„Nein", entgegnete Hasenkrug. „Wenn ich von offenen Fragen rede, dann meine ich offene Fragen. Und wenn ich auf diese stoße, dann wird es womöglich auch der Richter tun. Wenn Sie mich fragen, ist die Beweislage alles andere als wasserdicht."

„Sie gönnen mir meinen Urlaub nicht, Hasenkrug", erwiderte Büttner gequält. „Auch der Staatsanwalt ist davon überzeugt, dass der Richtige hinter Gittern sitzt. Was wollen Sie also noch?"

„Mir kommt vor allem die Sache mit dem Arm komisch vor." Hasenkrug hob ein Foto hoch, auf dem der leblose Körperteil zu sehen war. „Die ganze Zeit schon stelle ich mir die Frage, was Karlheinz Theelen für einen Grund gehabt haben sollte, den Arm in die Walachei zu schmeißen, anstatt sein Opfer rückstandslos zu entsorgen."

„Vielleicht wollte er, dass der Mord bekannt wird", mutmaßte Büttner. „Jeder von uns besitzt doch ein gewisses Maß an Eitelkeit, auch ein Verbrecher. Ja, vielleicht hatte er einfach Spaß daran, in der Zeitung von einem Mord, statt nur von einem schnöden Verschwinden zu lesen. Da fühlt man sich doch gleich viel wichtiger."

Zwischen Hasenkrugs Augen bildete sich eine steile Frage. „Kann sein. Aber sicherlich gibt es für ein solches Verhalten auch noch andere Motive."

„Nämlich?"

„Ich bin da mal von mir ausgegangen. Gesetzt den Fall, ich hätte eine Ehefrau, die ich loswerden wollte. Was wäre zu tun?"

„Um sicher zu gehen, dass sie nicht wieder auftaucht, würden Sie sie umbringen", beantwortete Büttner die hypothetische Frage seines Assistenten.

„Genau. Aber würde ich sie restlos verschwinden lassen?"

„Wenn Sie ganz sicher gehen wollen, dass Ihnen keiner auf die Schliche kommt, dann ja."

„Aber wenn mir jemand auf die Schliche kommen soll, was dann?"

„Das wäre aber ein seltsames Anliegen, Hasenkrug." Büttner sah seinen Assistenten spöttisch an.

„Nur, wenn es nichts zu holen gibt", erwiderte dieser unbeeindruckt.

„Wenn es was nicht zu holen gibt?"

„Eine Lebensversicherung zum Beispiel", antwortete

Hasenkrug und hielt nun ein paar Zettel in die Höhe. „Ich hab mich mal schlau gemacht und erfahren, dass Johannes Uphoff eine Lebensversicherung in Höhe von zweihundertfünfzigtausend Euro zugunsten seiner Frau abgeschlossen hatte."

„Ja und?" Büttner stand auf dem Schlauch.

Auf Hasenkrugs Gesicht erschien ein triumphierendes Grinsen. „Die Versicherung zahlt nur, wenn der Mann tatsächlich tot ist. Würde er jedoch rückstandsfrei verschwinden und sein Tod damit nicht nachzuweisen sein, könnte ihn die Witwe erst nach mehreren Jahren für tot erklären lassen. Durch den Arm aber, der laut der Gerichtsmedizin einer Leiche amputiert wurde, war die Sache klar."

Nun fiel bei Büttner der Groschen. Nachdenklich lehnte er sich in seinem Stuhl zurück. „Da könnte durchaus was dran sein", sagte er nach einer Weile.

„Das sehe ich auch so", nickte Hasenkrug zufrieden. „Hinzu kommt, dass ich der Witwe die Sache mit der Bratpfanne nicht abnehme."

„Warum? Hatte Theelen keine Beule am Kopf?"

„Doch. Eine ziemlich dicke sogar."

„Aber?"

„Ich habe lange überlegt, was mir an der Situation im Hause Uphoff komisch vorkam. Und auch Theelen selbst hat ja immer wieder darauf bestanden, dass es alles ganz anders gewesen sei, als Katja Uphoff behaupte. Er gab zu Protokoll, dass sie ihn zwar überwältigt habe, die Bratpfanne aber habe sie ihm erst über den Schädel gezogen, als er bereits gefesselt und geknebelt an der Heizung gesessen habe. Er schien immer noch dran zu knabbern, derart aufs Korn genommen worden zu sein."

„Und wie sollte eine so zarte Frau wie Katja Uphoff einen so kräftigen Mann wie Karlheinz Theelen ohne Bratpfanne überwältigen? Sie hätte doch gar keine Chance gegen ihn." Büttner verstand nicht, dass sein Assistent ein so einfaches Naturgesetz außer acht ließ.

„Ja, diesen Gedanken hatte ich auch zunächst. Aber dann habe ich mich mal ein bisschen mit dem Lebenslauf der Frau auseinandergesetzt." Hasenkrug legte seinem Chef einen Ordner auf den Schreitisch. „Diese Akte habe ich von der Bundespolizei bekommen. Aus ihr geht hervor, dass nicht nur ihr Mann Johannes, sondern auch sie selbst früher dort beschäftigt war. Und zwar in einem Sondereinsatzkommando. Kurz gesagt: Katja Uphoff hat eine Einzelkämpferausbildung genossen. Wenn ihr jemand blöd kommt, dann hat der gelitten. Die macht einen so schnell platt, dass man nicht mal mehr Zeit hat, es überhaupt zu registrieren."

„Ups." Büttner sah seinen Assistenten anerkennend an. „Respekt, Hasenkrug! Aber wie sind Sie denn überhaupt darauf gekommen, bei der Bundespolizei nach ihr zu suchen?"

„Sie hat eine Verletzung am Auge und braucht deswegen eine Brille beim Lesen. Sie sagte mir, sie habe sie sich im Dienst zugezogen. Diesen Ausdruck aber verwendet kaum ein normaler Arbeitnehmer, sondern allenfalls Beamte. Und da ihr Mann bei der Bundespolizei war, dachte ich mir, sie hätten sich dort vielleicht kennengelernt. Und so war es dann auch."

„Das lässt die Sache ja tatsächlich in einem ganz anderen Licht erscheinen. Denn das heißt ja im Zweifel auch, dass sie ihren Mann ohne weiteres überwältigen konnte."

„Na ja, das weiß man nicht, schließlich hatte der ja die gleiche Ausbildung genossen. Aber dennoch gehe ich davon aus, dass Katja Uphoff durch ihren früheren Job so abgehärtet ist, dass sie bei manchen Dingen weitaus weniger Skrupel zeigt als so manch anderer."

„So zum Beispiel beim Tranchieren des Ehemannes."

„Zum Beispiel. Obwohl es dafür natürlich schon ein sehr hohes Maß an Abgeklärtheit braucht."

„Womöglich hat dazu die Wut auf ihren Mann, der sie jahrelang betrog und vorführte, schon ausgereicht. Auf jeden Fall war der Ort geschickt gewählt, weil sie sicher sein konnte, dass der Verdacht sofort auf Karlheinz Theelen fallen würde. Und diesen Verdacht hat sie ja auch überall kundgetan."

„So sieht's aus."

„Hm." Büttner blätterte für ein Weile abwesend in der Akte herum und sagte dann: „Dennoch bleibt die Frage, wie sie in die Metzgerei gekommen ist. Nicht jeder kann da so ohne Weiteres rein, unbemerkt eine Leiche zerschnippeln und diese dann durch den Fleischwolf drehen. Von der fast rückstandslosen Entsorgung mal ganz abgesehen."

Hasenkrug grinste. „Auch da habe ich eine Theorie, und die heißt Vanessa."

„Die Metzgerei-Verkäuferin?"

„Ja. Die hat nicht nur die Schlüssel, sondern auch eine Stinkwut auf Johannes Uphoff, der sie mit ihrem Kind hat sitzen lassen."

„Sie sprechen von plötzlicher Solidarität unter betrogenen Frauen?"

„Könnte doch sein."

„Dann lassen Sie doch beide Frauen hierher bringen, Hasenkrug, und zwar umgehend." Büttner rieb sich die Hände. „Wenn Sie bei der Vernehmung der beiden auch ein solches Geschick an den Tag legen, wie bei der Recherche, dann sollte es mich nicht wundern, wenn Karlheinz Theelen schon heute Abend wieder auf freiem Fuß ist."

Hätte Büttner bei diesen Worten zu seinem Assistenten statt aus dem Fenster gesehen, wäre ihm die plötzliche tiefe Röte, die dieses Lob in dessen Gesicht gezaubert hatte, sicherlich nicht entgangen.

35

Nur wenige Stunden später stand Karlheinz Theelen vor Sebastian Hasenkrug und drückte ihm voller Herzlichkeit die Hand. „Ihr Chef sagt, dass es allein Sie sind, dem ich meine Freiheit zu verdanken habe. Und ich dachte schon, ich müsste für den Rest meines Lebens Tüten kleben für was, was ich gar nicht gemacht hab", sagte er mit einem so strahlenden Lachen auf dem Gesicht, dass selbst David Büttner seiner Arbeit wieder etwas Positives abgewinnen konnte und beschloss, sich die Sache mit dem Vorruhestand noch mal zu überlegen.

„Ich habe doch nur meinen Job gemacht", erwiderte Hasenkrug bescheiden, freute sich aber sichtlich über das Lob.

„Nee, nee, ist gar nicht selbstverständlich, dass sich einer für unsereinen so reinhängt. Und deshalb kriegen Sie von nun an alles bei mir umsonst. Immer, wenn Sie mal ein Frikadellenbrötchen wollen, kommen Sie einfach vorbei. Ich geb Ihnen dann sogar noch ein zweites drauf."

Da war es wieder, das Frikadellenbrötchen. Hasenkrug hatte redlich Mühe, sich seinen Ekel nicht anmerken zu lassen. „Das dürfen wir gar nicht annehmen", sagte er schnell. „Sie wissen ja, Beamtenbestechung und so."

„Ach so. Na ja. Dann muss ich mir wohl was anderes einfallen lassen. Schließlich will ich ja nicht, dass Sie wegen mir in den Knast gehen." Karlheinz Theelen lachte laut über seinen eigenen Scherz, wurde jedoch schlagartig wieder ernst, als nun Katja Uphoff und Vanessa unweit von ihm in Handschellen über den Flur des Kommissariats geführt wurden und ihm bitterböse Blicke zuwarfen.

„Kann ich doch nix für, dass die solche Scheiße bauen", sagte er beinahe ein wenig bedrückt. „Ich dacht ja immer, dass es Johannes und Mareeke waren, die Peter auf 'm Gewissen haben."

„Nur schade, dass Sie die Gesichter der Frauen nicht sehen konnten, als wir sie mit den Vorwürfen konfrontiert haben. Ihre gute Laune wäre gleich wieder hergestellt gewesen", grinste Hasenkrug.

Auch er selbst konnte sich bei der Erinnerung an die in getrennten Räumen durchgeführten Verhöre ein Gefühl der Genugtuung nicht verkneifen. Wie nicht anders zu erwarten gewesen, war Katja Uphoff Profi genug, sich nicht von den Beamten aufs Glatteis führen zu lassen. Stoisch und mit einem unergründlichen Gesichtsausdruck hatte sie das Verhör über sich ergehen lassen und nicht ein einziges Wort gesagt.

Im Gegensatz zu Vanessa, die schon bei der zweiten Frage in Tränen ausgebrochen war und beteuerte, sie habe mit dem Mord nichts zu tun, sondern lediglich die Metzgerei aufgeschlossen, als die Theelens nicht zu Hause gewesen waren, und beim Zerteilen und Entsorgen der Leiche geholfen. Schließlich habe sie sich schon lange mal an Johannes rächen wollen.

Eine Aussage, die ihr beim Haftrichter vermutlich nur wenige Pluspunkte einbringen würde.

Auf die Frage, ob sie denn wisse, wie genau Johannes Uphoff ums Leben gekommen sei, hatte Vanessa geantwortet, sein Tod sei laut Katja ein Unfall gewesen. Katja habe irgendwelche Reisetickets nach Thailand bei ihm gefunden, eines davon sei wohl auf Mareeke Theelen ausgestellt gewesen. Katja sei in Wut geraten und habe ihren Mann zur Rede gestellt. Aus einem Reflex heraus habe sie ihn gestoßen, woraufhin er die Treppe hinunterfiel und sich das Genick brach. Doch anstatt die Polizei zu rufen, habe sie – auch wegen irgendeiner Lebensversicherung – beschlossen, die Leiche quasi fachgerecht zu entsorgen und den Verdacht auf Karlheinz Theelen zu lenken, weil der ihr mit den angeblichen Spielschulden so übel zugesetzt habe.

„Ist ja eigentlich auch keine so feine Geste, seine schwangere Frau einfach so sitzen zu lassen und mit einer anderen abzuhauen", hatte Hasenkrug gesagt, woraufhin Vanessa ihn mit großen Augen angesehen hatte.

„Schwanger? Katja? So 'n Quatsch! Johannes hat sie doch seit mindestens einem Jahr nicht mehr angerührt, das hat sie mir selber erzählt. Die war total gekränkt deswegen. Kann man ja auch verstehen, oder?"

Spätestens nach dieser Aussage hatte Hasenkrug für Katja Uphoff keinerlei Mitleid mehr empfunden. Wer eine solche Kaltblütigkeit an den Tag legte, der hatte es nicht anders verdient, als ein paar Jahre hinter Gittern darüber nachdenken zu müssen. Einzig ihre Kinder taten ihm leid, denen ein Schicksal im Heim wohl nicht erspart werden würde, wenn sich kein Angehöriger fand, der sie bei sich aufnahm.

„So, ich geh dann mal", sagte Karlheinz Theelen in

Hasenkrugs Gedanken hinein und ergriff erneut seine Hand. „Danke noch mal. Ich werd das nie vergessen.“

„Für mich wird's dann auch mal Zeit“, sagte Büttner mit einem Blick auf die Uhr, die bereits eine Zweiundzwanzig zeigte. „Unser Flieger geht morgen früh um neun von Bremen, und ich hab noch nicht mal meine Koffer gepackt.“

Als er sich rund eine halbe Stunde später zu seiner Frau ins Bett legte, flüsterte er ihr noch schnell ein *Ich freue mich auf Spanien, mein Schatz!* ins Ohr. In der nächsten Sekunde war er bereits tief und fest eingeschlafen.

Den Kuss, den Susanne ihm auf die Stirn drückte, bekam er schon nicht mehr mit.

ENDE

DANKE!

Ein ganz besonderes Dankeschön geht an Volker Behnecke, ohne dessen wertvolle Diskussionsbeiträge zur Plotentwicklung es den Krimi in dieser Form nie gegeben hätte. Und eigentlich mehr als ein simples Danke verdient haben auch diesmal meine lieben Testleserinnen Susanne Elsen, Ira Podewin, Katrin Fritzsching, Maike Lüneburg sowie Sabine Kern. Ohne ihre Geduld, Ausdauer und ihr stets konstruktives Mitdenken würde so mancher Lapsus in Handlung und Orthografie unentdeckt bleiben. Was wäre ich ohne Euch!

Liebe Leserin, lieber Leser,

ich freue mich sehr, dass Sie „Fluchträume" als Lektüre ausgewählt haben und hoffe, dass ich Ihnen mit dieser Geschichte ein paar angenehme Stunden bereiten konnte. In diesem Fall würde ich mich über eine Rezension in den Online-Shops oder ein Feedback auf meiner Homepage (www.elke-bergsma.de) oder per E-Mail (mail@elke-bergsma.de) sehr freuen. Sollten Sie Lust haben, mehr von Büttner und Hasenkrug zu lesen, darf ich Ihnen an dieser Stelle meine weiteren Ostfrieslandkrimis ans Herz legen, die in dieser Reihenfolge erschienen sind:

„Windbruch"
„Das Teekomplott"
„Lustakkorde"
„Tödliche Saat"
„Dat witte Lücht" (Kurzkrimi)
„Puppenblut"
„Stumme Tränen"
„Schweigende Schuld"
„Fluchträume"
„Brandwunden"
„Strandboten"
„Maskenmord"
„Eisige Spuren"
„Seelenrausch"
„Scheinwelten"
„Dunstkreise"
„Zornesbrut"
„Sippenverfall"

„Todesgruft"
„Bitteres Erbe"
„Lodernde Wut"
„Dünennebel"
„Meeresklagen"
„Herbstzeittode"
„Schwarze Lettern"
„Hetzjagd"
„Platzverweis"
„Abschiedsklänge"
„Lebensfesseln"
„Klosterchoräle"
„Späte Reue"
„Innerer Dämon"
„Tummelplatz"
„Wellenschlag"
„Froststarre"
„Siedepunkt"

Vielleicht haben Sie Lust, auch in meine historisch-zeitgenössische Ostfrieslandkrimireihe „Wibben und Weerts ermitteln" reinzuschnuppern? In dieser Reihe sind bisher erschienen:
„Moorsmaragd"
„Flutrubin"
„Inselsaphir"

Im Sommer 2018 erschien zudem der erste Band meiner ostfriesisch-niederländischen Krimireihe „Grenzfälle". Schauen Sie doch mal rein in: „Wie Mauern so kalt"

Im Herbst 2019 erschien mein Arktis-Thriller: „Verloren im Eis."

Mit meiner Kollegin Anna Johannsen veröffentlichte ich 2019 zudem den Ostfrieslandkrimi „Juister Mohn" sowie 2024 die Ostfrieslandkrimi-Trilogie mit den Bänden „Die Stille der Flut", „Die Gewalt des Sturms" und „Die Kraft der Ebbe".

Völlig neu erfunden habe ich mich 2022/2023 mit meiner historischen Trilogie „Wege in eine neue Zeit", die in der Weimarer Republik angesiedelt ist.
Band 1: „Die Bürde der Freiheit"
Band 2: „Die Kraft der Entbehrung"
Band 3: „Der Makel der Hoffnung"

Möchten Sie regelmäßig und unkompliziert über alles, was rund um meine Bücher herum passiert, informiert werden, dann abonnieren Sie doch einfach meinen Newsletter unter www.elke-bergsma.de/newsletter oder folgen Sie mir auf Facebook und Instagram.

Herzliche Grüße
Elke Bergsma

www.elke-bergsma.de
www.facebook.com/elkebergsmaautorin
www.instagram.com/bergsmaautorin